BIRTH MARKED

Ouvrage édité sous la direction d'Audrey Petit

Texte © Caragh M. O'Brien, 2010.
Carte © Caragh M. O'Brien, 2009.
Publié pour la première fois en langue anglaise
par Roaring Brook Press en 2010 sous le titre *Birthmarked*.

© Mango Jeunesse, 2011, pour la traduction française.

Loi n° 49-956 du 16 juillet 1949 sur les publications destinées à la jeunesse.
Tous droits de traduction, de reproduction et d'adaptation strictement réservés pour tous pays.

ISBN : 978 2 7404 2796 5 – MDS : 60385
Dépôt légal : février 2010

www.fleuruseditions.com

Caragh M. O'Brien

BIRTH MARKED
Rebelle

Traduit de l'anglais (États-Unis) par Hélène Bury

MANGO

En souvenir de mon père, Thomond R. O'Brien Sr.

birthmarked : *adj. inv.* Marqué à la naissance.

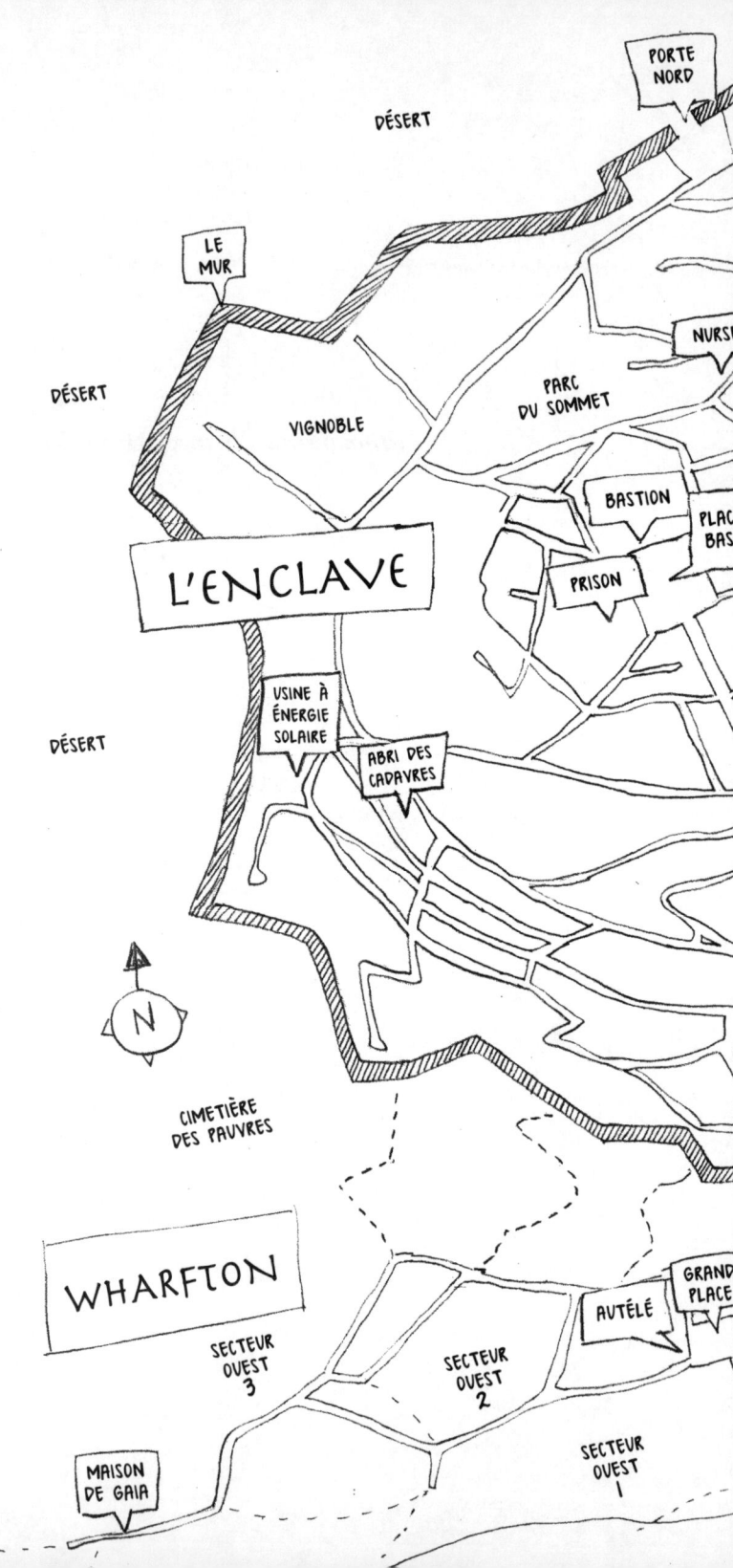

LE QUOTA

Dans la sombre masure, la mère se contracta pour pousser une dernière fois de toutes ses forces, et le bébé glissa dans les mains de Gaia prêtes à l'accueillir.

— Vous avez fait du bon travail, dit-elle. Superbe. C'est une fille.

L'enfant cria d'indignation et Gaia poussa un soupir de soulagement en vérifiant ses orteils, ses doigts et son dos parfait. C'était un beau bébé, en bonne santé et bien constitué malgré sa petite taille. Elle enveloppa l'enfant dans une couverture puis le tourna vers la lumière dansante du feu pour que la mère épuisée le voie.

Gaia aurait aimé que sa propre mère soit là pour l'aider, surtout pour examiner le placenta et donner les premiers soins au bébé. Elle savait que, en principe, elle n'était pas censée laisser la maman tenir l'enfant, pas même brièvement, mais celle-ci tendait les bras à présent et elle n'avait pas assez de mains pour tout faire.

— S'il vous plaît, murmura la jeune femme.

Ses doigts lui faisaient tendrement signe de lui confier l'enfant.

Les cris du bébé se calmèrent et Gaia le lui donna. Elle essayait de ne pas écouter les doux gazouillis de la maman tandis qu'elle nettoyait son entrejambe et se déplaçait avec légèreté et efficacité, comme sa mère le lui avait appris. Elle était tout excitée et assez fière. C'était son premier accouchement, sans assistance qui plus est. Elle avait aidé sa mère à de nombreuses reprises et savait depuis des années qu'elle voulait devenir sage-femme, mais c'était enfin devenu une réalité.

Presque fini. Se tournant vers sa sacoche, elle en sortit la petite bouilloire et les deux tasses que sa mère lui avait offertes pour ses seize ans, à peine un mois plus tôt. À la lueur du foyer, elle transvasa de l'eau d'une bouteille dans la bouilloire. Elle alimenta le feu ; une lumière jaune jaillit sur la mère et son bébé emmailloté.

— Vous vous en êtes bien sortie, fit Gaia. Combien d'enfants cela vous fait-il, déjà ? Quatre, m'avez-vous dit ?

— C'est ma première, répondit la jeune maman d'une voix chaleureuse empreinte de plaisir et d'admiration.

— Quoi ?

Les yeux de la femme luirent brièvement quand elle regarda Gaia et elle sourit. Embarrassée, elle lissa une boucle moite de sueur derrière son oreille.

— Je ne vous l'ai pas dit avant. J'avais peur que vous refusiez de rester.

Gaia s'assit doucement près de l'âtre, accrocha la bouilloire à une tige métallique et l'avança au-dessus du feu pour qu'elle chauffe.

Les premiers accouchements étaient les plus difficiles, les plus risqués, et, bien que celui-ci se soit déroulé sans encombre, Gaia savait qu'elles avaient eu de la chance. Seule une sage-femme d'expérience aurait dû s'occuper de cette naissance, non seulement pour le bien de la mère et de l'enfant, mais aussi pour ce qui allait suivre.

— Je serais restée, dit Gaia doucement, mais uniquement parce que personne d'autre ne pouvait venir. Ma mère était déjà partie à un autre accouchement.

La femme paraissait à peine l'entendre.

— N'est-elle pas magnifique ? murmura-t-elle. Et elle est à moi. Je peux la garder.

Oh, non, pensa Gaia. Son plaisir ainsi que sa fierté s'évanouirent et elle regretta, à ce moment-là plus que jamais, que sa mère ne fût pas présente. Ou même la vieille Meg. Ou n'importe qui, à vrai dire.

Gaia ouvrit sa sacoche ; elle en sortit une aiguille neuve et une petite bouteille d'encre marron. Elle secoua une boîte au-dessus de la bouilloire pour y faire tomber un peu de thé. L'arôme léger embauma doucement la pièce et la mère sourit à nouveau, lasse, détendue.

— Je sais qu'on ne s'est jamais parlé, dit la jeune maman. Mais je vous ai vues, vous et votre mère, aller et venir à travers la grand-place et monter jusqu'au mur. Tout le monde dit que vous serez aussi douée que votre mère pour le métier de sage-femme et, désormais, je peux en témoigner.

— Avez-vous un mari ? Une mère ?

— Non. Plus de ce monde.

— Qui était le garçon que vous avez envoyé me chercher ? Un frère ?

— Non. Un gamin qui passait dans la rue.

— Vous n'avez donc personne ?

— Plus maintenant. Maintenant j'ai mon bébé, ma petite Priscilla.

Ce n'est pas un bon nom, pensa Gaia. Et le pire, c'était que cela n'avait pas d'importance, car elle ne le garderait pas. La jeune fille versa le thé en silence dans les deux tasses après avoir saupoudré celle de la mère d'une pincée d'agripaume, réfléchissant à la meilleure façon de procéder. Elle laissa tomber ses cheveux pour dissimuler le côté gauche de son visage tandis qu'elle rangeait la bouilloire vide et encore chaude dans sa sacoche.

— Tenez, dit-elle en tendant le thé additionné d'agripaume à la jeune femme étendue sur le lit et en reprenant en douceur le bébé allongé à côté d'elle.

— Que faites-vous ? demanda la mère.

— Buvez. Cela apaisera la douleur.

Gaia but une gorgée de sa tasse pour donner l'exemple.

— Je n'ai plus vraiment mal. Juste un peu sommeil.

— C'est bien, dit Gaia en reposant sa tasse près de l'âtre.

Sans bruit, elle rangea son matériel et regarda les paupières de la mère devenir de plus en plus lourdes. Elle démaillota les jambes de l'enfant pour doucement en sortir un pied, puis elle le posa sur la couverture par terre près de la cheminée. Il ouvrit les yeux et les tourna vers les flammes : des prunelles sombres, ternes. Impossible de dire de quelle couleur ils seraient plus tard. Gaia essuya le fond de sa tasse de thé avec un bout de chiffon propre, absorbant ce qu'il restait du liquide chaud, puis le frotta sur la cheville du bébé pour la nettoyer. Elle plongea l'aiguille dans l'encre marron, la tint brièvement à la lumière puis, rapidement, comme elle l'avait déjà fait sous la supervision de sa mère, elle enfonça l'épingle dans la cheville du nouveau-né à quatre reprises. L'enfant cria.

— Que faites-vous ? demanda la mère, bien réveillée à présent.

Gaia emmaillota de nouveau le bébé qu'elle avait tatoué et le prit fermement dans un bras. Elle glissa la tasse, l'aiguille et l'encre dans sa sacoche. Puis elle s'avança, saisit la seconde tasse à côté de la mère, et souleva son bagage.

— Non ! cria la mère. Vous ne pouvez pas ! On est le 21 avril ! Personne n'avance jamais de bébé si tard dans le mois !

— Ça ne dépend pas de la date, dit Gaia doucement. Ce sont les trois premiers bébés de chaque mois.

— Mais vous avez déjà dû en mettre au monde une demi-douzaine ce mois-ci, hurla la femme en se levant.

Elle parvint tant bien que mal à déplacer ses jambes jusqu'au bord du lit.

Gaia recula d'un pas, s'armant de courage.

— C'est ma mère qui les a mis au monde. Celui-ci est mon premier. Ce sont les trois premiers bébés de chaque sage-femme.

La mère la dévisagea, le choc et l'horreur se succédant sur son visage.

— Vous ne pouvez pas, murmura-t-elle. Vous ne pouvez pas prendre mon bébé. Il est à moi.

— Je le dois, dit Gaia en reculant. Pardonnez-moi.

— Mais vous ne pouvez pas, souffla la femme.

— Vous en aurez d'autres. Vous en garderez certains. Je vous le promets.

— S'il vous plaît, supplia la femme. Pas celui-ci. Pas mon seul enfant. Qu'ai-je fait ?

— Pardonnez-moi, répéta Gaia.

Elle avait maintenant atteint la porte. Elle vit qu'elle avait laissé sa boîte de thé près de la cheminée, mais il était trop tard pour retourner la chercher.

— On prendra bien soin de votre bébé, fit-elle, se servant des phrases toutes faites qu'elle avait apprises. Vous rendez un grand service à l'Enclave, et vous serez dédommagée.

— Non ! Dites-leur de garder leur sale dédommagement ! Je veux mon bébé !

La mère s'élança à travers la salle, mais Gaia s'y attendait et, en un instant, elle sortit de la maison pour descendre promptement la sombre ruelle. Au deuxième coin de rue, elle dut s'arrêter car elle tremblait si fort qu'elle avait peur de tout lâcher. Le nouveau-né émit un murmure inquiet et Gaia replaça sa sacoche sur son épaule droite afin de réconforter de ses doigts tremblants le petit enfant emmailloté.

— Chut, murmura-t-elle.

Loin derrière elle, elle entendit une porte s'ouvrir, puis une plainte déchirante.

— S'il vous plaît ! Gaia ! appelait la voix

Le cœur de la jeune fille se serra.

Elle renifla fort et tourna son visage vers le sommet de la colline. C'était bien pire que ce qu'elle avait imaginé. Redoutant d'entendre un autre cri dans la nuit, elle reprit sa marche et gravit rapidement la colline en direction de l'Enclave. La lune diffusait une clarté bleue sur les sombres bâtiments de bois et de pierre qui l'entouraient ; elle trébucha sur un caillou. Contrastant avec le sentiment d'urgence qui la faisait avancer, un silence profond et paisible régnait. Elle avait fait ce trajet à de multiples reprises pour sa mère mais, jusqu'à cette nuit, il ne lui avait jamais semblé si long. Elle savait que tout irait bien pour le bébé, même mieux que bien. Elle savait que la mère en aurait d'autres. Mais avant tout, elle savait que la loi exigeait d'elle qu'elle livre cet enfant ; si elle ne le faisait pas, elles pourraient toutes deux le payer de leur vie.

Elle savait tout cela mais, l'espace d'un instant, elle aurait aimé qu'il en aille autrement. En dépit de tout ce qu'on lui avait appris, elle aurait aimé ramener le bébé à sa mère et lui dire : « Tenez, reprenez la petite Priscilla. Partez pour le désert et ne revenez jamais. »

Elle tourna à un dernier croisement et se retrouva dans la lumière qui tombait sur les portes de l'arche Sud, une seule ampoule qui brillait au centre d'une lanterne dont les miroirs réfléchissaient l'éclairage sur les portes et la terre battue. Deux soldats en uniformes noirs se tenaient devant deux imposantes portes en bois. Elle laissa glisser ses cheveux pour couvrir sa joue gauche et, instinctivement, garda ce côté du visage dans l'ombre.

— Tiens ! Ne serait-ce pas une petite livraison ? demanda le plus grand des hommes.

Il ôta son chapeau à large bord d'un ample geste du bras et le cala sous son coude.

— Tu nous apportes un des bébés de ta mère ?

Gaia s'avança doucement, le cœur cognant contre ses côtes. Elle dut s'arrêter pour reprendre son souffle. Elle pouvait presque entendre les gémissements plaintifs de la mère derrière elle et elle craignait qu'elle ne l'ait suivie sur ses jambes pâles et tremblantes. Un oiseau passa au-dessus d'eux dans un rapide battement d'ailes. Gaia fit un pas de plus en avant et entra dans la lumière rassurante de la lanterne.

— C'est le mien, annonça Gaia. Mon premier.

— C'est vrai ? dit le second garde, apparemment impressionné.

— Sans assistance, répondit-elle, incapable de réprimer la lueur de fierté dans ses yeux.

Elle posa un doigt sur la couverture, sous le menton de l'enfant, jetant un regard satisfait à ses traits réguliers, au parfait sillon au-dessus de sa lèvre supérieure. La grande porte s'ouvrait ; elle leva les yeux et vit une femme vêtue de blanc s'avancer dans sa direction. Elle était petite, avec le tour de taille replet de ceux qui mangent à leur faim. Son visage reflétait maturité, compétence et, si Gaia ne se trompait pas, empressement. Elle ne la reconnut pas, mais elle avait déjà vu d'autres femmes de la nursery comme elle.

— Le bébé est-il parfait ? lui demanda-t-elle en s'approchant.

Gaia acquiesça.

— Je n'ai pas eu le temps de le laver, s'excusa-t-elle.

— Ce n'est rien. Il n'y a pas eu de problème avec la mère ?

Elle hésita.

— Non, elle était ravie de servir l'Enclave.

— Quand a eu lieu la naissance ?

Gaia tira sur la chaîne qui pendait à son cou et sortit sa montre de gousset de l'encolure de sa robe.

— Il y a quarante-trois minutes.

— Excellent. N'oublie pas de vérifier le nom de la mère et son adresse sur la grand-place demain matin pour t'assurer qu'elle soit dédommagée.

— Je le ferai, répondit Gaia en glissant la montre dans sa robe.

La femme tendit les bras vers le bébé mais ses yeux se levèrent vers la jeune fille et elle s'arrêta.

— Montre-moi ton visage, mon enfant, demanda-t-elle doucement.

Gaia leva légèrement le menton et lissa ses cheveux derrière son oreille gauche à contrecœur. Elle se tourna face à la lampe qui brillait au-dessus de la grande entrée pour être en pleine lumière. Comme de fines flèches invisibles, six yeux convergèrent vers sa cicatrice et s'y attardèrent dans une curiosité muette. Elle s'efforça de ne pas bouger et de supporter leur regard insistant.

Le plus grand des gardes se racla la gorge et porta son poing aux lèvres pour toussoter.

— C'est du bon travail, Gaia Stone, finit par dire la femme, lui adressant un sourire avisé. Ta mère sera fière de toi.

— Merci, massœur, fit la jeune fille.

— Je suis massœur Khol. Dis-lui bonjour de ma part.

— Oui, massœur.

Gaia libéra ses cheveux de son oreille. Elle n'était pas surprise que la femme de l'Enclave connaisse son nom. Trop souvent, elle rencontrait des gens pour la première fois et apprenait qu'ils avaient entendu parler d'elle, la fille de Bonnie et Jasper Stone, l'enfant au visage brûlé. Elle ne s'étonnait plus qu'on la reconnaisse mais n'aimait pas beaucoup ça. Massœur Khol tendait les bras avec une impatience contenue ; Gaia se pencha doucement pour éloigner le nouveau-né de la chaleur de son épaule gauche et le lui donna avec précaution. Ses paumes s'en trouvèrent légères, vides et froides un moment.

— Elle s'appelle Priscilla, annonça Gaia.

Massœur Khol la regarda curieusement.

— Merci. C'est bon à savoir, dit-elle.

— Tu vas être bien occupée dans les temps à venir, fit le soldat de haute taille. Et tu n'as que dix-sept ans, pas vrai ?

— Seize ans, le corrigea Gaia.

Elle se sentit soudain mal, sans raison, comme si elle allait vomir. Elle leur adressa un bref sourire, changea sa sacoche d'épaule et fit demi-tour.

— Au revoir, dit massœur Khol. J'enverrai ton indemnité chez ta mère, dans le Secteur Ouest Trois, d'accord ?

— Oui, cria Gaia.

Elle redescendait déjà la colline, les jambes flageolantes. Elle ferma brièvement les yeux puis les rouvrit et s'appuya au sombre bâtiment à côté d'elle pour retrouver son équilibre. La clarté de la lune paraissait moins vive maintenant qu'elle s'était avancée dans la lumière de la lanterne et, elle avait beau cligner des yeux, elle ne put les accomoder immédiatement à l'obscurité. Elle dut attendre, debout, juste au coin de la rue donnant sur la porte à la lanterne. Dans le silence, elle entendit pleurer quelque part, non loin, des pleurs discrets et solitaires. Son cœur cessa de battre. L'espace d'un instant, elle fut certaine que la mère de Priscilla n'était pas loin, dans l'ombre, prête à la supplier à nouveau ou à l'accuser. Mais personne n'apparut et l'instant d'après, quand les pleurs cessèrent, Gaia parvint à descendre la colline, s'éloignant du mur en direction de sa maison.

UN PETIT SAC BRUN

Gaia tourna au coin de Sally Row et fut soulagée de discerner la lueur d'une bougie par la fenêtre de chez elle. Sa mère devait être rentrée de l'accouchement qui lui avait fait quitter la maison avant elle. Elle marchait d'un bon pas quand elle entendit une voix murmurer son nom d'un ton pressant depuis l'obscurité profonde entre deux bâtiments.

Elle s'arrêta.

— Qui est-ce ?

Une forme voûtée sortit de l'allée, juste assez pour lui faire signe de la suivre, puis se retira dans les ténèbres. D'un seul coup d'œil, la jeune fille reconnut la silhouette caractéristique de la vieille Meg, amie et fidèle assistante de sa mère. Gaia s'avança dans l'obscurité, jetant un dernier regard à la rangée de vieilles maisons et à la lumière de sa fenêtre.

— Tes parents ont été emmenés par l'Enclave, croassa la vieille Meg. Tous les deux. Des soldats sont venus il y a une heure et l'un d'eux est resté t'attendre, toi aussi.

— Pour m'arrêter ?

— Je ne sais pas. Mais il est encore là.

Gaia sentit ses mains se glacer et posa doucement sa sacoche par terre.

— Tu en es sûre ? Pourquoi emmèneraient-ils mes parents ?

— Depuis quand ont-ils besoin d'une raison ? répliqua la vieille femme.

— Meg ! souffla Gaia.

Même dans le noir et ainsi isolées, elle craignait que quelqu'un ne l'entende.

La vieille Meg l'attrapa par le bras, la pinçant juste au-dessus du coude.

— Écoute-moi. Nous sommes revenues de l'autre accouchement et ta mère s'apprêtait à partir te retrouver quand les soldats sont venus les chercher, elle et ton père. Je sortais par-derrière et ils ne m'ont pas vue. Je me suis cachée sur la terrasse. Il est temps que tu te réveilles, Gaia. Ta mère est une source d'information majeure. Elle en sait trop sur les bébés, et les hauts dignitaires de l'Enclave commencent à vouloir plus de renseignements.

Gaia secoua la tête, refermant ses bras sur elle-même. Ce que disait Meg n'avait guère de sens.

— De quoi parles-tu ? Ma mère ne sait rien que tout le monde ne sache déjà.

La vieille femme approcha sa figure de celle de la jeune fille et l'attira plus avant dans l'obscurité.

— L'Enclave pense que ta mère peut retrouver les parents biologiques des bébés avancés.

Gaia rit, incrédule.

— Petite idiote, dit Meg, resserrant ses doigts autour de son bras telles des serres. J'ai entendu ce qu'ils disaient, ce que les gardes leur demandaient, et ils ne se contenteront pas de libérer tes parents. La situation est grave !

— Aïe ! Lâche-moi, s'exclama Gaia.

La vieille Meg recula encore, regardant furtivement tout autour.

— Je quitte Wharfton, déclara-t-elle. C'est à moi qu'ils s'en prendront ensuite. J'attendais juste de voir si tu voulais venir avec moi.

— Je ne peux pas partir, protesta Gaia. C'est chez moi, ici. Mes parents reviendront.

Elle attendit que la vieille femme acquiesce mais, quand le silence s'éternisa et qu'elle en vint à douter, ses craintes refirent surface.

— Comment pourraient-ils garder ma mère ? Qui d'autre prendra soin des bébés ?

Un rire effroyable s'éleva des ténèbres.

— Ils t'ont toi, à présent, n'est-ce pas ? grommela la vieille Meg.

— Mais je ne peux pas prendre la place de ma mère, murmura Gaia d'un ton pressant. Je n'en sais pas assez. J'ai eu de la chance cette nuit. Figure-toi que la femme m'a menti ! Elle m'avait dit que c'était son quatrième enfant mais, en fait...

Meg la gifla sèchement et Gaia recula, une main sur sa joue endolorie.

— Réfléchis, murmura la vieille femme durement, à ce que tes parents voudraient que tu fasses. Si tu restes ici, tu seras la nouvelle accoucheuse du Secteur Ouest Trois. Tu surveilleras les femmes dont ta mère s'occupait et tu mettras au monde les enfants qu'elle aurait dû voir naître. Tu avanceras son quota mensuel de bébés. En bref, tu feras ce qu'on te dit de faire, comme ta mère avant toi. Et comme ta mère, cela ne suffira peut-être pas à assurer ta sécurité. Si tu pars avec moi, nous tenterons notre chance dans la Forêt Morte. Je connais des gens là-bas qui nous aideront, si j'arrive à les trouver.

— Je ne peux pas partir, répéta Gaia.

Cette perspective la terrifiait. Elle ne pouvait quitter sa maison et tout ce qu'elle connaissait. Et si l'on relâchait ses parents et qu'elle était partie ? De plus, elle n'allait pas s'enfuir avec une mégère paranoïaque qui la giflait et lui donnait des ordres comme à une vilaine petite fille. Sa méfiance et son ressentiment redoublèrent. Cette nuit-là, elle aurait dû célébrer sa première naissance.

Un nuage qui cachait la lune se dissipa et elle crut voir une lueur dans les féroces yeux noirs de la vieille femme. Puis cette dernière lui glissa dans la main un petit sac brun, lisse et léger comme une souris morte. Gaia manqua de le laisser tomber de dégoût.

— Idiote, dit Meg en resserrant fermement la main de Gaia sur le paquet. C'était à ta mère. Garde-le en sécurité. Prends-en le plus grand soin.

— Mais qu'est-ce que c'est ?

— Noue-le le long de ta jambe, sous ta jupe. Il a des attaches.

Un cliquetis dans la rue les fit sursauter toutes les deux. Elles reculèrent pour s'appuyer sur le mur, blotties l'une contre l'autre sans dire un mot, jusqu'à ce qu'une porte claque au loin et que tout redevienne silencieux.

La vieille Meg approcha son visage de Gaia, si près que celle-ci sentit son haleine tiède sur sa joue.

— Demande à voir Danni Orion si tu atteins un jour la Forêt Morte, dit-elle. Elle t'aidera si elle le peut. N'oublie pas ce nom. Comme la constellation.

— Ma grand-mère ? demanda Gaia, déconcertée.

Sa grand-mère était morte des années auparavant, quand elle n'était qu'un bébé.

La vieille Meg lui donna un léger coup de coude.

— Tu t'en souviendras ou non ? demanda-t-elle.

— Comment pourrais-je oublier le nom de ma grand-mère ? rétorqua la jeune fille.

— Tes parents étaient des imbéciles. C'étaient des pacifistes confiants et lâches. Et maintenant, ils vont le payer.

Gaia était horrifiée.

— Ne dis pas ça, murmura-t-elle. Ils ont toujours été loyaux envers l'Enclave. Ils ont fait l'avance de deux fils. Ils la servent depuis des années.

— Et tu ne crois pas qu'ils regrettent leurs sacrifices ? Tu ne crois pas qu'ils en ressentent le poids chaque fois qu'ils te regardent ?

Gaia était décontenancée.

— Qu'entends-tu par là ?

— La cicatrice, insista la vieille Meg.

Gaia eut l'impression qu'elle était censée comprendre quelque chose, mais sa cicatrice n'avait rien de mystérieux. Il était malpoli et même cruel de la part de l'assistante de sa mère d'y faire allusion maintenant.

La vieille Meg eut un grognement de dégoût.

— Je perds un temps précieux, maugréa-t-elle. Viens-tu avec moi ?

— Je ne peux pas, répéta Gaia. Et tu devrais rester. S'ils t'attrapent alors que tu t'enfuis, tu iras en prison.

La vieille Meg émit un rire bref puis se détourna d'elle.

— Attends, dit la jeune fille. Pourquoi ne me l'a-t-elle pas donné elle-même ?

— Elle ne voulait pas te le donner du tout. Elle espérait ne pas avoir à le faire. Mais, il y a quelques semaines, elle a commencé à s'inquiéter et elle me l'a confié.

— S'inquiéter ? Pourquoi ?

— Je dirais qu'au vu des événements de ce soir, elle avait ses raisons, répondit la vieille Meg avec une ironie amère.

— Mais pourquoi ne le gardes-tu pas ?

— C'est pour toi. Elle m'a dit de te le remettre si quelque chose lui arrivait. J'ai tenu parole.

Gaia constata alors que la vieille femme avait posé un petit sac en toile contre le mur et, quand elle le mit sur son dos, il s'affaissa autour de son buste comme si elle venait de vieillir de dix ans. Meg saisit sa canne et approcha son visage flétri de celui de la jeune fille une dernière fois.

— Quand je serai partie, n'accorde pas ta confiance aveuglément. Sers-toi de ta tête, Gaia. N'oublie pas que nous sommes tous vulnérables. Surtout quand on aime quelqu'un.

— Tu as tort, répliqua la jeune fille en pensant à ses parents. C'est l'amour qui nous rend forts.

Gaia sentit le regard fixe de l'assistante de sa mère peser sur elle et le lui rendit d'un air de défi, se sentant soudain plus assurée. Cette vieille femme était la coquille vide et amère d'un être humain qui avait repoussé les autres toute sa vie et, à présent, elle ne pouvait même pas dire au revoir avec gentillesse. La jeune fille se fit la promesse de ne jamais devenir comme elle, désséchée, mal aimée, lâche. Peut-être était-elle jalouse, avec ses mains tremblantes, de voir le travail de sage-femme lui revenir plutôt qu'à elle.

Un frisson d'espoir la parcourut à nouveau. Ses parents reviendraient, comme tous ceux qui avaient été brièvement emprisonnés. Ils reprendraient leur vie comme avant, sauf qu'il y aurait désormais deux sages-femmes dans la famille et deux fois plus d'indemnités. Gaia était peut-être laide et marquée d'une cicatrice mais, contrairement à Meg, elle avait un avenir et des gens qui l'aimaient.

La vieillarde secoua la tête et se détourna d'elle. Gaia la regarda descendre l'étroite allée jusqu'au bout et disparaître. Puis elle baissa les yeux vers le petit sac dans sa main. À la faible clarté de la lune, elle vit qu'une attache en tissu y était fixée. Elle releva l'ourlet de sa jupe, sentant l'air frais de la nuit sur ses jambes, et attacha rapidement le paquet autour de sa cuisse droite, le plaquant le long de sa jambe. Puis elle lâcha sa jupe et essaya de faire quelques pas. Le sac était un peu froid sur sa peau mais elle savait qu'elle ne le sentirait bientôt plus, même en marchant.

Quand elle reprit sa route sur Sally Row, la lumière d'une bougie brillait toujours par la fenêtre du rez-de-chaussée de sa maison et elle garda un œil sur le trapèze jaune qui grandissait tandis qu'elle avançait sans bruit. Autour d'elle, les maisons voisines étaient silencieuses, les rideaux aux fenêtres tirés. Elle envisagea de se rendre chez les Rupp mais, si un garde l'attendait vraiment chez elle, il finirait par la trouver de toute façon. Il valait mieux lui faire face maintenant et découvrir tout ce qu'elle pouvait sur ce qui était arrivé à ses parents.

La marche du perron grinça quand elle la gravit et Gaia eut presque l'impression que la maison, aussi inquiète qu'elle, lui répondait. Trois pas de plus et elle atteignait la porte, qu'elle poussa doucement.

— Maman ? appela-t-elle. Papa ?

Elle regarda machinalement vers la table, où une bougie brûlait dans un récipient en argile, mais la chaise à côté était vide.

La dernière lueur d'espoir que sa mère soit là pour l'accueillir s'envola. Au lieu de cela, un homme se redressa près de la cheminée et elle remarqua aussitôt son uniforme noir et le fusil dans son dos.

La lumière de la bougie éclairait sa mâchoire par dessous ainsi que le bord large et plat de son chapeau, laissant ses yeux dans l'ombre.

— Gaia Stone ? demanda-t-il. Je suis le sergent Grey et j'aimerais vous poser quelques questions.

La lumière de la bougie vacilla dans le courant d'air. Gaia déglutit nerveusement et ferma la porte, réfléchissant désespérément. Allait-il l'arrêter ?

— Où sont mes parents ? demanda-t-elle.

— On les a emmenés à l'Enclave pour les interroger, répondit-il. Simple formalité.

Sa voix était polie, grave, patiente, et Gaia l'étudia de plus près. Il lui était vaguement familier, mais elle ne se souvenait pas de l'avoir vu à la porte de l'Enclave ni près du mur. La plupart des gardes étaient des hommes forts et simples de Wharfton, choisis pour suivre un entraînement militaire et fiers de gagner leur vie en servant l'Enclave, mais elle savait que certains venaient de l'intérieur de l'enceinte, des hommes éduqués, ambitieux ou dotés d'un penchant naturel pour la stratégie, et qui choisissaient de servir. Gaia devinait que cet homme faisait partie de la deuxième catégorie.

— Pourquoi ? demanda-t-elle.

— Nous avons juste quelques questions à leur poser. Où étiez-vous ?

Elle s'efforça de rester calme. Elle savait qu'elle devait dire la vérité ; elle n'avait rien fait de mal. Son instinct lui dictait de coopérer juste assez pour ne pas attirer davantage d'ennuis à ses parents et à elle-même. En même temps, elle avait peur de lui. Son arme n'avait pas besoin d'être pointée sur sa tête pour constituer une menace. Quand elle posa sa sacoche sur la table, elle se rendit compte que ses doigts tremblaient et elle les cacha dans son dos.

— À un accouchement. Mon premier, répondit-elle. La dernière maison en bas de Barista Alley, une jeune femme nommée Agnès Lewis. Elle a eu une petite fille et je l'ai avancée.

Il acquiesça.

— Félicitations. L'Enclave a de la chance de vous avoir à son service.

— Je suis heureuse de la servir, répondit-elle, utilisant la formule d'usage.

— Et pourquoi vous êtes-vous rendue à cet accouchement plutôt que votre mère ? demanda-t-il.

— Elle aidait déjà une autre femme. Je lui ai laissé un mot pour qu'elle me rejoigne quand elle aurait fini mais...

Son mot était toujours sur la table à côté de la chandelle. Elle parcourut la petite pièce des yeux ; une sensation de peur y effaçait la chaleur familiale habituelle. Les rouleaux de tissu, les paniers de nécessaire de couture, le jeu d'échecs, les casseroles, la demi-douzaine de livres de sa mère et même le banjo de son père sur son étagère, tout était de travers, comme après une fouille systématique. Le sergent Grey savait parfaitement pourquoi sa mère ne l'avait pas rejointe.

— Alors vous y êtes allée seule ? demanda-t-il.

— Un garçon est venu me chercher et m'a dit que c'était urgent.

Elle s'approcha du feu, prit un tisonnier et remua les braises. Dans la mesure où il ne manifestait pas l'intention de l'arrêter, autant se comporter comme s'ils ne faisaient que discuter innocemment. Une conversation anodine à une heure tardive de la nuit, en conclusion de l'arrestation de ses parents. Elle allait saisir une bûche quand il tendit la main.

— Laissez-moi faire.

Elle recula légèrement tandis qu'il jetait deux bûches sur le feu ; un jet d'étincelles éclaira la salle, promettant plus de chaleur. Gaia fit glisser son châle et le posa à côté de sa sacoche. À sa grande surprise, le soldat souleva la bandoulière du fusil de son épaule, passa la tête dessous et posa l'arme contre la cheminée. On aurait dit qu'il faisait comme chez lui, comme si une courtoisie innée prenait le pas sur son entraînement officiel. Ou bien il essayait délibérément de la manipuler et de la mettre à l'aise.

— Vous dites y être allée seule ? répéta-t-il. Vous n'avez pas emmené l'assistante de votre mère avec vous ?

Elle leva les yeux vers lui ; elle remarqua son nez très droit et ses cheveux bruns à la coupe militaire nette, courts à l'arrière et un peu plus longs sur le front. Même si elle ne voyait pas bien ses yeux dans l'ombre, elle y devinait un vide qui s'accordait bien avec le sang-froid que reflétaient ses traits. Elle en frissonna.

— Vous voulez dire la vieille Meg ? Non, je ne l'ai pas emmenée avec moi. N'était-elle pas avec ma mère ?

Le garde ne répondit pas. Gaia fronça les sourcils puis s'approcha pour voir ses yeux et vérifier que la froideur qu'elle y pressentait était bien présente malgré son ton aimable et ses manières attentionnées.

— Pourquoi êtes-vous là ? demanda-t-elle.

Sans dire un mot, il se tourna vers la tablette de la cheminée et en fit glisser ce qui ressemblait à une brochure ou un petit livre. Il le jeta sur la table avec un léger mouvement de rotation, de sorte qu'il atterrisse face à elle. Elle déchiffrait à peine le titre à la lumière de la bougie.

Solstice d'été 2403
Les Membres Encore Vivants de
la Cohorte Avancée en 2390
Sont par le Présent Document Invités à Demander
leur Désavancement

— Reconnaissez-vous ceci ? demanda-t-il.

Elle n'avait aucune idée de ce que c'était.

— Non.

Elle le prit dans les mains et l'ouvrit à la première page, constituée d'une liste de noms.

Katie Abel	Alyssa Becca
Mara Ageist	Zack Bittman
Dorian Alec	Pedro Blood

Dawn Alvina	Jesse Boughton
Ziqi Amarata	Zephryn Brand
Bethany Appling	Gina Cagliano
Kirby Arcado	Chloé Cantara
Sali Arnold	Brooke Connor
Francesco Azarus	Tomy Czera
Jack Bartlett	Yustyn Dadd
Bintou Bascanti	Isabelle Deggan

Cela continuait par ordre alphabétique sur plusieurs pages ; après un bref coup d'œil, il lui apparut qu'aucun nom ne lui était familier. Les pages étaient criblées de minuscules trous d'épingle qui ne suivaient aucun motif particulier à ses yeux. Elle fit non de la tête.

— Vous n'avez jamais vu votre mère avec ? Votre père ? demanda-t-il.

— Non, je ne l'ai jamais vu. Où l'avez-vous trouvé ? Ça ressemble à un document de l'Enclave.

— Il était au fond de la boîte à couture de votre père.

Elle haussa les épaules, le jetant sur la table à son tour.

— C'est logique. Il ramasse toutes sortes de papiers bizarres pour y enfoncer ses épingles.

— Quels autres papiers ? demanda le sergent Grey. Un autre vous vient-il à l'esprit ?

Elle fronça les sourcils.

— Ne le lui avez-vous pas demandé vous-même ?

Il reprit l'opuscule et le glissa doucement dans la poche de sa veste.

— J'ai besoin de savoir si votre mère vous a donné quelque chose récemment : une liste, un registre ou un calendrier quelconque.

Déconcertée, Gaia se tourna machinalement vers le calendrier suspendu dans la cuisine près de la fenêtre donnant sur l'arrière de la maison. Ils y notaient les dates auxquelles son père avait promis une commande de vêtements, ou quand ils avaient prévu de retrouver des amis à l'Autélé, ou quand l'une des poules pondait son premier œuf. Les anniversaires des membres de la famille y étaient répertoriés, y compris ceux de ses frères. Alors seulement elle se souvint de ce que la vieille Meg lui avait donné. Son cœur palpita à l'idée de ce qui était attaché à sa jambe en ce moment précis. Elle ne savait pas de quoi il s'agissait mais, s'il la fouillait et le trouvait, la croirait-il ? Observant le contour de ses joues lisses, anguleuses et ses lèvres incolores bien dessinées, elle essaya de deviner sa réaction si cela arrivait.

— On a un calendrier, là, dit-elle en montrant du doigt celui qui était accroché au mur.

— Non, quelque chose d'autre. Une liste, peut-être.

— Tout ce qu'elle m'a donné, c'est ma sacoche. Pas de liste.

— Je peux ? demanda-t-il en tendant les mains vers la table.

Elle lui accorda la permission d'un geste, comme si elle avait le choix.

Le sergent Grey ouvrit son sac et examina avec soin chaque ustensile qu'il en sortait : la bouilloire trapue en métal bleu foncé et les deux tasses assorties, le nécessaire de plantes – une serviette transformée en petit sac plein de fioles et de bouteilles de pilules, de plantes et de sérums, que son père avait cousu pour elle et que sa mère avait rempli de ses propres réserves de médicaments –, un forceps, une cuvette métallique, des ciseaux, un assortiment de scalpels, un couteau, des aiguilles et du fil, une seringue, une poire en caoutchouc, la bouteille d'encre de couleur qu'elle n'avait pas eu le temps de ranger dans le petit sac de plantes et une pelote de ficelle rouge.

Il retourna ensuite la sacoche entièrement et en examina le tissu, les coutures et replis de l'étoffe marron, grise et blanche. Le père de Gaia avait cousu chaque point avec amour, confectionnant un sac à la fois beau, résistant et pratique, parfaitement adapté à son épaule. Elle avait l'impression que la sacoche faisait partie d'elle et regarder le sergent Grey étudier l'étoffe et son contenu constituait une terrible violation de son intimité, d'autant plus que ses doigts l'exploraient méticuleusement.

Ses mains s'immobilisèrent sur l'étoffe et il la regarda enfin, le visage dénué d'expression. Elle n'aurait su dire s'il était soulagé ou déçu.

— Vous êtes jeune, fit-il remarquer.

Cette constatation la surprit et elle jugea inutile de répondre. De plus, elle aurait pu lui retourner la remarque. Il se redressa, puis poussa un soupir et commença à ranger les affaires dans la sacoche.

— Laissez, dit-elle en faisant un pas vers la table, je vais le faire. Il faut que je nettoie mes ustensiles de toute façon.

Elle tendit la main alors qu'il saisissait la bouteille d'encre de couleur et, comme il ne la lui donnait pas immédiatement, elle leva la tête pour observer son visage. La lumière de la bougie éclairait enfin ses yeux. La froideur qu'elle avait sentie en lui avait la réalité d'une pierre, mais teintée d'une pointe de curiosité. Il soutint son regard un moment, la jaugeant, puis il relâcha la petite bouteille dans sa paume et recula, s'éloignant de la flamme de la bougie.

— Je veux savoir ce qui va arriver à mes parents, dit-elle, s'efforçant de rester calme. Quand rentreront-ils à la maison ?

— Je ne sais pas.

— Dans longtemps ? Puis-je les voir ? demanda-t-elle.

Pourquoi avait-il renoncé à lui faire croire que tout allait bien ?

— Non.

Chaque réponse accroissait sa panique mais aussi sa colère, comme si du sable s'élevait dans sa trachée.

— Pourquoi ?

Il ajusta le bord de son chapeau au-dessus de ses yeux.

— Vous feriez bien de ne pas oublier quelle est votre place, fit-il doucement.

Gaia mit un moment à comprendre qu'il la réprimandait pour son impertinence. Il s'était peut-être montré poli et prévenant tant que c'était efficace, mais il était un soldat de l'Enclave et la hiérarchie lui accordait sur elle un pouvoir qu'elle osait à peine imaginer.

Elle baissa la tête, les joues en feu, et se servit de la formule de déférence.

— Pardonnez-moi, monfrère.

Il saisit son fusil ; elle entendit le bruissement de son manteau noir quand il passa la bandoulière par-dessus sa tête pour la réajuster sur l'épaule opposée afin qu'elle traverse son buste en diagonale.

— Si vous trouvez une liste, un registre ou un calendrier dans les affaires de votre mère, apportez-le directement à la porte de l'Enclave et demandez une audience avec monfrère Iris et personne d'autre. Est-ce clair ?

— Oui, monfrère.

— Vous assurerez les devoirs de votre mère en tant que sage-femme et servirez l'Enclave en mettant au monde les bébés du Secteur Ouest Trois de Wharfton. Vous avancerez les trois premiers bébés de chaque mois et les remettrez à la porte Sud de l'Enclave dans les quatre-vingt-dix minutes suivant la naissance.

Gaia recula d'un pas. L'idée de poursuivre le travail de sa mère sans qu'elle soit là pour lui prodiguer des conseils était terrifiante.

— Êtes-vous d'accord ? insista-t-il plus sèchement.

Surprise, elle leva les yeux vers lui.

— Oui, monfrère, répondit-elle.

— Vous serez indemnisée. Vous recevrez un double quota hebdomadaire de mycoprotéine, d'eau, de tissu, de bougies et de combustibles. On vous accordera quatorze heures hebdomadaires à l'Autélé, que vous pourrez cumuler ou donner à d'autres, comme bon vous semblera.

Elle inclina la tête ; elle savait que cette dernière indemnité pourrait être troquée contre tout ce dont elle aurait besoin. C'était un salaire incroyable, à dire vrai, le double de ce que sa mère gagnait, et bien plus que Gaia avait jamais espéré.

— J'en suis reconnaissante à l'Enclave, dit-elle doucement.

— L'Enclave sait que vous avez avancé votre premier bébé mis au monde sans assistance, reprit le sergent Grey en baissant légèrement la voix. Ce bébé aurait facilement pu être dissimulé, vendu ou donné à sa mère. L'Enclave sait que vous avez fait preuve de la plus grande loyauté et la loyauté est toujours récompensée.

Gaia serra les mains dans son dos. On aurait dit que l'Enclave savait que l'indécision l'avait assaillie avant qu'elle avance le bébé. Même si elle avait fait ce qu'il fallait et était maintenant récompensée pour cela, elle avait peur. Savaient-ils aussi qu'elle s'était arrêtée pour parler à la vieille Meg ? Savaient-ils que, en ce moment même, elle avait le sachet de sa mère attaché à la jambe ? Ce que l'Enclave savait ou non n'avait jamais eu d'importance auparavant, parce qu'elle n'avait rien à cacher. Elle aurait préféré que la vieille Meg ne lui donne jamais ce paquet.

Elle eut une révélation saisissante et leva soudain les yeux vers le sergent Grey. Elle pourrait le lui donner maintenant. Son cœur s'emballa. Elle pourrait lui demander d'attendre, se retourner pour soulever sa jupe, enlever le sac tout de suite et le lui remettre. Ce serait la solution la plus sûre. Elle pourrait dire qu'elle ne l'avait jamais examiné de près et n'avait aucune idée de ce qu'il contenait. Les gardes attraperaient la vieille Meg avant qu'elle ne s'enfuie bien loin.

Elle se mordit les lèvres.

— Oui ? demanda le sergent Grey. Vous pensez à quelque chose ?

Elle tourna sa joue gauche vers lui, celle qui portait la cicatrice et qu'elle montrait instinctivement quand elle voulait cacher ses pensées. L'espace d'un instant, elle se souvint des gémissements frénétiques d'Agnès Lewis la suppliant de lui rendre son bébé, Priscilla. Agnès Lewis ! Gaia avait à peine considéré la jeune maman comme une personne jusqu'à maintenant. Son avidité en tant que mère était anormale et déloyale envers l'Enclave mais, pourtant, il y avait quelque chose de puissant et de désespéré dans ce comportement. Gaia ne pouvait pas se détacher totalement de la douleur d'Agnès, et celle-ci était inextricablement liée au sac que la vieille Meg lui avait donné, comme si sa mère lui avait envoyé ce mystérieux cadeau en guise d'antidote.

— Gaia ?

Elle secoua la tête, surprise qu'il l'appelle par son prénom. C'était totalement contraire aux convenances. Elle le regarda avec curiosité.

La ligne stricte de sa mâchoire s'était décontractée, ou peut-être ses épaules n'étaient-elles plus si tendues.

— Excusez-moi, massœur, dit-il, j'ai cru que vous vous souveniez de quelque chose.

Sous la chaleur, une bûche dans le feu se brisa avec un crépitement, s'affaissa bruyamment, et un flamboiement émana du foyer, éclairant le profil sévère du jeune homme. Elle devait inventer quelque chose qui le rassurerait, lui prouvant qu'elle n'avait rien à cacher.

Elle afficha un sourire dont elle espérait qu'il reflétait vanité et embarras.

— Je me disais juste que je pourrais peut-être me procurer des bottes comme ils en montrent à l'Autélé. De bottes de cow-boy pour filles.

Le soldat émit un petit rire sec.

— Vous aurez certainement les moyens de vous en acheter. C'est votre nouveau privilège.

Elle s'approcha de la table d'un air plus déterminé et commença à ranger ses affaires dans sa sacoche, mettant de côté ce qui devait être nettoyé. Elle inspira profondément, essayant d'avoir les mains assurées.

Le soldat se dirigea vers la porte et Gaia pensa qu'il se préparait à l'ouvrir et à dire au revoir. Quand il s'arrêta, elle leva les yeux à nouveau.

— Qu'est-il arrivé à votre visage ? demanda-t-il.

Elle ressentit un coup de poing familier dans le ventre, puis une déception lancinante. Deux fois en une nuit. Elle avait supposé qu'il serait trop poli pour poser la question ou, s'étant renseigné sur sa famille, qu'il connaissait déjà l'histoire.

— Quand j'étais petite, ma grand-mère fabriquait des bougies et elle avait une grosse cuve de cire d'abeille chaude dans son jardin derrière la maison, expliqua-t-elle. Je me suis cognée à la cuve.

Cela mettait généralement fin à la conversation.

— Je ne m'en souviens pas, ajouta-t-elle.

— Quel âge aviez-vous ?

Elle pencha la tête légèrement de côté et le fixa.

— Dix mois.

— Vous marchiez à dix mois ?

— Pas très bien apparemment, répondit-elle d'un ton sarcastique.

Il se tut un moment et elle attendit qu'il mette la main sur la poignée de la porte. Elle savait ce qu'il pensait. À cause de sa cicatrice, elle n'avait pas eu la chance d'être avancée à l'Enclave. D'une certaine façon, son cas était l'exemple même des raisons pour lesquelles il valait mieux donner les bébés dès les premières heures de leur vie. Des années auparavant, on laissait les bébés aux mères pendant un an, mais elles devenaient de plus en plus négligentes, et les enfants se blessaient ou tombaient malades avant leur cérémonie des douze mois. Avec l'actuel système de quota de bébés, l'Enclave les accueillait en bonne santé et en un seul morceau le jour même de leur naissance, et les mères pouvaient essayer de tomber à nouveau enceintes si c'était ce qu'elles souhaitaient.

On ne faisait jamais l'avance de bébés mal formés, sous aucun prétexte. Pour Gaia, un accident lui avait assuré une vie de pauvreté à l'extérieur du mur, sans éducation, sans copieux repas ni loisirs ni amitiés insouciantes, pendant que les filles de son âge qui avaient été avancées vivaient maintenant dans l'Enclave avec électricité, éducation et victuailles à foison. Elles portaient de magnifiques vêtements, rêvaient de riches maris, riaient et dansaient. Gaia les avaient vues un jour, quand elle était enfant. La sœur du Protecteur s'était mariée et, l'espace d'un jour, les habitants de Wharfton avaient été admis dans une rue barricadée de l'Enclave pour assister au défilé nuptial. Gaia s'en souvenait comme d'un rêve maintenant : les couleurs et la musique, la beauté et la richesse... Les émissions spéciales à l'Autélé paraissaient fades en comparaison. Cet aperçu de la vie dans l'Enclave, elle en avait pris conscience plus tard, était l'illustration d'une vie qui aurait pu être la sienne si elle n'avait pas été si maladroite, ou s'ils avaient institué la nouvelle politique de quotas avant sa naissance.

Elle s'assurerait que les bébés dont elle serait responsable aient la chance qu'elle n'avait jamais eue : les trois heureux élus de chaque mois. Si les autres, la demi-douzaine de bébés ou plus, n'étaient pas avancés, alors c'était leur destinée. Ils tenteraient leur chance à Wharfton, comme elle l'avait fait.

Elle ne savait pas du tout si son visage trahissait ses sombres pensées, mais le sergent Grey l'observait toujours, aux aguets.

— Je suis heureuse de servir l'Enclave, finit-elle par dire.

— Moi de même, répondit-il.

Il se retourna et elle regarda ses doigts se resserrer sur la poignée de la porte. Un instant plus tard, le battant se referma délicatement et Gaia se retrouva seule chez elle avec pour compagnon le flamboiement inconstant de la cheminée, qui faisait briller les cordes silencieuses du banjo de son père et ressortir l'absence de ses deux parents.

RAIPONCE

Quand Gaia eut fini de nettoyer la théière et les tasses puis de renouveler les plantes dont elle s'était servi pour l'accouchement d'Agnès, elle replaça le tout dans sa sacoche avec soin pour la tenir prête, comme sa mère le lui avait appris. Puis elle remit en ordre tout ce qui avait été dérangé par la fouille des gardes dans l'espoir de se sentir de nouveau chez elle dans la petite maison. Même les deux bougies jaunes sur le manteau de la cheminée, qu'ils allumaient tous les soirs en l'honneur de ses frères, avaient été déplacées de quelques millimètres. Bien que tout fût remis en ordre, la sensation de malaise ne la quittait pas et, quand elle s'écroula dans le fauteuil de son père devant les tisons de l'âtre, elle ne put se détendre assez pour s'endormir, même quand la lassitude s'insinua dans ses muscles avec une douce chaleur.

On frappa discrètement à la porte de derrière. Elle se leva.

— Qui est là ?

— C'est moi. Théo. Amy m'envoie vérifier que tu vas bien.

Elle entrebâilla la porte et Théo Rupp entra, ouvrant grands les bras.

— Ils t'ont fait peur, n'est-ce pas ? demanda-t-il.

Gaia se jeta dans ses bras robustes avec gratitude, fermant les yeux tandis qu'il l'étreignait. Le potier sentait l'argile et la poussière, comme toujours, et il lui tapota le dos d'une main lourde. Elle éternua.

— Allons, allons, dit-il en la relâchant, pourquoi ne viendrais-tu pas passer la nuit chez nous ? Il ne faut pas rester ici toute seule.

Gaia recula jusqu'à la cheminée et jeta une autre bûche sur le feu.

— Non, répondit-elle.

Elle s'assit et lui fit signe de s'installer dans le fauteuil le plus confortable, celui de son père.

— Je veux rester ici. Ils pourraient revenir à tout moment.

— Je ne t'ai pas vue rentrer, sinon je serais venu plus tôt, s'excusa Théo. Amy a vu un garde partir il y a dix minutes et a dit que tu devais être là. Il n'y en avait qu'un, alors ?

Elle acquiesça.

— C'était déjà bien suffisant.

Théo s'assit doucement et elle scruta son visage pour voir s'il en savait plus. Le potier et sa femme, Amy, habitaient de l'autre côté de la rue et, comme leurs autres voisins, avaient dû voir ses parents se faire emmener.

— Dis-moi ce que tu sais, le pria-t-elle. As-tu la moindre idée du motif de leur arrestation ?

— Aucune. Un vrai mystère. Tu sais, ça arrive parfois. L'Enclave emmène des gens, leur pose quelques questions, puis les laisse repartir sans qu'on sache pourquoi. Tes parents se sont peut-être trouvés à proximité de la mauvaise personne au mauvais moment et ont peut-être été témoins de quelque chose : maintenant, l'Enclave veut des renseignements.

— Mais si c'est aussi simple, pourquoi les arrêter ? Pourquoi ne pas se contenter de leur poser ces questions ici ? Mes parents auraient coopéré.

— Je ne sais pas, avoua Théo. C'est leur façon de procéder.

Gaia baissa les yeux sur ses mains et écarta les doigts à la lumière du feu. Elle avait confiance en Théo. Elle le connaissait depuis toujours et sa fille, Emily, était sa meilleure amie.

— Saurais-tu quelque chose d'une liste qu'aurait dressée ma mère ? demanda-t-elle. Un calendrier ?

Il pinça les lèvres.

— Ta mère établissait beaucoup de listes. Ça n'a rien de surprenant.

— C'est ce que le sergent Grey voulait savoir.

Théo croisa les bras sur la poitrine, l'air perplexe.

— Eh bien, dans ce cas, ils n'ont plus qu'à arrêter tous les habitants de la ville.

Le regard de Gaia se posa derrière lui sur le coin de couture de son père, ses boîtes et ses paniers de tissu, d'aiguilles et de patrons. Sa pelote à épingles jaune avait roulé sous l'une des pédales de la machine à coudre.

— Tu crois que je ne devrais pas m'inquiéter ? interrogea-t-elle en allant chercher la pelote.

— Je ne dirais pas ça, ma chérie. Je dirais que t'inquiéter ne sert à rien.

Gaia leva les yeux ; il lui souriait, les yeux pleins de tendresse.

— Viens avec moi maintenant. Amy ne me laissera jamais en paix si je t'abandonne ici, et Emily pourrait bien m'arracher les yeux, ajouta-t-il pour l'amadouer.

Elle inspira profondément et secoua la tête.

— Je veux rester ici.

— Tu viendras dîner avec nous quand même ? Demain ? Nous aurons peut-être des nouvelles d'ici là.

Gaia fit rouler la pelote à épingles doucement entre ses doigts et acquiesça. Elle était complètement épuisée à présent et, comme le bon sens de Théo l'avait rassurée, elle espérait réussir à s'endormir.

— Merci d'être venu, fit-elle. Je me sens beaucoup mieux maintenant. Tout finira par s'arranger, n'est-ce pas ?

Théo se leva et lui tapota de nouveau le bras.

— Ils seront de retour en un rien de temps. Vaque à tes occupations comme tu le ferais normalement. N'oublie pas de nourrir les poules.

Elle rit.

— J'ai mis au monde mon premier bébé cette nuit.

— C'est vrai ? Eh bien ! Voilà ce que nous célébrerons quand tu viendras dîner. Voyez-vous ça, notre petite Gaia sage-femme à part

entière ! Amy sera folle de joie. J'irai inviter Emily et Kyle également.

Gaia voyait bien qu'il était heureux d'avoir un prétexte pour
réunir sa famille. Elle sourit en lui tenant la porte. Quand il fut parti,
elle put enfin se glisser dans le lit de ses parents, remonter les couvertures, respirer leur odeur et s'endormir.

À midi, sous un soleil éclatant, Gaia apportait le troisième bébé
de mai à la porte de l'Enclave et, cette fois, elle ne ressentait aucune
fierté, l'excitation provoquée par l'accouchement qu'elle venait de
pratiquer avait disparu. Seuls l'habitaient l'épuisement et la peur
incessante qui la rongeait. Elle traînait des pieds dans la poussière
brune et sèche de la route et chaque pas la rapprochait progressivement du mur. Elle déroula les longues manches de sa robe marron,
reconnaissante que le tissu léger ne soit pas trop chaud. Elle tira
d'un coup sec son chapeau vers l'avant pour protéger son visage du
soleil et remarqua que des rais de lumière en traversaient la couture
du bord pour caresser le bébé dans ses bras.

Au cours des trois semaines écoulées depuis le départ de ses
parents, Gaia n'avait eu des nouvelles de personne – ni d'Agnès, ni
de la vieille Meg, ni de ses parents – et elle commençait à craindre de
ne jamais en avoir. Sa terreur du début était devenue si pesante et sa
solitude si douloureuse qu'elle avait peur que ce besoin désespéré de
retrouver ses parents ne la rende folle. Elle essayait de se rappeler les
propos que Théo Rupp lui répétait encore : que tout finirait par s'arranger. Seul son travail lui permettait de tenir et, dans la journée,
elle avait appris à transformer son extrême angoisse en une torpeur
tourmentée épuisante. Ses nuits, en revanche, étaient peuplées de
cauchemars.

Sur la grand-place, devant l'Autélé, plusieurs familles avaient
installé des étals, et les habitants de Wharfton se livraient à un
commerce animé. Quelques promeneurs de l'Enclave étaient
descendus examiner les marchandises et pour eux, Gaia le savait, les
prix augmenteraient. Elle fit signe de la main à Amy Rupp, qui avait

posé devant elle une couverture pleine de bols que Gaia l'avait vue confectionner sur son tour de potier plus tôt dans le mois. Le vieux Perry était assis sous un parasol de fortune avec un tonneau d'eau sur roulettes et une ficelle à laquelle pendaient des tasses. L'odeur du vinaigre dont il se servait pour les rincer entre deux clients suffisait à donner envie à Gaia de prendre un verre, mais elle ne pouvait pas s'arrêter. Un autre homme vendait des nattes et des chapeaux tissés. D'autres encore proposaient des œufs, de la poudre de cannelle, des plantes et des pains noirs.

Gaia entendit le tintement de pièces de monnaie et vit le forgeron échanger une lame étincelante contre plusieurs tickets pour l'Autélé. Dans le ciel, deux pigeons aux ailes lourdes volaient non loin de là et disparurent dans un nid au sommet du toit de l'Autélé. Plusieurs enfants sales, pieds nus, traversèrent la grand place en courant ; ils riaient tout en tapant dans un ballon de football. Le vieux prosopis offrait une zone d'ombre où plusieurs personnes âgées s'étaient regroupées pour se reposer sur les tabourets bancals qui se trouvaient toujours là.

— On te verra à l'Autélé aujourd'hui, Gaia ? l'interpella Perry, qui se rafraîchissait avec un éventail.

— Pas ce soir.

— Comme tu voudras.

Gaia jeta un coup d'œil derrière elle à la façade de l'Autélé, dont les portes avaient été fermées pour garder la fraîcheur à l'intérieur. Depuis l'arrestation de ses parents, Gaia avait évité l'Autélé, moyen facile d'évasion du quotidien, mais, maintenant qu'elle voyait deux jeunes filles y entrer, elle se souvint qu'il avait été un lieu magique pour elle quand elle était petite.

Jusqu'à récemment, elle aimait les costumes aux couleurs vives, la musique et la danse qui envahissaient l'écran gigantesque. Elle aimait les courtes émissions spéciales sur la vie à l'intérieur de l'Enclave avec sa mode sophistiquée et ses soirées. Quelques-unes de ces émissions étaient consacrées à la famille du Protecteur : son fils avancé, son fils naturel et ses deux jumelles, à peine plus jeunes qu'elle. Elle aimait les archives datant de l'âge du frais, avec toutes ses technologies étranges et les émissions consacrées à la nature, aux chevaux, aux éléphants et autres espèces disparues.

Mais, quand elle était très jeune, elle aimait par-dessus tout les contes de fées qui la transportaient dans une autre vie. Elle y pensait encore des semaines après les avoir vus. Il lui suffisait de fermer les yeux sur la terrasse derrière sa maison et elle était à nouveau transportée tantôt dans un monde sous-marin où des sirènes chantaient, tantôt sur des terres où les nains vivaient dans une clairière au cœur d'un bois, ou encore dans la tour d'un château où une princesse ensorcelée dormait des années durant tandis que la poussière s'accumulait autour d'elle et que ceux qui vivaient au-delà de la forêt enchantée grandissaient et avaient des enfants.

Elle se souvenait en particulier du soir du cinquième anniversaire de son amie Emily Rupp où les parents de cette dernière avaient promis d'emmener leur fille, Gaia et leur amie Sasha à l'Autélé pour voir *Raiponce*. Comble de l'excitation, Sasha n'était encore jamais allée à l'Autélé car sa famille n'avait pas les moyens d'acheter de tickets ; Gaia et Emily avaient eu le plaisir d'anticiper l'enchantement de leur amie.

— C'est gigantesque, expliqua Emily. Aussi grand que le mur de l'Enclave, avec des images qui bougent.

Elles se tenaient par la main, Emily au milieu, gambadant devant ses parents en direction de la grand-place.

— Les lumières s'éteignent avant le spectacle, ajouta Gaia. Il y en a qui scintillent au plafond comme des étoiles et sur les murs de chaque côté, d'autres qui s'éteignent à l'horizon, comme un coucher de soleil. C'est comme ça que l'on sait que ça va commencer.

— Et les gens y vont tous les soirs ? demanda Sasha.

— Non. Enfin, peut-être certains adultes. Mais seulement s'ils ont des tickets, répondit Emily.

Quand la petite fille se pencha vers elles, Gaia remarqua que son haleine sentait encore le gâteau.

— Ma mère les a achetés spécialement pour mon anniversaire.

Gaia espérait juste que *Raiponce* serait aussi bien que les autres spectacles auxquels elle avait assisté. Sa mère lui avait dit qu'il y avait une tour dans l'histoire, comme la tour du Bastion, et une princesse à la très longue tresse. Gaia, Emily et Sasha s'étaient toutes coiffées de nattes pour l'occasion et celles de Gaia, brunes, étaient les plus longues. Les nattes blondes de Sasha étaient les plus courtes. Les cheveux roux d'Emily étaient si fins qu'on ne lui avait fait qu'une seule tresse.

Elles franchirent bientôt les grandes portes. Gaia se retourna pour observer Sasha qui regardait les étoiles au plafond avec une admiration qui convenait bien à l'endroit.

— Qu'est-ce qu'on t'avait dit ? s'exclama Gaia.

Sasha, sans voix, se contenta de fermer la bouche.

Emily la poussa du bout du doigt.

— Je savais que ça te plairait. Et le spectacle n'a même pas encore commencé.

— Allez, reprit Gaia, tirant Emily en avant pour lui faire descendre la longue allée qui menait au gigantesque écran.

Les gens s'asseyaient sur des bancs tout autour d'elles, discutant et riant. Beaucoup de femmes agitaient négligemment des éventails devant leur visage et certains jeunes hommes qui avaient découvert leurs bras pendant qu'ils travaillaient dans les champs arboraient des brûlures rouge vif.

Gaia chercha des yeux les parents d'Emily derrière elle, espérant qu'ils allaient se dépêcher, puis, stupéfaite, elle les vit s'engager dans une rangée de bancs seulement à mi-chemin de la salle.

— Les filles ! appela la mère d'Emily.

Sa fille et Sasha firent docilement demi-tour, mais Gaia tira sur la main d'Emily.

— Non. Allons tout devant. C'est là que sont les meilleurs bancs. Regarde ! Il y a plein de places.

Emily secoua la tête. Un couple d'adultes les dépassa alors en les bousculant.

— On ne peut pas aller en bas, protesta son amie.

— Pourquoi pas ?

— C'est là que les phénomènes s'assoient.

Sur le coup, Gaia ne comprit pas. Elle ne savait pas ce qu'était un phénomène. Ses parents et elle s'asseyaient toujours sur les premiers bancs de l'Autélé. C'est là que se trouvaient leurs amis. Là qu'il était plus facile de voir. Elle lâcha la main d'Emily et se détourna pour faire quelques pas de plus le long de l'allée qui descendait vers l'avant de la salle.

— Gaia ! appela fermement le père d'Emily.

Mais Gaia continuait d'avancer, comme si elle ne pouvait pas s'en empêcher, comme si la pente la tirait vers le bas. Il y avait là les bancs où elle s'était assise avec sa famille les autres fois où elle était venue. Il y avait le garçon avec le bec-de-lièvre, cet autre avec les béquilles. Leurs parents se joignaient à eux, toujours debout, à discuter. Elle vit le garçon lunatique, silencieux, qui vivait avec un artiste, et la très petite fille dont le bras ne grandissait pas correctement. La fillette leva la main et fit signe à Gaia.

Des phénomènes, pensa alors cette dernière. *On laisse les familles des phénomènes s'asseoir devant.*

— Gaia ! appela de nouveau le père d'Emily.

Elle sursauta quand sa main se posa sur son épaule.

— On s'assoit plus au fond aujourd'hui, dit-il doucement.

Un ouvreur s'approcha.

— Salut, Théo. Elle peut s'asseoir là, lança-t-il avec désinvolture. Elle peut amener ses amies aussi si tu veux.

Le père d'Emily la prit par la main.

— Merci. Ce ne sera pas la peine.

Sans un mot, elle le sentit tirer doucement sur son bras.

— Viens, Gaia, dit-il tout bas. Ça va bientôt commencer.

Elle se rendit soudain compte que la plupart des gens étaient assis à présent et que les bavardages s'estompaient. En se retournant, elle découvrit des rangées de visages qui, les uns après les autres, comme s'ils avaient reçu un signal, se tournaient tous vers elle et le père d'Emily. Gaia portait une nouvelle robe, une jolie robe marron que son père avait confectionnée pour elle la semaine précédente avec un col rond et un nœud dans le dos. Des rubans de la même couleur avaient été attachés avec soin au bout de ses tresses. Mais elle savait que les gens ne remarquaient pas ses vêtements. Ils avaient les yeux rivés sur son visage. Et comme elle remontait l'allée avec Théo jusqu'au banc où Sasha, Emily et sa mère étaient déjà assises, Gaia entendit des chuchotements. Des murmures. Inutile de distinguer les mots pour savoir que c'était de la pitié. La seule chose qui faisait plus mal encore était le message caché derrière : phénomène.

Pas même *Raiponce*, le spectacle le plus épatant qu'elle avait jamais vu, ne put faire oublier à Gaia ce qu'elle était réellement. Juste avant la fin, elle supplia la maman d'Emily de la laisser sortir avant les autres, avant que les lumières ne se rallument, pour éviter que la foule ne la dévisage. Et comme pour balayer les derniers doutes qui pouvaient subsister dans l'esprit de Gaia, la mère d'Emily, clémente, fut d'accord sur ce point et sortit avec le phénomène.

LE TRIANGLE

Gaia cligna des yeux et le souvenir se dissipa, ne laissant que l'ombre d'une honte familière. Même le pire, avec le temps et l'habitude, devenait supportable. Elle entendait distinctement un pigeon picorer la poussière à ses pieds. Perry s'était retourné vers ses amis, et le bébé remua légèrement dans ses bras. Tandis que Gaia quittait la grand-place et continuait de monter vers la porte, elle dépassa deux hommes de l'Enclave vêtus de blanc et évita leur regard en se dissimulant sous son chapeau.

Son travail était d'avancer un bébé, et elle comptait se concentrer là-dessus. La mère du nourrisson, Sonya, n'avait pas protesté ni ne s'était plainte. Elle savait, quand Gaia était arrivée, que c'était le troisième enfant du mois, et elle avait accepté d'en faire l'avance. Cela ajouté au fait que Sonya en avait déjà gardé deux, il aurait dû être plus facile pour Gaia d'emmener le bébé, mais elle trouvait la passivité de cette femme perturbante. Elle s'attendait toujours à ce que les mères réagissent comme l'avait fait Agnès, par des cris de souffrance à vous déchirer le cœur. Mais nulle ne le faisait, et Agnès avait disparu avec l'atroce douleur de cette nuit. Gaia ignorait si elle avait été arrêtée ou si elle avait fui, comme la vieille Meg, vers le désert.

Gaia baissa les yeux vers l'enfant endormi et caressa sa petite joue rose avec lassitude.

— Tu auras une belle vie, murmura-t-elle.

Mal à l'aise, elle replaça une mèche de cheveux bruns derrière son oreille droite ; un bruit de coups répétés et de clapotis lui fit lever les yeux vers un petit garçon sale qui lavait le récupérateur d'eau de pluie de sa poussière.

— Tu gaspilles de l'eau ? appela une voix depuis l'embrasure de la porte derrière lui.

— Non, m'man, répondit-il, son éponge dégouttant dans un seau.

— Si tu ôtes ton chapeau, je le jure, je t'arracherai la tête. Je ne veux pas que tu brûles.

— Je ne l'ai pas enlevé.

Il repoussa son chapeau en arrière pour offrir à Gaia un large sourire aux dents blanches ; ses pieds mouillés laissaient de sombres traces boueuses. De plus haut leur parvint le rire agréable d'un homme qu'ils ne voyaient pas, et Gaia entendit le tintement de plats qui s'entrechoquaient.

Malgré la simplicité rudimentaire des maisons de Wharfton et le travail sans fin, la vie à l'extérieur du mur lui parut décente l'espace d'un instant. Au moins, personne ne mourait jamais de faim. L'arrestation de ses parents et leur absence prolongée lui faisaient remettre en cause ce qu'elle avait toujours considéré comme une évidence et découvrir la communauté appauvrie de l'extérieur du mur d'un regard neuf. Les trois bébés avancés par leur secteur n'étaient peut-être qu'un paiement pour l'eau, les mycoprotéines et l'électricité que l'Enclave leur fournissait. Peut-être que l'échange, une fois dépouillé de toute notion de privilège et d'espoir, était aussi simple que ça. En valait-il la peine ? Elle passa une autre rangée de masures en piteux état et se demanda si les gens derrière les volets en rotin la regardaient cheminer et se réjouissaient secrètement qu'il s'agisse du dernier bébé à avancer pour le mois de mai.

Le Secteur Est Deux avait également atteint son quota. Gaia avait appris la nouvelle la veille par Amy Rupp, qui prétendait être déçue que son petit-fils ne soit pas avancé. Les yeux d'Emily brillaient d'excitation à l'idée d'être mère et son mari se pavanait sur la jetée, ses cheveux noirs rejetés en arrière, bombant le torse de fierté. Leur enfant aurait probablement une vie tout à fait banale à l'extérieur du mur, comme Emily et Kyle, et servirait également l'Enclave une fois grand. Gaia n'arrivait pas à être heureuse pour eux, sachant qu'ils auraient du mal à s'en sortir, mais elle n'était pas triste non plus, ce qui ajoutait à sa confusion.

Comme la route montait, Gaia eut vue sur le délac à sa droite. Il était presque possible, de cette position dominante, d'imaginer que le délac Supérieur avait un jour été rempli d'eau douce, vaste réserve miroitante qui s'étendait jusqu'à l'horizon sud. Aujourd'hui, Wharfton marquait la limite d'un grand bassin vide qui s'enfonçait dans une vallée de granit frangée de trembles et de fleurs sauvages ; l'eau y avait contourné les pierres en se retirant et formé des sillons. Là où il y avait un jour eu de l'eau, l'unique trace de bleu venait désormais du gris délavé de l'horizon.

À sa gauche, grandissant avec chaque pas qui l'en rapprochait, se trouvait le mur massif de l'Enclave.

Les portes étaient ouvertes à cette heure de la journée et, comme Gaia prenait un dernier tournant, elle vit dans leur encadrement, derrière le mur, des bâtiments propres où il semblait faire bon. Les pavés dessinaient des motifs en éventail le long de la rue et une rangée de boutiques soignées aux stores blancs projetait une bande d'ombre accueillante. Deux filles vêtues de couleurs vives se tenaient sous l'une d'elles et regardaient la vitrine d'un magasin. Une jeune femme en rouge les appela et elles la suivirent docilement, remontèrent la rue puis disparurent, leurs chapeaux jaunes assortis flamboyant au soleil.

— Alors, c'est le dernier du mois ? demanda le garde tandis que Gaia approchait. Le troisième ?

Gaia le connaissait bien à présent. Le sergent George Lanchester, le plus grand des deux soldats de service la nuit où elle avait avancé son premier bébé, était d'une nature joviale et bavarde, et elle avait appris qu'il avait grandi à l'extérieur du mur avant de rejoindre la garde. Elle ne pouvait s'empêcher de regarder sa pomme d'Adam quand il parlait. Un second garde au chapeau à large bord assorti à son uniforme noir lui jeta un bref coup d'œil ; il s'ennuyait visiblement. Gaia lui adressa un signe de tête respectueux.

— Bonjour, monfrère, dit-elle au sergent Lanchester. Des nouvelles de mes parents ?

Le sergent appuya sur un bouton sur le panneau intérieur de la porte.

— Je n'ai rien entendu à leur sujet, massœur. En revanche, j'ai eu vent d'une rumeur vous concernant.

Elle leva les yeux nerveusement et se mit à se balancer, déplaçant son poids instinctivement d'un pied sur l'autre pour bercer doucement l'enfant dans ses bras. Une fois de plus, elle refoula douloureusement son inquiétude pour ses parents.

— Qu'avez-vous entendu dire ?

— On raconte que le quota augmentera à cinq bébés en juin, fut la réponse du sergent Lanchester.

— Cinq ! s'exclama-t-elle. Il n'a jamais dépassé trois et, en général, il est de un ou deux. Que se passe-t-il ?

— Je ne saurais pas dire. Il y a une réelle envie de bébés apparemment. En fait – il se pencha pour s'approcher d'elle –, si vous entendez parler de mères souhaitant se faire un peu d'argent en plus, de façon tout à fait légale, vous comprenez, je pourrais vous mettre en contact avec des parents très méritants à l'intérieur.

Gaia garda une expression neutre mais elle était intérieurement horrifiée. Sa mère avait-elle été confrontée à ce genre de proposition ? Qu'aurait-elle fait ? Elle ne voulait certainement pas offenser le sergent Lanchester mais elle n'allait pas commencer à faire le commerce de bébés. C'était ce qu'il suggérait, non ? Elle jeta un coup d'œil au second garde, mais il s'était éloigné de quelques pas et regardait dans la direction opposée, hors de portée de voix.

— Vous y gagneriez pas mal de tickets pour l'Autélé, ajouta-t-il, confirmant ses soupçons.

— Merci, répliqua Gaia, c'est une idée. Nous en reparlerons.

Le sergent Lanchester hocha la tête, visiblement satisfait.

— Voilà qui est parfait ! Je savais que vous étiez une fille bien.

C'est tout à fait honnête, vous comprenez, mais je préférerais que vous ne le mentionniez à personne d'autre que moi. Il s'agit de familles très méritantes que je connais, mais elles aimeraient que l'on reste discret.

Il haussa les sourcils brièvement tout en jetant un coup d'œil à l'autre garde.

Puis il se redressa et fit signe à l'autre homme d'approcher.

— Tu devrais voir ce bébé. C'est un beau p'tit gars.

Le garde s'approcha, jeta un bref coup d'œil et ne dit rien. Il était plus âgé, les cheveux légèrement grisonnants et les épaules étroites, carrées. Quand il fixa ouvertement la cicatrice de Gaia, le rouge lui monta aux joues d'embarras et elle positionna le bord de son chapeau de façon à ne plus voir son visage.

Le garde grogna et fit demi-tour.

Gaia regarda par-dessus son épaule, curieuse de voir à nouveau l'Enclave, et, plus haut sur la route sinueuse, elle aperçut massœur Khol qui descendait la colline, sa cape blanche claquant derrière elle au soleil. Elle s'arrêta quand un homme la salua puis ramena sa capuche en avant tout en se penchant pour lui parler un moment.

Une femme d'âge moyen vêtue d'une robe bleue se faufila à côté d'eux, descendant en direction de la grand-place, un panier au bras.

— Bonjour, massœur, dit le sergent Lanchester, portant la main à son chapeau. Belle journée, n'est-ce pas ?

Tandis que la femme répondait gaiement, Gaia ressentit une pointe d'envie familière. Les habitants de l'Enclave pouvaient en sortir s'ils le souhaitaient, mais très peu des habitants de Wharfton se rendaient un jour à l'intérieur du mur, et ce uniquement lorsqu'on les y invitait expressément pour fournir un service ou livrer une marchandise. Même les ouvriers agricoles restaient à l'extérieur, sauf quand ils apportaient les récoltes pour les stocker dans les entrepôts près de l'usine de mycoprotéines. N'y avait-il aucun moyen de gagner sa place à l'intérieur du mur ? Ce désir la troublait, et il était désormais mêlé de crainte pour ses parents.

Massœur Khol passa la porte.

— Ah, Gaia ! s'exclama-t-elle. Nous apportes-tu un petit garçon ou une petite fille ?

— Un garçon en bonne santé, massœur, répondit poliment la jeune fille.

La femme fit claquer sa langue sur son palais.

— Les filles sont très en vogue en ce moment. Enfin, ce n'est pas grave. De nombreux pères traditionnels veulent encore un petit « junior ». Viens voir massœur, ajouta-t-elle doucement en tendant les bras vers l'enfant.

Gaia passa délicatement le bébé à massœur Khol et fut surprise de sentir quelque chose d'anguleux contre ses doigts sous le linge enveloppant l'enfant. Elle lança un regard à massœur Khol mais le visage de cette dernière n'exprimait rien d'inhabituel. Gaia sentait pourtant qu'elle poussait quelque chose vers elle et elle s'en saisit rapidement pour le mettre dans sa poche sans que les gardes s'en aperçoivent.

— Il a une si jolie bouche, fit remarquer massœur Khol. Et depuis combien de minutes est-il né ?

Le pouls de Gaia s'accéléra. Elle souleva la montre de gousset qui pendait à son cou, essayant de paraître naturelle.

— Soixante-douze minutes.

— Elle est arrivée il y a bien quinze minutes, ajouta le sergent Lanchester.

Il fit un pas de côté pour laisser entrer deux hommes de l'Enclave.

Massœur Khol secoua la tête d'une manière rassurante.

— Ça n'a pas d'importance. Tant que c'est en dessous de quatre-vingt-dix minutes, c'est bien. Formidable, formidable, chantonna-t-elle.

Elle adressa un sourire chaleureux à Gaia.

— Le quota du mois est atteint, je ne te reverrai donc sans doute pas avant juin. Continue de bien travailler, Gaia. Tu es généreusement indemnisée, j'espère.

— Oui, j'ai tout ce dont j'ai besoin, répondit Gaia. Je suis heureuse de servir l'Enclave.

— Moi de même, renchérit massœur Khol.

— Et moi, lui fit écho le sergent Lanchester.

— Et moi, dit le second garde.

Massœur Khol fit demi-tour pour franchir la porte.

— Est-il vrai que le quota pourrait passer à cinq le mois prochain ? demanda Gaia.

Massœur se retourna à demi, observant la jeune fille de près.

— D'où tiens-tu cette information ? demanda-t-elle.

Gaia jeta un coup d'œil au sergent Lanchester et le vit faire non de la tête discrètement.

— C'est quelque chose que j'ai entendu par hasard sur la grand-place, improvisa Gaia. Ce n'est pas vrai, n'est-ce pas ?

Gaia vit les deux hommes échanger un regard ; massœur Khol se renfrogna.

— À t'entendre, on dirait qu'une augmentation du quota ne serait pas la bienvenue, dit-elle doucement.

— Oh, non ! s'exclama Gaia aussitôt. Je veux juste y être préparée.

L'air réprobateur de massœur Khol s'adoucit légèrement.

— C'est le Protecteur qui prend ces décisions, dit-elle. Je ne pourrais le confirmer ni l'infirmer. Mais ce qui est sûr, c'est que les bébés ne sont donnés qu'aux meilleures familles de l'Enclave.

— N'est-ce pas toujours le cas ? demanda Gaia.

Le sourire de massœur Khol était réservé.

— Bien sûr. Notre avenir à tous en dépend.

Gaia acquiesça. Elle savait que c'était vrai. Et elle sentit que ce n'était pas le bon moment pour poser des questions. Elle mit la main dans sa poche pour toucher l'objet pointu que massœur Khol lui avait donné. Quand elle se rendit compte que cela ressemblait à du papier plié méticuleusement en un minuscule triangle, elle manqua de sauter sur place d'excitation.

Mais déjà, massœur Khol s'était de nouveau glissée dans l'Enclave avec le bébé et le sergent Lanchester ouvrait la main pour désigner le chemin derrière elle.

— Allez-y, massœur, dit-il gentiment à Gaia. Il ne faudrait pas bloquer la route. Et reposez-vous tant que vous le pouvez, ajouta-t-il.

Sous le large bord de son chapeau noir, ses yeux exprimaient une sincère préoccupation.

— Merci, monfrère, lui répondit Gaia.

Elle prit conscience de sa lassitude et de sa soif, surtout sous ce soleil brûlant, mais, plus que tout, elle était curieuse d'identifier ce qu'elle avait glissé dans sa poche.

— Je suis au service de l'Enclave, prononça-t-elle.

— Et moi, répondirent les deux gardes à l'unisson.

Gardant les doigts sur le triangle, elle redescendit la route principale et tourna dans l'un des sentiers étroits du Secteur Est Un. Elle attendit d'avoir passé plusieurs coins de rue, d'avoir longé une rangée de marchands, puis elle se réfugia au calme dans l'embrasure d'une porte et sortit l'objet de sa poche. C'était un petit bout de parchemin marron bien plié et, lorsqu'elle l'ouvrit et le lissa, elle fut très étonnée de reconnaître l'écriture de sa mère :

DÉTRUIS-LE. DÉTRUIS CECI. VA VOIR WZ⅄⅄R L.

Gaia fronça les sourcils en lisant les dernières lettres, déconcertée par ce charabia. Elle retourna le papier à la recherche d'indices mais il n'y avait rien au dos.

— Tu as reçu un billet doux ? demanda une voix masculine.

Gaia se retourna, fourrant aussitôt le mot dans sa poche.

Un petit homme barbu se tenait dans l'embrasure de la porte à côté d'elle ; il secouait une serviette qui dégageait un nuage de farine. Sa famille achetait toujours son pain chez Harry du côté ouest, elle ne s'était donc jamais rendue dans cette boulangerie-là. À présent, comme il montrait sa poche du doigt, elle sentit le rouge lui monter aux joues.

Il rit doucement et lui fit un signe de tête taquin.

— Laisse-moi deviner. Tu t'es trouvé un petit ami à l'intérieur du mur, une jolie fille comme toi. Pas vrai ?

Gaia rougit plus encore et se tourna pour lui faire face. Elle regarda son expression amicale se muer en surprise puis en une grimace de pitié.

— Alors, tu es la fille de Bonnie, dit-il.

Il n'y avait plus rien de taquin dans sa voix basse et chaleureuse comme un bon pain noir. Ses yeux marron, doux et inquiets, s'attardèrent sur sa cicatrice ; on avait le sentiment que, s'il l'avait pu, il l'aurait guérie.

La surprise de Gaia monta rapidement dans ses poumons comme une bulle de couleur vive.

— Vous connaissez ma mère ? demanda-t-elle.

Il jeta un bref coup d'œil dans la rue puis lui fit un signe de tête et recula de nouveau dans l'embrasure de la porte. Sa façon de rentrer le menton dans son cou faisait que sa moustache brune et sa barbe lui cachaient les lèvres.

— Tu ne te souviens pas de moi, n'est-ce pas ? interrogea l'homme. Je suis Derek Vlatir. Ma femme et moi vivions dans le Secteur Ouest Trois quand nos enfants étaient petits. Je connais tes parents depuis toujours. Je t'en prie, viens. Entre.

Curieuse, Gaia le suivit. Dans la cuisine aux murs bleus, elle découvrit deux grands fours, des sacs de farine et une longue table de bois où se trouvaient des boules de pâte brune. La lumière du soleil brillait sur une rangée de verres mesureurs. À travers une autre embrasure de porte où pendait un rideau de perles marron, elle vit un comptoir qui servait de devanture au magasin. Bien que la boulangerie n'eût rien d'inhabituel, les mouvements rapides de Derek pour fermer la porte derrière eux et son coup d'œil furtif dans l'autre salle la mirent sur ses gardes.

— Nous n'avons qu'une minute, annonça-t-il.

— Vous avez entendu parler de quelque chose, devina la jeune fille.

Il acquiesça et elle vit alors que son inquiétude pour elle allait bien au-delà de la simple pitié pour sa cicatrice.

— Je ne sais pas comment te le dire autrement. Tes parents sont dans la prison de l'Enclave, lâcha-t-il . Ils ont été accusés de trahison et, ce matin, on les a condamnés à mort.

Gaia recula contre le chambranle de la porte.

— C'est impossible. Ils n'ont rien fait de mal !

— Peut-être, répliqua Derek.

Il jeta un coup d'œil par-dessus son épaule et fit un pas vers elle, parlant tout bas.

— Mais ils doivent être exécutés la semaine prochaine.

— Comment le savez-vous ? demanda Gaia, méfiante.

De peur, son cœur battait la chamade. L'homme cherchait peut-être à la piéger. C'était peut-être un garde déguisé pour la mettre à l'épreuve et voir si elle était loyale envers l'Enclave ou non.

— Écoute, reprit-il, je sais que c'est difficile à entendre. Ça l'est aussi pour moi. Je connais tes parents depuis que nous sommes enfants, c'est pourquoi, quand ils ont été arrêtés, j'ai demandé à mes amis boulangers à l'intérieur du mur d'essayer de voir ce qu'ils pourraient découvrir. Je gardais l'espoir de recevoir de meilleures nouvelles et puis, ce matin, j'ai appris cela. Tu dois me faire confiance.

Il leva les mains en l'air comme si elles pouvaient plaider sa cause.

— Pourquoi n'êtes-vous pas venu me le dire ?

— J'ai déjà essayé à deux reprises. Chaque fois tu étais sortie et ce n'est pas vraiment comme si je pouvais te laisser un message. J'avais l'intention de revenir aujourd'hui et de t'attendre s'il le fallait. Je suis navré, mais tes parents ne reviendront pas.

La gorge de Gaia se serra et elle crispa les poings. Elle ne voulait pas le croire, mais il n'avait aucune raison de mentir. Le mot dans sa poche. Sa mère le lui avait-elle envoyé parce qu'elle savait qu'elle allait mourir ?

— On me l'aurait dit, protesta-t-elle avec désespoir. L'Enclave me le dirait, au moins.

Qui d'autre était au courant ? Théo Rupp le savait-il ?

Il approcha sa figure un peu plus près et esquissa un sourire triste qui la convainquit enfin qu'il disait la vérité.

— Ce n'est pas comme ça que ça marche, dit-il.

Elle lutta contre la vague d'horreur qui menaçait de l'envahir.

— Je dois pouvoir faire quelque chose.

— Je suis navré, répéta-t-il doucement. Tes parents étaient deux des personnes les plus respectables que j'aie jamais connues.

— Ne parlez pas d'eux comme ça ! Comme s'ils étaient déjà morts. S'il vous plaît, si vous avez des contacts à l'intérieur du mur, vous devez pouvoir faire quelque chose. N'y a-t-il pas moyen d'y pénétrer ?

Il s'essuya lentement les mains sur son tablier blanc, hésitant.

— C'est trop dangereux, finit-il par dire. Personne n'y entre.

— Il doit y avoir une solution, insista Gaia.

Ses cauchemars n'étaient rien comparés à cela. Elle fut soudain furieuse contre elle-même pour les semaines d'inactivité docile qu'elle venait de passer. Elle aurait dû faire quelque chose. Elle aurait dû protester d'une façon ou d'une autre. Au lieu de cela, elle avait servi l'Enclave comme une petite esclave idiote ! Elle enleva son chapeau et passa la main dans ses cheveux, réfléchissant à toute vitesse. Si l'Enclave exécutait des innocents comme ses parents, alors elle ne lui devait plus sa loyauté.

S'il y avait une occasion, si infime soit-elle, de faire quelque chose pour les sauver, elle le ferait. Elle pourrait se rendre à la porte et demander à voir monfrère Iris, comme le sergent Grey lui en avait donné l'instruction, pour lui remettre le sac que la vieille Meg lui avait confié. Monfrère Iris ne rendait de comptes qu'au Protecteur ; le paquet avait donc sans doute de la valeur. En ce moment même, il était encore attaché à la jambe de Gaia, sous sa jupe. Elle l'avait examiné et savait qu'il contenait un ruban marron abondamment brodé de fils de soie, mais le motif n'avait aucun sens pour elle, tout comme la note dans sa poche était un message codé. Puis elle comprit. Ce ruban était certainement la liste que le sergent Grey cherchait.

C'était également ce que sa mère voulait qu'elle détruise.

Elle s'adossa à l'un des comptoirs ; la tête lui tournait.

— Il doit y avoir un moyen de franchir ce mur, reprit-elle.

Derek caressa doucement sa moustache puis sa barbe.

— Seule l'entrée par la porte est légale. Toute autre tentative est passible de la peine de mort.

Elle s'approcha de lui et prit sa décision aussi sûrement que si elle avait saisi l'un de ses verres mesureurs. Elle devait voir ses parents. Elle devait les rejoindre d'une façon ou d'une autre.

— Je me moque des châtiments. Je veux que vous m'aidiez à pénétrer dans la prison de l'Enclave. Pouvez-vous le faire ?

Derek baissa les sourcils, visiblement alarmé.

— Tu te rends compte de ce que tu es en train de dire ?

Il lui était égal à présent de tenir les propos d'un traître.

— S'il vous plaît, insista-t-elle. J'ai besoin de voir ma mère. Je dois lui donner quelque chose qui pourrait lui sauver la vie.

— Qu'est-ce que c'est ?

Elle secoua la tête.

— Vous avez dit en plaisantant que j'avais peut-être un petit ami à l'intérieur du mur. Et si je vous disais que c'était vrai et que j'avais besoin de le voir ? Oubliez mes parents. Aidez-moi juste à franchir le mur. Je ferai le reste moi-même.

— Je ne peux pas prendre ce risque.

— Je vous paierai, argua-t-elle.

Il pencha la tête légèrement puis saisit une boule de pâte marron et se mit à la pétrir pour ensuite la rouler habilement en un pain long. Il le plaça sur un linge enfariné qu'il pinça pour le plisser et le préparer pour le pain suivant. S'il n'avait pas froncé les sourcils si intensément, elle aurait cru qu'il l'ignorait, mais elle était certaine qu'il était en train de réfléchir et que pétrir la pâte l'aidait à se concentrer.

— Derek, murmura Gaia. Vous avez dit avoir des enfants. Mes parents n'ont que moi. Ils sont probablement fous d'inquiétude de me savoir seule ici. Ne voudraient-ils pas que vous m'aidiez ?

Il lui jeta un coup d'œil et laissa tomber la boule suivante sur le linge.

— Ils voudraient surtout que je te garde en sécurité, répondit-il d'un ton sarcastique.

— Mais moi je veux être avec eux. Je n'ai qu'eux. Vous devez m'aider à entrer là-dedans.

Gaia se tenait près de la table et regarda une fois de plus par la porte de devant, vers le magasin vide. Le rire d'enfants passant dans la rue leur parvint, et une mouche bourdonna au soleil.

— Ce n'est pas aussi simple que tu le crois de se rebeller, dit Derek.

Ses mains travaillaient la pâte avec aisance tandis qu'il parlait ; il ne leva jamais les yeux vers elle.

— En théorie, bien sûr. D'abord les gens ont tendance à disparaître quand ils critiquent trop ouvertement l'Enclave. Et puis nombre de nos familles ont des fils et des frères dans la garde. On ne peut pas se battre contre nos propres familles. Beaucoup ont des enfants qui ont été avancés à l'intérieur, des enfants qui seraient blessés si nous attaquions. Comment pourrions-nous nous unir pour combattre l'Enclave ? Et pour obtenir quoi ?

Il ne fit que la convaincre qu'elle s'adressait à la bonne personne. Il était évident qu'il réfléchissait à une insurrection depuis bien plus longtemps qu'elle.

— S'il vous plaît, Derek, répéta-t-elle. J'ai mis de côté quarante tickets pour l'Autélé. Je vous en donnerai trente si vous m'aidez à passer à l'intérieur du mur.

Derek rit, ne cachant pas son amusement.

— Trente tickets ! Ça n'en vaudrait pas la peine pour le double !

Gaia appuya ses mains sur la table de bois, sentant la couche de farine sous ses doigts.

— Je vous en donnerai quarante, dit-elle. Tout ce que j'ai. Et de l'eau pour une semaine. Vous devez m'aider.

Derek la regarda curieusement.

— Que penses-tu accomplir en pénétrant à l'intérieur du mur ?

En quelques minutes, tu seras arrêtée. Tu peux te faire arrêter gratuitement quand tu veux. Rends-toi simplement à la porte et dis-leur que tu caches illégalement la liste de ta mère.

Gaia sentit la chaleur quitter son visage et sut qu'elle devenait aussi pâle que la farine qui couvrait la table. Elle déglutit avec difficulté.

Derek rit à nouveau, la montrant du doigt.

— J'avais donc raison. Tu es transparente, mon enfant, malgré ta cicatrice.

— Qui d'autre est au courant ? murmura-t-elle, les joues en feu.

— Pas la peine de te tracasser. Une poignée d'entre nous a deviné qu'elle vous avait laissé une sorte de liste, à toi ou à la vieille Meg, même si je n'en étais pas sûr jusqu'à maintenant. On a posé la même question à d'autres sages-femmes. On se demandait si tu allais faire quelque chose à ce sujet.

— Qui sont ces gens ? demanda Gaia.

Pourquoi aucun d'eux ne lui avait-il parlé depuis que ses parents avaient été arrêtés ? Avaient-ils tous tellement peur ?

Les lèvres de Derek se fermèrent en une ligne sévère, et l'imagination de Gaia s'emballa. Il n'avait peut-être que quelques amis amateurs de ragots, mais il était également possible que ces gens se réunissent pour remettre en question tout bas le droit de l'Enclave à dicter les règles qui régissaient le peuple à l'extérieur du mur. Ses parents avaient peut-être pris part à ces conversations et il n'en avait pas fallu plus pour les faire arrêter. Elle aurait aimé savoir.

— Le quota va passer à cinq le mois prochain, reprit-elle.

— Ah oui ? fit Derek, pensif.

Il pétrissait une autre boule, ses doigts se déplaçant habilement au-dessus et autour de la pâte. Il prit un autre plateau, qui atterrit sur la table avec un léger bruit métallique.

— Y'a quelqu'un ? appela une femme depuis la pièce de devant.

— J'arrive, lança Derek.

Il jeta un bref coup d'œil à Gaia et elle se glissa sans bruit dans un coin, hors de vue derrière une étagère noire couverte de bidons et de boîtes. Il s'essuya les mains sur son tablier et se retourna, le contour de ses épaules massives se dessinant brièvement sur le rideau de perles quand il le traversa.

Gaia entendit la voix de la cliente et la réponse détendue de Derek. Elle n'était pas certaine de savoir pourquoi, mais elle avait confiance en lui. D'abord, il paraissait avoir plus d'informations que la famille de Théo Rupp, même si les nouvelles étaient mauvaises. Elle commençait à croire que sa mère ne lui avait pas tout dit, soit parce qu'elle n'avait pas confiance en elle, soit parce qu'elle voulait la protéger en la laissant dans l'ignorance. Gaia en avait assez de l'ignorance.

Elle entendit un dernier au revoir et des pas traînants, puis Derek traversa de nouveau le rideau de perles. Gaia sortit doucement du coin où elle se cachait.

— Tu ne prends pas beaucoup de place, hein ? soupira Derek.

Elle s'approcha de la table et prit rapidement sa décision.

— Ce soir, annonça-t-elle. Il n'y a pas de temps à perdre.

Derek la dévisagea en fronçant les sourcils un long moment sans ciller et elle se redressa sous son regard intense. Elle essaierait avec ou sans son aide, mais elle préférerait l'avoir de son côté. Il finit par acquiescer. Il reporta son attention sur sa pâte et, à l'aide d'un couteau, il fit une petite entaille en travers de chaque pain préparé.

— À minuit, lâcha-t-il. Habille-toi en rouge.

Gaia en eut le souffle coupé. Les vêtements rouges étaient coûteux, peu discrets et interdits à ceux qui vivaient hors du mur.

— Avec ça, je serai aussi discrète qu'un feu d'artifice ! s'exclama-t-elle.

Il gloussa, levant à peine les yeux.

— Tu ignores encore beaucoup de choses, pas vrai ? Du rouge. Et apporte les tickets. Tu peux déposer l'eau derrière la maison de tes parents. J'irai la chercher plus tard.

Elle acquiesça.

— Je la laisserai sur la terrasse, à l'arrière.

Il y eut de nouveau de l'agitation dans la pièce de devant, des pas, le bruit d'un autre client qui entrait. Derek essuya une nouvelle fois ses grosses mains sur son tablier et les tendit vers une étagère en hauteur. La jeune fille le vit saisir un petit pain brun et le lancer : elle l'attrapa au vol.

— Tu t'es trouvé un amoureux à l'intérieur du mur, petite Gaia, dit-il avec un grand sourire. Maintenant va-t'en.

Elle sortit par la porte de derrière, s'engouffrant dans la chaude lumière du jour. Elle savait que c'était une façon taquine de lui dire qu'ils avaient un accord, mais le mot « amoureux » l'agaça. Qu'elle n'en ait jamais eu n'aidait pas l'affaire. Elle n'avait pas encore rencontré un garçon qui lui plaise particulièrement et, bien sûr, nul ne pouvait la trouver attirante. Elle se souvint soudain des belles mâchoires et de la jolie bouche du sergent Grey, ce qui l'irrita plus encore. Elle ne l'avait vu que brièvement cette nuit-là, et sous un faible éclairage. Pourtant sa figure symétrique où dansaient les ombres était clairement gravée dans sa mémoire. *Il a sans doute déjà eu bon nombre de petites amies*, se dit-elle. Certaines filles devaient être attirées par son beau visage malgré cette terrible froideur qui émanait de lui. Enfin, cela ne la regardait pas.

Le pain serré contre son flanc, là où le bébé de Sonya s'était trouvé plus tôt ce matin-là, elle descendit les ruelles de Wharfton à grandes enjambées pour rentrer chez elle, mais elle réfléchissait déjà à ce qui se passerait quelques heures plus tard, s'imaginant parcourir ces rues en sens inverse et se demandant comment elle allait bien pouvoir trouver quelque chose de rouge à porter. Pour la première fois depuis des semaines, elle avait un objectif et elle pouvait canaliser toute l'angoisse qui l'avait consumée dans l'élaboration d'un plan pour pénétrer dans l'Enclave.

V

LES BOURSES-À-PASTEUR

La solution pour les vêtements rouges s'avéra simple. Gaia se servit d'une teinture provenant du matériel de couture de son père et la fit bouillir dans une marmite d'eau sur le feu. Elle y laissa tomber sa jupe marron et la tunique blanche à capuchon qu'elle avait portée un an plus tôt pour la fête du solstice d'été et les observa dans l'eau fumante. La jupe marron vira au brun-rouge profond tandis que le tissu blanc menaçait de rester rose. Gaia remua les vêtements à l'aide d'une cuillère en bois, sentant la vapeur monter vers son visage. Puis elle s'assit et sortit à nouveau le mot de sa mère de sa poche.

DÉTRUIS-LE. DÉTRUIS CECI. VA VOIR WZMMR L.

Sa mère s'attendait à ce qu'elle arrive à décoder ce message, c'était évident. Elle leva la tête pour s'assurer qu'il n'y avait pas de bruit aux alentours de sa petite maison plongée dans le silence, mais on n'entendait que le forgeron au loin, battant le métal dans un martèlement rythmé, et le doux pépiement d'un oiseau qui sautillait dans l'arrière-cour parmi les herbes et plantes du jardin de sa mère. En bruit de fond, le crissement de la chaîne qui attachait l'urne d'eau à l'auvent de la terrasse lui rappelait que son père n'était plus là pour porter le lourd récipient quand il était plein. Rien n'allait plus en l'absence de ses parents, peu importaient les efforts qu'elle faisait pour continuer à vivre sans eux.

Il lui avait fallu les perdre pour se rendre compte à quel point ils étaient exceptionnels. Ils avaient construit leur petite maison sans plus de moyens que les autres familles de Sally Row et, pourtant, leur demeure avait toujours été différente : l'eau potable un peu plus fraîche, les repas plus savoureux, les vêtements magnifiquement cousus. Son père avait l'œil pour ce qui était beau et fonctionnel, pas seulement quand il s'agissait de confectionner des habits – ce qu'exigeait son métier de tailleur –, mais aussi quand il fallait disposer des objets à l'intérieur et autour de la maison.

Quand sa mère avait commencé à repiquer des plantes dans leur jardin, elles s'étaient fanées sous le terrible soleil d'été, mais son père avait conçu des treillis pour filtrer la lumière ainsi qu'un système de drainage et des citernes de récupération d'eau par condensation tout autour du jardin. Il avait couvert la terre d'herbes coupées pour réduire l'évaporation et la pousse des mauvaises herbes. Ils récupéraient l'eau de pluie du toit de la maison dans un tonneau, celle du poulailler dans un autre et, quand ceux-ci étaient vides, le père de Gaia se servait de l'eau du bain et de la lessive pour arroser la terre. Le système n'était pas parfait. Un été, ils avaient perdu presque toutes leurs cultures. Mais leur potager était souvent florissant et ils avaient de quoi partager avec leurs voisins. Le père de Gaia avait même transplanté un saule au fond du jardin en guise de terrain de jeu et pour fournir l'écorce qu'utilisait sa mère dans les thés médicinaux.

Gaia se souvenait de la première fois où elle était allée cueillir des bourses-à-pasteur avec sa mère il y avait fort longtemps, l'été de ses neuf ans. Des sauterelles cachées dans l'herbe sèche s'étaient envolées tout autour et elle avait tenu le tissu de sa jupe contre ses jambes pour les empêcher de passer dessous. Elle s'était retournée pour regarder derrière elle et avait été surprise de l'aspect de Wharfton et de l'Enclave vus sous cet angle. Ils paraissaient si petits, comme une ville, une colline et un château qu'elle aurait pu construire avec des pierres sur la plage. Au-delà du mur, elle voyait les tours du Bastion et la partie supérieure d'un grand obélisque, pas plus large que son pouce tendu.

— Gaia, ne te laisse pas distancer, appela sa mère.

Gaia leva les yeux et vit que sa mère avait presque disparu au bout du chemin qui descendait en serpentant jusqu'au délac. Une sauterelle bondit, atterrissant sur sa main, et elle la chassa pour suivre sa mère en courant. Là où il contournait de larges rochers, le sentier de terre tassée était frais sous ses pieds nus, mais la majeure partie étant en plein soleil, elle avait l'impression que tout picotait : le gravillon entre ses orteils, la sauterelle posée sur l'ourlet de sa jupe, la chaleur qui lui chatouillait les oreilles.

Là où le délac plongeait plus profondément, formant une baie asséchée emplie de grands rochers ronds, elle retrouva sa mère. C'était à cet endroit qu'Emily et elle jouaient souvent à *Raiponce*, incarnant chacune son tour la sorcière ou la princesse. Mais ces derniers temps, Sasha invitait Emily à jouer, sans Gaia.

— Te voilà enfin, petite rêveuse, lança sa mère. Regarde. Je veux que tu observes cette plante et les endroits où on peut la trouver. Tu remarques ces larges feuilles douces, presque duveteuses ?

Gaia ne voyait pas en quoi cette plante était différente des autres autour d'elle. Elle mit les mains dans les poches de sa robe et en tortilla le tissu, le resserrant autour de ses jambes. Elle se demandait si Emily irait encore chez Sasha aujourd'hui.

— Gaia, fais attention, c'est important, la réprimanda sa mère.

La petite fille ne savait pas ce qu'elle faisait de mal. Elle ne savait pas pourquoi sa mère lui parlait aussi sèchement. Tout ce qu'elle savait, c'était qu'Emily aurait dû être là. Elle baissa la tête et ses yeux se remplirent de larmes brûlantes.

— Hé là, dit sa mère doucement.

Elle lui tendit la main. Gaia ne pouvait pas bouger.

— Ce sont ces filles, c'est ça ? demanda sa mère.

— Emily me manque, murmura Gaia.

— Assieds-toi là, lui enjoignit sa mère doucement, juste à côté de moi.

Gaia vérifia avec soin qu'aucune sauterelle ne se promenait dans le coin puis elle s'accroupit, gardant sa robe bien plaquée sur ses jambes. Elle se frotta les yeux.

— Je vais t'apprendre quelque chose sur les amis, reprit sa mère. Sasha, je n'en suis pas sûre, mais Emily reviendra vers toi.

— Comment peux-tu le savoir ?

— Je le sais, c'est tout. Ça dépend de la grandeur d'âme des gens. Maintenant, regarde bien.

Sa mère recommença ses explications, plus patiemment. Et cette fois, comme si elle découvrait une toute nouvelle plante, Gaia examina les feuilles et la tige vert pâle. Sa mère déterra la plante délicatement et la fillette contempla la finesse arachnéenne de ses racines.

— À quoi sert-elle ? demanda-t-elle.

Sa gorge n'était plus si serrée. Elle renifla.

— Voilà qui te ressemble plus, fit remarquer sa mère. Elle aide à arrêter les saignements. Elle permet au ventre de la mère de se contracter de nouveau après l'accouchement.

Gaia toucha des doigts les douces feuilles duveteuses.

— Tu veux m'aider à en trouver davantage ? demanda sa mère.

Et Gaia acquiesça. Tout simplement, en montrant qu'elle avait besoin d'elle, sa mère avait su l'aider à se sentir mieux. Moins seule.

Les années avaient passé depuis, et Gaia se tenait à présent recroquevillée sur elle-même, serrant une jambe dans ses bras, le genou sous le menton. Il n'existait pas de mère plus parfaite que la sienne. Nul n'avait jamais été aussi intuitif, aussi généreux, aussi vrai. Et son père était le compagnon idéal, qui apportait équilibre et harmonie.

Gaia ramassa le pain que Derek lui avait donné et l'examina. On distinguait l'entaille dans la croûte, la version cuite de la simple ligne qu'elle l'avait vu tracer au couteau dans la pâte à la boulangerie. Sur le coup, il ne s'était pas expliqué mais la jeune fille s'interrogeait à présent. Elle leva les yeux vers les deux bougies jaunes sur le manteau de la cheminée. Elle avait perpétué la tradition de les allumer chaque soir à l'heure du dîner en l'honneur de ses frères. Elle pensa au brin de pâturin que le tisserand glissait dans tout ce qu'il confectionnait et aux petits bouquets de fleurs fraîches que le forgeron pendait toujours au-dessus de son enclume. On aurait dit que tous ceux qui avaient fait l'avance d'un enfant se remémoraient le bébé d'une façon ou d'une autre, par une marque ou un rituel quotidien.

Des frères fantômes avaient joué aux côtés de Gaia toute sa vie, invisibles aux yeux de tous sauf de ses parents. Peut-être était-ce ces absences qui avaient rendu sa mère plus tendre. Peut-être cela ne l'avait-il pas dérangée de se faire arrêter parce qu'elle espérait voir ses fils à l'intérieur du mur.

Non. Ses parents méritaient d'être libres.

Gaia se leva avec impatience. Elle avait ouvert toutes les portes pour profiter de la moindre brise. Elle regarda par celle de devant puis la ferma doucement. Elle souleva sa jupe et détacha le sac de sa mère. À l'intérieur se trouvait le ruban marron brodé avec soin de fils de soie. On aurait dit une jolie parure qu'une jeune fille aurait pu porter dans les cheveux. Il était assez long pour faire plusieurs fois le tour de sa tête et être attaché de sorte que les extrémités retombent dans son dos, mais elle ne le mit pas. Elle chercha à discerner un schéma parmi les fils de couleur mais, même si nombre de formes ressemblaient à des chiffres et des lettres, elles ne s'apparentaient à aucun alphabet qu'elle connaissait. Gaia survola de nouveau le mot de sa mère en le plaçant à côté du ruban, mais il n'y avait aucune similitude.

Du bas de la rue lui parvint le rire d'un enfant et elle leva la tête. Elle entendit le bruit d'une batte frappant une balle. Un autre bambin cria quelque chose d'une voix joyeuse, et l'air mélodieux qui s'attardait réveilla un souvenir en Gaia.

— Ah ! souffla-t-elle.

Les lettres. L'alphabet. La chanson de l'alphabet. Son père aimait jouer du banjo et chanter et, quand Gaia était petite, un de ses plus grands plaisirs avait été de lui apprendre à chanter la chanson de l'alphabet à l'envers, en commençant par Z, Y, X. Il s'en était aussi servi pour lui écrire de petits mots codés. Elle griffonna le code pour inverser les lettres :

A B C D E F G H I J K L M N O P Q R S T U V W X Y Z

Z Y X W V U T S R Q P O N M L K J I H G F E D C B A

Elle étudia de nouveau le message de sa mère et commença à le déchiffrer, échangeant chaque lettre avec la lettre correspondante dans l'alphabet inversé, de sorte que W devenait D et ainsi de suite.

DÉTRUIS-LE. DÉTRUIS CECI. VA VOIR DANNI O.

Gaia retomba en arrière : le mystère devenait plus énigmatique encore. Le mot était de la main de sa mère mais établi selon le code de son père. L'avaient-ils écrit ensemble ou sa mère s'était-elle simplement souvenue de cette astuce ?

Le message lui-même était identique à celui de la vieille Meg : aller voir sa grand-mère, Danni Orion. Mais la grand-mère de Gaia était morte depuis plus de dix ans. La jeune fille s'en rappelait à peine et ses parents avaient rarement parlé d'elle. On aurait dit que sa mort avait quelque chose de honteux ou de tragique et, maintenant qu'elle y songeait, elle n'en connaissait même pas les circonstances. Elle ne se souvenait pas d'un enterrement. Était-il possible que sa grand-mère soit encore en vie ? Gaia chercha à deviner son âge et calcula qu'elle aurait dans les soixante-cinq ans. Certes, elle serait vieille, mais il n'était pas inconcevable de vivre si longtemps. D'un autre côté, sa mère cherchait peut-être simplement à lui dire de se rendre dans la Forêt Morte. Les sourcils froncés, Gaia manipula le bout de parchemin marron, le retournant sans relâche dans sa main jusqu'à ce que le papier soit chaud puis elle se pencha en avant et le laissa tomber dans le feu, où il s'enflamma en une seconde et fut réduit en cendres.

Si elle obéissait aux ordres de sa mère, elle devait également détruire le ruban. Elle étudia de près les fils de soie, espérant que la solution lui apparaîtrait en un message clair, mais les motifs demeuraient impénétrables.

Cela n'avait pas de sens à ses yeux. Elle chercha sur toute sa longueur – environ un mètre –, découvrant des points là où un segment avait été cousu pour rallonger le ruban ; les fils sur le nouveau fragment étaient d'une couleur plus vive. *C'est un travail étonnamment soigné pour maman*, pensa Gaia. Quoi qu'il puisse vouloir dire, la jeune fille ne supportait pas l'idée de le détruire. Elle espérait que sa mère le lui pardonnerait.

Elle l'enroula habilement autour de son pouce pour former une douce boucle bien nette qui tenait facilement dans la main. Avec un soupir, elle le glissa dans le petit sac et le rattacha à sa jambe. Elle se leva et remua la teinture dans la marmite. Même le bois de la cuillère était rouge à présent, et la jupe marron était d'un vermillon profond. Le chemisier blanc s'obstinait à rester rose.

— Ça suffit, marmonna Gaia.

Elle retira la jupe de l'eau et la laissa tomber dans une bassine près de la porte. Quand elle eut refroidi, elle l'essora et l'étendit sur une corde plus basse que la clôture, derrière la maison, là où personne ne pourrait la voir depuis la route. Elle ajouta ce qu'il restait de la teinture rouge de son père dans la marmite et regarda avec satisfaction l'eau former un tourbillon rouge sang qui imprégna totalement le chemisier. *Si Derek veut que je porte du rouge, je porterai du rouge*, pensa-t-elle avec détermination. Voilà au moins une instruction qu'elle pouvait suivre.

L'OBÉLISQUE

Bien qu'elle les eût laissés sécher sur la corde tard dans la soirée avant de les revêtir, le chemisier et la jupe de Gaia étaient encore légèrement humides quand elle quitta la maison de ses parents peut-être pour la dernière fois. Elle frissonna comme l'air de la nuit en traversait les coutures à peine sèches. Elle avait caché les habits rouges sous sa cape noire et portait sa sacoche de sage-femme sur l'épaule droite. Si quelqu'un la voyait par hasard dehors à cette heure, on supposerait qu'elle se rendait auprès d'une femme enceinte.

Un grillon stridula. Tandis que Gaia approchait de la boulangerie de Derek, la lune se glissa derrière un nuage et elle sentit son cœur battre plus vite, tant à cause de l'appréhension que de la montée le long de la colline. La boulangerie était plongée dans le noir et elle dut parcourir la porte des doigts pour trouver la poignée. Elle venait de la toucher quand le battant s'ouvrit brusquement.

— Doucement, lui parvint la voix de Derek dans l'obscurité.

Elle sentit qu'il lui prenait le bras et elle se glissa à l'intérieur en silence. Des charbons ardents au fond d'un des fours jetaient une lumière rougeâtre dans la pièce, laissant les coins dans une ombre opaque. Elle frissonna une fois de plus malgré la chaleur. La famille de Derek devait dormir car il n'y avait personne d'autre que lui. Dans le silence, les charbons grésillaient et projetaient une chaude lueur vacillante.

— Êtes-vous prêt ? demanda-t-elle.

— Tu es sûre de vouloir le faire ? répondit-il. Tu pourrais rentrer chez toi. Je pourrais oublier notre conversation.

Elle secoua la tête.

— Je dois voir mes parents.

Elle l'entendit inspirer profondément.

— Très bien. Es-tu vêtue de rouge ?

— Oui, sous ma cape.

Il souleva un seau couvert d'un linge.

— Où sont les tickets pour l'Autélé ? demanda-t-il.

— Les voilà.

Elle le regarda les observer brièvement à la lueur du four puis les déposer dans un tiroir.

— Alors allons-y, dit-il.

Et il ouvrit la porte.

L'obscurité violet foncé de la rue les cerna lorsque Gaia sortit de la boulangerie derrière lui et qu'elle respira l'odeur sèche des fleurs et de l'herbe. Il devait y avoir un eucalyptus non loin, qu'elle n'avait pas remarqué pendant la journée, car elle sentait maintenant le parfum médicinal de son écorce.

En silence, elle suivit Derek, qui monta le long d'une rue puis en descendit une autre. Ils gravirent la colline pendant près d'une heure, et elle fut bientôt réchauffée de l'intérieur et ses habits tout à fait secs. La lune réapparut, pleine, parcourant le ciel au-dessus de son épaule et illuminant les routes, qui devenaient plus étroites et plus accidentées. Les maisons étaient moins grandes et moins bien entretenues à mesure qu'ils avançaient et, bientôt, les cabanes ne ressemblèrent plus guère qu'à des boîtes solitaires qui leur renvoyaient le bruit de leurs pas traînants. Gaia n'était jamais venue dans cette partie de Wharfton. Elle pensait qu'ils s'éloignaient de l'Enclave, mais un nouveau virage les mena alors au pied du mur, dans un coin isolé où une falaise de calcaire se fondait dans les pierres de la barricade construite par l'homme.

— Attends, fit doucement Derek.

Gaia s'arrêta et regarda par-dessus son épaule. Plus loin en contrebas, elle fut surprise de voir la lueur de la porte où elle avait si souvent livré des bébés. Elle apercevait même les petites silhouettes vigilantes des gardes, rapetissées par la distance. Le long de la ligne d'horizon orientale, la courte nuit d'été cédait déjà la place à une touche de pourpre. Elle se retourna vers le mur imposant et remarqua une tour de guet au-dessus d'elle, sur sa gauche. Elle n'aurait su dire si quelqu'un y montait la garde.

Derek s'affairait à la base du mur, et ce qu'il faisait émettait un discret tintement. Gaia s'approcha et tendit la main pour s'appuyer sur la pierre granuleuse. De près, dans une lumière spectrale, les blocs de granit pâle paraissaient grossièrement taillés et unis par le lichen, mais l'ensemble formait une surface très résistante qui s'élevait à six ou sept mètres de haut. À la clarté de la lune, elle vit Derek retirer une large pierre plate. Surprise, Gaia se rendit compte qu'elle devait déjà être descellée.

— C'est un passage ? demanda-t-elle.

— Chut, lui intima le boulanger.

Puis il l'attira plus près et elle baissa les yeux à une cinquantaine de centimètres du sol, où une ouverture laissait voir une pâle lueur de l'autre côté. Elle était à peine plus large qu'un tabouret de cuisine mais, en s'accroupissant et en rampant, Gaia pourrait passer. *Ça y est*, pensa-t-elle, *je vais pénétrer à l'intérieur du mur*. Elle inclina la tête pour l'introduire dans l'ouverture et sentit une odeur terreuse de renfermé.

— Prends ça, lui dit Derek.

— Qu'est-ce que c'est ?

Elle regarda derrière elle et vit qu'il tenait une serviette bombée à la main.

— De la pâte à pain. Quand tu seras passée, je remettrai les pierres en place. Prends la pâte et étale-la comme du mortier entre les pierres.

— Et si quelqu'un me voyait ? demanda-t-elle.

— Tu seras derrière une haie, près d'une fosse à ordures. Il y a peu de chances que quelqu'un regarde par là. Mais il faut boucher les trous ou on remarquera les pierres descellées pendant la journée. Tu comprends ?

Gaia acquiesça, s'emparant de la serviette.

— Ensuite, cache ta cape et garde la capuche de ta tunique relevée, reprit le boulanger. Tu pourras marcher un moment comme ça sans te faire remarquer. Les domestiques du Bastion se promènent souvent dans les rues la nuit et les gardes ne les embêtent pas.

Elle acquiesça de nouveau mais sa peur ne faisait que croître. Elle ne savait pas où aller une fois à l'intérieur et personne ne serait là pour l'aider. Elle n'avait qu'une vague notion de l'endroit où se trouvait la prison.

— Merci, Derek, dit-elle.

— Quoi que tu fasses, n'essaie pas de ressortir par le même chemin en plein jour. On t'attraperait en un rien de temps et quand on se rendrait compte que le mortier n'en est pas, on se mettrait à ma recherche.

— Je vous le promets.

Elle sentit sa lourde main sur son épaule, puis sa bouche près de son oreille.

— Sais-tu où tu vas ? demanda-t-il.

— La prison, murmura-t-elle. Près du Bastion.

— Va plutôt vers le haut de la ville. Tous les ennuis se concentrent au sommet de la colline, près de l'obélisque. Tu peux t'en servir comme point de repère. Si tu as besoin d'aide, cherche un boulanger au four noir. Mace Jackson. C'est un sympathisant. Je lui ferai passer le message.

Gaia aurait voulu qu'il puisse lui en dire plus.

— Mets ta capuche. Il ne faut pas risquer de les distraire par tant de beauté, ajouta-t-il.

Il lui lissa brièvement les cheveux dans un geste paternel.

— Maintenant, va rejoindre ton amoureux.

Gaia baissa la tête, mit les mains à l'intérieur de la surface rêche du mur et rampa vers la lumière. Elle avait à peine franchi l'enceinte qu'elle entendit Derek fermer le trou derrière elle. Quand elle se retourna, l'orifice disparaissait déjà, comblé par les deux pierres plates de Derek. Les mains tremblantes, la jeune fille sortit la pâte de la serviette et l'enfonça dans les interstices du mur. Malgré le lampadaire plus loin sur la route, il faisait noir dans la cavité où elle travaillait et elle manipulait maladroitement la pâte, s'éraflant les doigts en cherchant à la faire rentrer entre les pierres. Elle finit par en avoir enfoncé autant qu'il lui était possible.

Elle se tourna de nouveau vers la rue et vit la fosse à ordures sur sa droite. Elle se frotta les mains sur la serviette et la jeta avec les détritus, puis ôta rapidement sa cape noire et la cacha sous une pile de poteries cassées. Elle ajusta sa tunique rouge et sa jupe avant de s'avancer vers la rue et le lampadaire qui y brillait. Un insecte heurta la sphère en verre avant de repartir dans la chaude obscurité.

Les craintes de Gaia se mêlaient à un frisson d'espoir. Elle allait retrouver ses parents. Peut-être même verrait-elle ses aînés. Théoriquement, tous les garçons âgés de dix-neuf ou vingt ans qu'elle rencontrerait pourraient être ses frères. Elle se demanda si elle pourrait les reconnaître simplement grâce à leur ressemblance avec elle ou avec ses parents. Ce serait extraordinaire !

Elle fut tout de suite frappée par la propreté qui régnait à l'intérieur du mur. Chaque bâtiment était blanchi à la chaux de sorte que, même la nuit, peu de lumière suffisait à bien éclairer. Dans les rues étroites, les portes avaient des seuils surélevés qui donnaient sur des caniveaux soigneusement balayés, et Gaia aperçut plusieurs bouches d'égout ; elle sut alors que ce qu'elle avait entendu dire était vrai : dans les rues, les eaux de ruissellement étaient récupérées pour être recyclées en eau potable. *Cela demanderait du travail, mais nous pourrions faire la même chose à l'extérieur*, pensa-t-elle. À la lueur des quelques lampadaires, elle vit des urnes suspendues à certaines fenêtres, de larges récipients d'eau en céramique peinte qui gardaient leur contenu au frais même sous la chaleur caniculaire du cœur de l'été. Ça, au moins, c'était identique à ce qui se faisait à l'extérieur.

Gaia marchait d'un pas décidé le long des rues sombres, sursautant quand ses mouvements déclenchaient l'allumage des lampadaires sur son passage. La faible lumière blanche de la petite ampoule de chaque lampe était amplifiée et réfléchie tout autour d'elle. Chaque fois qu'elle avait le choix entre plusieurs directions, elle prenait la voie qui montait vers le sommet de la colline. Elle finit par arriver dans une rue plus large que les autres, bordée de plus jolies rangées de maisons. Elle aperçut une végétation indistincte dépasser des murs blancs et, à un endroit, elle reconnut des feuilles de pommier ; elle sut donc que l'on entretenait les jardins de l'autre côté. C'était exactement comme ce qu'elle avait vu dans les émissions spéciales de l'Autélé mais en mieux puisque, cette fois, c'était en vrai.

Elle croisa à deux reprises des femmes qui se promenaient par deux, toutes vêtues de rouge. Elles la regardèrent à peine tandis qu'elle tirait la capuche de sa tunique plus près de son visage sans cesser de marcher. Elle croisa un vieillard seul et plusieurs jeunes hommes mais ils ne lui prêtèrent pas attention et, avec une confiance grandissante, elle se rendit compte que Derek avait raison : on la prenait pour une domestique. Enfin, alors que le ciel s'éclaircissait à l'est, elle arriva sur un grand espace couvert de graviers, bordé de plusieurs magasins fermés et atteignit, plus haut, une place pavée imposante flanquée d'un énorme bâtiment à son extrémité qui s'étendait sur toute sa longueur. Ce devait être la place du Bastion. Des arcades longeaient deux côtés de la place et un extraordinaire obélisque dominait son centre, noir sur le ciel pourpre.

Gaia s'avança sous une arcade et s'appuya contre une des colonnes en bois. Près de l'obélisque, deux hommes martelaient une estrade ; une seule ampoule éclairait leur travail et la place résonnait de leurs coups rythmés.

Perpendiculaires au Bastion – le plus large édifice –, le long du quatrième côté de la place, s'élevaient plusieurs bâtiments à l'aspect fonctionnel derrière de grandes clôtures en fer. Un haut passage voûté en briques faisait office de séparation entre deux d'entre eux et, au-delà, Gaia aperçut une plus petite cour. Elle s'engageait dans cette direction quand un cri la fit s'arrêter.

C'était celui d'un bébé et ce son, directement relié au système nerveux de Gaia, la mit en état d'alerte. Elle parcourut les bâtiments des yeux pour trouver son origine et vit, au-dessus de l'arcade, une fenêtre où une lumière brillait derrière un rideau. Le cri cessa puis reprit. Un bras passa par la fenêtre pour fermer le volet. Gaia écouta attentivement, mais le silence n'était désormais rompu que par la voix lointaine d'un des travailleurs entre deux martèlements. Perturbée, elle resserra sa cape autour d'elle. C'était peut-être un bébé dont elle avait fait l'avance.

Elle examina le bâtiment, à la recherche d'indices prouvant qu'il s'agissait de la nursery, mais elle jugea plus probable qu'il s'agisse d'un appartement privé, comme ceux qui surplombaient les magasins de l'arcade.

— Ce n'est rien, murmura Gaia pour se calmer.

Tout se passait bien jusqu'à présent, mais elle était impatiente d'en savoir plus sur son environnement. Il était décourageant de voir le peu d'informations pratiques qu'elle avait réunies à partir des émissions spéciales de l'Autélé. Celles-ci se concentraient sur les fêtes et les vacances, alors que ce dont elle aurait eu besoin maintenant, c'était d'un guide touristique avec une bonne carte.

Gaia recula plus encore à l'approche du bruit de soldats marchant au pas et, soudain, quatre gardes apparurent dans le haut passage voûté en briques. Ils la dépassèrent d'un pas lourd et elle vit une cinquième silhouette, un homme aux mains attachées dans le dos qui les suivait en trébuchant, pieds nus. Ils se dirigeaient vers le bâtiment massif au bout de la place et montèrent les marches menant à la grande porte. Elle s'ouvrit pour les laisser entrer et les cinq hommes disparurent à l'intérieur du Bastion.

Gaia frissonna. Elle se retourna vers le passage voûté d'où venaient les gardes, maintenant certaine que la prison se trouvait derrière. En levant les yeux, elle vit une petite tour au-dessus, un peu à droite de l'arche, dont les angles sombres se dessinaient dans le ciel qui s'éclaircissait toujours. Si un garde surveillait la place, elle serait dans son champ de vision là où elle se tenait. Tournant brusquement à gauche, elle longea le bord de l'édifice et en fit le tour pour se retrouver derrière. Son regard tomba sur d'autres fenêtres munies de barreaux et, avec elles, ses espoirs s'envolèrent. Comment pourrait-elle jamais pénétrer dans la prison pour voir ses parents ? Et pire encore, comment pourrait-elle les en sortir ?

— Hé ! Toi là ! appela une voix.

Elle sursauta nerveusement et se retourna.

Un garde de haute taille s'avançait vers elle sans se presser.

— Qu'est-ce que tu vends ?

— Rien, souffla-t-elle. Je ne faisais que...

— Alors va-t-en. Reste pas bouche bée. Tu verras rien d'ici. Reviens plus tard, à midi, et tu auras droit au spectacle.

Gaia recula d'un pas.

— Oui, monfrère.

Elle fit demi-tour et se dépêcha de s'éloigner, remarquant à peine la direction qu'elle prenait dans son empressement à le laisser derrière elle. Elle l'entendit rire, un bruit sec et froid à ses oreilles.

Le ciel s'éclaircissait peu à peu d'une pointe de jaune et un nombre grandissant de gens sortait dans les rues. Elle continua de marcher : elle avait peur de s'arrêter, peur de trop redescendre la colline si elle se perdait. Au-dessus d'elle, des femmes suspendaient leur linge sur des cordes entre les bâtiments et, quand elle baissa les yeux, elle s'émerveilla de voir que tout le monde portait des chaussures, même les enfants. Vieux ou jeunes, tous paraissaient en bonne santé et bien nourris.

À l'extérieur du mur, il était fréquent de voir quelqu'un avec une cicatrice, une main difforme ou des béquilles. Mais dans l'Enclave, où l'on ne rencontrait ni difformités ni handicaps, sa cicatrice paraîtrait d'autant plus monstrueuse. Ceux qui la verraient sauraient aussitôt qu'elle venait de l'extérieur, et elle marchait dans la crainte constante que quelqu'un ne regarde de trop près sous sa capuche. À un moment, un jeune garçon leva les yeux vers son visage et tira sur la main de la dame à côté de lui. « Regarde ! » dit-il en la montrant du doigt mais, quand la mère se retourna, Gaia avait de nouveau dissimulé sa cicatrice.

En fin de matinée, elle avait erré partout autour de la place principale. Elle était fatiguée, avait soif et peur. À présent, elle ne voyait que trois choix possibles : chercher de l'aide auprès de Mace, l'ami de Derek, si elle arrivait à trouver un boulanger au four noir ; aller voir massœur Khol à la nursery, qui pourrait peut-être l'aider, comme elle lui avait transmis le message de sa mère ; ou faire profil bas jusqu'à la nuit, où elle pourrait s'échapper en empruntant de nouveau le trou de Derek dans le mur. Elle chercha en vain la boulangerie et la nursery, passant devant un cimetière, un magasin de vélos, plusieurs entrepôts, cafés, et l'usine de mycoprotéines, avant de retourner sur la place.

Puis, comme midi approchait, l'esplanade commença à se remplir. Anxieuse, Gaia étudiait les visages sous les bords des chapeaux et les capuches vaporeuses, à la recherche de massœur Khol ou d'un jeune homme qui pourrait être un de ses frères, mais comme les figures se multipliaient par dizaines puis par centaines, elle désespéra d'en trouver une familière. Elle remarqua progressivement une logique dans les couleurs vives des vêtements. Les gardes portaient du noir. Des domestiques vêtues de rouge passaient régulièrement, certaines un panier au bras ou donnant la main à de jeunes enfants. Des hommes et des femmes robustes de tous âges s'habillaient de bleu, de gris et de marron, et elle devina qu'il s'agissait de la classe moyenne grâce à leur air détendu et à la jovialité avec laquelle les hommes se tapaient dans le dos. Les enfants vêtus de jaune, de rouge et de vert couraient si vite que leurs chapeaux aux larges bords se soulevaient, tandis qu'une classe distincte d'hommes et de femmes élégants ne portait que du blanc qui resplendissait au soleil. Ceux-ci flânaient en formant de vagues groupes près du Bastion, à l'ombre d'une rangée de noyers de pécan, et ils riaient et discutaient oisivement, donnant parfois des pièces à leurs enfants pour acheter une babiole ou un verre à un marchand.

Gaia retourna au pied d'une arcade pour dissimuler partiellement son profil gauche derrière un pilier. Plusieurs autres jeunes femmes en rouge se rassemblèrent juste devant elle, commérant tout bas, et, quand des gardes sortirent de la haute arche en brique de la prison, elle surprit la plus grande d'entre elles qui disait :

— Non, je ne pense pas. Il n'oserait pas être absent.

— Mince alors ! Il est devant le Bastion ! Près de la famille du Protecteur ! s'exclama une des autres filles.

Gaia tourna la tête vers le manoir. L'imposante porte à deux battants était grande ouverte et un homme et une femme vêtus de blanc s'avançaient. Des touches d'or brillaient sur leurs vêtements et la femme portait un chapeau orné de superbes plumes blanches. Derrière eux sortit un autre couple encore plus éblouissant et, bientôt, plus de vingt personnes se trouvèrent éparpillées le long de la terrasse devant le manoir. Ils se mélangeaient aux autres gens vêtus de blanc en un flot fluide qui montait et descendait les marches de la terrasse. La famille et les amis du Protecteur avaient une grâce naturelle encore plus impressionnante en vrai qu'à l'Autélé.

— Rita a vraiment dansé avec lui ? gloussa une des filles.

À cette remarque, celle de haute taille se retourna, et Gaia devina que ce devait être la dénommée Rita. Ses traits avaient une vitalité saisissante, combinés à des yeux de biche et à des cheveux de la riche couleur du miel qui débordaient de sa capuche rouge.

— Es-tu en train de suggérer que je mentirais sur un sujet aussi futile ? demanda Rita d'un ton sec.

— Toi ? Mentir ? Oh, jamais, répondit l'autre.

Gaia remarqua le rapide coup d'œil de Rita et sut qu'elle avait été repérée. L'espace d'un instant, elle sentit l'intensité de son regard scrutateur, comme un chat griffant un insecte, puis Rita se désintéressa d'elle.

— Ne parle pas si fort, Bertha Claire, intima-t-elle à la fille qui gloussait.

— Il est tellement séduisant, la taquina l'autre.

Rita la frappa au bras.

— Aïe ! D'accord, dit Bertha Claire, toujours le sourire aux lèvres. Sais-tu qu'il a été promu ?

Même sans la regarder directement, Gaia sentit Rita lancer un dernier regard dans sa direction, puis lui tourner le dos. Elle n'entendit pas sa réponse.

La jeune fille observa de nouveau les gens sur les marches du Bastion et, cette fois, elle le vit : un jeune homme de haute taille, l'air sérieux, vêtu d'un uniforme noir et un fusil sur l'épaule. Son chapeau noir plongeait dans l'ombre la partie supérieure de son visage, mais Gaia était suffisamment proche pour reconnaître la forme de sa mâchoire et la ligne ferme de sa bouche. Elle sut instinctivement que c'était du sergent Grey dont parlait le petit groupe d'amies. Il souleva son chapeau distraitement et passa une main dans ses cheveux. À côté, un jeune garde blond, plus grand, lui donna un coup de coude et fit un signe de tête dans leur direction.

Gaia détourna rapidement les yeux vers la prison avant qu'il puisse croiser son regard.

— Il regarde par ici ! Rita ! s'écria Bertha Claire sur un ton haut perché.

Les chuchotements reprirent de plus belle, puis la voix de Rita s'éleva :

— Mais vous allez arrêter ? Quel âge vous avez ? Douze ans ?

Gaia se mit délibérément plus en retrait derrière le pilier.

Près de la prison, des rangées de prisonniers s'alignaient derrière les clôtures de fer, et Gaia étudia chaque visage avec appréhension, à la recherche de ses parents. Les hommes et les femmes paraissaient épuisés, leurs figures aussi grises et usées que leurs tenues de prisonniers. Certains avaient les mains attachées dans le dos mais d'autres s'étreignaient, effrayés, leurs yeux scrutant la foule et l'estrade devant le monument. Gaia ne vit ses parents nulle part.

Elle entendit un bruit sourd, puis une onde de silence se répandit du centre de la place où s'élevait l'estrade vers l'extérieur du cercle. Deux nœuds coulants pendaient à une poutre et le soleil de midi brillait de mille feux sur les cordes grises.

— Oh, non, murmura Gaia, serrant les poings.

Un prisonnier, les mains attachées, était tombé sur les marches de l'estrade et Gaia le vit rester là, immobile, jusqu'à ce qu'un garde vienne le relever de force pour le pousser en haut des marches menant à la potence. Ses cheveux bruns étaient décoiffés, ses habits sales, mais ses yeux flamboyaient, rebelles. Il était suivi d'une jeune femme dont les mains étaient également attachées et qui avait besoin du soldat à ses côtés pour l'aider à garder son équilibre. Ses cheveux noirs tombaient sur ses traits pâles et ses épaules s'affaissaient sous sa robe grise de prisonnière. Quand elle atteignit la dernière marche et se tourna pour faire face à la foule, un murmure parcourut les spectateurs.

Le ventre de la prisonnière se distendait vers l'avant dans la proéminence caractéristique de la grossesse.

VII

MIDI

— Ça alors ! Elle est énorme, dit Bertha Claire.

— Tu vas te taire ? répliqua Rita d'un ton brusque. C'est une abomination.

L'indignation de Gaia prit le pas sur la surprise. D'après ce qu'elle voyait, la femme allait accoucher dans les jours à venir. Elle ne pouvait imaginer un délit méritant ce châtiment. Pourquoi l'Enclave n'attendait-elle pas une semaine ? Deux tout au plus, qu'elle ait accouché ? Ils devaient tous être conscients que tuer la mère impliquait de tuer son bébé innocent en même temps.

Instinctivement, elle descendit la marche de l'arcade et s'avança vers l'estrade. Un garde passa un sac en toile sur la tête de l'homme.

— Ce verdict est injuste ! hurla le prisonnier. Nous avons le droit de nous marier et d'avoir un enfant !

Gaia vit son épouse lui parler doucement. Les mains attachées dans le dos, le sac sur la tête, il se pencha vers elle, et la jeune fille fut alors témoin d'une scène qui lui fendit le cœur. L'homme condamné avança à tâtons un pied vers celui de sa femme jusqu'à ce que sa botte touche la sienne. Elle se mit à pleurer. Le garde passa un second sac en toile sur la tête de la prisonnière.

— Non, souffla Gaia.

Le prisonnier se remit à crier, la voix brisée.

— Épargnez ma femme ! Je vous en supplie, épargnez mon enfant !

Gaia regarda autour d'elle et constata, incrédule, que personne n'intervenait. C'était une technique de torture... Cela ne pouvait être que cela... Ils n'allaient pas les tuer. Elle fit un autre pas et trébucha contre un homme barbu.

— Faites attention ! aboya-t-il.

Gaia entendit du tapage provenant des détenus près de la prison et, quand elle tourna la tête, elle découvrit le visage de sa mère. Cette dernière s'était frayé un chemin jusqu'à la clôture et s'y agrippait des deux mains ; elle ne quittait pas Gaia des yeux, de l'autre côté de la place bondée.

— Maman, murmura la jeune fille.

Elle s'attendait à ce que sa mère hurle, s'adresse au garde qui passait à présent un nœud coulant autour du cou du prisonnier, mais elle se contentait de regarder Gaia sans rien dire, l'implorant du regard. Elle secoua légèrement la tête, se mordant les lèvres, et la jeune fille comprit clairement le message : *Ne fais rien.*

Choquée, Gaia fit un pas de plus vers l'estrade. Le garde était en train de passer le second nœud coulant autour du cou de la femme enceinte.

— Stop ! lança la jeune fille.

Les gens autour d'elle se retournèrent et s'écartèrent. Sur leurs visages se mêlaient confusion et mépris. Gaia fit un pas de plus et tendit la main.

— Non ! cria-t-elle.

Mais une main sur son bras la retint.

— Idiote ! lui dit une voix à l'oreille. Tu veux qu'on se fasse tous tuer ?

Gaia, figée, se tourna vers la droite et rencontra les yeux méprisants de Rita, à quelques millimètres des siens. Elle les vit s'écarquiller de surprise à la vue de sa cicatrice, puis Rita lâcha son bras. Sur l'estrade, les deux prisonniers se tenaient côte à côte, et leurs pieds se touchaient. La femme baissait la tête sous sa cagoule comme si elle pleurait, et son ventre, énorme sous sa robe grise, paraissait trembler de chagrin.

Gaia se tourna vers les gens du Bastion et le choc se transforma en horreur. Personne n'arrêtait cette exécution. Cela paraissait impossible, mais quelqu'un parmi eux avait ordonné ce meurtre. Pourquoi ?

Son regard glissa jusqu'à la silhouette vêtue de noir du sergent Grey et elle fut surprise de voir qu'il avait les yeux posés sur Rita et sur elle. À cet instant, elle sentit qu'il savait, d'une façon ou d'une autre, qui elle était. *Arrêtez ça*, pensa-t-elle, lui communiquant son indignation de toutes ses forces. La main du jeune homme se serra sur la bandoulière du fusil, mais il ne fit rien de plus.

Gaia tourna de nouveau la tête vers l'estrade car le garde s'était mis à parler d'une voix de stentor.

— Patrick Carrillo et Loretta Shepard. Vous avez été déclarés coupables d'un crime contre l'État des plus pernicieux. Dans un mépris flagrant des lois de l'Enclave et de l'ordre naturel, vous avez enfreint la loi sur le dépistage génétique pour les citoyens avancés, vous vous êtes mariés entre enfants de la même fratrie et avez conçu dans l'inceste une abomination génétique. Pour cela, vous êtes condamnés à mort. Vous servirez d'exemple à ceux qui voudraient, comme vous, défier la volonté de l'Enclave.

L'homme émit un dernier cri, une protestation que Gaia ne comprit pas car elle fut interrompue par le claquement de la trappe qui s'ouvrait sous les prisonniers et les précipitait vers leur mort.

Un affreux silence lourd de sens pesa sur la cour et pas une âme ne parla. On n'entendait que le grincement d'une des cordes comme les corps se balançaient légèrement sous l'estrade. Autour du cou de Gaia, la chaîne de sa montre de gousset s'alourdissait. Elle sentait la trotteuse compter les secondes avant que le bébé enseveli ne remarque la souffrance de sa mère. D'abord il sentirait le manque de mouvement, la raréfaction de l'oxygène, le ralentissement du cœur. Gaia ne saisissait que vaguement pourquoi les parents avaient été condamnés, mais elle comprenait parfaitement que cela impliquait la mise à mort de l'enfant.

— Non, murmura-t-elle.

Elle serra fort sa montre à travers le tissu de son chemisier.

— Je ne sais pas qui tu es ni d'où tu viens, chuchota Rita, en l'attrapant de nouveau par le bras, mais tu ferais bien de partir. Des dizaines de personnes t'ont entendue protester et quelqu'un pourrait bien décider de te dénoncer dès maintenant.

Gaia enregistra à peine l'avertissement et ne remarqua guère que plusieurs personnes les observaient encore. Elle n'eut pas un regard pour sa mère ni pour le sergent Grey. Elle ne pensait qu'au bébé.

— Je dois me rendre auprès de la prisonnière.

— C'est trop tard, répliqua Rita en tirant d'un coup sec sur sa capuche en mousseline rouge pour protéger ses joues du soleil. Ils sont morts.

Urgence et désespoir faisaient bouillir le sang de Gaia. Elle se tourna une dernière fois vers Rita.

— Tu ne comprends pas. Il faut que j'y aille.

Elle se dépêcha de traverser la foule qui se dispersait, pour atteindre la potence. Le garde sur l'estrade desserra la corde et un autre homme en dessous recueillit le cadavre du prisonnier et le posa brutalement sur le ventre dans une charrette. Gaia arriva juste quand ils descendaient le cadavre de la femme. Par clémence, les hommes laissèrent les sacs de toile sur les têtes, mais ils enlevèrent les nœuds coulants pour pouvoir les réutiliser. Sans regarder, Gaia sentit instinctivement sa montre de gousset entamer une deuxième minute, et elle paniqua.

— Où emmenez-vous les corps ? demanda-t-elle à l'homme à la charrette.

Il la regarda en fronçant les sourcils.

— Vous êtes de la famille ? demanda-t-il.

— Oui, mentit-elle. Je suis censée rester avec eux jusqu'à ce que les autres arrivent.

— On m'a dit qu'ils pourraient pas venir avant le coucher du soleil, grommela-t-il, dubitatif. Ils ont trop honte pour venir avant et je les comprends. Je dois mettre les cadavres à l'abri du soleil. C'est vous qui me paierez ?

— Ce soir, répondit-elle. Mon oncle vous paiera ce soir.

Il la regarda avec curiosité.

— Qu'est-ce qu'il a vot' visage ?

Elle détourna la tête pour lui cacher sa joue.

— Allons, jeune fille. Qu'est-ce qu'il a vot' visage ? répéta-t-il.

Elle se retourna pour lui faire face et sentit sa fureur à peine retenue transparaître sur sa figure.

— Vous croyez vraiment que ça a de l'importance dans un moment pareil ? rétorqua-t-elle froidement.

Il porta la main à sa casquette.

— Je voulais pas vous offenser, massœur, s'excusa-t-il.

— Maintenant, dépêchez-vous, reprit Gaia.

L'homme ne se pressa pas pour autant, mais il prit les deux longs brancards de sa charrette et la tira sur les pavés cahoteux vers une petite rue tranquille. Gaia sentait un peu d'espoir la quitter à chaque mètre qu'ils parcouraient. Elle savait que plus le bébé se trouvait privé d'oxygène, plus il y avait de risques qu'il souffre de lésions cérébrales ou qu'il meure.

Ils finirent par accéder à une ruelle. Au bout de celle-ci se trouvait un passage si étroit que la carriole passait à peine, et ils arrivèrent enfin à une petite cour avec une espèce d'abri où l'homme remisa sa charrette.

— D'ici quelques heures, ils commenceront à sentir mauvais, commenta l'homme. Ils sont en sécurité ici si c'est les vandales que vous craignez. Si vous voulez, vous pouvez attendre au bar au coin de la rue. Vous verrez les gens arriver.

— Ça ira comme ça, dit la jeune fille.

L'homme paraissait sceptique. Gaia s'affaira à remettre droit un tonneau vide pour faire semblant de s'installer dessus, à l'ombre.

— Comme vous voudrez, dit-il avant de s'éloigner d'un pas tranquille vers la route principale.

Dès que l'homme eut le dos tourné, Gaia entra dans l'abri et ferma la large porte en bois. Des rais de soleil traversaient des fentes dans les murs et une fenêtre couverte de toiles d'araignée laissait passer d'autres rayons de lumière crasseuse, mais Gaia était si pressée qu'elle le remarqua à peine.

Elle chercha le pouls de la femme, mais il n'y en avait pas, et un bref coup d'œil à sa nuque brisée la convainquit qu'elle était morte sur le coup. Gaia déchira la robe de la condamnée, exposant son ventre pâle et marbré. Des bandes bleu clair le traversaient sous une peau à la moiteur peu naturelle ; Gaia appuya fermement de ses doigts sur le ventre encore chaud. Il n'y avait pas de mouvements à l'intérieur, aucun signe que l'enfant soit encore en vie, mais le cœur du bébé avait certainement continué de battre, faisant circuler l'oxygène dans le sang placentaire, même après la mort de sa mère.

Gaia ferma les yeux et s'arrêta. Elle n'avait jamais pratiqué de césarienne. Elle avait vu sa mère le faire une dizaine de fois, mais seulement quand la vie de la femme enceinte était en danger et, dans la plupart des cas, la mère était morte après. Mais cette fois, elle était déjà décédée. La jeune fille n'avait rien à perdre et une chance – faible, certes, mais une chance quand même – de sauver le bébé. Il lui fallut moins d'une seconde pour se rendre compte qu'elle avait déjà pris sa décision, à l'instant où elle avait vu la mère tomber par la trappe du bourreau.

Elle fouilla dans sa sacoche et choisit rapidement le petit scalpel bien aiguisé dans sa trousse d'instruments. Elle incisa fermement sous le nombril de la femme et retint son souffle quand du sang à l'odeur sucrée suinta lentement autour de la lame. Il fallait couper trois couches de muscles résistants mais flexibles et, quand elle atteignit celle de l'utérus, elle dut faire attention à ne pas blesser le bébé. Elle maintint sa surface d'une main tandis qu'elle tirait fermement sur la lame une fois de plus. Le liquide amniotique jaillit dans une odeur terreuse caractéristique, et Gaia aperçut le corps bleu pâle recroquevillé. Elle passa la main à l'intérieur et tira doucement, sortant un bébé pas plus large qu'une miche de pain. Ses jambes molles pendouillaient. Une substance cireuse couleur crème s'accrochait à sa peau par endroits. Gaia essuya les mucosités sanglantes du visage du bébé et les aspira rapidement avec une poire en caoutchouc. Elle posa sa bouche sur les lèvres et les narines du nouveau-né, faisant abstraction du goût du sang. Doucement, elle insuffla un peu d'air à l'enfant. Elle vit sa poitrine se soulever légèrement. Elle y exerça trois compressions puis essaya encore de lui faire du bouche-à-bouche à deux reprises.

Il ne se passa rien. Elle mit le nouveau-né la tête en bas et lui donna une tape sèche sur le dos, puis souffla à nouveau dans ses poumons, l'adjurant intérieurement de réagir. Elle réalisa une autre série de compressions de la poitrine, puis encore une. Le corps du bébé demeura mou, sans réaction, et Gaia refoula des larmes de frustration. Elle était arrivée trop tard. Trop de temps s'était écoulé. Il était mort, comme son père et sa mère, tué par l'Enclave avant d'avoir eu une chance d'en respirer l'air corrompu.

Elle écouta le cœur du bébé qui ne battait pas, vérifia ses voies respiratoires une fois de plus et renouvela son bouche-à-bouche ; elle travaillait à l'instinct et espérait que ce soit efficace, regrettant plus que jamais que sa mère ne soit pas là pour l'aider. Après une autre série de compressions, elle s'arrêta, les yeux rivés sur la petite tête sans vie.

— S'il te plaît, murmura-t-elle.

Elle avait renoncé à une occasion de voir sa mère. Elle avait risqué sa vie pour l'aider. Il fallait qu'il vive.

— Qu'est-ce que vous êtes en train de faire ? demanda une voix tout bas.

Gaia n'avait pas entendu la porte s'ouvrir derrière elle. Elle se retourna brusquement, serrant le bébé dans les bras, le cadavre mutilé de la femme en évidence à côté d'elle.

Elle ne connaissait pas cet homme. Ses cheveux bruns tombaient en une frange négligée sur son front et son visage était pâle.

— Vous êtes folle, dit-il d'une voix imprégnée de crainte.

Il recula lentement, l'air choqué. Elle vit le talon de sa botte se prendre dans une pierre sur l'herbe verte et il faillit tomber.

— Boris ! cria-t-il.

— S'il vous plaît, implora-t-elle en le suivant. J'essayais de sauver le bébé. Vous devez...

Il secoua la tête, reculant aussi vite que possible, comme s'il avait peur de lui tourner le dos.

— Ne vous approchez pas de moi.

Puis il cria à nouveau :

— Boris ! Tu ferais bien de venir !

Gaia était terrifiée. Un coup d'œil à sa trousse d'instruments et elle attrapa les ciseaux pour couper le cordon ombilical. Puis elle jeta ses outils dans son sac et s'en saisit. Elle ne pouvait pas abandonner le bébé sans vie. Paniquée, elle souffla une dernière fois dans ses poumons, le cala dans le devant de sa tunique et s'enfuit par la porte. Comme elle entendait des hommes courir dans sa direction, elle grimpa tant bien que mal en haut du mur de pierre qui entourait la cour. Elle se laissa glisser par-dessus, s'éraflant la main, et tomba sur un tas de compost fumant. La puissante odeur putride l'assaillit mais elle fut vite de nouveau sur pied et elle traversa le jardin en hâte pour en atteindre la barrière. Elle la poussa, portant toujours le bébé et sa sacoche. Une longue ruelle s'ouvrit devant elle et elle se mit à courir.

Des voix affolées s'élevèrent derrière, annonçant ses poursuivants. Elle parcourut la ruelle à vive allure, bifurqua dans une voie plus large, désespérément à la recherche d'une boulangerie ou d'une rue familière. Elle jeta un coup d'œil derrière elle et, voyant que des soldats la pourchassaient à pied, fusils en joue, elle hurla de terreur. Au carrefour suivant, quatre gardes supplémentaires apparurent à vélo. Elle bondit sur le côté, enfonçant une barrière pour pénétrer dans un autre jardin. Une assemblée de dames vêtues de blanc autour d'une table sur laquelle étaient disposés couverts en argent et citronnade se leva en poussant des cris. Gaia les dépassa en courant : elle avait repéré un portillon qui lui permettrait de quitter le jardin.

Elle le poussa pour l'ouvrir ; sa sacoche se prit dans le loquet. Elle trébucha, se libéra et chercha désespérément des yeux une sortie.

— Elle est là. Attrapez-la ! cria un homme.

La jeune fille recula contre la barrière et jeta un regard désespéré aux femmes dans le jardin. À ce qu'il semblait, elle avait perturbé une partie de cartes post-exécution, et les dames distinguées la regardaient avec curiosité et inquiétude. La position de leurs chapeaux blancs reflétait leur impatience contenue.

— Aidez-moi, les implora-t-elle.

Les soldats l'encerclaient. L'un d'eux tira brutalement sur sa sacoche, et un autre chercha à lui arracher le bébé.

— Non ! hurla-t-elle, lâchant sa sacoche mais retenant le bébé de toutes ses forces.

Les yeux hagards, elle se débattit pour reculer, s'accroupit contre le mur, protégeant le nouveau-né en le serrant dans ses bras.

Les soldats la coincèrent. Elle voyait leurs bottes brillantes, leurs jambes vêtues de noir, la gueule redoutable du canon de leurs fusils. Son cœur battait de façon irrégulière dans sa poitrine et elle était à bout de souffle. Elle n'avait jamais été aussi terrifiée. Sa capuche était tombée pendant sa course folle et elle gardait les yeux baissés, sachant que ses cheveux décoiffés couvraient sa cicatrice.

— Nous l'avons, cap'taine, dit l'un des hommes.

— Ne tirez pas.

Gaia enfouit la petite tête du bébé dans son cou, le berçant doucement contre sa peau chaude. Un des soldats s'approcha et elle grimaça de douleur quand il tira sur ses cheveux pour découvrir son visage.

— Voyez-vous ça, dit doucement le garde inconnu.

Gaia cligna des yeux, les joues brûlantes, et la colère monta en elle tandis qu'on l'examinait : un phénomène et une criminelle. Elle se débattit contre la poigne du soldat mais comme il ne la lâchait pas, une douleur cuisante se propagea sur son cuir chevelu.

Un soldat blond de haute taille s'approcha ensuite.

— Je crois qu'on a trouvé votre jeune disparue de l'extérieur, capitaine, dit-il d'une voix de ténor légère et affectée.

Gaia survola le groupe d'hommes du regard. Le capitaine Grey se tenait dans la rue ensoleillée, son uniforme noir impeccable, un nouveau galon luisant sur sa poche de poitrine gauche. C'est lui qui avait donné l'ordre de ne pas tirer. Sous le bord noir de son chapeau, il avait l'air inflexible.

Le visage toujours tourné vers le haut, Gaia tapota le bébé pour dénoncer le vrai crime.

— Regardez qui a été assassiné, dit-elle sur un ton cinglant. *Capitaine.*

Le jeune homme ne trahit aucune émotion.

— Emmenez-la à la prison, ordonna-t-il. Laissez-lui le bébé pour l'instant. Je préviendrai la nursery que nous avons eu une nouvelle naissance.

Le garde qui tenait ses cheveux finit par la relâcher, mais seulement pour la remettre debout sans ménagement.

— Mais, capitaine, intervint le garde blond, c'est l'abomination.

Gaia vit une lueur soudaine dans les yeux du capitaine Grey mais, quand il s'exprima, sa voix était calme.

— C'est un bébé, Bartlett, le corrigea-t-il. Et il a l'air en bonne santé. Les compétences de la fille sont manifestement trop grandes pour être gâchées. Le Protecteur en entendra parler.

Gaia eut le souffle coupé à sa description du bébé. Avant qu'elle n'ait pu baisser les yeux, elle sentit contre son cou les premiers mouvements hésitants du nourrisson qu'elle tenait de façon si possessive ; elle relâcha son étreinte sur le petit poids contre son épaule, le détachant du tissu humide et collant de sa tunique. La tête du nouveau-né dodelina dans un mouvement familier, sa peau arborant un rouge marbré, et, remuant les bras sans coordination, le bébé poussa son premier cri d'indignation ; l'indignation d'être vivant.

LA VIE AVANT TOUT

La prison n'était pas ce à quoi s'attendait Gaia.

Il n'y avait pas de murs de pierre sombres, froids et humides, ni de chaînes, ni de tas de paille usagée. Le sergent Bartlett et quatre autres gardes l'emmenèrent dans une petite pièce aseptisée bien éclairée et l'y laissèrent avec le bébé. À l'intérieur, la porte n'avait ni poignée ni serrure, mais une petite ouverture à hauteur des yeux. Face à l'entrée, une fenêtre à la vitre propre était ouverte pour laisser entrer une brise légère mais, quand Gaia s'en approcha, elle vit des barreaux à l'extérieur, qui, telles des barricades noires, divisaient la vue en rectangles et s'accordaient avec la crainte qui lui serrait le cœur.

Le bébé dans ses bras avait besoin de soins et elle aurait voulu disposer de sa sacoche, ou au moins de quelque chose pour le nourrir. Sans même une couverture pour l'emmailloter, elle continuait de l'emmitoufler dans le devant de sa tunique rouge, humide et tachée de sang.

— Pauvre chou, murmura-t-elle. Petit bout sans mère.

Elle frissonna quand le vif souvenir de ce qu'elle venait de faire à la génitrice du bébé lui revint à l'esprit. Elle ne pouvait s'empêcher de se demander si la famille de la défunte chercherait à retrouver l'enfant. Elle ne se souvenait même pas du nom de la mère. Loretta quelque chose ? Elle regretta de ne pas avoir gardé un registre des naissances auxquelles elle avait participé. Elle se rappelait chacune d'elles pour l'instant mais, avec le temps, il serait facile de les confondre. Gaia se souvint du ruban dans le paquet contre sa jambe et fut plus convaincue que jamais qu'il s'agissait d'un registre des naissances que sa mère avait assistées. Quand les gardes le trouveraient, ils devineraient vite sa valeur et elle serait d'autant plus en danger qu'elle l'avait dissimulé.

La jeune fille souleva aussitôt l'ourlet de sa jupe et ôta le petit sac. Après avoir jeté un bref coup d'œil par le guichet de la porte pour vérifier que personne ne l'observait, elle détacha les ficelles et sortit le ruban marron cousu de fils de soie. Les motifs avaient toujours aussi peu de sens à ses yeux mais elle savait que n'importe qui y reconnaîtrait un message codé. Debout, le nouveau-né dans les bras, elle tourna le dos à la porte. Berçant doucement la petite tête du bébé dont elle sentait la chaleur sur son cou, elle s'avança jusqu'à la fenêtre. Oserait-elle jeter le ruban, laisser le vent le porter au hasard ? Plus bas, elle vit une rue étroite. Elle se trouvait dans les étages et, derrière les barreaux noirs, elle apercevait les toits des bâtiments avec leurs tuiles blanches impeccables, leurs panneaux solaires, leurs citernes d'eau noires et blanches, dont les tuyaux passaient d'un toit à l'autre, et leurs cheminées blanchies à la chaux. L'une d'elles était plus large que les autres, construite en briques noires, et elle se rendit compte que ça sentait le pain frais.

— Le boulanger, murmura-t-elle.

Si seulement elle avait trouvé l'ami de Derek plus tôt. Si seulement elle pouvait lui faire parvenir le ruban. Des bruits de pas dans le couloir la forcèrent à se décider : jeter le ruban par la fenêtre ou le garder pour se le faire prendre plus tard par les gardes.

Elle s'assit aussitôt par terre, jambes croisées, et installa l'enfant sur sa jupe. Puis elle lissa ses longs cheveux bruns en arrière. Elle exposait rarement sa cicatrice aussi ouvertement et ses doigts n'avaient pas l'habitude d'attacher quoi que ce soit dans ses cheveux, mais elle enroula tant bien que mal le ruban deux fois autour de son crâne pour former un serre-tête, puis l'attacha sur la nuque comme elle avait vu d'autres filles le faire.

Elle finissait juste quand des yeux apparurent par l'ouverture de la porte ; elle reprit le bébé et se releva avec difficulté.

Le capitaine Grey entra le premier, suivi de massœur Khol, du sergent Bartlett, d'un autre garde et d'un homme plus âgé qui portait un petit cartable avec une poignée. D'un air suffisant, le vieil homme replaça ses lunettes sur son nez et s'avança vers le bébé.

— Une table, ordonna-t-il.

Le sergent Bartlett sortit aussitôt.

— Vous êtes médecin ? demanda Gaia.

Il lui prenait déjà le bébé des bras ; elle ne put refuser.

— Faites attention, dit-elle.

Le garde revint avec une petite table couverte d'une protection blanche.

— Qu'est-ce que vous faites ? demanda Gaia tandis que le médecin posait le nouveau-né sur la table.

Elle lança un regard inquiet à massœur Khol, mais cette dernière restait impassible.

— Emmenez-la, dit le médecin.

Il sortit un appareil de caoutchouc et de métal, l'enfonça dans ses oreilles tout en se penchant vers le bébé.

Gaia vit les gardes s'approcher d'elle et recula dans un coin.

— Attendez ! protesta-t-elle. Vous n'allez pas lui faire de mal, n'est-ce pas ? Je crois qu'il va bien. Il a juste besoin qu'on le nourrisse et qu'on lui donne un bain. Si vous avez de l'air purifié pour lui...

Le médecin se retourna brusquement.

— De l'air purifié ? Tu veux dire de l'oxygène ? Que sais-tu de l'oxygène ?

Elle recula plus encore, mais les gardes la saisirent de chaque côté, enfonçant leurs doigts dans ses bras.

— Vous avez de l'oxygène à l'extérieur du mur ? demanda le médecin.

Il avait l'air furieux.

Gaia se tassa entre les gardes.

— Non, bredouilla-t-elle, j'ai vu qu'on en donnait à des bébés souffrants à l'Autélé. Est-ce un mal ?

Le médecin la dévisagea encore un moment. Puis il se tourna vers le capitaine Grey.

— Vous avez tort à son sujet, capitaine, dit-il d'une voix froide. Elle est dangereuse. Je la ferais éliminer immédiatement si j'étais vous.

Gaia en eut le souffle coupé et son regard se posa aussitôt sur le capitaine Grey. Il se contenta d'adresser un signe de tête aux gardes, qui tirèrent Gaia vers la porte.

— Faites attention à lui ! cria-t-elle. Prenez soin de lui, massœur.

Massœur Khol ne tourna même pas la tête quand on traîna Gaia hors de la pièce, si bien que la confusion et les craintes de la jeune fille redoublèrent.

— S'il vous plaît, supplia-t-elle le capitaine Grey par-dessus son épaule, on ne fera pas de mal au bébé, n'est-ce pas ?

— Si vous coopérez avec les gardes, répondit-il, nous parlerons dans une minute.

Elle jeta un regard angoissé au bébé puis au visage de pierre du capitaine Grey. Ses yeux étaient froids et inflexibles, mais l'intensité de son regard la fit cesser de se débattre. Les gardes l'emmenèrent rapidement au bout du couloir, lui firent descendre une volée de marches puis une autre. Ils semblaient s'enfoncer dans les profondeurs de la prison ; elle vit d'autres portes munies de judas, toutes fermées. De loin en loin, des ampoules s'allumaient automatiquement au plafond quand ils passaient à proximité ; la consommation ostentatoire d'électricité était une preuve de plus qu'elle était en terre étrangère. Pendant une heure environ, ils la laissèrent dans une petite pièce sans fenêtre, la surveillant de temps à autre à travers l'ouverture dans la porte. Puis un signal retentit, le battant s'ouvrit et son escorte la déplaça à nouveau. Ils parvinrent enfin à un petit couloir au bout duquel une autre fenêtre était munie de barreaux. Les gardes s'arrêtèrent et l'un d'eux ouvrit la porte d'un bureau pour la faire entrer.

Gaia découvrit une table et des chaises, une lampe, un téléphone et ce qu'elle devinait être un ordinateur, le premier qu'elle voyait de sa vie.

— Voulez-vous que je l'attache, capitaine ? demanda l'un des gardes.

Gaia se retourna et vit le capitaine Grey franchir la porte.

— S'il vous plaît, répondit-il.

Surprise, Gaia sentit des mains rêches dans son dos croiser vivement ses poignets et les attacher. Elle fit appel à toute sa fierté pour ne pas se tortiller, puis l'homme la lâcha. Une mèche de cheveux s'était échappée du ruban et sa montre de gousset était sortie de sa cachette pour pendre librement sur sa tunique rouge. Quand elle rejeta la tête en arrière pour ne plus avoir la mèche dans les yeux, celle-ci glissa de nouveau le long de sa joue gauche. Elle ne quittait pas le visage du capitaine Grey du regard, impatiente qu'il croise le sien pour qu'elle puisse deviner ses intentions.

Mais ses yeux à lui fixaient l'objet dans sa main : une pelote en forme de citron, où toutes les épingles étaient enfoncées dans la sciure de bois, de sorte que seules leurs têtes scintillaient à la surface. Gaia retint son souffle. *La mienne*, pensa-t-elle, et elle sut qu'il avait fouillé sa sacoche. Il ôta lentement son chapeau et le posa sur la table à côté de la pelote à épingles et, pour la première fois, elle vit son visage dans son entier. Ses sourcils étaient noirs, ses traits plus réguliers qu'ils ne lui avaient paru à la lueur d'une bougie. Il se tourna vers les gardes.

— Laissez-nous.

Les hommes partirent aussitôt, fermant la porte derrière eux. Dans le silence qui suivit, le cœur de Gaia battait si fort dans sa poitrine qu'elle avait peur qu'il ne l'entende. Elle remua les poignets pour voir à quel point ses liens étaient serrés, et ils lui lacérèrent la peau. Le capitaine Grey se tenait derrière le bureau, silencieux, et, des doigts de sa main gauche, il fit tourner doucement son chapeau. Elle ne s'attendait pas à tant de calme et de froideur quand il leva enfin les yeux.

— Tu te rends bien compte que tu as des ennuis ? demanda-t-il.

Sa voix était grave et, contre toute attente, résonnait dans la petite pièce.

Elle hocha lentement la tête et regretta que ses cheveux ne soient pas détachés pour masquer sa cicatrice. Elle remarqua qu'il parcourait son visage du regard ; pensif, il l'étudiait avec une précision troublante.

Quand il se renfrogna, ses sourcils s'abaissèrent en une ligne songeuse.

— Gaia, reprit-il, tu as mutilé le cadavre d'une traîtresse pour mettre au monde un enfant qui, selon la loi, devrait être mort.

Elle se demanda s'il se rendait compte qu'il l'appelait par son prénom, comme s'ils avaient été amis par le passé.

— Je pensais qu'il l'était, admit-elle, mais il fallait que j'essaie.

— Pourquoi ? demanda-t-il.

Elle se redressa.

— C'est ce que je fais, dit-elle simplement.

— Mettre au monde des bébés ? vérifia-t-il.

Elle acquiesça.

— Personne ne t'a dit de le faire ? Tu ne travailles pas pour quelqu'un d'autre ?

Perplexe, elle fronça les sourcils.

— Qui me l'aurait demandé ?

Comme il ne répondait pas, elle se souvint que le sergent Lanchester lui avait proposé de lui acheter des bébés et elle s'interrogea sur l'étendue du marché noir. Ou peut-être quelqu'un d'autre voudrait-il ce bébé, quelqu'un qui était en désaccord avec l'Enclave. Il lui vint à l'esprit qu'elle était terriblement ignorante. Mais c'était parce qu'elle était innocente, et le capitaine Grey en viendrait à la même conclusion s'il se donnait la peine d'y réfléchir.

Le jeune homme prit un crayon et tapota sa gomme sur la pelote à épingles.

— Gaia, je vais te demander une fois de plus si tu as connaissance des registres de ta mère.

La nuque lui picota et elle se demanda comment il pouvait ne pas avoir remarqué le ruban qui retenait ses cheveux en arrière.

— Non, capitaine Grey.

Ses yeux bleus méfiants trouvèrent aussitôt les siens et elle sut qu'il avait remarqué son insistance sur son titre officiel.

— Je sais que tu mens, dit-il. J'espérais que tu le comprendrais par toi-même : nous fournir ce registre est ce qu'il y a de mieux à faire.

— Pourquoi est-ce important ? demanda-t-elle.

— Personne ne t'a expliqué comment cela fonctionnait ?

— Qu'y a-t-il à expliquer ? répliqua-t-elle.

À travers le prisme de l'injustice de l'Enclave, elle considérait sa vie à Wharfton sous un nouveau jour et avait peine à contenir le sarcasme dans sa voix.

— Nous avançons un quota de bébés, reprit-elle, et – voyons la vérité en face –, une fois grand, aucun d'entre eux ne veut revenir parmi nous ; ils sont donc heureux ici. Jusqu'au jour où vous décidez d'en exécuter un ou deux. En échange, nous avons l'honneur de servir l'Enclave et l'on nous fournit des vivres et de l'eau en quantité raisonnable, juste assez pour maintenir dans la pauvreté une population dont on peut se passer. Nous constituons une sorte de réserve pour fournir à l'Enclave les soldats, les ouvriers agricoles ou les bébés supplémentaires dont elle a besoin. Je me trompe ? Y a-t-il une autre explication qui m'échappe ?

Le capitaine Grey fit quelques pas jusqu'à la fenêtre, sourcils froncés, puis se retourna.

— Je constate que tu as une voix, finalement. Pourquoi ne pas t'asseoir ?

— Pourquoi ne pas me détacher ? répliqua-t-elle.

— Je ne peux pas.

Cela la surprit.

— Mais c'est vous qui commandez.

Il émit un bref rire amer.

— Je fais ce que je peux pour t'aider, même si je ne sais pas pourquoi. Il est évident aux yeux de tous que je devrais te remettre à mon frère Iris sans plus attendre. On me met sans doute à l'épreuve. Mais je suis aussi arrivé là où je suis en mettant à profit les zones d'ombre des lois et en réfléchissant par moi-même. Il fait partie de mes prérogatives de t'interroger avant de te livrer.

— Ou de me laisser partir.

Il fit un pas vers elle et la fixa attentivement de ses yeux calmes.

— Je ne crois pas que ce soit possible, dit-il doucement.

— Pourquoi pas ? demanda-t-elle. Gardez-moi jusqu'à la tombée de la nuit puis laissez-moi partir. Je promets de disparaître et de ne jamais revenir.

Dès que cette phrase franchit ses lèvres, Gaia sut que c'était un mensonge. Elle n'avait pas encore vu ses parents, hormis sa mère aperçue de loin, et elle devait trouver un moyen de les sauver.

Il esquissa un sourire et s'appuya contre le bureau derrière lui.

— Je vais te dire une chose, commença-t-il. Les gens qui ont fondé l'Enclave sont partis de rien et ont planifié la construction de cette oasis avec soin pendant des années. C'est nous qui avons développé la technologie de l'après-pétrole. Nous avons maîtrisé les énergies solaire et géothermique dont nous avions besoin pour produire les mycoprotéines et purifier l'eau. C'est grâce à nous qu'il y a assez de vivres pour tous, à l'intérieur comme à l'extérieur du mur. Sans nous, la plupart de vos ancêtres seraient morts à errer dans le désert, pauvres nomades à la recherche d'un endroit où il fait bon vivre. Mais vous nous avez trouvés, vous vous êtes accrochés à nous comme des sangsues, et nous avons décidé de faire en sorte que cela fonctionne.

Gaia n'apprécia pas sa petite leçon. Ces informations – ou cette propagande – étaient diffusées publiquement à l'Autélé, mais la version carte postale de l'Enclave oubliait certains détails comme l'exécution de femmes enceintes. Cela rendait suspect à ses yeux tout ce qu'elle avait pu apprendre d'autre à l'Autélé.

— Si vous êtes réellement supérieurs et civilisés, dit-elle, ne devriez-vous pas vous sentir obligés d'être plus généreux et compatissants envers nous ? Peut-être en commençant par ne pas m'insulter en me traitant de sangsue, par exemple.

Il fronça les sourcils et resta immobile un moment, comme perplexe devant cette idée. Elle se demanda à quel point, à lui aussi, on lui avait dicté sa pensée.

— J'exige qu'on me libère, déclara-t-elle. Et j'exige aussi la libération de mes parents.

Toujours sourcils froncés, le capitaine Grey prit la pelote à épingles dans la main et la jeta en l'air tout en reprenant :

— Il y a un problème. Un problème qui pourrait t'inspirer de la compassion à ton tour. L'Enclave a fait une erreur de calcul. Elle s'est constituée avec une population trop réduite à l'intérieur du mur.

— En quoi est-ce un problème ?

Le capitaine Grey fit une pause avant de continuer.

— Nos enfants se meurent. Pas tous, mais beaucoup plus qu'avant. Et la stérilité touche un nombre croissant de mères.

Il avait son attention à présent.

— Que voulez-vous dire par « les enfants se meurent » ? demanda-t-elle. Comment ? Pourquoi ?

— Pour différentes raisons. Les cas d'hémophilie se multiplient. C'est notre plus grande inquiétude.

— Qu'est-ce que l'hémophilie ? demanda Gaia.

Le capitaine Grey inclina légèrement la tête.

— On se vide de son sang. Pour une simple égratignure.

Gaia avait du mal à le croire. Elle avait un jour vu une femme se vider de son sang après un accouchement, mais c'était différent. Le capitaine Grey détourna le regard vers la fenêtre ; la faible lumière de l'extérieur souligna son profil. Elle apercevait la peau claire de sa nuque entre ses cheveux bruns et son col noir, et il lui parut insensé qu'un homme si jeune ait de telles responsabilités.

On frappa à la porte. Le capitaine Grey laissa tomber la pelote à épingles sur le bureau, marcha à grandes enjambées jusqu'au battant pour l'ouvrir, mais Gaia ne put voir qui se trouvait de l'autre côté.

— Encore un peu. Dix minutes, dit doucement le capitaine Grey.

Tandis qu'il fermait la porte, Gaia redevint nerveuse. Elle ne pouvait s'empêcher d'avoir le sentiment que, sans lui, le système féroce et affamé qui se trouvait à l'affût juste derrière la porte l'avalerait, et pourtant elle avait peur de lui faire confiance. Lui aussi faisait partie de ce système.

— Écoute, annonça-t-il, nous sommes à un moment clé.

Il fit un pas vers elle et Gaia recula involontairement, touchant du bout des doigts le mur froid derrière elle. Il haussa les sourcils, surpris.

— Je ne te ferai pas de mal.

Elle n'avait aucune raison de le croire. À ses yeux, il représentait tout ce qu'elle méprisait dans l'Enclave, de l'exécution d'une femme enceinte à l'arrestation de ses parents. Pourtant, elle garda la tête haute.

— Je le sais, mentit-elle.

Les yeux perçants du capitaine sondèrent les siens puis, à son grand désarroi, son regard descendit jusqu'à la montre de gousset sur sa poitrine.

— Je peux ? demanda-t-il.

Elle se refusa à répondre.

Il souleva la montre avec soin et fit passer la chaîne par-dessus sa tête. Gaia ne put réprimer un frisson au bref contact de ses mains et elle retint sa respiration jusqu'à ce qu'il eût repris ses distances, près du bureau. Il posa ses deux mains sur la table et baissa la tête, de sorte qu'il lui présentait le dessus de ses cheveux bruns, ce qui le fit paraître étrangement vulnérable. Était-il possible que cet interrogatoire lui déplaise autant qu'à elle ? Elle ne comprenait pas du tout son attitude.

— Abordons cela différemment, finit-il par dire. Ta mère t'a-t-elle fait signe d'agir sur la place aujourd'hui ? Était-ce son idée de sauver le bébé ?

— Bien sûr que non.

— Ta montre, où l'as-tu eue ?

— C'est un cadeau de mes parents. Elle m'aide à surveiller les contractions et le temps qu'il me reste pour avancer le bébé.

Il poussa le fermoir et le médaillon s'ouvrit. Gaia connaissait par cœur l'inscription qu'il était en train de lire à l'intérieur du petit boîtier rond : *La vie avant tout.* Il serra le poing et le referma dans un bruit sec.

— Et la pelote à épingles ? demanda-t-il encore.

— Elle est à mon père. Il est tailleur. Vous vous rappelez ? Vous l'avez arrêté.

Elle observa ses sourcils se rapprocher brièvement comme si un souvenir lui revenait. La montre disparut dans sa poche avec la pelote à épingles.

— Je ne comprends toujours pas ce que cela a à voir avec ma famille, reprit Gaia.

La douleur dans ses poignets ajoutait à son impatience.

— Nous avons toujours été loyaux envers l'Enclave. Je n'aurais jamais pénétré à l'intérieur du mur ni n'aurais fait ce que j'ai fait pour ce bébé si vous nous aviez laissés tranquilles. Pourquoi ne pouvez-vous pas simplement nous laisser partir ?

Le capitaine Grey fit non de la tête avec un entêtement qui exaspéra la jeune fille.

— Nous ne pouvons pas. Il nous faut des réponses. Le problème vient des unions consanguines, à la fois entre les familles des premiers fondateurs et entre les enfants avancés, expliqua-t-il. Sans les registres des sages-femmes, nous ne connaissons pas les liens de parenté entre les bébés avancés. Ils ont grandi à présent, et des cousins, des frère et sœur même, se sont mariés, comme tu en as été témoin aujourd'hui. Ceux qui ont été avancés doivent passer un dépistage génétique avant de pouvoir se fiancer. Ce n'est générale-ment qu'une formalité pour s'assurer qu'ils ne sont pas de proches parents mais, dans certains cas, le mariage est interdit.

Il se renfrogna, secouant la tête.

— Je ne suis pas clair. Le problème va au-delà des mariages entre personnes avancées. Il nous faut diversifier les gènes de notre population ou bientôt nous serons tous stériles, hémophiles, ou je ne sais quel autre genre de phénomènes génétiques.

Gaia, d'abord stupéfaite, fut ensuite gagnée par la colère.

— Qu'est-ce que ça peut me faire ? Vous jouissez d'un nombre incalculable d'avantages à l'intérieur de l'Enclave, et pourtant vous n'avez rien fait pour nous, à l'extérieur. Pourquoi devrions-nous chercher à vous sauver maintenant ?

— Tu ne comprends toujours pas, répondit-il. C'est vous qui avez tous les avantages. Sois reconnaissante qu'on t'ait laissée tranquille. Ton peuple est le vrai rescapé du changement climatique et cela l'a rendu plus résistant. Même toi, Gaia. Combien de bébés survivraient à la brûlure qui couvre ta figure ?

Elle détourna le visage, piquée au vif.

— Cette brûlure n'était pas grave. Elle m'a juste rendue laide et indésirable aux yeux de l'Enclave.

Il fit non de la tête avec impatience.

— Pas la brûlure en elle-même. La douleur. Les infections qui auraient pu en découler. Les saignements.

Gaia respirait rapidement et péniblement, comme s'il l'avait physiquement blessée. Elle détestait cette cicatrice et aucune logique ne pourrait la convaincre qu'avoir supporté ces brûlures avait quelque chose de positif.

— Je n'ai jamais voulu ça ! dit-elle d'une voix qui se brisait.

Elle se mordit les lèvres pour lutter contre l'envie de pleurer.

Le capitaine Grey était parfaitement immobile. Puis il fit de nouveau le tour du bureau pour s'approcher d'elle, mais elle refusa de le regarder.

— Gaia, appela-t-il doucement.

Sa douceur la troublait plus encore. Elle se concentra sur l'angle que formaient les murs gris et, quand elle sentit sa main légère sur son épaule, elle se déroba.

— Vous ne comprenez pas, reprit-elle sur un ton cinglant. Les enfants à l'extérieur du mur souffrent aussi. Ils saignent aussi. Des fièvres se déclarent et les rongent pendant des jours avant de les

tuer. Et les mères les pleurent. À quoi bon la puissance de l'Enclave
– elle désigna de la tête la lampe, l'ordinateur – si vous laissez les
autres souffrir ? Si vous tuez des femmes enceintes de neuf mois ?
Quel genre de société est-ce là ?

Il recula vers la porte. Ses yeux, qui avaient semblé chaleureux,
vivants, l'espace d'un instant, s'assombrirent et devinrent distants.

— Les deux condamnés d'aujourd'hui savaient qu'ils venaient
de l'extérieur du mur. Ils savaient qu'ils devaient passer le dépistage
génétique pour se fiancer. Ils ont bénéficié de nos avantages et de
nos lois toute leur vie mais, quand les résultats ont montré qu'ils
étaient peut-être frère et sœur, ils ont malgré tout décidé, égoïste-
ment, de se marier et de concevoir un enfant.

Il serra les dents obstinément.

— Nous aurions gaspillé des ressources précieuses pour ce bébé
et il serait mort avant son dixième anniversaire, bien avant de
pouvoir engendrer un enfant en bonne santé. Même ses parents le
savaient.

— Vous justifiez un meurtre parce que l'enfant aurait constitué
un gaspillage de ressources ? demanda Gaia. C'est ce que vous êtes
en train de me dire ? Eh bien, dommage : le bébé est en vie. Qu'est-
ce que vous allez faire maintenant ?

Elle vit son teint blafard pâlir un peu plus, et il évita son regard.

La fureur s'empara d'elle quand elle comprit qu'il avait probablement laissé le médecin tuer le nouveau-né.

— Espèce de lâche, siffla-t-elle. Finissons-en. Livrez-moi à
monfrère Iris ou je ne sais qui. Faites de moi ce que vous voulez.
Je n'ai rien de plus à vous dire.

Elle alla jusqu'à la porte et la frappa du talon.

— Hé ! cria-t-elle. Sortez-moi d'ici !

Le capitaine Grey n'essaya pas de la retenir et elle maudit la façon
qu'il avait de garder son calme. Comme il posait la main sur la
poignée de la porte, leurs yeux se croisèrent.

— Je ferai ce que je peux pour toi, Gaia, dit-il tout bas.

— Ça ne risque pas de changer grand-chose, alors ! cracha-t-elle.

Sa remarque arracha un rire bref au jeune homme, mais Gaia était trop en colère pour déceler l'amertume qui s'y dissimulait. Puis il ouvrit la porte et appela un garde.

— Sergent Bartlett, emmenez-la à la cellule K. Assurez-vous qu'on lui fasse prendre une douche, qu'on lui donne des vêtements propres et un repas. Apportez-moi ses effets personnels. Et il me faudra un coursier.

— Oui, mon capitaine, répondit le sergent Bartlett en saluant brièvement.

Trois gardes supplémentaires encadrèrent la jeune fille quand elle s'avança dans le couloir, comme si elle était extrêmement dangereuse, capable de venir à bout de plusieurs hommes de forte carrure les mains liées. Elle releva fièrement la tête.

— Écoute la voix de la raison, lui dit le capitaine Grey d'une voix grave.

Elle refusait toujours de le regarder mais elle sentait la colère l'envahir à nouveau.

— Coopère avec les gardes. Pour ton bien, ajouta-t-il.

— Et vous, écoutez donc votre cœur, capitaine, dit-elle, amère. Si vous en êtes capable.

LES MÉDECINS DE LA CELLULE K

— Fais vite, dit la gardienne quand Gaia entra dans la douche.

La jeune fille se dépêcha d'enlever sa jupe rouge et sa tunique, ses chaussures, et lui tendit le tout. Elle garda le ruban et l'accrocha à la poignée de la porte, hors de sa vue. Le poids familier de sa montre de gousset autour du cou lui manquait déjà.

En entrant sous la douche, Gaia s'émerveilla devant l'eau chaude qui coulait à flots d'un tuyau dans le mur. Le gaspillage d'énergie la stupéfia. La douce savonnette bleue moussait aisément sur sa peau et ses cheveux. Pareil luxe dans une prison dépassait ses rêves les plus fous.

— Sors de là ! appela la gardienne.

Elle lui passa une serviette, des sous-vêtements et une tunique grise qui lui arrivait au-dessous des genoux. La peau de Gaia la grattait sous le tissu rêche et, de ses doigts maladroits, elle se dépêcha de fermer les trois boutons blancs du devant de sa tenue. Elle n'avait pas de peigne mais fit de son mieux pour lisser les nœuds de ses cheveux, puis les attacha de nouveau en arrière à l'aide du ruban.

La gardienne l'examina, sceptique, lorsqu'elle sortit de la douche, propre et habillée. Quand Gaia voulut prendre ses chaussures, elle lui désigna une paire de mocassins usés. La jeune fille y glissa ses pieds fins et découvrit qu'ils étaient trop grands pour elle.

— Il va falloir me donner le ruban, dit la gardienne. Y'a des chances pour qu'on te coupe les cheveux en K de toute façon.

— En attendant, je préférerais le garder.

Les yeux de la gardienne, une femme âgée aux bras musclés et à la mâchoire dure, s'étrécirent. Elle grogna, se détourna, et Gaia crut un instant qu'elle y consentait. Puis elle se retourna brutalement pour gifler Gaia sur la joue droite, si fort qu'elle sentit son cou craquer sous le choc.

Le souffle coupé, Gaia tomba sur le sol en pierre, et la gardienne lui arracha le ruban des cheveux.

— Ça t'apprendra à faire ta maligne, aboya-t-elle.

La jeune fille refoula ses larmes, pressant sa main contre sa joue qui l'élançait. Elle regarda avec désespoir la gardienne ajouter le ruban à la pile de ses vêtements et chaussures.

— Entrez ! cria la femme, et l'escorte familière de Gaia réapparut, comme si les gardes attendaient juste derrière la porte.

La joue endolorie, elle se redressa pour les suivre. Ils parcoururent plusieurs couloirs, des escaliers, jusqu'à ce qu'il se dégage une odeur de renfermé, comme si l'air frais pénétrait rarement si loin dans les murs. Quand ils atteignirent l'extrémité du dernier corridor, un des gardes ouvrit une large porte en bois et se mit sur le côté.

Gaia jeta un coup d'œil à l'intérieur et ne vit qu'un couloir vide aux ombres grises.

— On est censé me donner à manger, rappela-t-elle au sergent Bartlett.

— Voyez-vous ça ! dit-il froidement avant de la pousser légèrement en avant.

— C'est la cellule K ? demanda-t-elle en se retournant.

Mais le garde fermait déjà la porte.

— Quand reverrai-je le capitaine Grey ? cria-t-elle.

Elle entendit un rire, et le judas de la porte s'ouvrit brutalement.

— Je doute que tu le revoies un jour, mais je lui dirai que tu as posé la question. Il en sera touché, j'en suis sûr.

La voix du sergent Bartlett devint plus grave et ses yeux bruns plus perçants dans l'encadrement métallique.

— Espérons que tu n'auras pas fichu sa carrière en l'air.

Gaia eut terriblement envie de passer son poing par la trappe pour frapper l'homme, mais il la referma, la laissant cligner des yeux dans le noir.

Elle se retourna, tendit l'oreille et patienta le temps que ses pupilles s'adaptent à l'obscurité, puis elle appuya ses doigts froids contre sa joue endolorie. Le petit couloir où elle se trouvait formait un coude un peu plus loin, où résonnaient des voix douces de femmes. Gaia avança sans bruit, curieuse, et son ventre gargouilla de faim. Après les instructions du capitaine Grey aux gardes, elle s'était attendue à ce qu'on lui donne à manger ; elle se demandait maintenant s'ils lui avaient désobéi ou s'il l'avait simplement dit devant elle pour qu'elle pense qu'il était de son côté.

Caressant le mur du bout des doigts, elle avança jusqu'au tournant et, là, à l'endroit où le couloir s'ouvrait sur une grande cellule haute de plafond, elle s'arrêta. Trois petites fenêtres munies de barreaux étaient ouvertes bien haut sur sa gauche ; elles nimbaient la pièce d'une douce lumière grise et éclairaient une demi-douzaine de femmes debout par deux ou assises sur des bancs de bois. Elles étaient toutes vêtues de gris, comme elle, et leurs cheveux coupés tombaient en frange sur leurs yeux et sur leur nuque.

Gaia examina chaque visage avec empressement, à la recherche de sa mère mais, bien que la plupart des femmes eussent l'âge de cette dernière ou un peu plus, aucune ne lui était familière. La déception sombra en elle comme une pierre dans un lac profond. Les femmes se taisaient, attentives.

L'une d'elles finit par se lever et s'avancer, les mains tendues.

— J'aimerais te souhaiter la bienvenue, dit la femme, mais il n'y a guère lieu de se réjouir d'arriver ici. Je suis Séphie Frank. Qui es-tu, mon enfant ?

— Je m'appelle Gaia Stone.

Un murmure de surprise s'éleva aussitôt.

— La fille de Bonnie ? demanda Séphie, étudiant son visage de près. Sais-tu où elle se trouve en ce moment ?

— Non. Je croyais qu'elle était ici, en prison.

— Elle a passé quelques jours avec nous, lui confirma Séphie, après son arrestation. Mais ils lui ont fait quitter la cellule K. C'était quand, il y a trois semaines ? Nous l'avons aussi vue de loin pendant l'exécution ce matin, mais nous n'avons pas pu lui parler.

— Et mon père ? Vous l'avez vu ?

Séphie jeta un bref coup d'œil aux autres femmes et leurs voix se turent. Quelqu'un toussa. L'effroi tirait sur les os de la jeune fille, comme si la pesanteur avait doublé. Il était possible que la situation soit plus sérieuse que ne lui avait annoncé Derek.

— Que savez-vous ? demanda-t-elle tout bas.

Sa voix tomba sur le sol et se perdit dans un silence inquiétant.

Séphie s'approcha et posa doucement la main sur le bras de Gaia.

— Ton père est mort, déclara-t-elle. Il s'est fait tuer en cherchant à s'évader. Il y a quelques semaines.

— Non, souffla Gaia. Ça ne peut pas être vrai.

Ses genoux cédèrent et Séphie la mena jusqu'à un banc.

— On m'avait dit que son exécution était prévue pour la semaine prochaine.

Les femmes échangèrent des regards.

— Je suis navrée, dit Séphie.

Gaia secoua la tête.

— Pendant tout ce temps, je servais l'Enclave, en avançant des bébés. Quelqu'un me l'aurait dit.

Sa voix tremblait. Était-ce vraiment possible ? Son tendre père, qui cousait de si belles parures, qui partageait un rire léger et de sages paroles avec ceux qu'il croisait dans la rue, qui jouait du banjo comme un fou, qui rayonnait de joie en présence de sa mère... Comment pouvait-il être mort sans qu'elle le sache ? Gaia sentit un frisson de douleur la traverser.

— Je suis navrée, répéta Séphie.

Gaia restait abasourdie, incrédule. Son père avait peut-être souffert. Elle ne supportait pas cette idée. Ignorant où il avait été tué, elle l'imaginait courant frénétiquement à travers un champ de blé vert en direction du désert, sa chemise marron claquant au vent derrière lui, son chapeau s'envolant au loin, son corps robuste secoué par des tirs qui le faisaient tomber face contre terre dans les vagues d'épis.

— S'il vous plaît, non, gémit-elle.

Elle avait risqué sa vie pour pénétrer dans l'Enclave. Pour les sauver, lui et sa mère. Elle arrivait trop tard.

— Mais ta mère est en vie, intervint Séphie.

— Pour combien de temps encore ? Son exécution n'est-elle pas planifiée ?

Les yeux de Gaia passèrent d'un visage à l'autre, et la confusion qu'elle y lut lui donna de l'espoir.

— Nous n'en avons pas entendu parler, répondit Séphie. C'est possible, bien sûr, mais personne ici n'en a eu vent.

Elle posa une main sur sa poitrine.

— Quand tu as suivi la charrette pour sauver le bébé, elle a dû être fière.

— Comment pouvez-vous le savoir ? demanda Gaia, tendue.

— C'est ce qu'elle aurait fait.

Un murmure d'assentiment parcourut l'assemblée des autres femmes, mais Gaia se souvint du message silencieux de sa mère : *Ne fais rien.* Maintenant qu'elle savait que son père était mort, elle comprenait mieux. Sa mère avait voulu la protéger, la garder hors de danger.

— Gaia, tout le monde sait ce que tu as fait aujourd'hui, que tu as sauvé ce bébé, reprit Séphie. Nous en avons entendu parler jusqu'ici. Tu as fait réfléchir les gens.

Gaia était en état de choc, mais ses yeux s'adaptaient progressivement à l'obscurité de la cellule et elle s'efforçait maintenant d'étudier les traits des femmes qui l'entouraient. Séphie avait les cheveux bruns et un visage doux, triste, qui faisait penser à la pleine lune, avec des yeux gris très espacés et une petite bouche. Cette femme avait connu sa mère, ici, dans cette cellule, et, maintenant que Gaia en avait le plus besoin, elle se montrait attentionnée envers elle.

— Pourquoi êtes-vous ici ? demanda la jeune fille.

Surprise, Séphie haussa les sourcils.

— Nous sommes médecins.

— Mais pourquoi êtes-vous en prison ? insista Gaia.

— Incroyable..., intervint une autre femme assise sur le banc le plus éloigné.

Elle avait les cheveux blancs, les sourcils étonnamment noirs, un nez fin, et regardait Gaia sans ciller. Bizarrement, son manque de compassion aida la jeune fille à se ressaisir, lui évitant de sombrer dans le désespoir.

— Tais-toi, Myrna, intima Séphie.

Elle s'assit près de Gaia et lissa soigneusement sa jupe sur ses genoux.

— Nous sommes toutes accusées de crime contre l'État, par exemple d'avoir falsifié des résultats de tests génétiques, d'avoir aidé des femmes qui voulaient avorter ou de n'avoir pas tué des bébés malformés.

— Vous avez fait ça ? demanda Gaia, étonnée.

— J'ai dit que nous en étions accusées, la corrigea Séphie. En tant que médecins inculpés, l'Enclave peut nous garder ici aussi longtemps que bon lui semble et nous faire sortir uniquement quand elle a besoin de nos services. C'est absurde, en fait.

Cela parut affreux à Gaia.

— Pourquoi coopérez-vous ?

Séphie sourit et plusieurs femmes remuèrent sur les bancs.

— Que pouvons-nous faire d'autre ? Si nous refusons, nous serons exécutées comme ce couple aujourd'hui. Ce n'est pas comme si nous étions toujours en âge d'avoir des enfants. Seules nos compétences nous donnent de la valeur à leurs yeux.

— Je ne comprends pas, objecta la jeune fille. Vos familles et vos amis doivent y être opposés. Ne peuvent-ils pas vous faire sortir ?

Séphie secoua la tête.

— Tu es si naïve, Gaia. Tu découvriras que tout n'est pas rose dans l'Enclave, je le crains. Nos amis ont peur, et non sans raison.

Et puis de temps à autre, l'une de nous est innocentée et relâchée. Nous vivons dans cet espoir.

Gaia leva les yeux vers la fenêtre du milieu, par laquelle on voyait un carré lointain de ciel gris. Plus elle en apprenait sur l'Enclave, plus elle se sentait trahie. On aurait dit qu'on trompait délibérément les gens de l'extérieur ; on leur faisait croire que la vie à l'intérieur était idéale, une vie en or, alors qu'en réalité ce n'était qu'un cadre magnifique où régnaient cruauté et injustice. On y avait tué son père, l'homme le plus gentil au monde. La place du Bastion était remplie aujourd'hui d'une multitude de citoyens apparemment normaux mais sans cœur. Serait-elle, elle aussi, devenue comme tous les autres si elle avait été élevée ici ?

— Je ne comprends pas cette société, souffla Gaia.

La femme aux sourcils noirs sur le banc le plus éloigné émit un rire sans joie.

— Bienvenue au club, dit-elle avec une amère ironie.

Gaia se pencha et enfouit son visage dans ses mains. Une ecchymose enflait sur sa joue droite et elle sentait sous sa paume les petites rides familières de la brûlure sur sa joue gauche. Ce nouveau malheur lui faisait bien plus mal et, pourtant, il ne laisserait pas de cicatrice visible. Ses cheveux glissèrent vers l'avant comme un rideau et elle gémit de désespoir. Son père. Un poids sur son cœur rendait sa respiration difficile. Elle avait peut-être aperçu sa mère pour la dernière fois ce matin-là.

— Allons, allons, dit doucement une femme à la peau sombre, posant une main réconfortante sur l'épaule de Gaia.

Cette gentillesse déclencha les larmes qu'elle avait essayé de retenir et elle fut secouée de sanglots. Séphie essaya de l'attirer contre elle pour la consoler mais Gaia s'éloigna ; elle se recroquevilla sur le banc de bois, face au mur, avant de se perdre un long moment dans une souffrance aveugle et muette. Aucune parole de réconfort ne pouvait percer sa douleur, tandis qu'elle ne cessait de réclamer à grands cris silencieux son père qu'elle avait perdu. Quelqu'un l'enveloppa d'une couverture et glissa quelque chose de doux sous sa tête. Puis le sommeil vint la délivrer.

X

DES MYRTILLES DANS LE DÉLAC

Petite, Gaia avait appris à rester allongée immobile dans son sommeil pour ne jamais s'empêtrer dans sa moustiquaire ; mais quand le matin teintait le ciel d'un rose sec et que cela n'avait plus d'importance, elle roulait parfois, à moitié endormie, jusqu'à ce que sa joue touche par inadvertance la matière froide et vaporeuse. Alors la peur aveugle de s'étouffer la réveillait pour de bon. Elle haletait avant de se rappeler : *Oh, ce n'est que la moustiquaire du lit.* Puis elle se réinstallait sur son oreiller et étirait un bras languissant vers le sommet de la tente de gaze.

L'été de ses onze ans, ses parents avaient déplacé son lit du grenier à la terrasse derrière la maison pour qu'elle profite de la brise. Un matin, le carillon était silencieux et la grosse urne d'eau était immobile au bout de sa chaîne. Des gouttes s'étaient condensées à la surface et se regroupaient en bas du récipient ; Gaia les regardait grossir puis tomber.

Elle posa ses pieds nus sur les planches usées de la terrasse et poussa la moustiquaire pour voir la douce lueur d'été se répandre dans la cour. Elle apercevait le tonneau d'eau de pluie au coin de la terrasse et, au-delà, les fils à étendre le linge et le poulailler.

Une jeune poule avait eu son premier œuf deux jours plus tôt et Gaia était curieuse de voir si elle en avait pondu un autre. Soulevant sa chemise de nuit bleue pour éviter que son ourlet ne traîne dans l'herbe, elle sentit la fraîcheur de la rosée caresser ses chevilles.

Elle avait presque atteint le poulailler quand elle vit que le loquet était soulevé et la porte entrouverte.

Avec une angoisse grandissante, Gaia regarda à l'intérieur. La jeune poule et une autre pondeuse avaient toutes deux disparu, mais les six autres se trouvaient sur leurs perchoirs, imperturbables. À la vue de la petite fille, les poules caquetèrent et sortirent de leur abri, passant à ses pieds, prêtes à se nourrir des insectes dans l'herbe.

Gaia traversa la cour en sens inverse à toute allure et sauta bruyamment sur la terrasse.

— Maman ! hurla-t-elle. Papa ! Je crois que quelqu'un a volé deux de nos poules.

Elle se dépêcha de traverser la cuisine, puis la salle de séjour et jeta un coup d'œil derrière le rideau du lit de ses parents. Deux formes étaient étendues sous les couvertures et la main de son père était posée sur l'épaule de sa mère.

— Maman, répéta-t-elle.

Bonnie était allongée du côté de la fenêtre, en boule, dos à son père, et Gaia se rendit compte que ses parents n'avaient pas pour habitude de rester au lit plus tard qu'elle. Mal assurée, elle se cramponna au rideau et se frotta les pieds l'un sur l'autre.

— Je crois que quelqu'un a volé deux de nos poules, répéta-t-elle plus calmement.

Sa mère eut alors une réaction étrange. Elle leva un bras, le mit devant ses yeux pour cacher son visage derrière son coude et murmura un mot doucement : « Jasper ».

En réponse, le père de Gaia embrassa l'épaule de sa mère et roula pour poser les pieds par terre.

— Bonjour, mon rayon de soleil, lança Jasper à sa fille. Laissons ta mère dormir un peu, d'accord ? Elle est rentrée tard la nuit dernière.

Il enfilait déjà une chemise et Gaia recula, laissant retomber le rideau.

Elle se sentait mal à l'aise, exclue, comme si elle avait été témoin d'un bref échange entre ses parents dans une langue silencieuse et invisible ; puis son père sortit tout habillé de derrière le rideau. Il lui sourit et caressa son menton mal rasé.

— Mets tes chaussures, dit-il doucement.

Gaia fourra ses pieds nus dans ses mocassins.

Son père passa devant elle, ses larges épaules et sa démarche décontractée ne dégageant aucune nervosité, et ce calme estompa ses inquiétudes. Il inspecta brièvement le loquet du poulailler puis il ouvrit grand la porte pour qu'elle voie par-dessous son bras l'intérieur sombre et les perchoirs vides. Des grains de poussière dansaient dans un rayon de soleil.

— Elles ont effectivement disparu, constata-t-il. Et tu es sûre d'avoir bien fermé le poulailler hier soir ?

Elle acquiesça, les yeux levés vers lui.

— Et elles étaient toutes là. J'en suis certaine.

Il haussa les sourcils et fit la moue, puis il inspecta de nouveau le loquet.

— Eh bien, celui qui les a prises a dû être très discret. Tu n'as rien entendu cette nuit ?

Elle répondit que non. Pendant qu'il ramassait les œufs, elle regarda derrière elle la terrasse, la moustiquaire du lit qui tombait comme un voile gris pâle du crochet au-dessus. Elle se rendit compte qu'un étranger avait dû passer tout près d'elle cette nuit. Elle fit un pas vers son père.

— Ne t'inquiète pas, lui dit-il de sa voix chaude et rassurante.

Il tenait délicatement cinq œufs sur un bras. Sa main libre se posa sur son épaule et Gaia passa le bras autour de sa taille.

— Allons cueillir des myrtilles pour ta mère. Nous serons rentrés en un rien de temps.

— Comme ça ? demanda-t-elle en tirant ostensiblement sur sa chemise de nuit.

Sa tenue le fit sourire.

— Bien sûr. Mais nous devrions prendre des chapeaux. Et des seaux. Je vais les chercher. On se retrouve devant la maison.

Le temps que Gaia fasse le tour par le jardin, Jasper était déjà sorti par la porte d'entrée, sans les œufs mais avec des chapeaux et deux seaux d'un litre. Il tendit la main pour étreindre la sienne chaleureusement puis il se mit à siffler doucement un air compliqué. Gaia était un peu mal à l'aise de se promener en chemise de nuit devant les maisons qui s'éveillaient mais, quand ils descendirent un étroit chemin de terre menant au délac, elle se prit à apprécier la légèreté avec laquelle l'étoffe bleue flottait autour de ses chevilles. Le bord de son chapeau projetait une ombre familière au-dessus de ses cils et elle sentait le doux parfum des hautes herbes, du chèvre-feuille, des alisiers et des fleurs sauvages qui poussaient en grandes bandes entre les rochers.

Une fois passée la baie du délac, ils se retrouvèrent bientôt entourés de myrtilles et Jasper lui tendit un seau. Le premier fruit tomba au fond avec un bruit métallique. Gaia prit soin de placer le récipient sous chaque branche tandis qu'elle tirait sur deux ou trois baies à la fois.

— À ton avis, qui a volé nos poules ? demanda-t-elle. Peut-on y faire quelque chose ?

— Comme quoi ?

— Je ne sais pas. Les chercher ?

Cette option lui parut aussitôt difficilement envisageable.

Son père repoussa son chapeau en arrière pour qu'elle voie sa figure. Ses sourcils bruns dessinaient une courbe épaisse et expressive, sa forte mâchoire était délimitée par l'ombre d'une barbe de plusieurs jours. Son teint, légèrement plus foncé que celui de Gaia, avait la riche couleur du bronzage et était plus prononcé sur ses avant-bras car il remontait souvent ses manches.

— Réfléchis, Gaia, dit-il gentiment. Celui qui a pris ces poules devait en avoir bien plus besoin que nous.

Sa réponse la surprit.

— Mais est-ce que cela veut dire que l'on pourrait nous prendre n'importe quoi et ça ne t'embêterait pas ? demanda-t-elle.

Il se remit à cueillir des myrtilles.

— Non, bien sûr que non.

Elle avait récemment commencé à se poser des questions sur ses parents. Quelques semaines plus tôt, elle était allée à la fête d'anniversaire de son amie Emily. Emily, Kyle et Gaia étaient les trois seuls présents et elle s'était beaucoup amusée. Puis, la veille seulement, elle avait découvert que Sasha et deux autres filles avaient également été invitées à la fête mais qu'elles avaient refusé de venir si Gaia était là. Sa mère ne s'en était pas du tout inquiétée.

— Oui, j'ai entendu parler de ces chipies, avait-elle répondu à sa fille quand elle lui en avait parlé. Emily est une véritable amie.

À présent son père, lui non plus, ne s'inquiétait pas d'événements qui perturbaient Gaia. Que des gens soient méchants avec elle et que l'on vole les poules de la famille aurait dû leur importer, alors pourquoi ses parents n'étaient-ils pas contrariés ? Peut-être que, comme sa mère le lui avait dit un jour, cela avait à voir avec la grandeur d'âme.

Quand elle releva les yeux vers son père, il s'était éloigné et, derrière lui, le délac s'enfonçait progressivement. Les feuilles ovales des bouquets de bouleaux et de trembles dansaient, mais le paysage était surtout composé de broussailles, d'herbes et de fleurs sauvages.

— Papa, appela-t-elle. As-tu connu quelqu'un qui savait à quoi ressemblait le délac quand il était plein d'eau ?

Il leva les yeux sous le bord de son chapeau et lui fit signe d'approcher.

— Non, il est vide depuis trois cents ans.

Il montra du doigt l'étendue de rochers.

— On a transporté une grande partie de l'eau vers le sud grâce à des canalisations, puis les sources se sont asséchées.

— Qui ça, « on » ? Qu'est-il arrivé à ces gens ?

Elle s'approcha et cueillit quelques baies.

— Je ne sais pas à vrai dire.

Il continuait de ramasser des myrtilles tout en parlant.

— Il y a d'autres gens qui vivent ailleurs, quelque part, car certains arrivent chez nous par hasard de temps à autre. Peut-être une douzaine ces dix dernières années, comme Josh, le conteur du

Secteur Est Un. Tu te souviens de lui ? Un hiver, aussi, un cheval est arrivé seul avec tout son harnachement, mais il est mort peu après.

— Vraiment ? Qu'était-il arrivé au cavalier ?

— On ne sait pas. J'étais adolescent à l'époque. On l'a longtemps cherché dans le désert mais on n'a trouvé personne.

Gaia était fascinée par l'existence d'autres peuples et d'autres temps.

— Je me demande comment c'était, il y a longtemps.

Son père sourit.

— À l'âge du frais, les gens avaient des satellites qui transmettaient des signaux électriques à travers le monde, des voitures, des routes, et tout ce qu'on voit dans les films de l'Autélé, mais tout ça n'existe plus. Il fallait de l'énergie pour tout cela. Un peu comme de la magie.

— Que s'est-il passé ? demanda Gaia.

Il posa une main sur la hanche et se pencha brièvement en arrière.

— L'âge du frais a pris fin quand les combustibles ont été épuisés et qu'il était trop tard pour s'adapter, je suppose. On a perdu des récoltes. Il y a eu des maladies. Quelques guerres. On ne pouvait plus déplacer le peu de nourriture qui poussait. Il en faut beaucoup pour l'alimentation des hommes, Gaia. On a tendance à l'oublier. Nous avons de la chance ici. Les gens qui gèrent l'Enclave sont intelligents et on ne s'en sort pas si mal à l'extérieur du mur.

— Doit-on s'inquiéter d'être un jour à court de nourriture ? demanda la petite fille.

Son père lui sourit.

— Pas vraiment. On prendra une ou deux pondeuses supplémentaires.

— Non, je veux dire, tout le monde.

Son père s'essuya le front et remit son chapeau en place.

— Je ne crois pas. Le blé a été abîmé par la grêle une année mais, même cette fois-là, on a eu suffisamment de mycoprotéines.

— Emily m'a dit que les mycoprotéines étaient de la moisissure.

— Elle a raison, en fait. On les a découvertes et raffinées à l'âge du frais. On voulait un aliment qui pousserait même dans le noir, au cas où un événement catastrophique couvrirait le monde de nuages. À présent on les cultive dans l'Enclave, dans ces grosses cuves à fermentation que tu vois là-bas.

Elle leva les yeux vers le sommet de la colline, par-delà le mur, à droite des tours que formaient l'obélisque et le Bastion, jusqu'à ce que son regard tombe sur une rangée de silos orange.

— Donc, tant qu'on s'entend bien avec l'Enclave, ceux de l'extérieur du mur ne risquent rien, conclut-elle.

Son père se pencha et tira sur sa tresse.

— Dis donc, tu t'inquiètes beaucoup aujourd'hui ! Tout ça parce que nous avons perdu deux poules.

Comme elle le faisait quand elle était petite, elle étrécit les yeux pour mesurer l'obélisque blanc de son pouce tendu.

— Qu'est-ce que tu fais ? demanda son père.

Elle baissa la main.

— Je fais ça pour me porter chance. Mon pouce fait la même taille que l'obélisque.

Il donna une chiquenaude au bord de son chapeau.

— Rentrons. Ta mère doit être debout.

Le chemin tortueux entre les rochers et les arbustes du délac était escarpé par endroits et rarement assez large pour deux. Gaia gambadait en tête.

— Maman va bien ? demanda-t-elle.

Jasper acquiesça, tout en cheminant derrière.

— Oui, elle va bien. La nuit a été dure, c'est tout.

— A-t-elle fait l'avance d'un autre bébé ?

— Oui.

— Y a-t-il toujours eu un quota de bébés ?

— Non, fit-il doucement.

Elle aimait qu'il réponde toujours à ses questions, qu'elle que fût leur complexité.

— Ça s'est fait progressivement, je suppose. Quand ta mère et moi étions enfants, de nouvelles familles se sont installées à Wharfton. Elles étaient frustes et leurs coutumes différaient des nôtres. Les parents buvaient et, malheureusement, ils négligeaient et battaient parfois leurs enfants. Les gens de Wharfton ont demandé à l'Enclave d'intervenir, alors elle a pris les enfants les plus maltraités pour les élever à l'intérieur du mur.

Il lui donna une grosse baie. La fillette la tint dans sa paume ouverte pendant qu'il parlait, observant sa couleur bleu pâle qui se réchauffait doucement au contact de sa peau et prenait une teinte violette plus profonde et luisante.

— C'est une décision raisonnable, jugea-t-elle.

— Ça a beaucoup aidé, admit son père. Mais du coup, certaines familles, surtout celles qui avaient du mal à nourrir leur progéniture, ont commencé à se demander pourquoi leurs enfants ne pouvaient pas aller à l'intérieur du mur. Il ne leur semblait pas juste que les parents irresponsables soient en quelque sorte récompensés pour avoir maltraité leurs enfants.

Gaia le comprenait. À en croire les émissions spéciales de l'Au-télé, les filles qui vivaient à l'intérieur du mur avaient tout ce qu'elle aurait voulu : des livres, de beaux habits, des amis.

— Que s'est-il passé ensuite ?

— Eh bien, l'Enclave s'est rendu compte qu'il valait mieux prendre des enfants très jeunes. Ils s'adaptaient plus facilement. Ils ont donc proposé de prendre des bébés âgés tout juste d'un an et d'indemniser les familles.

Il frotta ses doigts l'un contre l'autre pour symboliser l'argent.

— Au départ, c'était entièrement sur la base du volontariat. Mais, par la suite, juste quelques années avant la naissance de ton frère aîné, Arthur, l'Enclave a commencé à exiger des parents qu'ils apportent leurs bébés de douze mois lors de sélections spéciales quatre fois par an. C'était une sorte de compétition et l'Enclave prenait les bébés les plus forts et les plus vifs.

Gaia fronça le nez. Elle grimpa tant bien que mal sur un rocher voisin et balança ses jambes dans le vide.

— Cela n'embêtait pas les parents ?

— Certains, si, bien sûr. Mais les autres considéraient cela comme une grande chance. Tu sais, Gaia, d'une certaine façon, chaque bébé appartient à la communauté qui vient en aide à sa mère, que ce soit une mère pauvre au mauvais caractère, une mère aimante avec de la patience à revendre ou une mère ambitieuse qui veut ce qu'il y a de mieux pour son enfant.

— C'est bizarre. C'est un peu comme si les gens de Wharfton vendaient leurs bébés à l'Enclave.

Jasper agita son seau, jetant un coup d'œil à l'intérieur.

— On n'a jamais vraiment eu cette impression, dit-il doucement. Quand Arthur et Odin ont été choisis, c'était un devoir et un honneur d'avancer un bébé. Nous savions que nos garçons ne manqueraient jamais de rien. Et, détail le plus important, on nous a dit que les bébés avancés pourraient rentrer à la maison à leurs treize ans s'ils le voulaient.

— Je ne savais pas.

— C'est parce que personne ne l'a jamais fait. Ils ont tous choisi de rester dans l'Enclave. Les enfants avancés sont réellement plus heureux avec leurs familles adoptives.

Gaia posa les yeux sur l'horizon.

— Arthur et Odin sont restés, eux aussi.

Son père acquiesça lentement.

— Plus tard, peut-être deux ans après ta naissance, l'Enclave a rendu l'avancement aléatoire, avec un quota pour les premiers bébés nés chaque mois. C'était plus juste et cela fait dix ans que c'est comme ça. Je dois l'admettre : par bien des aspects, cela fonctionne mieux qu'en prenant des bébés d'un an. Les gens s'y sont habitués. Et ils sont toujours indemnisés pour chaque bébé avancé. Cela aide le reste de la famille.

— Vous avez donc été payés pour avancer Arthur et Odin ?

— En effet.

Gaia leva les yeux vers son père.

— Ils te manquent ?

Il lui adressa un sourire en biais.

— Tous les jours. Mais je t'ai, toi.

— Alors pourquoi maman n'a pas eu d'autres bébés ?

— Elle a essayé, en fait. Mais on dirait que nous n'en aurons pas d'autres que toi.

Gaia déracina une herbe et en arracha les graines.

— C'est pour ça que ç'a été difficile pour elle la nuit dernière ? Elle n'aime pas aider les femmes à accoucher alors qu'elle ne peut plus avoir de bébé ?

Jasper ôta son chapeau et passa la main dans ses cheveux avant de le remettre.

— Je ne sais pas quoi te répondre, Gaia. Ta mère est une femme très forte. Ça, je le sais. La nuit dernière, la vieille Meg et elle sont allées aider Amanda Mercado. Elle a eu des jumeaux.

— Des jumeaux !

— Oui, des jumeaux. Deux garçons.

Le sourire de Gaia s'effaça.

— Mais les a-t-elle avancés tous les deux ?

Son père inspira profondément puis soupira.

— Voilà le problème. Amanda devait en garder un et avancer l'autre. Le quota ce mois-ci est de deux et ta mère avait déjà avancé un bébé.

— Alors que s'est-il passé ?

Les lèvres de son père se serrèrent en une ligne pensive.

— Cela doit rester entre nous, dit-il. Tu comprends ?

— Je n'en parlerai jamais, promit Gaia.

— Je ne veux même pas que tu en parles à ta mère, sauf si c'est elle qui aborde le sujet la première. Ne la harcèle pas de questions.

— Non, c'est promis.

Avec un mélange de fierté et de curiosité, elle serra fort son seau entre ses mains.

— Ta mère a laissé Amanda choisir quel bébé garder, expliqua Jasper. Les deux nouveau-nés étaient petits mais l'aîné était un peu plus lourd et paraissait plus fort. Le second était un petit garçon frêle. Devine lequel Amanda a décidé d'avancer ?

Face au soleil, Gaia ferma les yeux et s'imagina deux nourrissons enveloppés de couvertures grises identiques. Les yeux clos, ils attendaient paisiblement qu'on prenne une décision. La seule différence était que l'un d'eux était légèrement plus fort et plus rond. Elle rouvrit les yeux.

— Amanda a gardé le plus petit.

Les lèvres de son père se courbèrent en un triste sourire.

— Tu as raison. Pourquoi ?

— Elle s'est dit... – Gaia peinait à trouver les bons mots – elle s'est dit que le plus fort s'en sortirait bien dans l'Enclave mais que le petit, même s'il ne s'en sort pas, elle pourrait en prendre soin avec tout son amour.

Son père baissa la tête et posa la main sur son front, dissimulant partiellement son visage. Il resta ainsi un moment, sans bouger, si bien que Gaia craignit d'avoir dit quelque chose de mal.

— Papa ? appela-t-elle.

Il retira sa main, dévoilant un sourire plus désolé encore qu'auparavant. De son pouce, il caressa doucement la peau tendre de la cicatrice sur la joue gauche de Gaia. Il était doué pour lui donner l'impression que sa laideur la rendait plus précieuse à ses yeux, et cela la bouleversait toujours.

— Tu es une sage petite fille, Gaia Stone, dit-il doucement. Je me demande ce qu'il adviendra de toi une fois grande.

Elle relâcha la pression de ses mains sur le seau.

— Crois-tu que le fils d'Amanda qui vivra dans l'Enclave saura un jour qu'il a un frère jumeau à l'extérieur ?

Le père de Gaia s'appuya d'une main sur le rocher.

— J'en doute. On lui dira qu'il a été adopté de l'extérieur, ce n'est pas un secret, mais on ne saura rien lui dire de sa famille d'origine.

— Maman lui a-t-elle appliqué les taches de rousseur ?

— Elle le fait toujours, à chaque bébé qu'elle met au monde.

Gaia baissa les yeux sur sa cheville gauche et vit les quatre marques brunes discrètes.

— En l'honneur d'Arthur et Odin, c'est ça ? demanda-t-elle.

— C'est bien ça. Tu as gardé le secret, n'est-ce pas ?

Elle murmura que oui. Elle n'en avait même pas parlé à Emily quand elle avait remarqué les mêmes taches de rousseur sur sa cheville et elle ne le ferait jamais.

— Avez-vous jamais envisagé que je puisse être avancée ? demanda-t-elle.

— C'était une possibilité.

— Jusqu'à mon accident ?

— Oui.

Gaia observa de nouveau ses taches de rousseur.

— Je me demande si, une fois grands, ces enfants compareront leurs taches de rousseur et se demanderont pourquoi ils ont tous les mêmes.

— Il y a peu de chances.

— Alors pourquoi maman le fait-elle ? demanda Gaia.

Son père tourna la tête, vers le sommet de la colline et vers Wharfton.

— Ça la fait se sentir mieux, je suppose. Pour la même raison que nous allumons les bougies au dîner.

— J'ai une jumelle à l'intérieur du mur ?

Il rit.

— Non, navré. Seulement Arthur et Odin.

Gaia aimait faire rire son père.

— Ils savent que j'existe ?

— Je ne vois pas comment ils pourraient le savoir. Je suis sûr qu'ils t'aimeraient s'ils te connaissaient, même si tu poses beaucoup de questions.

— Je ne comprends toujours pas le problème de maman la nuit dernière. Le bébé le plus fort était l'aîné, n'est-ce pas ? Elle a donc respecté la loi en avançant le deuxième bébé du mois, comme elle était censée le faire.

Son père lui tendit la main pour l'aider à sauter en bas du rocher.

— C'est vrai. Mais ta mère a donné le choix à Amanda. C'est là qu'est la différence. Pour ta mère, cela ouvrait une brèche dans le respect de la loi et, en temps normal, elle la respecte à la lettre. Si, ne serait-ce qu'une fois, elle y fait une entorse, même une petite, elle remet tout en cause. Allez, rentrons.

Gaia prit de nouveau la tête sur le chemin pentu, en proie à une profonde réflexion. Elle aimait que son père la pense sage, digne de garder un secret. Elle tissait les fils de leur conversation pour aboutir à une seule question primordiale. Quand ils atteignirent le bord du délac, elle se tourna vers son père.

— Est-ce que la nuit dernière lui a fait remettre en question le bien-fondé d'avoir avancé Arthur et Odin ? demanda-t-elle. Est-ce qu'elle s'est demandé si elle avait eu le choix ?

Pour la première fois de sa vie, son père lui tourna le dos. Il fit un pas vers l'horizon et resta là, silencieux. Ses doigts s'enroulaient dans les coutures de son pantalon et s'y agitaient, comme s'il allait distraitement user le tissu jusqu'à le trouer. Gaia hésita, regrettant de ne pouvoir retirer sa question.

— Pardonne-moi, papa, dit-elle doucement.

Quand il se retourna lentement pour lui faire face à nouveau, ses yeux conservaient un air perdu et une lueur cendrée.

— On a toujours le choix, Gaia. On peut toujours dire non.

Sa voix était étrangement caverneuse.

— On te tuera peut-être pour ça, mais tu peux toujours dire non.

Elle ne comprenait pas l'intensité dans son ton et il lui faisait peur.

— Que veux-tu dire ? murmura-t-elle.

Il prit une longue inspiration et parut se souvenir d'où il se trouvait.

— Ce n'est rien, Gaia. Il est des actes qui, une fois commis, ne peuvent jamais être remis en cause parce que, dans le cas contraire, on ne pourrait pas aller de l'avant. Et nous le devons, chaque jour.

Il lui sourit, redevenu lui-même. Il souleva son seau et le cogna contre le sien dans un cliquetis.

— Tes frères sont mieux dans l'Enclave. Ils nous manquent parfois, même si nous avons bien fait de les laisser partir.

Elle l'observa avec méfiance. Puis il donna une chiquenaude au bord de son chapeau et adapta son pas au sien.

— Allons, reprit-il de sa voix redevenue chaude et enjôleuse. Tes grands yeux verts me donnent faim.

— Papa..., fit-elle d'une voix traînante.

Ses bêtises la faisaient sourire.

— De toute façon, ils ne sont pas verts, ils sont marron.

— Bien sûr, répliqua-t-il. Marron. Je dois confondre. Je te prie de m'excuser.

Quand ils arrivèrent à la maison, la mère de Gaia faisait frire des rondelles de mycoprotéines poivrées. Gaia monta en courant l'échelle qui menait à son grenier aménagé en chambre pour se changer pendant que son père rinçait les myrtilles et préparait du café. Une fois les gâteaux secs, le miel et les myrtilles empilés sur les rondelles dans leurs assiettes, ils s'installèrent sur la terrasse pour manger. Gaia passa une embrasse autour de sa moustiquaire pour la dégager et ils tirèrent trois chaises jusqu'à la balustrade.

Le carillon émit un léger tintement et les yeux de Gaia s'arrêtèrent sur l'une des poules sous les cordes à linge. Il lui semblait avoir découvert le vol des siècles plus tôt et, comparée à d'autres pertes, celle-ci n'avait aucune importance.

— À ton avis, maman, qui a volé nos poules ? demanda-t-elle négligemment.

Elle trempa un bout de rondelle dans du miel et savoura la douceur poivrée sur sa langue.

— Quelqu'un qui avait faim, suggéra sa mère.

C'était pratiquement la même réponse que celle de son père.

Bonnie paraissait sereine et reposée ; Gaia se rendit compte que son père avait dû l'éloigner de la maison délibérément afin de lui accorder un peu de temps seule. En temps normal, cette idée l'aurait blessée, mais pas aujourd'hui. L'admiration qu'elle vouait à ses parents lui apportait un calme nouveau, comme si la terre entière s'était arrêtée un instant. *Comme ils sont sages*, pensa-t-elle. *Comme ils sont bons l'un envers l'autre.*

Sa mère lui jeta un coup d'œil et sourit.

— Tu n'as pas faim ?

— Si, si.

Ses yeux se firent plus pénétrants.

— Ton père t'a dit pour les jumeaux Mercado, n'est-ce pas ?

Surprise, la petite fille se tourna vers lui. Il acquiesça.

— Tu as bien fait, assura Gaia.

Sa mère but une gorgée de son café et garda la tasse aux creux de ses mains, juste devant ses lèvres.

— Tu sais, dit-elle, tu n'es pas obligée de devenir sage-femme quand tu seras grande. Ça ne me dérange pas.

Gaia regarda la lourde urne suspendue au chevron derrière sa mère. Les dernières gouttes de condensation s'étaient évaporées, laissant la surface crémeuse lisse et fraîche. Une douce certitude l'envahit, belle et bleue, comme un lac intérieur.

— Non, répliqua-t-elle. C'est ce que je veux faire. Comme toi.

Ainsi commença-t-elle sa formation.

XI

LE MIROIR DORÉ

Les jours passèrent dans un brouillard cauchemardesque pour Gaia. La triste réalité de la cellule K était si dure, tellement à l'opposé de ses souvenirs de la vie à l'extérieur du mur, qu'elle paraissait totalement occulter son existence précédente. On lui coupa les cheveux. On lui donna un lit, une assiette, une tasse et une petite cuillère, et on lui dit de les garder propres. On lui servait trois fois par jour un ragoût fade de mycoprotéines, mais la jeune fille avait perdu l'appétit et elle le partageait distraitement avec les autres femmes, ravies de manger sa part. Fatiguée, éplorée et désespérée, Gaia remarquait à peine la vie de la cellule autour d'elle, même quand Séphie insista pour qu'elle vienne se promener dans la cour comme on le leur permettait tous les matins et tous les soirs après le repas. Elle s'attendait sans cesse à entendre parler de l'exécution de sa mère mais demeurait sans nouvelles.

Les médecins étaient souvent amenés à quitter la cellule pendant la journée et revenaient parfois animés et revigorés d'avoir mis en pratique leurs compétences mais, le plus souvent, ils rentraient silencieux et moroses. Myrna, en particulier, était souvent demandée, et elle revenait immanquablement d'humeur sombre, taciturne.

— Viens, Gaia, dit Séphie un matin. J'ai besoin de ton aide.

La jeune fille était assise sur un banc, le regard absent, posé sur un ouvrage de couture qui avait été abandonné là, mais elle leva les yeux vers le doux visage de Séphie. Elle s'efforça de réagir, sachant que le médecin l'avait traitée avec douceur depuis son arrivée en prison.

— Oui, reprit Séphie en lui souriant et lui faisant signe d'approcher. On m'a dit d'amener une assistante et il est temps d'élargir tes connaissances.

Gaia se leva doucement.

— J'ai le droit de sortir ?

Séphie émit un rire léger.

— Apparemment. Sous bonne garde. Nous en avons discuté entre nous et il semble y avoir quelque chose que l'Enclave n'arrive pas à comprendre à ton sujet. Ils se montrent prudents. Vu l'ampleur de tes crimes, tu devrais être morte à l'heure qu'il est, mais ils doivent avoir une raison de te garder en vie. Qu'est-ce que ça peut bien être ? Peut-être pour avoir une emprise sur ta mère, ou bien c'est elle qu'ils gardent en vie pour avoir une emprise sur toi. Je me demande ce qui vous rend si précieuses, toutes les deux. Tu n'as pas d'amis haut placés par hasard ?

Une idée traversa l'esprit de Gaia : elle se demanda si le capitaine Grey avait négocié sa vie d'une façon ou d'une autre. Elle haussa les épaules. Vivre lui paraissait désormais vain : son père était mort et sa mère était condamnée au même sort. Ce qui adviendrait d'elle-même ne lui importait plus guère.

— Pas de ça, lui dit Séphie fermement. Debout. On va mettre au monde un bébé. Ça devrait te faire plaisir.

Gaia chercha machinalement sa sacoche du regard mais se souvint alors qu'on la lui avait prise. Sa montre aussi. Elle se leva doucement, avec l'impression de se mouvoir dans l'eau. Séphie passa son bras dans le sien et la guida vers la porte.

— Tête haute maintenant, ordonna-t-elle. Je savais que tu aurais dû manger plus. Tu es faible comme un chaton.

Gaia inspira profondément.

— Je n'ai pas faim.

— Bon. Eh bien tiens-toi droite et aie l'air de pouvoir m'être utile. Et essaye un peu d'arranger tes cheveux.

Gaia arbora l'ombre d'un sourire.

— On dirait ma mère, fit-elle.

— Ah oui ?

La jeune fille passa une main fatiguée dans ses cheveux courts, pas encore habituée à ce qu'ils s'arrêtent à la nuque.

— Ma mère voulait que je m'attache les cheveux plus souvent. Elle disait que j'attirais l'attention sur ma... sur moi en les laissant tomber dans mes yeux tout le temps.

La porte en bois s'ouvrit dans un terrible grincement.

— Elle avait raison, commenta Séphie.

Gaia jeta un bref coup d'œil aux gardes, s'attendant presque à voir le capitaine Grey, mais elle ne les connaissait pas. Elle hésita.

— Non, murmura Séphie avec insistance, tout en lui pinçant fermement le bras. Bonjour mesfrères, ajouta-t-elle courtoisement à l'intention des soldats. Mon sac, s'il vous plaît. J'espère que vous n'avez pas oublié le stéthoscope obstétrique cette fois.

Séphie donna le sac – un bagage lourd et noir à grandes poignées – à Gaia, s'attendant visiblement à ce qu'elle le porte pour elle, puis elle s'engagea rapidement dans le couloir, laissant le soin à son assistante et aux gardes de la rattraper. Gaia emprunta les couloirs gris et les escaliers comme dans un brouillard et se dépêcha de suivre Séphie de son mieux, les jambes lourdes. À la dernière porte, on leur donna deux chapeaux de paille ornés d'un ruban, gris pour l'un, noir pour l'autre, et on leur ordonna de les garder sur la tête. Lorsqu'elles quittèrent enfin l'abri de l'arche pour se retrouver au soleil, Gaia eut le souffle coupé par son éclat. De l'air frais s'engouffra dans ses poumons et elle cligna des yeux de surprise. Elle eut l'impression de sortir d'une tombe, avec le choc et l'émerveillement de ceux qui reviennent d'entre les morts.

C'était jour de marché sur la place : bruits et couleurs affluaient de toutes parts. La foire était facilement dix fois, non, vingt fois plus grande que les simples échanges qui avaient lieu sur la grand-place près de l'Autélé à l'extérieur du mur. Des tables et des auvents remplissaient le moindre espace libre autour de l'obélisque, et les allées grouillaient de gens de toutes classes qui tendaient la main, riaient ou échangeaient de l'argent. Un livreur dont le panier débordait de pain à l'arrière de sa bicyclette faisait retentir sa sonnette tandis qu'il se faufilait parmi la foule, et quelqu'un l'arrêta pour lui acheter une miche. Le tohu-bohu était joyeux et plein de vie. Gaia s'imprégna d'une brève image de poulets gloussant, de tissus jaune et vert vifs et de l'éclat de casseroles de cuivre avant qu'elle et Séphie n'arrivent rapidement en bas de la rue, pressées par une escorte de quatre gardes armés. Elle nota plus d'un regard curieux dans leur direction mais Séphie marchait comme si elle ne remarquait ni les gardes, ni l'attention qu'on leur prêtait. Elle paraissait savoir exactement où elle allait et quand, après quelques minutes d'une marche régulière, ils arrivèrent à une porte peinte en bleu, ce fut Séphie, et non l'un des gardes, comme on aurait pu s'y attendre, qui frappa énergiquement à la porte.

— Perséphone Frank ? dit un jeune homme en ouvrant le battant.

— Qui voulez-vous que ce soit ? rétorqua Séphie, sarcastique, en désignant les gardes d'un rapide mouvement de tête.

— Dieu merci, soupira l'homme en lui serrant la main. Tom Maulhardt. J'ai eu peur que vous ne puissiez pas venir. Ma femme, Dora, est en train d'accoucher pour la première fois et tout le monde dit que vous êtes le meilleur...

Il fut interrompu par un cri étouffé en provenance de l'étage. Il pâlit.

— Par ici.

Gaia entra dans la maison après Séphie et entendit l'un des gardes fermer la porte derrière elles. Tandis que le médecin grimpait rapidement les escaliers, la jeune fille s'attarda dans l'entrée et se délecta de la sensation d'être sortie de prison et d'échapper au regard scrutateur des gardes. Voilà ce qui lui avait manqué : la liberté.

Elle ôta doucement son chapeau. Portant son regard sur la gauche, elle observa la luminosité du séjour avec curiosité. C'était ce à quoi l'avaient préparée les émissions spéciales de l'Autélé. La lumière du jour traversait d'énormes carreaux pour se poser sur deux canapés jaunes qui encadraient une table basse. Un jeu d'échecs en verre était posé sur la table, prêt pour le coup suivant, et, avec un pincement au cœur, Gaia pensa à son père qui aimait y jouer. Le parquet ciré était partiellement recouvert d'un tapis blanc et une télé était fixée au mur entre deux étagères garnies de livres. Gaia n'en avait jamais vu autant dans une même pièce, ni de si gracieuses et jolies sculptures. Un nu de bronze qui lui arrivait à la taille représentait un enfant en train de vider un arrosoir sur sa sœur accroupie ; un véritable filet d'eau coulait de l'arrosoir.

— Dépêche-toi, jeune fille, l'appela Séphie avec impatience.

Gaia souleva le sac du médecin et se dépêcha de monter. Elle suivit les geignements de la femme en travail et entra dans une chambre aussi lumineuse et spacieuse que le reste de la maison. Sur un imposant lit à baldaquin était allongée une jeune femme haletante, ses cheveux châtain terne en bataille, les yeux écarquillés de peur. Gaia fut surprise de ne trouver personne d'autre dans la maison : pas de mère ni de tante pour la soutenir, pas de sœurs à s'activer dans les cuisines ni à se tenir là, prêtes à aider. Cette femme était plus seule que la plupart des mères qu'elle connaissait à l'extérieur du mur.

Séphie s'adressait déjà à la future mère d'un ton apaisant et sortait des gants de son sac.

— Allons, massœur Dora, tout va bien. Attache-moi ça dans le dos, Gaia, ajouta-t-elle en lui tendant un tablier.

Séphie était compétente : elle aida délicatement la femme à se mettre dans une position plus confortable et se prépara à l'examiner.

— Vous restez ? demanda le médecin à Tom.

Il jeta un regard angoissé à sa femme puis acquiesça.

— Bien, alors rendez-vous utile. Soutenez son dos. Servez-vous des oreillers.

Mais le jeune homme avait toujours l'air indécis et elle s'adressa sèchement à son assistante.

— Gaia.

La jeune fille était déjà entrée en action, sachant précisément ce qu'il y avait à faire. C'était comme travailler avec sa mère, dans une situation qui lui était familière – un accouchement en cours, les craintes et la douleur d'une femme –, et pourtant, c'était différent. Lors des dernières semaines qu'elle avait passées à l'extérieur du mur, elle avait eu la charge des naissances, avait été responsable de chaque décision, et c'était un soulagement que de reprendre le rôle de l'apprenti. Quand Tom prit la main de Dora, elle se calma, et Gaia vit que l'accouchement n'était pas aussi avancé que les cris qu'elle avait entendus en entrant dans la maison l'avaient laissé supposer.

— Il va naître par le siège, annonça Séphie abruptement. Est-elle à terme ? En avance ?

Tom eut l'air déconcerté.

— Elle devait accoucher la semaine prochaine.

Séphie acquiesça, les sourcils froncés, et stabilisa les genoux de la femme quand une autre contraction se présenta. Gaia savait qu'une naissance par le siège, quand le bébé arrivait les fesses les premières, était plus compliquée et pouvait durer plus longtemps. Au moins, avec un bébé à terme, ses hanches seraient aussi larges que sa tête et il avait moins de risques de rester bloqué. Elle avait aidé sa mère à mettre au monde une demi-douzaine de bébés par le siège mais elle ne l'avait encore jamais fait seule et fut une nouvelle fois soulagée que Séphie soit là pour savoir quand et comment tourner le bébé lorsqu'il arriverait.

— C'est un siège décomplété, commenta Séphie. Le travail n'est pas trop avancé, si j'en juge par l'espacement des contractions. Je crois...

Elle s'arrêta, toujours concentrée. Gaia l'observa qui palpait le ventre de la femme, promenant doucement ses mains, poussant légèrement ici et là, confiante.

— Oui, dit finalement Séphie. Faisons-le tourner.

Gaia écarquilla les yeux de surprise.

— C'est possible ?

Séphie montait déjà sur le lit à côté de Dora.

— Vous avez de la vodka ? demanda-t-elle à Tom. Et une bouteille d'eau chaude ? Nous devons ralentir l'accouchement.

Gaia était plus choquée que jamais. Si Séphie se trompait, si elle retardait la naissance, ça n'en serait que plus dangereux pour le bébé. Et pourtant, elle parlait déjà calmement à sa patiente, lui expliquait qu'elle avait l'intention d'essayer de faire remonter le bébé dans son utérus, de le tourner en travers puis, progressivement, de le faire tourner à nouveau pour qu'il ait la tête en bas. Gaia posa les mains là où Séphie le lui indiquait pour identifier doucement mais fermement les petits coudes et genoux à l'intérieur du ventre distendu de la femme. Elle ne l'avait jamais fait, n'avait même jamais envisagé de le faire. Elle s'imagina le bébé qui protestait à l'intérieur et craignit que le cordon ombilical ne s'enroule autour du menton ou des genoux du nouveau-né. Mais Séphie travaillait par étapes, ménageant Dora en la laissant se reposer entre deux contractions et quand, plus tard, une petite fille naquit sans accroc, la tête la première, Gaia fut impressionnée par les compétences du médecin.

— Elle est magnifique ! s'extasia Tom, serrant les mains de Dora. C'est un miracle !

Séphie enveloppa l'enfant dans une douce couverture blanche, le passant à Dora, et Gaia se souvint soudain du premier bébé qu'elle avait mis au monde seule. Elle aussi avait donné le bébé à sa mère, mais elle savait qu'elle devrait le lui reprendre quelques minutes plus tard. Cet enfant était chez lui et y resterait, avec des parents aimants et la promesse de richesses et de privilèges. Pourquoi était-elle si douloureusement triste quand elle aurait dû savourer ce triomphe ?

Pendant que Séphie nettoyait ses instruments en silence, Gaia chercha des yeux une théière, une bouteille d'encre et une aiguille dans le sac noir, en vain.

— Tu ne fais pas de taches de rousseur ? demanda-t-elle.

Séphie leva les yeux.

— Que veux-tu dire ?

Le médecin se tourna vers le bébé.

— Je n'en ai pas vu. Elles apparaîtront peut-être plus tard.

C'était étrange de ne pas rendre honneur à Arthur et Odin comme elle l'avait toujours fait avec sa mère mais, bien sûr, Séphie ne pouvait connaître le motif que tatouait Bonnie.

— Et le thé ? s'enquit Gaia.

Séphie haussa les sourcils avec curiosité.

— Quel thé ? demanda-t-elle, et elle attendit de Gaia une explication.

Comme le silence se prolongeait, la jeune fille finit par se rendre compte que Séphie n'avait aucune idée de ce dont elle parlait, puis un sentiment de culpabilité l'envahit. Elle avait promis à son père de ne jamais parler à personne des taches de rousseur et ça lui avait échappé. Elle se tourna vers la fenêtre, tandis qu'une nouvelle idée lui faisait tourner la tête : les taches de rousseur tatouées n'étaient pas seulement une façon secrète d'honorer ses frères avancés. Sa mère signait ces bébés. De quatre piqûres d'épingle soigneusement arrangées, elle tatouait sa marque presque invisible sur chaque enfant qu'elle mettait au monde. Le thé n'était qu'une distraction, un rituel réconfortant pour la mère et la sage-femme. L'effet soporifique de l'agripaume dans le thé ne laissait pas de trace. Mais le tatouage était là à jamais.

— De quoi parles-tu ? interrogea Séphie en s'approchant de la fenêtre.

— De l'agripaume.

Gaia essaya de lui sourire avec naturel mais elle savait qu'elle était une piètre menteuse.

— On donne de l'agripaume à la mère dans du thé et on s'en sert pour laver un peu le bébé et éviter les taches de rousseur. Vous ne faites pas ça ici ?

Séphie la scruta une dernière fois puis se tourna vers son sac.

— Je ne sais pas ce qu'on t'a dit sur l'agripaume, mais ça n'a aucun effet sur les taches de rousseur.

Elle saisit le bras de Gaia, qui fut surprise de la force exercée par sa main froide sur sa peau.

— Les gens à l'extérieur du mur sont des barbares superstitieux, sans vouloir t'offenser.

Gaia se redressa mais Séphie la lâchait déjà.

— Nous partons à présent, dit-elle à Tom et Dora.

Le couple se confondit en remerciements mais Séphie, visiblement fatiguée, les rejeta d'un signe de la main dédaigneux et prit son chapeau.

— Puissiez-vous avoir beaucoup d'autres enfants pour servir l'Enclave, déclara-t-elle.

— Laissez-moi vous donner quelque chose, insista Tom en descendant les escaliers derrière elles.

— Non, on nous le confisquerait de toute façon, dit Séphie.

Elle mit son chapeau sur la tête et fit signe à Gaia de faire de même.

— S'il vous plaît, Perséphone. Je dois pouvoir faire quelque chose pour vous. Dora et moi vous sommes si reconnaissants. Je ne me permettrais pas de remettre en question les politiques de l'Enclave, mais...

Une fois à la porte, Gaia se retourna et vit Séphie poser la main sur le bras de Tom.

— Non, répéta-t-elle sérieusement. Ce fut un grand privilège de venir chez vous. Je suis honorée d'avoir fait partie de vos vies pour cet événement. Profitez de votre enfant et de votre splendide femme. Vous ne nous devez rien.

Gaia sentit les yeux de Tom se tourner soudain vers elle et son regard perçant lui donna le sentiment que c'était la première fois qu'il l'observait de près, malgré tout ce qu'ils avaient traversé ensemble. Quand ses yeux se posèrent sur sa cicatrice, elle ressentit à la fois sa curiosité et sa pitié.

Il se racla la gorge, visiblement mal à l'aise, puis ses lèvres s'arquèrent en un sourire forcé.

— Laissez-moi au moins donner quelque chose à votre assistante, insista-t-il. Pardonnez-moi, quel est votre nom ?

Ses efforts de bienveillance ne trompèrent pas la jeune fille. Comme elle ne lui répondait pas, Séphie lui lança un regard noir.

— C'est Gaia Stone, répondit le médecin à sa place, la fille de l'extérieur.

Tom acquiesça, comme si plusieurs pièces d'un puzzle venaient de s'assembler dans sa tête.

— Celle d'il y a quelques semaines ? Avec le bébé de la détenue ?

— Oui, opina Séphie.

Tom se pencha légèrement pour fouiller dans le tiroir d'un petit bureau à côté de lui.

— Ce n'est pas grand-chose, dit-il, mais s'il vous plaît, acceptez-le.

Il tendit la main vers Gaia et elle baissa les yeux sur un petit miroir doré, de ceux à clapet dont les femmes se servent pour retoucher leur maquillage. Elle se sentit pâlir, ne le quittant pas du regard. Que pourrait-elle bien faire d'un miroir ? Se moquait-il d'elle ?

Séphie prit l'objet et le fourra fermement entre les doigts rigides de Gaia.

— Merci, dit le médecin, vous êtes très généreux.

Gaia n'osa pas lever la tête de peur de révéler la fureur et la honte qu'elle ressentait à être traitée comme un phénomène. Encore une fois. Elle trouva la poignée de la porte à tâtons en murmurant un au revoir puis ouvrit le battant. Les quatre gardes qui flânaient à l'ombre non loin tournèrent la tête dans sa direction. Elle aurait laissé tomber le miroir et l'aurait écrasé sous ses pieds si Séphie ne lui avait pas pris le bras sans ménagement.

— Tiens-toi bien, murmura-t-elle férocement.

Elle fourra le sac noir dans les mains de Gaia et lui prit le petit miroir.

Les hommes s'avancèrent tandis que Séphie disait au revoir à Tom. La tête de Gaia lui tournait de tout ce qu'elle avait vu et découvert ce matin-là : Séphie pouvait retourner un bébé qui se présentait par le siège ; les taches de rousseur sur la cheville étaient une signature ; Gaia était connue pour avoir sauvé le bébé de la détenue ;

ses services n'avaient pas plus de valeur qu'un bibelot de verre. Elle inclina le chapeau sur son front ; la paille la grattait et elle regretta de ne plus avoir les cheveux longs pour cacher son visage.

Séphie se porta à sa hauteur, marchant d'un pas tranquille. Les gardes se placèrent légèrement en retrait et elle passa son bras dans celui de Gaia.

— Tu n'es pas mal comme assistante.

Gaia haussa les épaules.

— Mais il te faudra apprendre les bonnes manières. Tu m'as fait honte là-bas.

— Je t'ai fait honte !

Elle jeta un coup d'œil derrière elle sur les gardes et baissa la voix.

— Il m'a insultée. Qu'est-ce que je pourrais bien faire d'un miroir ? Voir mon affreuse figure de près ?

Séphie la dévisagea bizarrement.

— C'était symbolique. Il ne pouvait rien te donner de plus significatif. Tu es une prisonnière. Cela appartenait sans doute à sa femme, Gaia. C'était un geste de respect et de gratitude.

La jeune fille n'accepta pas immédiatement ce qu'elle lui disait. Elle retira son bras de celui de Séphie pour pouvoir marcher sans faire mine d'être son amie.

Cette dernière soupira.

— D'accord. Mais tu devrais donner leur chance aux gens. Tout le monde ne te traite pas comme un monstre abominable.

Ils atteignirent la large rue qui menait à la place du Bastion et Gaia entendit les bruits du marché tout proche désormais. Maintenant qu'ils approchaient de la prison, elle ne voulait pas y retourner ni laisser passer sa chance de regarder autour d'elle à cause de sa mauvaise humeur. Elle observa les passants, les vitrines des magasins et les pigeons qui picoraient dans le caniveau. Malgré elle, elle chercha des yeux la silhouette familière du capitaine Grey et sa déception de ne pas la trouver l'agaça. Elle sentit l'odeur du pain frais et se retourna pour en trouver la source. *Idiote*, se réprimandat-elle. Elle aurait dû chercher la boulangerie de l'ami de Derek depuis longtemps.

Elle passa la rue en revue à la recherche de pains bis ou d'une enseigne gravée des familières gerbes de blé, mais il n'y en avait pas et l'odeur disparut. Ils atteignirent la place du Bastion et l'activité animée du marché. Le bruit s'était un peu atténué et certains vendeurs remballaient leurs marchandises.

Des barils étaient remplis de choux et de patates, et de délicates robes bleu et blanc pour les tout-petits étaient suspendues à un éventaire. Gaia aperçut des smocks brodés sur l'une d'elles. *Mon père aurait adoré ça*, se dit-elle avec un pincement au cœur. Le marché tout entier et surtout les vêtements faits main. Elle se devait de vivre aussi pleinement que possible pour lui rendre hommage, même en tant que prisonnière.

Elle vit des pommes et même six oranges exposées avec soin sur une assiette. Une septième avait été découpée en morceaux. Elle n'en avait jamais mangé mais en avait vu dans un livre d'images. À présent, la couleur vive l'attirait comme un aimant, l'appelait à elle.

Ils passèrent si près que Gaia huma les morceaux découpés et sa faim était si vive que l'eau lui vint à la bouche.

— Ce sont vraiment des oranges ? murmura-t-elle à Séphie.

Le médecin se tourna brièvement vers l'étal.

— Elles sont terriblement chères, répondit-elle. En général, les propriétaires d'orangers les mangent toutes ou les donnent en cadeau à la famille du Protecteur. Mais une fois de temps en temps, on en trouve à vendre. L'appétit te revient ?

— Oui.

— Bien. Je commençais à m'inquiéter.

Maintenant qu'ils étaient proches de la prison, les gardes les encadrèrent à nouveau, mais Gaia eut le temps d'apercevoir une silhouette vêtue de rouge se diriger vers le marchand d'oranges.

La fille sortit une bourse de pièces ; tandis que les gardes poussaient Gaia en avant, elle ne cessa de regarder par-dessus son épaule pour assister à l'échange. Quand la fille tendit la main pour prendre une orange, sa capuche tomba légèrement en arrière et la lumière du soleil se refléta sur ses cheveux blonds : Rita. C'était elle qui avait essayé de la mettre en garde pendant l'exécution, elle qui lui avait conseillé de se taire.

Gaia trébucha sur un pavé et Rita leva la tête. Ses yeux bruns croisèrent un instant ceux de la prisonnière, et sa bouche s'arrondit de stupeur.

— Fais attention, la réprimanda Séphie.

Un des gardes la remit d'aplomb et la poussa vers l'arche. Elle perdit Rita de vue mais, tandis qu'elle rejouait la scène dans sa tête, elle crut reconnaître une lueur de pitié dans les yeux de la jeune fille. Ou était-ce de la compassion ? Peut-être Séphie avait-elle raison. Peut-être que Gaia, prompte à supposer que les gens se moquaient d'elle, interprétait mal la façon dont on la regardait.

Gaia baissa la tête quand l'ombre de l'arche s'abattit sur elle. Elle rendit son chapeau et on l'escorta vers les profondeurs de la prison. Séphie et elle furent bientôt de retour dans la cellule K mais, même quand la lourde porte en bois se referma bruyamment derrière elles, Gaia sut qu'elle n'était plus en proie au désespoir qui l'avait assaillie à l'annonce de la mort de son père.

Elle avait retrouvé l'envie de vivre et l'appétit.

Elle avait compris que les taches de rousseur étaient plus qu'un simple hommage à ses frères.

Elle allait survivre à cet internement et trouver un moyen de s'évader.

XII

PAR LA FENÊTRE

Cette nuit-là, Gaia mangea tout son repas pour la première fois depuis des jours. L'image des oranges la hantait et le souvenir de leur douce odeur lui faisait l'effet d'un nuage de couleur sous son nez. Elle mourait tellement d'envie d'en manger une que cela devenait une obsession. Cela la fit rire.

— Qu'y a-t-il de si drôle ? demanda Séphie.

— Je tuerais pour une orange.

Les médecins rirent à leur tour ; ce bruit inhabituel contrastait avec celui des cuillères grattant les assiettes. Tout en mangeant son ragoût parfumé au bœuf, Gaia jouait du bout des doigts avec le petit miroir que Séphie lui avait rendu et se disait que sa vie avait beaucoup changé en très peu de temps. Moins de trois semaines auparavant, le luxe de chez Tom et Dora n'existait pour elle qu'à l'Autélé, magnifique et inaccessible. Elle n'aurait jamais cru que les oranges avaient un prix et étaient en vente libre à cinq kilomètres de chez elle. Elle ignorait qu'on pouvait retourner dans l'utérus un bébé se présentant par le siège. Elle croyait toujours ses deux parents en vie. Le monde était différent à l'intérieur du mur, à la fois cruel et attirant.

— C'est une jolie babiole, commenta l'une des femmes.

Elle s'appelait Cotty et ses doux cheveux noirs tombaient en grosses boucles autour de son visage marqué. Elle prit le miroir, y contempla son reflet et recoiffa sa frange, ce qui fit sourire Gaia.

— Garde-le, dit-elle

— Oh, non. Je ne peux pas.

— Il ne me sert à rien.

Cotty le lui rendit et tapota la main de Gaia au passage. Ses doigts étaient d'un riche brun uni, plus sombre de plusieurs tons que la main bronzée de Gaia.

— Ne dis pas ça, dit Cotty. Tout a de la valeur ici. Tu verras. Tu peux l'échanger contre quelque chose qui te fait envie.

— Peut-être avec un garde, appuya Séphie, contre de la nourriture. Ou du fil à tricoter.

— Ou contre un roman, ajouta Myrna.

Gaia tenait le miroir, dubitative.

— Comment s'est passée ta journée ? demanda-t-elle poliment à Myrna.

La vieille femme haussa ses saisissants sourcils noirs tout en mordant lentement dans son pain.

— J'ai procédé à une appendicectomie, merci de t'en inquiéter.

Gaia pensa d'abord qu'elle plaisantait, mais Séphie lui posa une ou deux questions sur la procédure et Myrna y répondit sèchement.

— Gaia a été une bonne assistante aujourd'hui, dit Séphie. Tu devrais l'emmener avec toi la prochaine fois. Lui apprendre un truc ou deux.

Les yeux noirs et calmes de Myrna étudièrent Gaia un moment.

— On aurait dû la laisser à l'extérieur du mur où, au moins, elle ne pouvait pas faire de mal aux gens qui ont de l'importance, lâcha-t-elle.

Le ressentiment de la jeune fille s'exacerba mais elle ne répondit pas.

— Vraiment, Myrna, dit Séphie doucement, tu devrais reconnaître ses mérites.

— Qui s'occupe des mères de mon secteur depuis mon arrestation ? demanda Gaia.

Cotty, Myrna et Séphie échangèrent un regard mais se turent.

— Aucune de vous n'est sortie ? demanda-t-elle d'un ton plus pressant.

Séphie posa une main sur le genou de la jeune fille.

— Calme-toi, Gaia. Aucune de nous n'est jamais sortie de l'enceinte du mur. Ça n'a rien de nouveau.

— Mais alors, qui s'occupe de mes accouchements ? L'Enclave a-t-elle envoyé une autre sage-femme ?

— Il doit y avoir une demi-douzaine de sages-femmes à l'extérieur, lança Myrna avec insouciance.

Mais Gaia secoua la tête. Sa mère et elle étaient les seules sages-femmes du Secteur Ouest Trois et, souvent, cela ne suffisait pas.

— Peut-être..., commença-t-elle, réfléchissant tout haut.

Les mères se rendaient-elles dans le Secteur Ouest Deux pour trouver une sage-femme ? Commençaient-elles à avoir des contractions seules, sans aide ? Elle secoua la tête, frustrée, et, après avoir mangé son dernier bout de pain, elle se leva pour arpenter la cellule.

Un battement d'ailes leur parvint de plus haut, à la fenêtre, et Gaia leva les yeux, surprise de voir un pigeon sur le rebord de la fenêtre du milieu. Les autres femmes ne firent pas de commentaire, comme s'il en fallait plus pour les sortir de l'apathie protectrice qui enveloppait leur cœur. Gaia espérait secrètement que l'oiseau entrerait dans la cellule et en bouleverserait l'atmosphère morose en battant des ailes et en y semant la confusion, mais il se contenta de sautiller sur le rebord, de roucouler et de s'envoler au loin.

Gaia se tourna doucement pour observer les femmes : Cotty, Séphie et Myrna étaient assises sur deux bancs, les dernières miettes de leur dîner devant elles. Quatre autres femmes se reposaient sur les deux autres bancs ; toutes se taisaient.

— Quand avez-vous regardé par ces fenêtres pour la dernière fois ? demanda Gaia.

Elles la dévisagèrent puis levèrent les yeux. Myrna marmonna une remarque à laquelle personne ne répondit. Gaia s'avança jusqu'au banc le plus proche et se pencha pour regarder dessous. Séphie écarta ses pieds sur le côté pour la laisser voir.

— À quoi penses-tu ? demanda le médecin.

Gaia tira légèrement sur le banc puis le poussa. Il était fixé au sol mais les clous étaient vieux et rouillés. Si elle parvenait à s'échapper par cette fenêtre, elle pourrait repartir à la recherche de sa mère.

— Debout, ordonna-t-elle, et Séphie et Myrna se levèrent.

— Je n'y crois pas, commenta cette dernière.

Gaia donna un bon coup de pied au banc ; il se libéra de ses clous dans un bruit de ferraille.

— Aidez-moi, demanda-t-elle.

Séphie saisit aussitôt une extrémité du banc pour qu'elles le portent sous la troisième fenêtre.

Les autres femmes s'étaient maintenant levées pour examiner les trois bancs restants. Deux d'entre eux étaient proprement boulonnés mais le dernier fut bientôt arraché à ses vieux clous. L'excitation dans la cellule était palpable quand elles portèrent le second banc sous l'ouverture.

Gaia leva les yeux vers les fenêtres et estima qu'elles étaient à cinq mètres de hauteur ou un peu plus. Chaque banc faisait deux mètres de long mais, empilés l'un sur l'autre, ils ne lui arrivaient qu'à la poitrine.

Myrna fut la première à retourner s'asseoir.

— Prévenez-moi dès que l'une de vous aura grandi de deux mètres.

Mais Gaia n'était pas prête à abandonner. Elle traîna un banc dans un coin et le fit basculer à la verticale. Puis elle éloigna légèrement le bas du banc de la paroi pour en faire une échelle de fortune. Prenant appui sur le mur, elle escalada le dessous du banc incliné et se tint debout précairement sur le bord le plus élevé.

— Ne tombe pas, dit Séphie.

— Vas-y, tombe, se moqua Myrna. Cotty te suturera. Mais ne casse pas le banc, sinon on n'aura plus rien pour s'asseoir.

Gaia redescendit et examina les deux bancs pour voir si la solution était d'en casser un ou les deux et de construire une échelle avec les morceaux. Mais elle n'avait pas de clous ni d'outils, et les bancs étaient solides. Elle leva de nouveau des yeux pleins d'envie vers les fenêtres.

Puis Cotty toussota dans l'embrasure de la porte qui menait aux chambres.

— Ça, ça t'aiderait ? demanda-t-elle.

Elle tenait à la main deux couvertures. La jeune fille savait qu'il y en avait une par prisonnière, huit au total.

— Attends, Gaia. Sais-tu ce qu'il y a de l'autre côté de ce mur ? demanda Cotty.

— Est-ce en rien différent d'ici ? renchérit Myrna.

Gaia ignora le pessimisme de la vieille femme et répondit à Cotty.

— Quelle importance ? Si on peut voir l'extérieur, c'est qu'on peut sortir en escaladant. On trouvera une solution.

L'impossible parut progressivement devenir réalisable. Elles durent s'arrêter à l'heure de la promenade du soir mais continuèrent après. Travaillant de concert, Séphie, Cotty et Gaia essayèrent d'attacher les deux bancs ensemble : elles firent se chevaucher les panneaux de bois et serrèrent bien les couvertures autour. Les carrés de lumière qui traversaient les fenêtres montèrent le long du mur jusqu'au plafond et disparurent à mesure que le soleil se couchait. L'obscurité du soir avait déjà envahi la cellule quand elles posèrent enfin une structure solide dans un coin. Elle faisait plus de trois mètres de haut mais presque deux mètres la séparaient encore de la fenêtre. La distance était décourageante.

— C'est bien, fit Gaia. Myrna, allez monter la garde à la porte. Séphie et Cotty, aidez-moi à grimper.

Elle escalada les bancs avec précaution, s'accrochant fermement au bois et enfonçant les genoux dans les plis des couvertures. Elle sentait, proche de sa figure, l'odeur de la pierre froide et, quand elle modifia son équilibre, toute la structure menaça de s'effondrer.

— Repoussez les bancs ! les pressa-t-elle. Maintenez-les contre le mur.

Les autres femmes vinrent prêter main-forte pour stabiliser la structure par le bas. Gaia retint son souffle et se tourna, gardant le dos au mur. La sueur se mit à perler sur son visage et son cou quand elle se redressa doucement pour se mettre debout sur le rebord supérieur des deux bancs attachés ensemble. Ses yeux étaient toujours au moins à dix centimètres du rebord de la fenêtre ; elle leva alors la main gauche qui tenait le miroir qu'on lui avait donné ce matin-là et, tendant le bras vers le haut, elle put voir à travers la vitre un pan de ciel violet et les toits de la ville au crépuscule.

Gaia eut le souffle coupé de plaisir et d'émerveillement ; elle oublia aussitôt son équilibre précaire.

— Tu vois quelque chose ? demanda Séphie d'en bas.

— Oui, la ville, répondit Gaia. Et le ciel.

Plus bas, un murmure d'approbation et d'excitation parcourut l'assemblée.

— Peux-tu atteindre la fenêtre ? demanda Cotty.

Gaia acquiesça.

— Si je pouvais me retourner, ce serait possible, j'en suis sûre, mais je n'y arrive pas quand je suis là-haut.

— Peut-on attacher une corde quelque part ? demanda Cotty

Gaia étrécit les yeux pour inspecter dans le miroir les bords de l'ouverture.

— Je ne sais pas.

— Descends ! Vite ! la pressa Myrna. Un garde arrive.

Gaia s'exécuta tant bien que mal, paniquée.

— Dépêche-toi ! chuchota Séphie.

Les huit femmes tirèrent sur les couvertures pour les détacher et traînèrent à bout de souffle les bancs jusqu'à leurs emplacements initiaux.

— Vite, vous là, ordonna Séphie en montrant des femmes du doigt, allez vous coucher !

La moitié des prisonnières quittèrent la pièce, de sorte que, quand les gardes arrivèrent, seules quelques-unes d'entre elles étaient toujours assises dans la salle commune plongée dans l'obscurité.

Le cœur de Gaia battait la chamade. Elle garda les bras croisés, les yeux baissés et, dans la faible lumière, elle vit un point sombre sur son poignet. C'était une fine traînée de sang, et elle cacha aussitôt l'égratignure sous la manche de son autre bras en appuyant dessus.

— Perséphone Frank ? demanda le garde.

Gaia sentit Séphie se raidir à côté d'elle sur le banc. Son visage rond n'avait jamais tant ressemblé à la lune, solennel et distant.

— Oui ? répondit Séphie.

— Suivez-moi.

Gaia leva la tête, terrifiée ; elle ne savait pas ce que cela voulait dire. Myrna se mit debout.

— Pourquoi l'emmenez-vous ? interrogea-t-elle de sa voix froide et dure.

Le garde se tut.

— Il est tard, insista-t-elle. Rentrera-t-elle ce soir ?

Séphie se tourna vers Gaia et la prit brièvement dans ses bras.

— Sois prudente, murmura-t-elle. Sois forte.

— Séphie ! murmura la jeune fille, prise d'une soudaine angoisse.

Le médecin se tourna vers Myrna pour l'étreindre, elle aussi, et ses doigts pâles serrèrent le tissu gris sur ses épaules, y laissant des plis. Puis le garde la saisit par le bras.

— Lâchez-moi, dit-elle en se dégageant. Je viens avec vous.

Cotty se mit à sangloter et les autres femmes sortirent des chambres, inquiétées par le bruit.

— Séphie ! crièrent-elles.

Mais le médecin précéda le garde pour sortir, la tête haute, l'air calme et prête à endurer ce qui l'attendait. La lourde porte se ferma dans un claquement oppressant.

— Que vont-ils lui faire ? demanda Gaia d'une voix étouffée en se tournant vers Myrna.

Celle-ci haussa les épaules, se tourna vers le coin de la salle, et caressa doucement le mur de la main.

— Myrna ! Que vont-ils lui faire ?

Elle lui jeta un regard plein de mépris.

— Pourquoi me poses-tu la question, idiote ? Je n'en sais rien.

— Mais tu t'en moques ? demanda Gaia.

Myrna se retourna sans répondre, ferma les yeux et appuya le front sur le mur. Elle leva un poing lourd et le posa près de sa figure, comme si elle ne pouvait supporter que de se fondre dans la pierre. En un seul geste stoïque, elle dévoila une intensité de souffrance qui stupéfia Gaia.

— Oh non, murmura la jeune fille, refusant de croire qu'il pourrait arriver du mal à Séphie.

Elle était si gentille, si généreuse.

Gaia s'affaissa sur un des bancs. Une à une, les autres femmes, même Myrna, allèrent se coucher, mais la jeune fille garda le regard rivé sur la troisième fenêtre et le carré de ciel d'un pourpre de plus en plus profond. Elle ne savait pas ce qu'elle désirait entendre, mais elle tendit l'oreille jusque tard dans la nuit ; elle n'osa songer à sa mère, elle espéra simplement que les gardes ramèneraient Séphie.

MARQUÉS

La première nuit qui suivit le départ de Séphie, Gaia essaya de rallier les autres à sa cause pour qu'elles l'aident à nouveau avec les bancs, mais Myrna resta obstinément assise, s'exprimant d'une voix basse et cassante.

— Tu nous mets toutes en danger avec tes jeux idiots.

— Mais on pourrait s'évader, rétorqua Gaia.

— Toi, tu pourrais, la corrigea Myrna. Ou tu pourrais te tuer en tombant de l'autre côté. Même si tu te servais des couvertures pour en faire une échelle de corde, comme je suis sûre que tu l'as imaginé, nous ne pourrions pas toutes grimper jusqu'à la fenêtre. Certaines ne pourraient même pas passer au travers. Dès que les gardes découvriront que tu t'es évadée, nous serons tuées pour complicité.

Gaia jeta un regard circulaire aux femmes de la cellule et vit la vérité se refléter dans leurs yeux. Elle était sûre de pouvoir s'évader. Certaine. Mais pourrait-elle accepter de mettre les autres en danger ?

— Au moins, il te reste une once de lucidité, grommela Myrna quand Gaia s'assit, les yeux rivés sur les fenêtres plus haut, voyant son rêve se réduire lentement en poussière.

— Ce n'est rien, dit Cotty doucement en se penchant vers Gaia pour lui tapoter le genou. Nous trouverons un autre moyen de sortir. Au moins, tu nous as fait réfléchir.

Ou donné de vains espoirs, pensa Gaia, ne sachant si les femmes étaient mieux ou moins bien loties qu'avant son arrivée.

Les jours qui suivirent, elles n'eurent aucune nouvelle de Séphie ni de la mère de Gaia, rien de la part des gardes ni des gens qu'elles croisaient quand elles sortaient de la prison pour s'occuper de patients. Gaia se réveillait souvent la nuit, tourmentée par son chagrin pour son père et ses inquiétudes pour sa mère. Seule dans le noir, elle cherchait à se réconforter avec des souvenirs heureux de sa vie à l'extérieur du mur, de petits détails comme les œufs sur le plat et le pain au miel que son père et elle avaient préparés pour le petit déjeuner le jour de l'anniversaire de sa mère, mais les images se dissipaient et il ne restait bientôt plus que le bruit de la respiration de Cotty sur la couchette face à la sienne. Puis elle réfléchissait à nouveau à une évasion ; ses pensées tournaient en rond vainement jusqu'à ce que, peu avant l'aube, l'épuisement la fasse enfin sombrer dans un sommeil agité.

Des semaines passèrent durant lesquelles Gaia devint l'assistante de Myrna, provoquant souvent ses sarcasmes. La jeune fille ne se plaignait jamais. Le travail la distrayait de la peine et de la peur qui la hantaient et elle espérait toujours apprendre quelque chose sur sa mère quand elle sortait de la prison.

On les aligna à deux reprises derrière la clôture dehors pour assister à des exécutions : un homme accusé d'avoir fait entrer illégalement une femme à l'intérieur du mur pour l'engager comme prostituée ; un autre d'avoir acheté du sang au marché noir pour son fils hémophile. Il y avait aussi des flagellations publiques : un adolescent surpris à se rendre furtivement chez sa petite amie, et une femme qui avait contaminé une cuve de mycoprotéines à l'usine par mégarde. Gaia tressaillait à chaque coup de fouet.

Mais elle découvrit qu'il y avait aussi du bon. De temps à autre, un garde apportait de petits cadeaux aux médecins de la cellule, des objets qui leur faisaient penser que leur travail était apprécié et que, bientôt, l'une d'entre elles pourrait être libérée : un livre, un petit pot de miel, un écheveau de laine et de nouvelles aiguilles, un schéma d'anatomie.

Et un jour, comme par miracle, une orange.

— Comment est-ce possible ? demanda Myrna, sortant l'orange d'une petite boîte et laissant tomber un carré d'étoffe verte.

Elle présenta le fruit à la lumière de la fenêtre pour que son écorce poreuse brille sous leurs yeux.

— Qui a bien pu envoyer ça, et comment a-t-elle pu passer entre les mains des gardes sans qu'aucun ne la vole ?

Gaia tendit la main vers la sphère orange, s'émerveillant de son poids et de sa fraîcheur sur sa paume. Elle se souvint des propos tenus un jour par le capitaine Grey : la coopération avec l'Enclave était récompensée... Il semblait que ce fût vrai.

— Peut-être l'homme que tu as suturé hier était-il propriétaire d'un oranger, suggéra-t-elle.

Myrna sortit une carte de la boîte et la tourna vers la lumière. Hypermétrope, elle pencha légèrement la tête en arrière pour la lire.

— C'est pour toi. Gaia Stone, cellule K. Mais ça ne dit pas de qui ça vient.

— Moi ? s'étonna la jeune fille.

Elle prit la carte et s'interrogea sur la petite écriture soignée.

— Pourrait-ce être de la part de Séphie ? Pourrait-on l'avoir libérée finalement ?

Cotty tendit la main vers l'orange et Gaia la lui passa ; elle regarda son aînée la soulever délicatement à hauteur de nez.

— On se moque de savoir qui l'envoie. C'est une orange. Je n'en ai pas mangé depuis des années.

Gaia rit.

— Alors goûtons-la.

Comme si le fruit était un joyau qu'elles partageaient, les prisonnières examinèrent leur quartier à la lumière avant de le déguster. Gaia savoura le sien : elle le mangea en deux bouchées, laissant son goût juteux envahir chaque papille de sa langue avant de l'avaler. Elle leva la tête et constata que Myrna la regardait toujours, pensive.

— Quoi ? demanda la jeune fille

— Rien.

Mais un frisson parcourut ses bras. Elle savait ce que pensait la vieille femme. Séphie n'aurait pas pu envoyer le fruit. Et ce cadeau n'avait rien à voir avec la qualité des soins que Myrna prodiguait à ses patients. Quelqu'un s'intéressait à Gaia, quelqu'un d'assez puissant pour lui faire parvenir une orange dans l'enceinte d'une prison.

Gaia mordit un bout de peau acidulée. *Qui est-ce*, se demanda-t-elle. *Et pourquoi moi ?*

Un jour, en fin d'après-midi, quand Myrna et son assistante eurent fini de mettre au monde une petite fille prématurée, Gaia leva les yeux sur trois soldats qui se détendaient devant un café et eut la surprise de reconnaître le capitaine Grey parmi eux. Myrna et elle étaient entourées de quatre hommes armés, mais Gaia ne remarquait plus guère son escorte et, quand elle s'immobilisa, un soldat lui marcha sur le talon.

— Hé ! grogna-t-il.

— Pardon, murmura Gaia.

Et elle s'arrêta pour remettre sa chaussure.

Le capitaine Grey porta une petite tasse de café blanche à ses lèvres, penchant la tête en arrière, de sorte qu'elle avait une vue dégagée de son profil tandis qu'il buvait. Il lui parut plus maigre mais il portait son uniforme noir et son chapeau à large bord habituels, et il se mouvait avec aisance et légèreté, comme toujours. Si elle s'était permis de penser à lui un tant soit peu au cours des semaines passées en prison, c'était pour le rejeter de son esprit : il n'était qu'un lâche rouage de la machine, un homme qui laissait un bébé innocent se faire tuer. Mais elle fut alors frappée par une terrible injustice : il était libre alors qu'elle était prisonnière. Comment osait-il savourer une tasse de café ? Et avec des amis, qui plus est !

— Gardes ! Halte-là ! ordonna le capitaine Grey.

Les soldats s'arrêtèrent et se mirent au garde-à-vous. Myrna s'immobilisa également et, bien que Gaia fût obligée de rester à côté d'elle, elle détourna le visage.

— Qu'y a-t-il, capitaine ? demanda sèchement Myrna.

Gaia entendit ses bottes approcher sur les pavés et elle garda soigneusement les yeux rivés sur une vigne en fleur qui poussait le long d'un mur à côté d'elle. Une légère odeur de café accompagnait le capitaine, l'odeur de la liberté. Une féroce pointe de jalousie la traversa sans qu'elle puisse la contrôler.

— Votre apprentie vous est-elle utile ? demanda le capitaine Grey, parlant plus bas maintenant qu'il était près d'elles.

Gaia fut frappée par sa douce voix réfléchie, si différente des vociférations des gardes auxquelles elle s'était habituée.

— Elle ne s'en sort pas trop mal, admit Myrna.

La surprise fit se tourner Gaia vers la vieille femme. Ses yeux noirs la considéraient franchement sous son chapeau de paille et elle haussa légèrement les sourcils. C'était la remarque la plus proche d'un compliment que la jeune fille aie jamais entendue de la part de Myrna.

— Je la ramènerai à la prison, dit le capitaine Grey.

Gaia leva les yeux et le vit faire un signe de tête au sergent, qui ne cacha pas son étonnement.

— Rompez, sergent, ordonna le capitaine Grey fermement. Je prends la responsabilité de massœur Stone.

— Oui, capitaine.

Le garde le salua.

Gaia ne voulait pas qu'on la laisse avec lui mais elle ne pouvait pas protester. Elle regarda Myrna juste à temps pour voir son visage retrouver son ironie habituelle. Visiblement vexée, le médecin prit son sac des mains de Gaia, les libérant de leur fardeau familier. Un instant plus tard, les gardes avaient repris leur place autour de Myrna et tourné à un coin de rue. Le bruit de leurs pas sur les pavés s'affaiblit et Gaia entendit un tintement de porcelaine provenant du café : la vie poursuivait son cours.

Gaia était à présent seule avec le capitaine Grey. Il lui était étonnamment douloureux de se tenir face à lui, même si elle n'avait jamais été aussi proche de la liberté depuis le jour funeste où elle s'était fait capturer et jeter en prison. Elle regarda derrière lui, vers le pied de la colline, se demandant si elle oserait s'enfuir en courant, mais un bref coup d'œil à son physique athlétique lui rappela qu'il n'aurait pas de mal à l'arrêter.

— Tu vas bien ? finit-il par lui demander.

Au son de sa voix douce, elle leva la tête vers la ligne d'ombre sous le bord de son chapeau. Ses yeux bleus la considéraient avec le calme sérieux dont elle se souvenait ; celui auquel elle avait été sensible avant d'apprendre de quoi il était vraiment capable, et une légère rougeur lui monta aux pommettes. *Pourquoi ?* pensa-t-elle. *Qu'est-ce que cela peut vous faire ?*

Une brise fit virevolter sa robe grise autour de ses jambes et elle en aplatit instinctivement le tissu.

— Comme vous pouvez le constater, répondit-elle froidement.

Il pivota et l'invita d'un geste de la main.

— Marchons ensemble.

— Ai-je le choix ? demanda-t-elle, puis elle regretta de ne pouvoir retirer sa remarque.

Il ne méritait pas de savoir qu'elle était en colère contre lui.

Mais il se contenta de murmurer :

— Ah...

Quand il avança, elle fut bien obligée de le suivre.

C'était un bel après-midi et ils gravirent peu à peu une rue pentue dans un quartier résidentiel calme où elle ne s'était jamais rendue. Un carillon se balançait au-dessus d'une fenêtre. Des plantes grimpantes couvertes de fleurs violettes et blanches tombaient joyeusement en cascade par-dessus un mur de pierre non loin. La lumière du soleil se faufilait à travers le tissage de son chapeau de paille, jetant des taches de lumière floues qui se déplaçaient sur son nez et ses joues tandis qu'elle marchait.

Quand elle avait vu l'Enclave pour la première fois, elle lui avait paru paradisiaque : ses murs blancs, sa pureté. Puis elle avait été témoin de sa première exécution, avait été choquée par la brutalité qui se dissimulait sous le vernis et avait cru ne pouvoir y avoir confiance en personne. Progressivement, au cours de ses expéditions avec Séphie puis Myrna, elle avait vu la vie quotidienne à l'intérieur de l'Enclave : la routine du marché prospère, le travail sérieux des médecins de la cellule K, ainsi que la satisfaction et la dignité qu'il procurait quand il était bien fait, même quand on avait peu d'espoir d'être libéré. Beaucoup d'honnêtes gens travaillaient dur pour que la fonderie, la verrerie et les moulins produisent des biens utiles. Certains habitants méritaient le respect, certaines vies ne se résumaient pas à la brutalité.

Ce quartier était calme et ravissant ; son atmosphère accueillante s'accordait bien avec l'odeur capiteuse du chèvrefeuille. On aurait dit un coin plus vieux, plus posé, paisible. Le blanc des maisons était presque crème ; les arbres fournissaient plus d'ombre et les trottoirs étaient plus larges. Un parc s'étendait au sommet de la colline et des enfants couraient après un ballon de football, tandis que résonnaient leurs voix joviales et vives. Même si ce quartier n'y ressemblait pas du tout, il lui rappelait un peu le délac. Si elle n'avait pas été une prisonnière et lui un soldat, ils auraient pu être deux compagnons se promenant tranquillement par un chaud après-midi d'été. Mais elle refusait de baisser sa garde. Cet homme n'était pas un ami.

— J'espère que l'orange était mûre, dit-il.

— C'est vous qui l'avez envoyée ?

Il glissa la main dans sa poche.

— Une amie m'a dit qu'elle vous avait vu les regarder au marché.

Sa voix se fit plus douce, plus sourde.

— Enfin, « baver devant » est le terme qu'elle a employé, il me semble. Je vous en aurais bien envoyé plus, mais il n'est pas facile d'en trouver.

Elle se souvint des autres cadeaux faits aux médecins. Elle leva les yeux vers lui.

— C'est vous qui avez envoyé la laine ? Le livre et le reste ?

Il croisa son regard brièvement.

— Je les ai suggérés au Protecteur. Tu as fait réfléchir beaucoup de gens, Gaia. Certains critiquent l'emprisonnement des médecins ces derniers temps et, parfois, il suffit de peu pour faire bouger les choses.

C'était donc bien lui... Gaia repensa au jour où elles avaient reçu l'orange et comment, depuis, l'atmosphère de la cellule K s'était légèrement améliorée. C'était toujours une prison, c'était toujours horrible, mais elles avaient maintenant un peu d'espoir. Un pigeon se joignit à des roitelets sur le bord de la route pour picorer des miettes et elle les contourna en montant sur le trottoir. *Je devrais le remercier*, pensa-t-elle, mais les mots restaient coincés dans sa gorge.

— On m'a assigné au détachement chargé de décoder ton ruban, ajouta-t-il.

Un frisson d'inquiétude parcourut les nerfs de la jeune fille. Ils avaient donc découvert que le ruban était un message codé. Combien de temps leur faudrait-il pour le déchiffrer ? Avaient-ils déjà réussi ? Elle leva les yeux et lui trouva une expression pensive.

— Je devrais dire qu'on m'y a assigné au départ, corrigea-t-il d'une voix sévère. Puis on m'a confié une mission moins sensible. Apparemment, je ne suis pas digne de confiance quand il s'agit de toi.

Elle regarda le haut de la rue et serra ses mains devant elle.

— Je devrais leur en être reconnaissante, je suppose, commenta-t-elle.

— Pourquoi donc ?

Elle haussa les épaules et laissa une pointe de sarcasme nuancer sa réponse.

— Avec votre vive intelligence, vous l'auriez probablement déchiffré en quelques jours.

— Tu savais donc que c'était un registre ? demanda-t-il.

Elle se rendit compte de son erreur.

— Non, mentit-elle.

— Sais-tu ce qu'il contient ?

Elle croisa les bras devant elle.

— Pourquoi me le demandez-vous ? Je n'ai aucun intérêt à

coopérer avec vous. Si vous voulez m'y contraindre, bien sûr, vous pouvez essayer. Mais je ne vous dirai rien de mon plein gré. L'Enclave a tué mon père.

Parler de lui ravivait sa peine.

Le capitaine Grey s'arrêta à côté d'un mur de pierre, appuya ses deux mains dessus et dirigea son regard vers l'horizon.

— Ça n'aurait pas dû arriver.

Gaia laissa échapper un rire étranglé.

— Non ? Vous croyez ?

— Nous aussi, nous commettons des erreurs, dit-il doucement.

Elle faillit rire à nouveau. Mesurait-il l'absurdité de sa remarque ? L'Enclave ne faisait pas seulement quelques erreurs. Le système entier était intrinsèquement contraire à l'éthique et le jeune homme n'en admettait que la plus petite fissure. Elle suivit son regard et vit l'étendue grise du délac, qui virait au bleu ardoise vers l'horizon tandis que, plus près d'eux, les maisons miteuses de Wharfton étaient presque cachées par le flanc de coteau et le mur. Ceux qui vivaient ici et profitaient de cette vue quotidiennement pouvaient aisément ne pas voir Wharfton et oublier jusqu'à l'existence de ceux qui y luttaient pour survivre. Il lui semblait que la beauté particulière du paysage se moquait d'elle, comme si elle aussi pensait que ses malheurs étaient insignifiants.

Elle se tordit les doigts.

— Vous ne m'avez même pas dit qu'il était mort, fit-elle d'une voix entrecoupée. Vous auriez pu me le dire, n'importe quand, mais vous ne l'avez pas fait.

Le capitaine Grey se tourna lentement vers elle pour l'observer.

— Je suis désolé.

Jusque-là, elle ne s'était pas rendu compte que c'était ce qu'elle voulait entendre. Elle savait que ce n'était pas la faute du capitaine Grey, pas particulièrement, si son père avait été tué, mais quelqu'un aurait dû le lui annoncer, et c'est avec lui qu'elle avait eu des contacts. L'espace d'un instant, elle fut au bord des larmes, puis ses excuses firent céder un barrage de questions refoulées.

— Où l'a-t-on enterré ? demanda-t-elle.

— Je peux me renseigner.

— Où se trouve ma mère ?

Ses yeux se dérobèrent étrangement.

— Je ne sais pas.

Elle fit un petit pas vers lui.

— Est-elle toujours en vie ?

— Je ne le sais pas non plus. Je n'ai pas entendu dire qu'elle était morte.

— Vous ne savez pas grand-chose, en fait ?

Le bord de son chapeau gardait ses yeux dans une ligne d'ombre mais il était absolument immobile et la fixait intensément. Il vint à l'esprit de la jeune fille que sa vigilance n'était peut-être qu'une attitude, un bouclier qu'il avait appris à ériger pour protéger ses sentiments quand il était perturbé ou incertain.

— Tu sais, dit-il doucement, je fais un effort pour être courtois avec toi.

Elle resserra les bras sur sa poitrine. Elle n'avait que faire de sa courtoisie ni de ses critiques.

— Excusez-moi, lança-t-elle d'un ton caustique, j'avais oublié. Je suis censée vous être reconnaissante, c'est ça ? Vous m'avez envoyé l'orange. Considérez que nous sommes quittes.

Ses yeux s'étrécirent.

— Je n'ai pas...

Elle l'entendit soudain retenir sa respiration. Son regard était posé derrière elle sur deux femmes arrêtées dans une rue plus haut, qui les observaient. Leurs robes blanches chatoyaient au soleil et, même de loin, Gaia voyait qu'elles étaient toutes les deux très belles. La femme la plus âgée portait un chapeau à large bord mais la plus jeune tenait le sien par la lanière et ses cheveux blonds détachés étaient légèrement portés par le vent, ce qui la forçait à les retenir de ses doigts fins. Un mouvement discret de ces mêmes doigts aurait pu ressembler à un salut de la main, mais Gaia ne pouvait en être certaine.

— Partons, dit brusquement le capitaine Grey en reprenant sa route en hâte.

— Qui est-ce ? demanda la jeune fille.

Elle dut allonger le pas pour rester à sa hauteur.

— Ma mère et ma sœur.

— Mais elles...

Gaia était perplexe. Il était évident qu'elles faisaient partie de la classe la plus riche, du genre de familles qui ne donnaient pas un fils à la garde.

— Connaissent-elles le Protecteur ? l'interrogea-t-elle en se demandant pourquoi elles ne sollicitaient pas une faveur pour libérer le capitaine Grey de ses obligations.

Il se tourna de nouveau vers elle et elle aperçut un éclair de sombre douleur et de la colère dans ses yeux. Puis il la dévisagea bizarrement, comme si elle avait dit quelque chose de singulier.

— C'est mon père, répondit-il.

Gaia s'immobilisa, abasourdie. Le capitaine Grey. C'était le capitaine Léon Grey. Autrefois Léon Quarry, le fils aîné du Protecteur.

— Je vous connais, dit-elle d'un air étonné.

Il fit traîner les syllabes de sa réponse sardonique.

— Ah oui ?

Il fit deux pas de plus puis se retourna pour s'arrêter, lui aussi. Il regarda par-dessus son épaule mais, avec l'angle de la colline, sa famille ne pouvait plus les voir. Gaia avait du mal à concilier ce qu'elle savait de ce jeune homme, ce capitaine de la garde, et ce qu'elle connaissait du fils du Protecteur. L'enfant avancé. Léon était le garçon qui avait disparu des reportages de l'Autélé des années plus tôt. Elle savait maintenant pourquoi il lui avait semblé vaguement familier quand elle l'avait rencontré pour la première fois : dans son enfance, elle avait vu des images de lui petit garçon, des images de dix mètres de haut. Mais il avait changé. Beaucoup changé.

— Je ne comprends pas, reprit-elle.

Il pinça les lèvres en une ligne étroite ; il lui sembla qu'il était en train de prendre une décision.

— Viens.

Et là-dessus, il la prit par le bras pour la mener d'un pas plus pressé vers le croisement suivant, où il la fit tourner à gauche dans une rue étroite qui descendait et les éloignait du cœur de la ville.

— Où m'emmenez-vous ? demanda-t-elle.

Mais il ne répondit pas. Quelques pas plus loin, il ouvrit un portail métallique grâce au loquet intérieur, et la conduisit au fond du jardin, à l'ombre d'un grand pin blanc où l'air frais sentait les aiguilles de pin, à la fois les vertes au-dessus d'elle et les brunes qui formaient un tapis sous ses chaussures.

— C'est quoi, cet endroit ? demanda-t-elle.

— Nous y sommes en sécurité, pour l'instant.

Ses joues étaient rouges et il ôta son chapeau pour s'essuyer le front.

— Les Quirk, les propriétaires, sont de vieux amis de la famille. Ils passent la plupart de leur temps au Bastion et ne devraient rentrer que tard.

Gaia posa les yeux sur une élégante maison de pierre peinte dans les tons crème, bâtie en haut d'une côte herbeuse, derrière une rangée de pommiers. Le toit de tuiles blanches et les arches des fenêtres formaient une image accueillante et leur élégance simple laissait deviner que cette demeure et ce jardin privé avaient plus de valeur que la maison blanche en parfait état de Tom et Dora. Des fleurs pourpres et jaunes proliféraient, preuve que l'on se servait de l'eau à des fins décoratives, et le jardin était parsemé de grosses pierres blanches disposées au hasard mais dans une certaine harmonie, offrant des sièges naturels.

Un haut mur de pierres protégeait le jardin sur trois côtés et le quatrième était ouvert sur la colline avec une vue spectaculaire sur le délac et l'horizon sud.

— Reste en retrait, dit le jeune homme alors qu'elle était tentée de s'approcher de la falaise. Il ne faut pas qu'on nous voie.

La jeune fille regarda en bas puis recula à l'ombre du pin. Elle se tourna vers le capitaine Grey et la stupéfaction la frappa à nouveau.

— Je n'arrive pas à croire que vous soyez Léon Quarry.

— Je pensais que tu le savais.

Elle secoua la tête.

— Comment aurais-je pu le savoir ? Vous êtes complètement différent de la dernière fois où je vous ai vu à l'Autélé. Que vous est-il arrivé ?

Il serra le bord de son chapeau de ses doigts fins.

— J'ai rejoint la garde.

Il était tellement évident qu'il ne lui racontait pas tout que Gaia faillit en rire.

— Et que me veut le fils du Protecteur ? demanda-t-elle.

Il la dévisagea.

— Ce n'est pas un hasard si je t'ai croisée près du café. Je t'attendais. Je sais que tu as des réponses dont nous avons besoin, et je pense pouvoir t'aider.

Elle haussa les sourcils, dubitative.

— Écoute, Gaia. L'Enclave s'apprête à t'interroger une dernière fois, reprit-il. Ce ne sera pas moi. Ils feront appel à leur expert. Ils veulent des renseignements sur le ruban et sur l'encre.

— L'encre ? s'exclama-t-elle.

— Il n'y avait pas de plume dans ta sacoche, mais ils prétendent que la bouteille d'encre est la preuve que tu prenais des notes lors des naissances, des informations que tu reportais sur le ruban pour les conserver sous forme de code.

— Mais je n'ai pas de notes ! Je ne sais rien sur ce code !

— Gaia, fit-il en s'approchant, ils sont on ne peut plus sérieux. Si tu sais quoi que ce soit, le moindre détail, ils te le soutireront. Il vaut mieux coopérer avec eux dès le début. Ils récompensent la loyauté. Il en a toujours été ainsi.

Elle recula en chancelant, s'appuya sur le tronc noir du pin et sentit une goutte de sève sur son pouce.

— Je ne sais rien, insista-t-elle.

Le capitaine Grey pinça les lèvres.

— Alors tu mourras.

Gaia serra instinctivement la main sur sa poitrine. Il ne paraissait guère s'inquiéter de ce qu'il disait et, pourtant, il l'avait amenée là pour la prévenir. Ça n'avait pas de sens. Elle cherchait désespérément une solution. Elle allait quitter l'Enclave. Immédiatement. Elle reviendrait plus tard chercher sa mère car, si elle mourait, elle ne lui servirait à rien. Elle jeta un coup d'œil à gauche, vers la falaise. Valait-il mieux sauter maintenant et tenter d'échapper au capitaine Grey ?

— Ne pouvez-vous pas me laisser partir ? demanda-t-elle. Tout de suite ?

Il secoua la tête.

— Même si je le faisais, on a ordre de tirer sur tout prisonnier aperçu sans escorte. Tu serais morte en cinq minutes.

Elle hésita, indécise.

— Si je leur dis quelque chose..., commença-t-elle d'une petite voix. Je ne vois pas en quoi cela pourrait les aider, mais si je leur dis quelque chose, me laissera-t-on partir ?

Le capitaine Grey se prit la tête dans les mains, pressant les doigts sur son front. Son chapeau tomba doucement par terre.

— C'est impossible, répondit-il tout bas.

Sa réaction ne fit qu'aggraver les craintes de Gaia.

— Attendez, capitaine. S'il vous plaît. Il doit y avoir moyen de sortir de l'Enclave.

Il posa sur elle des yeux empreints de peine et de colère.

— Que sais-tu ? interrogea-t-il.

Il l'attrapa par les deux bras, la fit reculer jusqu'à ce que son pied rencontre une racine et qu'elle trébuche. Son chapeau partit en arrière et tomba par terre. Il la serra plus fort.

— Pour ton bien, dis-le-moi ! insista-t-il.

C'était le secret de ses parents. Elle avait promis de ne jamais le dévoiler. Comment savoir si en parler n'aggraverait pas la situation ?

Il la secoua encore une fois.

— Gaia, dis-le-moi !

— Les taches de rousseur, lâcha-t-elle.

Les mains du jeune homme la relâchèrent sensiblement, mais l'urgence se lisait toujours sur ses traits.

— Qu'entends-tu par là ? Quelles taches de rousseur ?

— Nous marquons chaque bébé de taches de rousseur. Je ne vois pas en quoi cela pourrait vous aider. Ça ne fait que relier à ma mère et à moi certains des bébés avancés. Et, je suppose, au Secteur Ouest Trois.

Il relâcha son étreinte et se contenta de lui tenir les bras.

— De quoi parles-tu ?

Instinctivement, elle ouvrit son pied vers l'extérieur.

— C'était en l'honneur de mes frères. Je ne me suis rendu compte de l'importance de ce détail que récemment. Quand un bébé naissait, ma mère s'asseyait un moment avec sa patiente pour boire un thé. Elle me faisait piquer la peau du bébé avec une aiguille trempée dans l'encre. Cela faisait partie de mon apprentissage.

— Un tatouage ? Prenait-elle des notes ? Avait-elle le ruban avec elle ? la pressa le capitaine Grey.

Gaia fit non de la tête. Il la relâcha mais resta près d'elle, l'air perplexe. Elle porta les mains à ses épaules pour les frotter là où sa forte étreinte lui avait fait mal.

— Peux-tu me montrer ? demanda-t-il. Portes-tu ces marques ?

La jeune fille s'avança dans la lumière, posa son pied sur une des pierres et releva sa jupe le long de son tibia pour dévoiler sa cheville gauche. À l'aide de son doigt, elle désigna une petite surface à l'intérieur de sa jambe, où sa peau mordorée était marquée de quatre taches de rousseur apparemment naturelles formant un dessin simple.

●

●

●

●

— Quatre points, commenta-t-elle. Trois presque parfaitement alignés, et un plus bas. Comme les trois étoiles de la ceinture d'Orion et une pour le bout de l'épée.

— Ce sont les mêmes sur tous les bébés ? demanda le jeune homme.

Mais avant qu'elle n'ait le temps de répondre, le capitaine Grey s'était déplacé.

Il pivota devant elle pour s'asseoir sur la grosse pierre et poser sa cheville gauche sur son genou droit. D'un mouvement rapide, il enleva sa botte. Une chaussette noire suivit puis, presque férocement, il releva son pantalon pour exposer sa cheville.

Là, discrètes mais clairement visibles, trois taches de rousseur formaient une ligne et, un peu plus bas sur la gauche, se trouvait une quatrième. Gaia ne les quittait pas des yeux, incrédule.

— Je viens de l'extérieur du mur, dit le capitaine Grey.

Sa voix n'était plus qu'un murmure.

Gaia leva soudain les yeux vers lui et soutint son regard.

— Ma mère était présente quand vous êtes venu au monde. Elle vous a marqué à la naissance.

La jeune fille luttait pour tout mettre bout à bout. Sa mère avait fait l'avance de Léon à l'Enclave.

— Quelle est votre date de naissance ? demanda-t-elle.

Il cligna doucement des yeux.

— Ma date de naissance ? C'est le 14 avril 2390. Pourquoi ?

Elle fut à la fois déçue et étrangement soulagée.

— Vous n'êtes pas mon frère, répondit-elle, et la chaleur lui rougit les joues. Vous êtes de la même année qu'Odin, mais d'un autre jour.

Il ferma brièvement les yeux. Gaia ressentit le besoin irrésistible de suivre du doigt la marque de sa mère et elle tendit doucement la main pour toucher sa cheville. Il eut un mouvement de recul et la regarda avec curiosité.

— Pardonnez-moi, souffla-t-elle en reculant.

Son doigt lui picotait d'avoir touché sa peau.

— Tu te rends compte de ce que cela veut dire pour moi ? demanda-t-il.

Elle secoua la tête.

— As-tu la moindre idée de qui sont mes parents ? Mes parents biologiques, devrais-je dire.

Elle secoua de nouveau la tête.

— Je suis navrée, non.

— L'information serait-elle sur le ruban ?

— C'est possible, répondit-elle avec hésitation.

Elle riva des yeux implorants sur les siens.

— Je ne connais pas le code. Et à quoi vous servirait-il de connaître l'identité de vos parents biologiques ? Vous avez été élevé ici. Vous avez dit vous-même que le Protecteur est votre père. Que pourriez-vous souhaiter de mieux ?

Il remettait sa chaussette et sa botte rapidement.

— Je suis sûre que tu te souviens de l'émission spéciale sur la famille du Protecteur intitulée *Notre famille*, dit-il d'une voix tendue. La première femme du Protecteur ne pouvait avoir d'enfant, ils ont donc adopté un fils : moi.

Il se leva et tapa du pied pour enfiler sa botte.

— Puis ma mère adoptive est morte et mon père a pris une seconde épouse, Geneviève, qui lui a donné trois enfants.

Gaia réfléchissait à toute vitesse.

— Ce sont donc ces femmes que vous avez appelées votre mère et votre sœur aujourd'hui. Techniquement, ce sont votre belle-mère et votre demi-sœur par adoption. C'est ça ?

— Techniquement. Mais agite ta baguette magique, petite Gaia. Nous sommes une *famille*.

Il prolongea ce dernier mot comme s'il avait été écrit en majuscules avec une musique de fond.

Gaia recula légèrement, perturbée par ce sombre sarcasme.

— Je ne suis pas sûre que tu saches ce qu'est une famille, Léon, dit-elle doucement.

Il émit un rire.

— Sans blague. Merci. Et c'est « Léon », enfin. Quel progrès !

Elle croisa les bras sur sa poitrine.

— Je ne te comprends pas.

Il passa une main dans ses cheveux bruns et la regarda en fronçant les sourcils.

— Ça n'a aucune importance. Ce que tu dois comprendre, c'est que ces taches de rousseur ne feront qu'augmenter leur besoin de déchiffrer le ruban. Les taches de rousseur sont comme une marque de fabrique.

Gaia accusa le choc.

— Tu vas le leur dire ? demanda-t-elle, incrédule.

Il se tourna pour lui faire face, le regard perçant.

— Non, mais toi oui.

Elle s'éloigna de lui.

— Certainement pas.

— Si, insista-t-il. Tu dois les convaincre que tu veux coopérer. Tu dois essayer de déchiffrer le code. Ne vois-tu pas que c'est ta seule chance ? Si tu résistes, ils te tueront. Mais si tu les aides, ils comprendront ta valeur. Pense à Séphie.

— Que lui est-il arrivé ?

Il se redressa, l'air surpris.

— On l'a relâchée. Perséphone Frank est rentrée chez elle, dans sa famille. Elle pratique la médecine comme si rien ne s'était passé. Tu ne le savais pas ?

Elle rit de stupéfaction.

— Je ne te crois pas.

— C'est vrai. Je pourrais t'en donner la preuve, mais nous avons peu de temps.

Gaia était abasourdie.

— Elle leur a dit de chercher le thé et l'agripaume, continua Léon. Elle les a convaincus que tu savais des choses mais que tu n'en avais pas conscience.

— Elle m'a trahie ? s'exclama Gaia.

Léon secoua la tête et tenta de lui expliquer.

— Non. Elle a coopéré. Elle a coopéré et on l'a laissée partir.

Gaia s'efforça d'envisager la situation de son point de vue.

— Mais tu as dit que c'était comme une marque de fabrique. Si je parle des taches de rousseur à l'Enclave, ils pourront identifier tous les bébés dont ma mère a fait l'avance.

Quelque chose la laissait perplexe.

— Ne le savent-ils pas déjà ? Ne tiennent-ils pas leurs propres registres ?

Il fit non de la tête.

— Ils savent qui a été avancé, évidemment. Ce n'est pas un secret. Et ils ont la date de naissance des enfants. Mais ils ne connaissent pas leurs parents biologiques, ni ne savent de quel coin de Wharfton ils viennent.

— Et les gens qui portent les taches de rousseur, demanda-t-elle, dubitative, ça les aiderait ?

Il tordit une petite branche du pin au-dessus de lui et joua avec les aiguilles.

— Je suppose qu'ils feraient plus attention à ne pas tomber amoureux les uns des autres.

— Que veux-tu dire ? demanda-t-elle, outrée.

Il secoua la tête de frustration.

— On décourage les gens qui vivent ici, à l'intérieur, mais qui ont été avancés de l'extérieur, de se marier entre eux. C'est une sorte de devoir civique pour une personne avancée d'épouser quelqu'un né à l'intérieur de l'Enclave et, de la même façon, les avancés sont devenus des époux idéaux pour les gens nés à l'intérieur. Tu me suis ?

— On dirait que tu crois que les gens peuvent choisir de qui ils tombent amoureux, rétorqua-t-elle.

— Ce n'est pas vraiment ça. Deux personnes avancées peuvent tomber amoureuses et se marier, tant que le dépistage génétique prouve qu'ils ne sont pas parents, mais on considère cela comme un gaspillage de leur diversité génétique.

Il ferma les yeux et secoua la tête.

— *Notre* diversité génétique, rectifia-t-il. Je suis des leurs. Un des avancés.

Elle eut l'impression qu'il avait encore du mal avec son identité.

— Tu ne t'étais pas rendu compte que tu venais de l'extérieur du mur ? demanda-t-elle. Tu te savais adopté.

Elle vit le rouge lui monter aux joues.

— Jusqu'à il y a cinq minutes, je pensais être le fils illégitime de mon père, avoua-t-il.

Il tordit les aiguilles pour faire un nœud puis les laissa tomber par terre.

— Et c'était pire ? demanda Gaia doucement. Être un bâtard de l'intérieur du mur ?

Il regardait au loin mais, à ce moment-là, il la fixa à nouveau et ses lèvres se courbèrent en un sourire d'autodérision.

— Rien ne t'échappe, n'est-ce pas ? C'était pire. Je préfère de loin être un inconnu légitime de l'extérieur que le bâtard du Protecteur.

— Et ce n'est pas peu dire, conclut-elle.

Il émit un rire bref et la dévisagea. Ses yeux semblaient se réchauffer sous l'effet d'une prudente gratitude.

— Tu pourrais toujours être le bâtard du Protecteur, mais de l'extérieur du mur, lui rappela la jeune fille.

— Non, je le connais. Il ne toucherait jamais une femme qui n'est pas de l'Enclave.

La brise fit doucement bruire les aiguilles de pin et Gaia entendit un oiseau dans le jardin.

— Je suis navré, ajouta doucement Léon. C'est sa façon de penser. Pas la mienne.

— Ce n'est rien.

Elle baissa les yeux vers ses mains, se demandant pourquoi elle le comprenait, pourquoi il devenait plus facile de lui parler, même de choses extrêmement personnelles. Il n'était pas celui qu'elle avait cru, pas si on creusait un peu.

— Pourquoi Orion ? demanda-t-il. Pourquoi pas une autre constellation ?

Elle posa de nouveau le pied sur la grosse pierre et observa les petites marques sur sa cheville.

— Orion est le nom de jeune fille de ma mère.

Elle parlait lentement, réfléchissant au motif.

— On pourrait voir ce tatouage d'Orion toute sa vie sans jamais deviner qu'il a un sens.

— Jusqu'au jour où on découvre ce que c'est, dit-il. Et alors il prend toute sa signification.

Gaia acquiesça.

Quand elle posa le pied par terre, elle eut l'étrange sensation que sa cheville la picotait, comme si les taches de rousseur sur sa peau étaient d'une façon ou d'une autre conscientes de l'existence de taches similaires sur sa cheville à lui, de nouveau dissimulées sous son pantalon. *Le ressent-il aussi ?* se demanda la jeune fille.

— Il faut qu'on y aille, reprit Léon.

Il ramassa les deux chapeaux par terre et frotta celui de Gaia pour en ôter les aiguilles de pin avant de le lui rendre.

— Merci, dit-elle.

Il lui jeta un long regard sérieux et parla doucement.

— Je t'en prie.

Un sentiment étrange qu'elle ne connaissait pas s'empara d'elle, associé à un déchirement de sa poitrine, et elle porta instinctivement la main à l'emplacement où aurait dû reposer sa montre de gousset. Elle ne trouva que les boutons de sa robe et les effleura timidement.

— Ça me fait penser..., commença Léon.

Il sortit la montre de gousset de sa poche et la lui tendit.

— Nous en avons fini avec ça.

Elle fronça les sourcils à la vue de l'objet familier et hésita.

— Garde-la.

— Pourquoi ? Elle t'appartient. Et elle fonctionne encore. Je l'ai remontée pour toi.

Gaia fit non de la tête.

— Elle appartient à quelqu'un de libre. Elle ne me servirait plus à rien. De plus...

Elle ne pouvait pas le lui dire, mais sa montre était souillée pour elle, salie par les yeux inconnus qui l'avaient examinée et les mains qui l'avaient manipulée.

Léon referma doucement ses doigts sur l'objet et le glissa à nouveau dans sa poche.

— Gaia, commença-t-il, tu m'as dit un jour d'écouter mon cœur, si j'en étais capable. J'aurais voulu...

Elle attendit, ne voulant pas croiser son regard, espérant qu'il finirait sa phrase. Comme il ne le faisait pas, le silence s'étendit entre eux telles d'invisibles toiles d'araignées. Elle se rendit compte que, dans son for intérieur, elle avait peut-être des souhaits, elle aussi, des envies indéfinissables qui étaient davantage ceux d'une jeune fille dans un jardin que ceux d'une captive.

Léon s'éclaircit la voix.

— Ce bébé..., finit-il par dire. Tu sais, celui de la détenue qui a été exécutée. Je me suis dit que tu aimerais savoir ce qui lui est arrivé. Il se trouve qu'il est parvenu jusqu'au marché noir.

Gaia écarquilla les yeux. Avait-il pu organiser cela ? L'importance de cette nouvelle ne lui échappa pas. S'il avait sauvé le bébé, il l'avait fait à cause d'elle. Pour elle. Et ça n'avait pas dû être facile.

— Merci, lui dit-elle simplement.

Il fit tourner son chapeau une fois de plus dans sa main, puis inclina la tête pour le remettre et commença à traverser le jardin.

Gaia sortit derrière lui et attendit qu'il referme soigneusement le portail dans un petit bruit métallique. Qu'il ait donné une chance au bébé condamné la touchait. Et l'orange. Il avait fait ce qu'il pouvait pour elle, comme il le lui avait promis, et, même s'il restait un garde et faisait partie d'un système corrompu, elle lui en était reconnaissante.

Ils approchaient du centre de la ville quand elle s'arrêta un moment pour reprendre son souffle. Elle leva les yeux vers lui et le trouva en train de l'observer, mais avec une aisance nouvelle. Gaia huma l'odeur de pain frais et se tourna instinctivement vers les effluves alléchants. Elle regarda dans une petite ruelle et vit qu'une enseigne de bois gravée d'une gerbe de blé pendait à une barre de fer.

— Achète-moi du pain, demanda-t-elle doucement.

Il glissa les mains dans les poches et se pencha en arrière dans une attitude qui lui sembla presque amicale.

— Ça, massœur Stone, c'est impossible.

Le plaisir envahit Gaia et elle vit qu'il souriait presque. Elle s'approcha de lui jusqu'à ce que les boutons de sa robe effleurent sa poitrine et, quand elle leva les yeux pour regarder dans les siens, les bords de leurs chapeaux se frôlèrent. Elle se sentait incroyablement intrépide et cela lui plaisait. Elle l'entendit inspirer. Les pupilles du jeune homme se dilatèrent et il parut se figer un moment, mais il ne recula pas.

— Léon, dit-elle doucement. Je pourrais rentrer dans cette prison et ne jamais en ressortir. Je veux du pain.

Il étrécit légèrement ses yeux bleus puis il passa la langue sur sa lèvre inférieure. Gaia avait du mal à respirer. Elle fut alors frappée de constater comme il pourrait être beau s'il s'autorisait un sourire et alors, naturellement, elle sentit ses lèvres commencer à se courber pour l'encourager.

Léon recula d'un petit pas, ferma les yeux et acquiesça.

Elle se sentit soudain gênée. Ses joues lui brûlèrent et prirent des couleurs. L'espace d'un instant, elle s'était crue séduisante à ses yeux. Et, l'espace de ce même instant, il avait gentiment fait mine d'oublier qu'elle avait une moitié de visage monstrueuse. La honte lui fit tourner la tête.

— Oublie ça, murmura-t-elle.

— Non.

Et, même s'il ne croisa pas son regard, il saisit fermement son poignet et lui fit remonter la ruelle pour entrer dans la boulangerie.

L'air chaud chargé de levure portait une riche odeur apaisante qui pénétra sa peau et remplit ses poumons quand elle entra, atténuant un peu sa honte.

— Une miche de pain noir, monfrère, demanda Léon en relâchant la jeune fille.

Les yeux du boulanger passèrent vivement du soldat à Gaia, debout dans son uniforme gris de prisonnière, puis revinrent sur Léon sans rien laisser transparaître de ses pensées. Frottant son poignet, Gaia regarda par-dessus le grand comptoir et vit ce qu'elle cherchait : un immense four de briques noir comme la nuit. Tandis que le boulanger enroulait la petite miche croustillante dans une feuille de papier marron, elle étudia son visage et mémorisa son nez pointu et ses sourcils blancs broussailleux. Ses bras étaient musclés, son tablier blanc sali par la pâte à pain séchée. Quand il prit la pièce que lui tendait Léon, il lui fit un bref signe de tête et la laissa tomber avec un tintement dans une boîte derrière le comptoir.

— Vous faudra-t-il autre chose, monfrère ? demanda le boulanger. Sa voix était riche et sonore.

— Non, merci, répondit poliment Léon.

— Je suis au service de l'Enclave, déclara le boulanger.

— Et moi, lui fit écho Léon.

— Et moi, murmura Gaia.

Le boulanger jeta à la jeune fille un autre regard perçant de ses petits yeux noirs. Puis il recula d'un pas et plaça délicatement sa main sur le briquetage du four. Rien de plus. C'était un geste discret, naturel mais, en le voyant, Gaia sentit son cœur bondir. C'était un message, et quand elle croisa de nouveau le regard du boulanger, il lui adressa un infime signe de tête. Elle se dépêcha de détourner les yeux, sortant du magasin avant que Léon ne remarque quoi que ce soit.

Elle n'osa pas se retourner pour jeter un coup d'œil dans la boutique, mais elle savait que le boulanger la regardait toujours. C'était l'ami de Derek. Elle avait oublié son nom, mais elle le savait digne de confiance. Elle parvenait à peine à dissimuler sa joie.

Léon lui donna le petit pain.

— Tu as une poche ? demanda-t-il. Ce ne serait pas une bonne idée de retourner à la prison en montrant à tout le monde que je t'ai acheté un cadeau.

Elle prit une bouchée, gémissant presque de sentir sous sa langue le goût savoureux du pain chaud et dans son cœur une nouvelle lueur d'espoir. Spontanément, elle offrit à Léon de partager avec elle. Il haussa les sourcils de surprise. Il jeta un bref coup d'œil le long de la ruelle étroite, mais ils étaient seuls. Il en rompit un bout et mordit dedans de ses dents blanches.

Gaia mit le reste du pain dans la manche de sa robe. Les autres ne seraient-elles pas ébahies de la voir revenir dans la cellule K avec du pain frais à partager ? Chacune pourrait en prendre une petite bouchée.

Léon avala son morceau de pain et son expression devint grave.

— S'il te plaît, souviens-toi, la conjura-t-il. Coopère avec eux.

— Quand dois-je m'attendre à subir cet interrogatoire ?

— Bientôt. Demain ou après-demain.

Elle passa la langue sur ses dents pour goûter une dernière fois le pain. Il ne lui servirait à rien de connaître un boulanger si elle subissait un interrogatoire, perdue au fin fond de la prison. Elle devait le rejoindre bientôt. Comme ils arrivaient à la rue principale, Léon adopta un pas résolu et Gaia dut se presser pour rester à son niveau.

— Il y a quelque chose que je ne comprends pas, dit-elle. Pourquoi fais-tu partie de la garde ? Si ton père est le Protecteur, pourquoi sers-tu l'Enclave comme un homme sans instruction venu de l'extérieur du mur ?

— Tu oublies justement que je viens de l'extérieur du mur, observa-t-il, sarcastique.

— Ce n'est pas ce que je voulais dire.

Ils avaient maintenant atteint la place et Gaia ralentit à la vue de l'arche qui menait à la prison. Une lourde ombre de fin d'après-midi couvrait obliquement la moitié de l'esplanade, bien que la lumière fût toujours éclatante sur la maçonnerie jaune du Bastion. Elle voyait ce bâtiment différemment maintenant qu'elle savait que Léon y avait grandi en tant que membre de la famille du Protecteur.

— Mon père m'a renié, dit Léon subitement. Ce n'est pas un secret. Je suis en disgrâce et, malgré tout, ils se sentent obligés de garder un œil sur moi. Quoi de mieux pour ça que la garde ?

Ils avaient presque atteint l'entrée de la prison maintenant et Gaia avait peur qu'il n'ait pas le temps de lui expliquer avant que d'autres gardes ne soient à portée de voix. Déjà, des gens sur la place les dévisageaient, curieux de voir un soldat parler seul à seul avec une prisonnière.

— Qu'as-tu fait ? demanda-t-elle.

Elle le vit tourner la tête vers le Bastion, comme s'il pouvait voir à travers les murs les gens qui s'y trouvaient, puis il posa ses yeux sombres et ironiques sur elle.

— Un crime contre l'État, lâcha-t-il d'une voix glaciale.

Le changement opéré en lui était saisissant. Gaia ne comprenait pas ce qu'il lui disait, ni même s'il disait vrai. Mais elle savait que seule une blessure profonde pouvait rendre quelqu'un aussi amer.

— Je suis navrée, murmura-t-elle.

Il haussa les sourcils, légèrement surpris et un rien dédaigneux.

— Ne le sois pas. Je n'ai eu que ce que je méritais.

Ils passèrent sous l'arche de pierre et il fit signe aux deux gardes postés devant les portes en bois.

— Ramenez-la directement en cellule K, ordonna-t-il. Je réponds d'elle.

— Oui, mon capitaine, fit l'un des gardes.

Gaia ôta son chapeau lentement et sentit le froid des murs de pierre l'envelopper tandis qu'on fermait la porte derrière elle, laissant la lumière du soleil et Léon dehors.

UN CRIME CONTRE L'ÉTAT

Cette nuit-là, tandis que Gaia partageait son pain frais dans la cellule K, les autres femmes s'étonnèrent ouvertement que Léon lui en ait acheté. Elle fut tentée de leur parler des taches de rousseur et de sa crainte d'être interrogée sous peu, mais une nouvelle inquiétude s'emparait d'elle à présent. Et si l'une d'elles transmettait ses propos aux gardes ? Elle avait eu confiance en Séphie et, même si Léon soutenait qu'elle ne l'avait pas abusée, elle le vivait comme une trahison. Les femmes furent encore plus stupéfaites d'apprendre que Séphie était libre et avait retrouvé sa vie d'avant.

— Il y a donc de l'espoir, dit Cotty. Nous pourrions bien être libérées un jour.

Un murmure parcourut la petite assemblée et Gaia vit de la lumière dans leurs yeux. L'espoir était enivrant. Une des femmes gloussa. Seule Myrna, qui s'était assise à l'écart pour lire un livre défraîchi sous la lumière de la fenêtre, n'avait toujours pas l'air convaincue. Quand elle leva les yeux sous ses sourcils noirs, Gaia sut qu'elle devinait que son récit était incomplet.

— Prends garde à lui, l'avertit Myrna.

Gaia détourna le regard, troublée, se mit à rougir et cela sembla conforter la vieille femme dans son intuition. Elle hocha la tête et posa un doigt dans son livre avant de le fermer.

— Ne sous-estime pas l'Enclave. On se sert de lui de la même façon qu'on se sert de nous toutes.

— Même toi ? rétorqua Gaia.

Myrna émit un rire bref, comme si la jeune fille l'amusait.

— On peut le dire. Ils m'ont tout pris et je travaille encore pour eux.

Les voix des autres femmes se turent.

— Ne fais pas attention à elle, dit Cotty.

— Non, répliqua Gaia. Pourquoi, Myrna ? Pourquoi travailles-tu pour eux ? Pourquoi n'abandonnes-tu pas ou n'essaies-tu pas de t'échapper, quitte à te faire tirer dessus ? Qu'est-ce qui te fait continuer ?

— Juste ciel ! s'exclama Cotty.

La mâchoire en avant, Myrna lança un regard froid à Gaia.

— Honnêtement ? Je ne supporte pas l'idée que ces idiots me survivent.

Les autres se mirent à rire et la jeune fille crut comprendre ce que Myrna voulait dire.

— Je veux en savoir plus sur le capitaine Grey. Quel genre d'homme est-il ? demanda Cotty.

Sa sincérité et sa curiosité lui donnaient l'air plus jeune malgré les rides sur son sombre visage.

— Avant je le voyais en compagnie du Protecteur, comme nous toutes. Mais je ne lui ai jamais parlé comme tu l'as fait. C'est un jeune homme terriblement séduisant.

— Tout le monde sait qu'il est le fils du Protecteur ? demanda Gaia.

Les autres échangèrent un regard.

— Je crois que oui, dit Cotty.

La jeune fille se sentit très bête.

— Tu ne le savais pas ! s'exclama Cotty en riant. Moi, je vous dis, ces gens à l'extérieur du mur, on dirait qu'ils viennent d'un autre monde.

Gaia croisa les bras, sur la défensive.

— Ce n'est pas comme si je n'avais jamais entendu parler de lui, expliqua-t-elle. C'est juste que je ne me suis pas rendu compte que c'était lui.

— Oh, c'est génial ! Raconte-moi tout.

Gaia ne savait comment répondre mais elle voyait que ses compagnes, à l'exception de Myrna, l'observaient avec curiosité. Elles appréciaient les sujets de conversation qui pouvaient les distraire de leurs tristes perspectives d'avenir et Gaia commençait tout juste à apprendre que détenir des informations sur la vie au-delà des murs de la prison offrait un certain pouvoir, mais elle n'était pas certaine de ce qu'elle avait le droit de dire de lui. De plus, elle avait toujours l'impression qu'elle aurait dû savoir bien avant qui il était, d'une façon ou d'une autre. Comme si cela changeait quelque chose. Gaia ramassa une dernière miette de pain sur ses genoux.

— Je ne sais pas, se déroba-t-elle.

Cotty rit.

— Il te plaît !

— Non, protesta Gaia.

Mais les autres femmes souriaient aussi à présent et Gaia sentit la chaleur lui monter aux joues.

— C'est ridicule, argua-t-elle. Je le connais à peine. En plus, je sais que je suis affreuse.

Cotty pencha la tête en arrière pour s'appuyer contre le mur et, pour une fois, ses épaules paraissaient détendues.

— Tu sais, c'est ce que je me suis dit au début, commença-t-elle. Mais on s'habitue à ton visage. Je regarde toujours ton beau profil, maintenant, et l'autre disparaît en quelque sorte.

Les autres murmurèrent. Gaia avait franchement du mal à y croire. Elle avait vécu si longtemps avec sa laideur, à la cacher derrière un rideau de cheveux dès que c'était possible, qu'elle ne pouvait pas imaginer que quelqu'un la trouve jolie. Spontanément, elle visualisa Léon marchant près d'elle et se rendit compte qu'il s'était placé du côté dénué de cicatrice. Il était naturel d'éviter sa défiguration ; ça ne voulait pas dire qu'il la trouvait jolie.

Même s'il l'avait presque embrassée.

Elle ferma les yeux et réprima un gémissement.

— Parle-nous de lui, demanda Brooke, une autre prisonnière.

Elle était de haute taille, dégingandée, avec de grands cernes sous les yeux et un long nez étroit. Elle mit de côté le schéma d'anatomie qu'elle consultait et lui sourit pour l'encourager.

Gaia baissa les yeux et regarda ses mains. *Quelle importance si je cède à leur requête ?* se dit-elle.

— Il est difficile à décrire. Quand je l'ai rencontré pour la première fois, il venait d'arrêter mes parents et j'avais peur de lui. Il m'a paru sérieux et froid ce jour-là. Très froid, à vrai dire. Maintenant, je crois plutôt qu'il est réservé.

Elle fronça les sourcils.

— Il est très courtois et a une élocution soignée, ce qui me paraît logique maintenant.

Elle se souvint du bébé qu'elle avait sorti du ventre de la jeune femme exécutée et de la façon dont il l'avait sauvé. Elle ne pouvait pas leur en parler non plus.

— Je le croyais cruel, ajouta-t-elle doucement, mais je n'en suis plus si sûre.

Il pourrait être manipulateur, pensa-t-elle en jetant un bref coup d'œil à Myrna. Qu'il vienne de l'extérieur du mur était une découverte trop personnelle pour être partagée et, pour une raison qui lui échappait, elle ne voulait pas non plus leur avouer que l'orange était un cadeau de sa part.

— Il est difficile de concilier sa douceur et son métier de soldat. On dirait qu'il n'a sa place nulle part.

Les femmes acquiescèrent.

— En tout cas, pour le pain, c'est vraiment surprenant, dit Brooke. Il doit avoir une propension à la générosité. Il a été élevé dans le Bastion, tu sais.

— Jusqu'à ce qu'on le flanque à la porte, ajouta Cotty. C'était quand ? Il y a deux… non, trois ans.

Gaia parcourut les autres femmes du regard et constata que tout le monde était au fait de cet événement.

— Cela fait plus longtemps que ça qu'on ne le voit plus à l'Autélé. Vous savez pourquoi ? demanda Gaia.

Cotty lui passa un écheveau de laine bleue.

— Mets ça en pelote pour moi, tu veux ? Il y passait assez régulièrement jusqu'à ses dix ans environ. Puis il a progressivement disparu. On s'est mis à voir plus de portraits individuels de ses cadets. Je ne sais pas. J'étais curieuse de savoir ce qu'il devenait.

Brooke acquiesça.

— Moi aussi. Mais par la suite, quand les enfants ont grandi, on nous a demandé de respecter leur intimité.

Gaia trouva l'extrémité du fil et l'enroula distraitement plusieurs fois autour de trois de ses doigts.

— Pourquoi l'a-t-on renié ? demanda-t-elle.

Cotty fit claquer sa langue.

— Ça reste un grand secret. Il avait quoi, seize ans ? C'est aussi à cette époque-là que sa sœur a été victime d'un accident regrettable. Fiona. Une vraie tragédie, cette histoire.

Gaia jeta un regard circulaire, impatiente, espérant qu'une autre femme lui donnerait plus de détails. Les aiguilles à tricoter de Cotty cliquetaient entre ses doigts. Myrna avait rouvert son livre et se retenait visiblement de prendre part aux commérages.

— Que lui est-il arrivé ? demanda Gaia. Enfin, je me rappelle qu'elle est morte dans un accident, mais comment ?

— Fiona est tombée, répondit Brooke. Par la fenêtre de sa chambre, une nuit. Elle s'est brisé le cou.

Un frisson d'inquiétude parcourut Gaia quand elle se souvint de la façon dont Léon l'avait empêchée de s'approcher du bord de la falaise dans le jardin. Elle se demanda si cela lui avait fait penser à sa demi-sœur.

— Après la mort de Fiona, on n'a presque plus rien vu de la famille du Protecteur à l'Autélé, dit Gaia, qui s'en souvenait mieux à présent. Geneviève... Je me souviens d'une photo d'elle pleurant à l'enterrement.

Brooke acquiesça et Cotty poussa un soupir de compassion.

— Très regrettable, répéta-t-elle. Toute cette affaire. Il vaut mieux ne pas en parler.

— Mais qu'a fait Léon pour être renié ? insista Gaia. Qu'est-ce qu'un crime contre l'État ?

Les femmes échangèrent des regards nerveux mais nulle ne parla, jusqu'à ce que Myrna tourne ses yeux mornes et noirs vers Gaia.

— C'est un crime génétique.

— Comme quoi, par exemple ?

Son regard passa de Cotty à Brooke.

— Comme ce dont nous sommes accusées, expliqua Cotty.

Gaia se souvint de ce que les médecins lui avaient dit, mais elle en resta déconcertée.

— Comment Léon aurait-il pu falsifier les résultats de tests génétiques ou pratiquer un avortement ?

Cotty et Brooke se turent. Gaia parcourut des yeux le cercle de femmes et s'arrêta enfin sur Myrna.

— Il a couché avec sa tante, lâcha cette dernière.

— Non, fit Gaia, frappée d'horreur.

Myrna haussa les épaules, reportant son attention sur son livre.

— C'est ce que j'ai entendu dire.

Gaia se tourna d'un air suppliant vers Cotty.

— C'est vrai ? murmura-t-elle.

— Non, répondit le médecin en jetant un regard mauvais à Myrna. Ce n'est qu'une rumeur. Toutes sortes de rumeurs folles ont couru à l'époque, et il n'y en avait pas la moitié de vraies, j'en suis convaincue. Sa tante Maura a dix ans de plus que lui et c'est une femme mariée très respectable. Je suis sûre qu'elle n'aurait jamais fait ça. Myrna, tu ne devrais pas tourmenter la petite.

La vieille femme se contenta de rouler les yeux, comme si elle les trouvait toutes les deux extrêmement ennuyeuses.

— Mais alors, que s'est-il passé ? demanda Gaia à Cotty.

— Eh bien, je ne sais pas exactement. Personne ne le sait. On peut cancaner tant qu'on voudra, personne ne sait ce qui s'est réellement passé. Sincèrement, j'ai trouvé ça assez écœurant, toutes ces conjectures. Pendant un temps, on aurait pu croire qu'il avait couché avec toutes les filles du Bastion, ce qui n'était pas vrai, bien évidemment. Enfin, il a pris le nom de jeune fille de sa mère, Grey, et il a rejoint la garde. Après ça, on n'a plus guère entendu parler de lui.

Gaia continuait d'enrouler lentement le fil bleu autour de ses doigts.

— Pourquoi ces commérages ne sont-ils pas parvenus jusqu'à l'extérieur du mur ? demanda-t-elle.

— Je suis sûre que si, affirma Cotty. Ça a dû se savoir. Peut-être n'y faisais-tu pas attention, tout simplement.

Gaia calcula qu'elle devait avoir douze ou treize ans à l'époque. Ses parents, qui n'avaient jamais beaucoup aimé les ragots, en avaient peut-être parlé un peu, et la vieille Meg l'avait certainement évoqué, mais Gaia ne l'avait pas relevé. Elle avait appris la mort de Fiona, mais elle n'avait certainement pas retenu le nouveau nom de famille de Léon. Peut-être ce scandale avait-il été éclipsé par le deuil.

À présent, elle méditait le peu qu'elle savait, préoccupée par ces sordides accusations. Elle n'arrivait pas à croire que Léon ait couché avec sa tante. L'idée était répugnante. Cela allait à l'encontre de tout ce qu'elle savait de bien à son sujet. Elle ne pouvait pas y croire, mais quelque chose avait forcément dû causer sa disgrâce. Et il pensait que c'était mérité.

C'était la clé de cette histoire. Ses mains s'arrêtèrent sur la pelote de laine et elle laissa son regard se poser plus haut sur les fenêtres. Quelles que soient les rumeurs, Léon croyait avoir fait quelque chose de mal, un mal qui légitimait son exclusion de sa famille et une vie au service de la garde. Une vie à appliquer les lois de l'Enclave sans les remettre en cause. Une vie qui avait gommé tout ce qu'il était vraiment et, au fond, c'était un choix de sa part. Il avait choisi de renoncer à son éthique. Il avait choisi de devenir insensible.

Gaia leva la tête vers Myrna et vit que la vieille femme l'observait de ses yeux fatigués. Un frisson s'empara de son cœur au souvenir de son avertissement : *Ils se serviront de toi. Et de lui.*

— Avec le temps, cet endroit viendra à bout de toi comme des autres, dit Myrna tout bas.

Gaia se leva, tendit la pelote de laine à Cotty et se rendit dans la cellule qui lui servait de chambre.

Après le dîner, pendant que les autres se promenaient dans la cour, Cotty entreprit de coudre une poche à l'intérieur de la ceinture de la robe de Gaia.

— Au cas où on te donnerait encore du pain, commenta-t-elle en tapotant le tissu pour le lisser avant de lui rendre sa robe. Ou autre chose. Tu peux faire passer en fraude des cadeaux pour nous.

Gaia sourit et la remercia, mais elle doutait d'avoir d'autres occasions de se promener avec Léon, ainsi que Cotty le sous-entendait. Elle enfila sa robe.

— Je peux te poser une question ? demanda-t-elle doucement tout en boutonnant son vêtement. Tu connais Myrna depuis longtemps ?

Cotty eut un rire bref et planta son aiguille dans une bobine de fil gris.

— Tu veux savoir pourquoi elle est si méchante, c'est ça ?

Gaia ne l'aurait pas formulé si crûment, mais elle acquiesça.

— Elle a du cœur, je le sais, dit Cotty doucement. Mais je crois qu'elle repousse les gens par peur qu'ils ne la déçoivent. J'ai entendu dire qu'elle avait été mariée il y a longtemps et que ça s'était mal terminé. Je sais de source sûre que ses projets de dispensaire ont été contrariés. Elle soutient que l'on a besoin d'une banque du sang pour les hémophiles et d'un dispensaire qui formerait des médecins, mais le Protecteur refuse catégoriquement.

— Pourquoi ? demanda Gaia.

Cotty secoua la tête en remettant ses bobines et ses ciseaux dans une petite boîte.

— C'est un des principes fondateurs de l'Enclave : pas d'hôpitaux, pas de médecine de pointe. Juste des antibiotiques et de la morphine. Ils pensaient que le reste ne faisait que pourvoir aux besoins des faibles. C'était un choix radical, mais nécessaire. Myrna pense que les choses ont changé depuis.

Gaia leva les yeux vers les trois fenêtres, réfléchissant à l'avenir.

— C'est un bon médecin. Si elle était au pouvoir, davantage de gens vivraient plus vieux.

— Je suis d'accord. Mais le Protecteur n'a pas tort non plus. Il n'y a pas de honte à mourir. Il se concentre sur l'ensemble de la population, ce qu'il y a de mieux pour tout le monde, pas ce qu'il y a de mieux pour un individu. Myrna et lui ne voient tout simplement pas les choses de la même façon.

— Et lui est au pouvoir, conclut Gaia avec sarcasme.

Cotty fit claquer sa langue doucement et Gaia tourna les yeux vers elle : le médecin lui adressait un sourire un peu grimaçant mais chaleureux.

— Ne t'inquiète pas pour Myrna, dit Cotty gentiment. Elle est méchante mais intelligente. Et elle n'est pas comme Séphie.

— Que veux-tu dire ? demanda Gaia, perplexe.

Cotty lui jeta un regard en coin, d'un air contrit.

— Je n'aime pas dire du mal des absents. Disons juste qu'il est facile d'apprécier Séphie parce qu'elle est chaleureuse et amicale. Mais elle choisit toujours la solution de facilité.

Gaia, mal à l'aise, ne savait que dire.

— Pardonne-moi, continua Cotty. J'essayais juste de te dire que l'on peut compter sur Myrna.

Elle se frotta l'arête du nez, pensive.

— Peut-être est-ce pour cela qu'elle est ici, avec nous.

Cette nuit-là, pendant que les autres dormaient, Gaia sortit son petit miroir et essaya de voir son visage dans le noir. C'était peine perdue, bien sûr. Le petit ovale se moqua d'elle en ne reflétant que l'obscurité totale de la nuit, comme si elle était invisible. Elle passa doucement son pouce sur la surface lisse du verre puis elle glissa le miroir dans sa nouvelle poche. La nuit, sans distraction aucune, ses parents lui manquaient terriblement et la solitude envahissait son cœur comme une brume froide et silencieuse. Myrna, Léon et même Cotty, ces nouveaux venus dans sa vie, ne la connaissaient pas. Ils ne savaient pas qui elle était au fond d'elle-même ni ne comprenaient les rouages complexes de son cœur. Plus personne ne l'aimait vraiment, se rendit-elle compte.

Personne hormis sa mère, où qu'elle soit. Il lui revint soudain une image d'elle debout au bord de la terrasse, le visage tourné vers le soleil, étrécissant les yeux, un léger sourire aux lèvres alors qu'elle tendait les bras pour démêler les fils du carillon.

Tu devrais vraiment coiffer tes cheveux en arrière, Gaia. Laisse-moi te faire des tresses.

Des larmes spontanées s'accumulèrent derrière les paupières de la jeune fille. Elle avait les cheveux courts à présent. Sa mère n'était plus là. Elle posa la tête sur le matelas plat, la peau tendre de sa cicatrice orientée machinalement vers le haut, et elle se dit qu'elle ne pleurerait pas.

XV

LA PELOTE À ÉPINGLES

Il faisait à peine jour quand les gardes arrivèrent.

— Gaia Stone ! hurla l'un d'eux.

La jeune fille roula hors du lit et ses pieds nus percutèrent le sol froid.

Myrna entra dans la chambre en courant et l'agrippa fort par les bras, l'attirant brutalement à elle.

— Ils viennent te chercher, murmura-t-elle laconiquement. Sois forte. N'oublie pas, quoi que tu fasses, quoi que tu dises, ta priorité est de survivre.

Gaia s'agrippa à elle, terrifiée, quand le garde entra dans la cellule et la tira brusquement pour les séparer.

— Tes chaussures ! cria-t-il. Où sont tes chaussures ?

Gaia baissa les yeux vers ses mocassins ; Myrna les ramassa et les lui lança.

— Dépêche-toi ! hurla le garde.

Dès qu'elle eut mis ses chaussures, il la saisit à nouveau et lui attacha brutalement les mains dans le dos.

— Où l'emmenez-vous ? demanda Cotty.

Les autres femmes sortaient de leurs chambres, elles aussi, et observaient avec horreur les gardes pousser Gaia vers la porte. Quand l'une d'elles se mit à pleurer, la jeune fille se rappela le jour où on avait emmené Séphie. Elle jeta un dernier regard à Myrna par-dessus son épaule ; elle se tenait seule sous les fenêtres tandis que les autres femmes s'étreignaient, terrifiées. Le visage de pierre de Myrna était sévère, amer, et elle gardait les poings crispés le long du corps.

— Tu m'entends ? Ta priorité est de *survivre* ! répéta la vieille femme.

La porte claqua derrière elle. Si Gaia avait un jour cru laisser son aînée indifférente, elle savait à présent qu'elle avait eu tort. Cotty avait raison. Les ordres cinglants, le sarcasme : c'était la façon qu'avait Myrna d'exprimer son affection et, à présent, Gaia s'accrochait à ses derniers conseils.

L'instant d'après, on la traînait en haut d'une volée de marches et le long d'un couloir. Elle était à peine capable de tenir debout et seule la poigne ferme des gardes sur ses bras l'empêchait de tomber. Quand ils atteignirent l'entrée principale, elle regarda éperdument autour d'elle dans l'espoir d'apercevoir Léon, mais il n'y avait que des gardes vêtus de noir qu'elle ne connaissait pas. Une demi-douzaine de soldats se mit au pas autour d'elle pour quitter la prison, passant sous l'arche de pierre pour atteindre la sombre place, froide et déserte. Une volute de brouillard enveloppait l'obélisque au milieu de l'esplanade.

Gaia sursauta en se souvenant du premier jour où elle s'était tenue là, quand on avait traîné un homme jusqu'au Bastion à l'aube, tout comme on la traînait maintenant. Plus tard, la femme enceinte et son mari avaient été pendus. La terreur la traversa et ses pieds refusèrent d'avancer.

— Allons, dit brutalement le garde à sa gauche, la secouant de sorte qu'elle manqua de perdre ses mocassins trop grands.

Gaia eut le souffle coupé par la douleur quand ses mains attachées se tordirent dans la corde trop serrée, et elle tomba en avant au milieu des gardes. Quand elle vit qu'ils se dirigeaient droit vers le Bastion, son inquiétude décupla, comme l'air froid dans ses poumons.

— Non, murmura-t-elle.

— Tu vas venir sans faire d'histoire maintenant, lui dit un garde à l'oreille.

Gaia eut un mouvement de recul, mais les deux hommes la soule-
vèrent par les bras jusqu'en haut des escaliers et la posèrent lourdement sur ses pieds quand ils arrivèrent à la porte. Pendant qu'ils
attendaient qu'elle s'ouvre, Gaia put reprendre son souffle pour la
première fois. Un des soldats se pencha vers elle et souleva légèrement la frange qui lui tombait sur les yeux.

Gaia rejeta la tête en arrière et lui lança un regard furieux.

— Ah, fit l'homme en lui soufflant son haleine âcre au visage.
Je croyais qu'on en avait une jolie, mais elle est vraiment répugnante.

Le garde devant eux se retourna légèrement.

— C'est comme ça qu'on sait qu'on a la bonne. Sa cicatrice.

Gaia bouillait de ressentiment, mais préférait cela à la panique
irréfléchie qu'elle venait d'éprouver. Elle se tenait plus droite à
présent et fixait froidement le premier garde. Ses yeux étaient globu-
leux et un gros nez marbré surplombait ses lèvres ; il lui jetait
un regard mauvais. La fierté s'empara d'elle et lui évita de réagir.
Elle reporta son regard devant elle, vers la porte.

Le soldat la pinça vivement au bras et elle étouffa un cri.

— Tu crois que tu vaux mieux que moi ? murmura-t-il.

Elle serra les dents ; elle espérait sincèrement que cet homme ne
serait pas responsable d'elle trop longtemps.

— Tu n'es qu'une putain de bas étage venue de l'extérieur du
mur, siffla-t-il.

Puis la porte s'ouvrit et on l'introduisit dans un vestibule lumineux qui, contre toute attente, embaumait légèrement. Les gardes se
turent et, après l'avoir poussée une dernière fois, ils lui accordèrent
un peu d'espace.

Elle se tenait dans un vaste hall qui allait en contradiction totale
avec la façade quelconque du bâtiment. Rien de ce qu'elle avait vu à
l'Autélé ne l'avait préparée à cela. Deux gardénias en pot – c'était de
là que venait l'odeur – étaient posés au pied d'un majestueux escalier blanc à double hélice qui s'élevait à perte de vue. Des carreaux
blancs et d'autres noirs, plus petits, formaient un curieux dessin
géométrique sur le sol. Derrière les escaliers, les murs paraissaient

entièrement constitués de portes-fenêtres et Gaia remarqua la lumière verte d'un solarium derrière les vitres. À sa gauche et à sa droite s'élevaient d'énormes portes en bois assorties, toutes deux gravées de silhouettes et d'arbres.

Gaia attendait parmi ses gardes, reconnaissante de leur silence, puis elle entendit soudain un bref rire d'enfant venant de quelque part à l'arrière de la maison. Un petit garçon de deux ou trois ans surgit en courant au détour d'un couloir, vêtu d'une chemise de nuit bleu vif et d'une paire de chaussons roses molletonnés visiblement trop grands pour lui. Il portait une petite balle jaune. Son rire était joyeux, tout à fait incongru au regard de la situation dans laquelle elle se trouvait ; Gaia resta immobile, sachant que, d'un moment à l'autre, il la verrait, ainsi que ses gardes.

Il courait si vite qu'il les avait presque dépassés quand il les remarqua ; il dérapa avec ses chaussons et son rire s'évanouit soudain. La jeune fille le regarda se prendre le pied dans sa cheville puis se retrouver par terre, un petit amas bleu affalé sur les carreaux blancs. Le choc lui fit lâcher sa balle. Instinctivement, Gaia essaya de faire un pas vers lui mais une poigne d'acier la retint.

La petite balle jaune glissa sur le carrelage, atterrit devant elle et la jeune fille découvrit qu'il s'agissait de la pelote à épingles en forme de citron de son père. Gaia était stupéfaite. Par quel chemin détourné l'objet avait-il quitté la poche de Léon pour devenir le jouet de cet enfant ?

L'instant d'après, une fillette âgée de neuf ou dix ans arriva en courant sur les pas du garçon. Ses cheveux blonds ondulés formaient un nuage radieux autour de son visage aux joues roses.

— Michael ! appela-t-elle, hilare et à bout de souffle. Si tu ne me rends pas mes chaussons...

Elle cessa de parler en voyant les gardes et s'arrêta en trébuchant. Le garçon avança à quatre pattes pour saisir la pelote à épingles tandis qu'elle courait jusqu'à lui et s'accroupissait pour le prendre dans les bras.

— Tante Geneviève ! hurla-t-elle.

Elle revenait sur ses pas à reculons, portant l'enfant avec peine.

Une troisième personne apparut en fulminant au détour du couloir.

— Que diable se passe-t-il ? demanda-t-elle.

Gaia la dévisagea. C'était la femme qu'elle avait vue la veille quand elle se promenait avec Léon : Geneviève Quarry, l'épouse du Protecteur. Et elle avait l'air furieuse.

— Britta, emmène-le dans la cuisine. Tout de suite ! ordonna-t-elle à la fillette.

Tandis que les enfants faisaient un pas de plus en arrière puis se dépêchaient de s'en aller, Geneviève s'avança comme une furie.

— Comment osez-vous ? demanda-t-elle de sa voix sophistiquée qui parvenait à rester cinglante même quand elle chuchotait.

— Pardonnez-moi, massœur Quarry, s'excusa le garde. On m'a dit de l'amener à monfrère Iris à la première heure.

Gaia sentit le regard perçant de Geneviève se tourner vers elle et recula instinctivement.

— Alors faites votre travail, dit la femme au garde sur un ton méprisant.

Elle frappa violemment à la porte sur la gauche de Gaia et, aussitôt, le battant s'ouvrit.

— Sortez-moi cette populace de mon foyer, Winston, ordonna la femme du Protecteur.

— Je vous prie de m'excuser, répondit le domestique d'un ton doucereux, tout en s'écartant et en faisant signe à l'escorte de Gaia d'entrer. C'est un oubli qui ne se reproduira plus.

Geneviève disparaissait déjà dans les profondeurs de la maison.

— Miles en entendra parler, lança-t-elle par-dessus son épaule, de sa voix basse qui portait loin.

Winston était un portier trapu d'âge moyen avec une petite bouche et un visage peu expressif, même quand on le réprimandait. Il se contenta d'acquiescer à nouveau, de les presser de rentrer et de fermer la porte.

Gaia s'attendait à ce que le domestique houspille les gardes, mais il se tut et prit la tête du cortège pour descendre le long d'un couloir.

— Faites attention à la marche, indiqua-t-il avec courtoisie tandis qu'il les précédait puis les guidait à travers plusieurs couloirs. Gaia passa devant une rangée de grandes fenêtres offrant chacune un aperçu du brouillard et de la silhouette plus dense du monument sur la place.

Quand Winston leur fit ensuite gravir des escaliers droits aux marches étroites, Gaia eut l'impression que le Bastion avait deux fonctions distinctes : l'élégante et belle maison où vivaient Geneviève et les enfants, et la partie utilitaire dans laquelle elle pénétrait en tant que prisonnière. *D'une certaine façon, ce n'est qu'une version extrême de la société dans laquelle je vis déjà*, pensa Gaia, *une autre cloison, comme celle qui sépare ceux qui vivent à l'intérieur et à l'extérieur du mur.* Elle venait de voir où les deux mondes entraient en collision.

— Attendez un moment, finit par dire Winston, s'arrêtant devant une haute porte en bois.

D'autres ouvertures semblables se dressaient tout au long de la galerie. Un tapis courait sur l'ensemble du couloir et il y avait des fenêtres aux deux extrémités.

Winston frappa à la porte et une voix les invita à entrer. Gaia pénétra dans une salle claire et spacieuse aux murs couverts de livres ; un tapis somptueux étouffait le bruit de ses pas. Un canari jaune voletait dans une cage près des fenêtres.

— Qu'y a-t-il ? demanda une voix agacée.

Gaia vit un homme de petite taille aux épaules voûtées, aux cheveux gris et portant des lunettes lever les yeux de derrière un bureau. Ses habits blancs étaient soignés, faits sur mesure, sans vraiment ressembler à un uniforme. Le bureau était étrange : le plateau était en verre et une lumière provenant d'en dessous le traversait, de sorte que le visage de l'homme était éclairé sous le menton, le nez et les sourcils, ce qui lui donnait une apparence surnaturelle.

— C'est la fille à la cicatrice de l'extérieur du mur, annonça le garde. Gaia Stone.

— Je le vois bien, répliqua l'homme avec irritation. Et vous, que faites-vous là ?

Les gardes restèrent là bêtement un moment.

Winston s'éclaircit la voix.

— Merci, dit-il au chef des gardes. Nous allons nous en occuper maintenant.

Le soldat serra la mâchoire obstinément.

— Elle est dangereuse. Je suis censé prendre toutes les précautions.

— C'est vrai, dit Winston, et c'est ce que vous avez fait. Je vais vous raccompagner.

On laissa Gaia près de la porte tandis qu'elle se fermait doucement et que les gardes et Winston s'éloignaient le long du couloir. La jeune fille avait toujours les mains attachées dans le dos et avait été tellement bousculée que sa robe grise était froissée, mais elle inspira profondément et s'enjoignit de rester calme. Elle attendit en silence. Si elle se fiait à ce que le garde avait dit à la femme du Protecteur, le vieil homme devait être monfrère Iris. *Il n'a pas une tête de tortionnaire*, se dit-elle prudemment, *et cette salle ressemble plus à une bibliothèque qu'à une cellule de prison.* Mais bon. Elle se demanda brièvement ce qui se serait passé si, des semaines auparavant, elle s'était rendue à la porte Sud avec son ruban et avait demandé un entretien avec lui, comme Léon le lui avait conseillé.

Monfrère Iris ajusta ses lunettes, son attention toujours portée sur le bureau. Gaia fit un petit pas en avant et remarqua que le dessus du meuble formait comme un poste de télévision géant, mais avec une dizaine d'écrans différents qui se chevauchaient.

— Approche, ordonna l'homme impatiemment.

Tandis que Gaia s'avançait sans bruit sur l'épais tapis, il toucha du bout des doigts le bureau et une scène apparut : un homme près du délac et une femme rousse berçant un bébé dans ses bras. Le soleil se levait à peine et les deux parents étaient vêtus de simples habits de travail. La femme laissa tomber son chapeau en arrière et il resta suspendu à la lanière autour de son cou. Ils souriaient et leurs lèvres bougeaient, mais Gaia n'entendait pas leurs voix.

— Allez, viens là, dit l'homme en lui faisant signe d'avancer à côté de lui. Ici, précisément. Pas trop près, ajouta-t-il en fronçant le nez comme si elle sentait mauvais.

— Êtes-vous monfrère Iris ? demanda-t-elle.

— Regarde, lui ordonna-t-il en désignant l'écran.

Gaia examina l'image avec plus d'attention et, quand elle se rendit compte que la femme à l'écran était Emily, elle sourit spontanément.

— Oh ! s'écria-t-elle. Je les connais ! Emily a donc accouché. C'est un garçon ?

— Oui, répondit l'homme.

Gaia était stupéfaite.

— Quand a-t-elle tourné dans un film ? demanda-t-elle.

— Incroyable, murmura son interlocuteur pour lui-même. Ça se passe *maintenant*, jeune fille. Une caméra est braquée sur eux en ce moment même. Ils font une promenade matinale avant de partir travailler.

Quand Gaia comprit ce qu'il venait de dire, elle prit conscience que des caméras devaient être placées stratégiquement dans Wharfton. Elle avait toujours supposé que quelques informateurs à l'extérieur du mur fournissaient des renseignements à l'Enclave, mais elle n'avait pas imaginé que des caméras les espionnaient en temps réel. Voilà comment l'Enclave savait tout dès que le moindre événement survenait.

— Vous avez des caméras partout ? demanda-t-elle.

— Regarde maintenant. Et que cela te serve de leçon.

— Si vous êtes monfrère Iris, commença-t-elle avec anxiété, savez-vous où se trouve ma mère ?

L'homme empoigna le bras de Gaia avec une force inattendue et approcha son visage du sien.

— Bien sûr que je sais où se trouve ta mère. Maintenant, regarde ça.

Il frappa le bureau de la main, si fort que les images vibrèrent. Gaia était abasourdie qu'il parle de sa mère au présent, qu'il sache où elle se trouvait.

Avec un regain d'espoir, elle obéit et posa les yeux sur l'écran. Elle y vit un gigantesque corbeau noir se poser sur les pierres aux pieds d'Emily. Kyle le montra du doigt avec de grands gestes enfantins, mais le bébé était bien trop jeune pour prendre conscience de la présence de l'oiseau et, au lieu de s'y intéresser, continua d'adresser des gazouillis à sa mère. Gaia vit Emily dire quelque chose en riant.

Monfrère Iris appuya sur un petit bouton au bord du bureau.

— Tuez l'oiseau, ordonna-t-il.

Tout d'abord, rien ne changea, si ce n'est qu'Emily donna le bébé à son père. Puis une masse indistincte noire apparut au bord de l'écran et les parents sursautèrent simultanément, effrayés. À leurs pieds, l'oiseau avait été réduit à un amas inerte de plumes, une patte pliée vers le ciel, implorante. La caméra fit un zoom arrière, rapetissant l'image des parents qui couraient aussi vite que possible en direction des maisons de Wharfton, le bébé dans les bras. Les cheveux auburn d'Emily flottaient en tous sens derrière elle et, bien qu'il n'y eût pas de sons, Gaia vit qu'elle hurlait de peur.

COOPÉRATION

— Pourquoi avez-vous fait ça ? demanda Gaia sans comprendre.

Elle savait que l'Enclave pouvait être cruelle par principe, comme lorsqu'elle exécutait des prisonniers sur la place du Bastion, mais l'oiseau était inoffensif. Cette cruauté n'avait aucun sens. L'horreur de cet acte et l'étendue du pouvoir de monfrère Iris lui firent froid dans le dos. Quand il se tourna posément pour l'observer avec attention, elle recula.

— Vous avez ordonné à un soldat sur le mur d'abattre l'oiseau, dit-elle. Et s'il avait raté sa cible ?

Monfrère Iris souleva ses lunettes teintées et les cala sur sa tête dans ses cheveux gris. Les pupilles de ses yeux étaient étrangement dilatées, réduisant ses iris à de fins cercles bleu pâle.

— J'ai besoin d'être certain que tu coopéreras pleinement, répondit-il.

— Sinon quoi ? demanda-t-elle, le souffle coupé. Vous me tuerez ?

Il pencha légèrement la tête pour la contempler de ses yeux impénétrables.

— Non. Le bébé d'Emily peut-être. Ou Séphie Frank. Tu l'aimais bien, pas vrai ? Ou si on s'en prenait à Léon ?

Son ton était faussement désinvolte.

— Vous ne feriez pas ça.

— Ou alors à ta mère ? ajouta-t-il.

Gaia secoua la tête avec raideur, luttant pour assimiler l'ampleur des menaces toujours plus douloureuses qu'il proférait.

— Je ne crois pas qu'elle soit encore en vie, contra-t-elle.

La dure vérité la frappa de plein fouet une fois de plus.

— Vous m'avez menti pour vous donner plus d'emprise sur moi.

L'homme s'approcha de nouveau du bureau.

— Tu n'es peut-être pas si bête que ça après tout, murmura-t-il.

Il toucha le plateau de verre du bout du doigt.

Un nouvel écran apparut et, malgré elle, Gaia s'approcha pour mieux voir. La caméra montrait trois femmes qui dormaient dans un espace semi-circulaire entouré de murs de pierre. Gaia constata qu'elles reposaient sur des lits de camp dotés de couvertures grises. On aurait dit une photo en noir et blanc tant elle était dénuée de couleurs et de mouvements, si ce n'est qu'à un moment un coup de vent silencieux gonfla un rideau. Gaia tenta de distinguer les visages des femmes, de glaner un indice dans cette scène qui pourrait lui révéler où elles se trouvaient. Elle remarqua une chaîne noire qui menait à l'un des lits. Étaient-elles entravées ?

— Tu n'arrives peut-être pas à la reconnaître comme ça, reprit monfrère Iris, mais celle du milieu est ta mère.

— Où sont-elles ? demanda Gaia.

Elle y regardait de près et adjurait intérieurement la femme de se retourner pour qu'elle puisse voir son visage et être certaine qu'il s'agissait bien de sa mère.

L'homme toucha le bureau et l'écran devint noir. Gaia cligna des yeux et recula de plusieurs pas jusqu'à ce que sa jambe heurte une chaise.

— Peut-être..., commença-t-il doucement en rabaissant ses lunettes devant ses yeux. Si tu coopères, peut-être pourrais-je faire en sorte que tu la voies.

— Vous pourriez faire ça ?

— Oui, ce serait possible.

Partagée, Gaia serra les poings dans son dos, tirant instinctive-ment sur ses liens. Aussi inoffensif puisse-t-il paraître, elle comprit que cet homme avait le pouvoir de vie et de mort sur tous les gens qu'il voyait sur son écran. À l'inverse, Léon lui avait dit que l'Enclave récompensait la loyauté. Son choix était clair : *Coopère, et tu verras ta mère. Résiste, et nous la tuerons.* Gaia eut envie de vomir.

— Assieds-toi, s'il te plaît, la pria monfrère Iris.

Gaia s'installa avec précaution sur le bord de la chaise rembourrée derrière elle et toucha du bout des doigts le satin dans son dos pour garder l'équilibre. Si seulement elle savait ce que ses parents auraient voulu qu'elle fasse. Puisque son père avait été abattu en essayant de s'évader, il devait croire que tout valait mieux que de coopérer avec l'Enclave, même mourir. Mais sa mère était encore vivante. Avait-elle trouvé un moyen de résister et de rester en vie ? Gaia ne supportait pas l'idée que ses actes puissent mettre sa mère en plus grand danger qu'elle ne l'était déjà.

— Que voulez-vous que je fasse ? demanda Gaia d'une petite voix.

Pour la première fois, les lèvres de monfrère Iris esquissèrent un léger sourire.

— Bien, dit-il, je savais que tu serais raisonnable. Tu as toujours bien servi l'Enclave, hormis cette ridicule et aberrante réaction après la pendaison.

Les joues de Gaia lui brûlèrent.

— Oui, improvisa-t-elle, pardonnez-moi. Je ne connaissais pas la loi à l'époque.

Il haussa les épaules.

— Ton éducation a été laissée au hasard, pour la majeure partie. Tu as sans doute assimilé une éthique erronée selon laquelle sauver la vie d'un bébé est plus important que d'obéir aux lois de l'Enclave. Mais nos lois existent pour le bien du plus grand nombre, et tu n'as pas à les enfreindre.

Elle baissa la tête dans l'espoir de paraître humble, comme il se devait. Cet homme était totalement convaincu que ce qu'il faisait était bien. Cela le rendait encore plus terrifiant. Il replaça ses lunettes sur son nez et se tourna pour toucher à nouveau l'écran.

— J'ai besoin que tu me dises ce que tu sais du ruban de ta mère.

Gaia se crispa au souvenir de l'avertissement de Léon.

— Je ne sais pas grand-chose, commença-t-elle. Je crois qu'il s'agit d'un code. On m'a dit de le garder en sécurité et de ne pas le perdre.

Elle se garda d'ajouter que sa mère lui avait demandé de le détruire.

— Qui t'a dit ça ? Ta mère ?

Elle secoua la tête. Avec un peu de chance, la vieille Meg était partie depuis longtemps maintenant et se trouvait en sécurité dans la Forêt Morte. Dans le cas contraire, elle avait sans doute péri en route. Gaia hésita un instant, puis se souvint de la façon implacable qu'avait eue monfrère Iris d'ordonner qu'on tue l'oiseau. Elle ne pouvait pas s'opposer à lui.

— La vieille Meg, dit-elle. C'était une amie de ma mère. Elle m'a donné le ruban la nuit où mes parents ont été arrêtés.

Monfrère Iris fronça légèrement les sourcils et Gaia supposa qu'il n'était pas au courant. Cela lui donna un infime espoir. Peut-être déciderait-il qu'elle pourrait lui être utile.

— Où se trouve la vieille Meg maintenant ? demanda-t-il.

Elle détourna le regard pour le poser sur les grandes fenêtres à sa droite. Elle voyait le haut de l'obélisque émerger du brouillard. Elle remua sur sa chaise, mal à l'aise, les mains toujours attachées dans le dos.

— Réponds-moi ! ordonna-t-il sèchement.

Gaia sursauta. Le canari piaula dans sa cage.

— Elle est partie. Elle a dit qu'elle quittait la ville.

— Personne ne quitte la ville. A-t-elle dit où elle se rendait ?

Gaia déglutit avec difficulté.

— Dans le désert. Dans la Forêt Morte.

Monfrère Iris haussa les sourcils d'amusement.

— Qu'y a-t-il ? demanda-t-elle.

— La Forêt Morte n'existe pas. Elle sort tout droit d'un conte de fées.

Gaia était déconcertée.

— Mais...

Il secouait la tête à présent, et ses yeux se réchauffaient légèrement à travers les verres teintés.

— J'oublie toujours que tu es une enfant, dit-il. Et de l'extérieur du mur, qui plus est.

Il s'interrompit et se frotta le menton.

— Cela risque de prendre un certain temps, à ce que je vois, médita-t-il.

Il se pencha au-dessus de la table aux images et appuya sur un bouton.

— J'ai besoin qu'on me prépare une chambre, dit-il doucement. Non, au troisième étage. Et prévoyez aussi une douche et des vêtements propres. Elle dégage une odeur nauséabonde.

Gaia se sentit rougir, mais elle tenta de résister à sa première réaction de honte. Ce n'était pas sa faute si la prison ne lui offrait pas l'occasion de se laver souvent. Monfrère Iris l'examinait avec attention.

— Tu as soif ? demanda-t-il.

Elle acquiesça. Elle n'avait pas mangé ce matin-là. L'homme saisit une théière qu'elle n'avait pas remarquée jusque-là, posée sur une table non loin, et versa une tasse de thé. L'arôme se répandit dans la salle ; Gaia se demandait comment elle allait boire avec les mains attachées quand il leva la tasse à ses propres lèvres.

— Dis-m'en plus sur le ruban, reprit monfrère Iris.

Sa soif, qu'elle avait à peine remarquée auparavant, s'intensifiait maintenant, et elle regarda avec envie la tasse qu'il tenait délicatement entre ses doigts.

— Je ne sais rien de plus.

— Tu as promis de coopérer, lui rappela-t-il.

— Je sais, répliqua-t-elle, et c'est ce que je fais.

Elle s'efforça de trouver les bons mots.

— Posez-moi une question.

— Ta mère emmenait-elle le ruban avec elle quand vous partiez mettre au monde des bébés ?

— Non.

— Te l'avait-elle jamais montré avant la nuit où la vieille Meg te l'a donné ?

— Non. Je ne savais pas qu'il existait.

— Ta mère t'a-t-elle jamais laissé des notes écrites avec un alphabet inhabituel ?

Le cœur de Gaia fit un bond dans sa poitrine. Elle s'humidifia les lèvres.

— Non.

— Je le vois, quand tu mens, fit doucement monfrère Iris.

— Non, répéta-t-elle. C'est mon père qui aimait jouer avec les lettres et les chansons.

L'homme haussa à nouveau les sourcils.

— Est-il possible que ton père ait confectionné ce ruban, alors ?

L'idée l'intrigua et elle reporta les yeux sur les siens.

— Ce serait logique, admit-elle doucement. Il était tailleur. Il s'occupait de la couture de toute la famille.

Elle se rendait maintenant compte qu'il était possible, et même probable, que sa mère ait parlé des bébés à son père et que ce dernier ait enregistré les informations à l'aide du fil de soie sur le ruban. C'était lui le vrai gardien du registre.

Monfrère Iris s'appuya sur le bureau à écran derrière lui et croisa les jambes d'un air détendu.

— C'est dommage, dit-il d'un ton sarcastique.

Il était visiblement arrivé à la même conclusion qu'elle.

Elle plissa les yeux.

— Parce que vous l'avez tué, compléta-t-elle.

Il se frottait de nouveau le menton.

— Pourquoi ? demanda Gaia. C'était l'homme le plus doux au monde.

Il tourna doucement la tête vers elle.

— Il a tué deux gardes.

— En essayant de s'évader ? Je ne vous crois pas.

— En essayant de rejoindre ta mère.

Le cœur de Gaia se serra un peu plus et elle ferma les yeux un instant pour imaginer son père luttant contre des gardes pour essayer de rejoindre sa mère. Cela se tenait. C'était bien son genre. Elle lança un regard furieux et plein de ressentiment au petit homme aux cheveux gris. Le canari agita bruyamment ses ailes et émit un trille aigu.

Monfrère Iris posa sa tasse de thé, s'avança jusqu'à un petit meuble de rangement, ouvrit un tiroir et en sortit un petit flacon. Il s'approcha nonchalamment des fenêtres et s'arrêta pour la tenir à la lumière, les yeux rivés dessus. Quand elle reconnut sa bouteille d'encre, Gaia en eut le souffle coupé.

— Je vais te dire quelque chose sur cette encre, reprit le vieil homme. C'est de l'ocre mélangé à de l'argile, de l'alcool et un anti-biotique.

Il la faisait tourner négligemment à la lumière, examinant sa couleur marron opaque.

— Assez rudimentaire mais efficace. C'est l'ajout d'antibiotique qui est inhabituel, surtout quand on sait qu'ils sont illégaux à l'extérieur du mur. C'est ta mère qui a confectionné cette encre ?

Gaia réfléchit à toute allure : il devait au moins en savoir autant que Léon avant qu'ils ne parlent dans le jardin. Était-il déjà au courant pour les taches de rousseur après ses révélations de la veille à Léon ? S'il avait fourni ces informations à monfrère Iris, ce pouvait être un test pour elle, et elle devait le réussir. D'un autre côté, si Léon avait gardé ces informations secrètes, elle était sur le point de les révéler à l'ennemi pour rien.

— Gaia ? appela l'homme.

Il s'approcha d'elle et dévissa doucement le couvercle.

— Ne me fais pas perdre mon temps, Gaia, menaça-t-il.

Il trempa le bout de son petit doigt dans l'encre et le tint devant ses yeux.

— C'est pour les taches de rousseur, avoua la jeune fille.

Monfrère Iris eut un sourire satisfait.

— Là, ça devient intéressant. Explique-toi.

Elle lui révéla en quelques mots l'habitude qu'avait sa mère de donner du thé aux jeunes mamans, et les quatre rapides piqûres d'encre sur la cheville du bébé. Elle l'observa attentivement tout en parlant, mais elle n'aurait su dire si elle lui révélait quelque chose qui lui était inconnu jusqu'alors. Elle avait peur. Le dessin formé par les taches de rousseur était le dernier secret qu'elle connaissait. Elle n'avait plus rien à raconter. S'ils voulaient lui faire révéler autre chose, elle ne serait pas en mesure de les aider, et que se passerait-il alors ? Ils la tueraient peut-être. Commenceraient-ils par la torturer ou feraient-ils du mal aux gens innocents qu'elle aimait ?

Le silence se fit quand Gaia eut terminé ; elle n'entendait qu'un faible bourdonnement provenant de la table à images et un bruit métallique assourdi, dehors, sur la place.

— Je peux voir ma mère à présent ? demanda-t-elle, apeurée.

Monfrère Iris se détourna avec un bref rire sans humour.

— Tu es pressée ? Nous ne faisons que commencer.

Il remit le bouchon sur la bouteille d'encre et la laissa tomber sans ménagement dans le petit tiroir du meuble de rangement. Il sortit une feuille de papier et un crayon, les posa sur la table à côté d'elle puis il regarda les bras de Gaia en fronçant les sourcils. Il appuya sur un autre bouton de son bureau à écran.

— Envoyez-moi un garde.

Pendant qu'ils attendaient le soldat, Gaia resta assise avec raideur sur sa chaise, de plus en plus mal à l'aise. Monfrère Iris reprit sa tasse de thé et alla regarder par la fenêtre. Son indifférence désinvolte envers elle lui faisait vraiment froid dans le dos et, quand elle regarda ses épaules étroites vêtues de blanc, ses petites lunettes teintées impeccables, elle ressentit une haine qui surpassait toute celle qu'elle avait pu ressentir jusqu'alors. Son antipathie pour lui décuplait sa peur au point de faire trembler ses doigts glacés.

Elle se souvint de ce que lui avait dit Myrna et essaya de s'y accrocher : *survivre.* C'était son objectif. Pour l'instant, elle survivait, mais au prix des secrets de ses parents. Qu'en penserait sa mère ?

On frappa doucement à la porte derrière elle, et monfrère Iris ordonna au garde de détacher Gaia. Ses bras et ses épaules fourmillèrent douloureusement quand on libéra enfin ses poignets et elle frotta l'une contre l'autre ses mains froides et raides, jusqu'à ce qu'elles picotent.

— La chambre est prête, monfrère, annonça le garde.

Gaia sursauta en entendant cette voix qui lui était familière : elle se tourna légèrement pour regarder le sergent Bartlett, dont les cheveux blonds étaient soigneusement coiffés et l'expression d'une neutralité absolue. Elle détourna aussitôt les yeux, ne voulant révéler par son comportement qu'elle le reconnaissait. C'était une possibilité, une infime possibilité, que Léon se soit arrangé pour que son ami ait été assigné à cette tâche en particulier, mais elle n'avait aucune preuve que le sergent Bartlett serait enclin à l'aider.

— Bien, dit monfrère Iris. Restez près de la porte.

Gaia l'entendit se retirer derrière elle, puis le vieil homme reporta son attention sur elle.

— Je veux que tu me dessines les taches de rousseur, demanda-t-il en lui tendant le crayon.

Elle cacha sa surprise. Il aurait été plus simple de les lui montrer sur sa cheville mais, apparemment, il n'était pas au courant, ce qui ne pouvait vouloir dire qu'une chose : Léon ne lui en avait pas parlé. Gaia prit le crayon de ses doigts rendus maladroits par le froid et s'efforça de le tenir fermement. Consciente que le garde derrière elle l'observait également, elle dessina avec soin le schéma qui lui était familier :

— C'est tout ?

Monfrère Iris paraissait surpris. Il fit tourner la feuille vers lui.

— C'est si simple, ajouta-t-il d'une voix altérée, comme si tout prenait sens à ses yeux. Qu'est-ce que ça veut dire ? demanda-t-il.

Gaia haussa une épaule.

— Je ne sais pas. On dirait un bout de carré.

Monfrère Iris regardait toujours le papier, sinon il aurait certainement su qu'elle mentait. Elle pensait que l'allusion à la constellation d'Orion était en lien avec le nom de jeune fille de sa mère, mais s'il ne reconnaissait pas le dessin, elle n'allait pas le mettre au courant.

— Donc chaque bébé avancé par ta mère à l'Enclave, chaque bébé du Secteur Ouest Trois, porte ces taches de rousseur, dit monfrère Iris. Ces mêmes taches de rousseur ?

— Oui. Elle aidait parfois à mettre au monde des bébés dans d'autres secteurs en cas de besoin, mais leur nombre est bien faible en comparaison.

— Mais ces bébés porteraient aussi le code de ta mère, présuma monfrère Iris.

Gaia ne pouvait en être sûre.

— Je suppose, admit-elle. Je ne sais pas.

Coopérer avec lui la rendait extrêmement mal à l'aise. Être honnête, même partiellement, ne lui avait jamais paru aussi immoral. Son regard se posa avec envie sur les fenêtres. Le brouillard s'était levé et elle voyait la lumière du soleil se refléter sur la pierre pâle de l'obélisque.

— Qu'est-ce qui vous fait penser que le ruban encodé est en rapport avec les bébés avancés ? demanda-t-elle.

— Viens voir, dit monfrère Iris.

Il se tenait de nouveau à côté du bureau et il fit s'approcher Gaia. Superposée à d'autres images se trouvait celle du ruban de sa mère agrandie de sorte que le tissu était plus large que sa main, et les points de soie faciles à distinguer.

La jeune fille serra fort le crayon entre ses doigts, adjurant intérieurement les petites lignes de former un dessin qu'elle pourrait identifier, mais les symboles ressemblaient plus à un gribouillis que n'importe quelle lettre qu'elle connaissait. Elle sentait que monfrère Iris l'observait avec attention et elle essaya de se concentrer. Ses efforts ne firent qu'accentuer sa confusion et son angoisse.

À côté d'elle, l'homme soupira.

— Je suis navrée, dit-elle doucement. Je fais de mon mieux.

— Nous finirons par le déchiffrer, ça ne fait aucun doute. On voit bien qu'il s'agit d'un registre de naissances.

Il montra du doigt un groupe de symboles.

— Là, clairement, il s'agit de chiffres. On les retrouve à plusieurs endroits, avec quelques variations.

Il désigna un autre groupe, puis un autre, mais elle ne voyait pas en quoi ils étaient semblables.

— Les autres symboles sont les noms des parents. En comparant ces informations aux registres des naissances de la nursery datant du jour où les bébés avancés ont pénétré dans l'Enclave pour la première fois, nous pourrons retrouver les parents biologiques des enfants venus de l'extérieur du mur. Au moins pour le Secteur Ouest Trois. Jusqu'à aujourd'hui, ta mère est la seule sage-femme dont nous ayons découvert qu'elle tenait un registre.

— Vous avez posé la question aux autres ?

— Évidemment.

Gaia se demanda si sa mère avait entendu parler de ces enquêtes et si c'était pour cette raison qu'elle avait donné le ruban à la vieille Meg quelques semaines avant d'être arrêtée. La jeune fille fronça les sourcils et monfrère Iris pencha la tête pour l'observer.

— Tu as une autre question ? demanda-t-il, sarcastique.

— Pourquoi n'avez-vous pas gardé la trace des parents biologiques ? demanda-t-elle.

Il lui paraissait évident qu'ils auraient dû le faire.

Le vieil homme haussa un sourcil, se penchant légèrement en arrière.

— Pourquoi, en effet ? Dans une idée fourvoyée d'égalité et de justice : tous les bébés venus de l'extérieur du mur avaient la même valeur, il n'était donc pas nécessaire de garder une trace de leur lignée, en théorie. Ils étaient des membres à part entière de leur famille de l'Enclave, avec tous les droits du sang que cela implique. Aucune attache à l'extérieur. C'était le principe suivi il y a des décennies, quand l'Enclave a sauvé pour la première fois les bébés de parents maltraitants. De plus, l'anonymat devait exalter le sens de la responsabilité de chacun : c'était l'obligation de la communauté d'élever tous les enfants, de créer une Enclave meilleure pour tous. C'était absurde, bien évidemment. L'éducation des enfants ne fonctionne pas à grande échelle. De par sa nature, elle est individualiste. Et pourtant, il fut un temps où même la famille du Protecteur a cru en l'anonymat.

Gaia pensa à Léon, adopté par le Protecteur et sa première femme. Personne ne connaissait l'identité de ses parents biologiques.

— Il existait également des raisons pragmatiques, continua monfrère Iris. Certains parents de l'extérieur, ne voyant pas plus loin que le bout de leur nez, refusaient de faire l'avance de leurs enfants. Ils voulaient que l'on garde une trace de l'adoption pour pouvoir réclamer leur progéniture. Nous avons eu le cas d'un grand-père qui a pénétré illégalement dans l'enceinte de l'Enclave et a essayé d'enlever un enfant de deux ans qu'il croyait être son petit-fils. Les parents à l'intérieur du mur voulaient s'assurer que ça n'arriverait plus jamais et nous avons donc promis de ne garder aucun registre. Aucun registre reliant des bébés à leurs géniteurs de l'extérieur.

Monfrère Iris se mit bien face à elle et son regard s'assombrit.

— Le code de ta mère – ou de ton père, devrais-je dire – nous est vital aujourd'hui.

Elle ne parvint pas à cacher sa frustration et sa confusion.

— Je ne vois toujours pas pourquoi. À quoi bon connaître les parents des enfants ? Si seuls les gènes vous intéressent, ne serait-il pas plus simple et plus précis de tester leur ADN ?

Il l'observa avec curiosité. Puis il parcourut le bord du bureau du doigt, renfrogné, pensif.

— Tu te révèles un intéressant mélange d'ignorance et d'information, commenta-t-il d'un ton étrange. Sais-tu ce qu'est l'ADN exactement ?

Elle ne répondit pas tout de suite, essayant de se rappeler ce que ses parents lui avaient appris, les soirs où ils se promenaient ensemble au bord du délac.

— Je sais qu'il s'agit du code génétique d'une personne et que le code de chacun est unique, comme une empreinte digitale.

Monfrère Iris fronça les sourcils.

— C'est un bon début. Nous avons prélevé l'ADN de nombreuses familles à l'intérieur du mur. Des gens pour qui nous nous inquiétons. Maintenant nous recoupons les problèmes de santé et les gènes. Pour les problèmes les plus simples, comme le gène récessif de l'hémophilie, il est isolé depuis un bon moment. D'autres, comme celui de la stérilité, sont bien plus compliqués.

— Alors ne pouvez-vous pas également prélever l'ADN de tous ceux qui vivent à l'extérieur du mur ? demanda-t-elle. Cela ne porterait pas atteinte à la vie privée, si ? Ne pourriez-vous pas retrouver, alors, les liens de parenté ?

Il secoua la tête.

— Ce serait comme ajouter de la paille à une meule de foin quand on y cherche une aiguille. L'ADN seul, sans les liens de parenté, est beaucoup moins utile quand on cherche à identifier un gène spécifique important. Mais là n'est pas la question. Nous attendons de toi que tu nous révèles l'identité des parents biologiques des bébés avancés pour le Secteur Ouest Trois. C'est notre priorité. Le message codé de tes parents en est la clé.

— Mais… commença Gaia, toujours perplexe.

— Fais-moi confiance, dit-il, ironique, en remontant ses lunettes. Fais ton travail. Déchiffre le code.

Il appuya sur un bouton et une longue bande de papier se déroula par une fente sur le côté du bureau, puis une autre. Il s'en saisit et les lui tendit.

— C'est la première moitié d'un côté du ruban agrandi. Si tu te rends compte que tu as besoin de plus, fais-le moi savoir.

Gaia prit les deux documents ; chaque fil de soie était clairement visible, d'un noir d'encre sur le papier marron. Monfrère Iris fit un geste au sergent Bartlett qui s'avança.

— Vous avez sans aucun doute demandé la même chose à ma mère, supposa Gaia. Qu'est-ce qui vous fait croire que j'arriverai à le décoder alors qu'elle n'y est pas parvenue ?

Il fit mine de sourire.

— Parce que tu es plus intelligente.

Il ôta ses lunettes et en nettoya les verres avec un mouchoir ; quand il leva la tête, ses yeux étranges, dilatés, paraissaient ne pas la voir.

— Tu as vingt-quatre heures pour nous prouver que tu peux nous aider dans cette tâche. Ce n'est pas un jeu.

XVII

LE CODE

Le sergent Bartlett escorta Gaia jusqu'à une petite chambre propre aux murs jaune pâle et dotée d'une grande fenêtre. Un bureau en bois et une chaise étaient disposés le long d'un mur et un simple lit de camp préparé avec des draps, des couvertures grises et un oreiller, occupait l'autre cloison. Une porte étroite menait à une salle de bains petite mais bien agencée, et Gaia remarqua des serviettes blanches pliées sur une étagère à côté du lavabo. Une robe grise propre pendait à une patère au-dessus d'une paire de chaussures noires impeccables.

La jeune fille s'approcha de la fenêtre qui surplombait également la place mais d'encore plus haut. Elle était entrebâillée par en bas et le mécanisme empêchait qu'on l'ouvre davantage. Gaia voyait les toits blancs de la prison et d'autres bâtiments ainsi que, dans une cour, à un endroit calme que le soleil ne baignait pas encore, une femme en rouge qui pendait son linge à une corde. Que n'aurait-elle pas donné pour échanger sa place avec cette femme en ce moment précis !

Le sergent Bartlett, dans l'embrasure de la porte, s'éclaircit la voix et elle se retourna brusquement. Elle ne s'était même pas rendu compte qu'il était encore là.

— Les vêtements propres sont pour vous, après la douche. Avez-vous besoin d'autre chose ? demanda-t-il.

Elle sonda ses yeux marron et, pour la première fois, y décela une certaine prévenance. Il était jeune, lui aussi, remarqua-t-elle. Peut-être un peu plus âgé que Léon. Ses lèvres étaient plus charnues, plus colorées, ses traits réguliers et bronzés. Il était plus grand que son capitaine et plus large d'épaules. Alors que Léon était pâle, grave, consciencieux, le sergent Bartlett faisait preuve d'une insouciance naturelle et confiante, malgré son application dans le travail.

— Est-ce que Léon sait que je me trouve ici ? demanda Gaia.

Une brève lueur traversa le regard du jeune homme, puis son expression redevint neutre et polie.

— Je l'en informerai.

— Je pourrais avoir quelque chose à manger ? De l'eau ?

— Bien sûr.

Elle s'effondra sur la chaise. Au moins, ils n'avaient pas l'intention de l'affamer. Elle tenait fermement entre ses doigts l'imprimé que monfrère Iris lui avait donné. Elle n'avait jamais été une grande lectrice – il n'y avait pas beaucoup de livres à l'extérieur du mur – et la tâche de déchiffrer le code lui paraissait insurmontable.

— Il me faut de quoi écrire, dit-elle. Et du papier vierge.

— Vous en avez dans le tiroir, l'informa le sergent Bartlett en désignant le bureau de la main.

— Ah.

Elle leva de nouveau les yeux vers le garde blond et eut l'impression qu'il s'attardait inutilement. Il serrait le poing le long de sa jambe, agitant le tissu machinalement. Ce tic lui parut familier mais elle ne voyait pas en quoi.

— Y a-t-il autre chose ? finit-elle par demander.

Elle le vit hésiter, puis entrer dans la chambre et fermer la porte derrière lui.

— Est-il vrai que les taches de rousseur veulent dire qu'une personne est née dans le Secteur Ouest Trois ? demanda-t-il.

Surprise, Gaia tenta de se souvenir à quel stade précis de sa conversation avec monfrère Iris le sergent Bartlett était entré dans le bureau. Il lui avait détaché les mains juste avant qu'elle ne dessine les taches de rousseur, se rappela-t-elle. Elle acquiesça lentement.

— Oui.

Il cligna des yeux et Gaia sut qu'il ne posait pas la question innocemment.

— Si je portais ces taches de rousseur – je ne dis pas que c'est le cas, mais si je les portais –, je voudrais savoir qui sont mes parents, lui dit-il d'une voix pressante. Si vous pouviez m'aider, je vous en serais reconnaissant.

Elle s'attendait presque à ce qu'il relève son pantalon et enlève sa botte sur-le-champ pour vérifier si oui ou non il avait des taches de rousseur.

— Je ne connais pas le code, avoua-t-elle d'un ton désemparé.

Il parut troublé, déçu.

— Mais vous devez forcément savoir quelque chose. Votre père ne vous a-t-il rien dit ?

Elle s'avança jusqu'au bureau et lissa les papiers qu'elle y avait déposés, étudiant de près la première ligne :

[ligne de symboles codés]

Les symboles ne ressemblaient à aucun alphabet qu'elle connaissait. Elle se frotta le front, luttant contre le désespoir et la peur.

— Réfléchissez, dit doucement le sergent Bartlett. Pensez à tout ce que votre père vous a appris. D'une façon ou d'une autre, ce doit être dans votre tête. Était-il instruit ? Parlait-il d'autres langues ?

— C'était un simple tailleur, répondit-elle.

Son père était un couturier autodidacte qui n'avait jamais eu besoin d'un patron pour couper le tissu. Il était capable de visualiser dans sa tête comment chaque morceau d'étoffe devrait être taillé, même pour les vêtements les plus complexes, et il ne faisait jamais d'erreur. Mais il aimait aussi les jeux, les ruses, les codes et les motifs. Elle se rappela une nouvelle fois sa façon de chanter l'alphabet à l'envers. Il jouait du banjo pendant des heures et inventait ses propres airs.

Gaia approcha la chaise du bureau, les sourcils froncés. Elle était capable de le déchiffrer. Elle le devait, par tous les moyens. Il fallait qu'elle pense à son père, à sa couture et aux larges articulations de ses mains talentueuses, qu'elle se serve de tous les indices laissés à sa disposition pour essayer de lire dans ses pensées. Le regard perdu dans le vide, elle entendait le rythme de son pied sur la pédale de sa machine à coudre, mélange de bourdonnements et de cliquetis. Mais le chagrin, comme un ruisseau souterrain, s'infiltra dans sa tête, ralentissant ses pensées. Elle aurait aimé qu'il soit là avec elle, et pas uniquement pour déchiffrer le code.

— Si seulement il était encore en vie, murmura-t-elle.

— Il l'est. En vous. À sa manière, la réconforta le sergent Bartlett.

Quand il lui sourit pour l'encourager, une faible lueur éclaira ses yeux marron.

— Il faut que j'y aille.

Il se dépêcha de gagner la porte.

— Je reviendrai plus tard avec un repas. Si vous avez besoin de quoi que ce soit, un dictionnaire ou autre, je suis censé vous le fournir.

Elle déglutit, acquiesça, ses yeux scrutant déjà les symboles à la recherche de quelque chose de familier, d'un indice potentiel. Le sergent Bartlett referma la porte doucement en sortant et Gaia enfonça le menton dans la paume de sa main froide et lisse.

Oublie que le temps t'est compté, se dit-elle. *Oublie que la vie de maman dépend de ta coopération. Ne pense qu'à papa.* Elle ferma les yeux et entendit de nouveau le bruit de la pédale. Elle invoqua une image de lui près de la fenêtre, assis à sa machine, les épaules voûtées pour voir le tissu passer sous l'aiguille rapide. Il s'arrêtait toujours quand elle s'approchait : il se calait dans sa chaise et étirait les bras au-dessus de la tête. Ses yeux marron étaient bienveillants, chaleureux, et sa voix enjouée. Puis il se penchait vers elle et tirait légèrement sur une de ses tresses pour la taquiner : elle le sentait encore.

— Salut, chipie.

Cela lui faisait mal de penser à lui, même à des moments heureux, mais elle tenta de se rappeler ce qu'elle savait. Si l'on considérait sa chanson de l'alphabet inversé dont elle s'était souvenue quand sa mère lui avait envoyé le message concernant Danni O, il était probable qu'il ait inversé des lettres. Prise d'une soudaine inspiration, elle sortit le miroir de sa poche et s'en servit pour essayer de déchiffrer le message codé.

— C'est impossible, murmura-t-elle.

C'était aussi indéchiffrable dans ce sens que dans l'autre.

Une heure de plus passa et tout ce qu'elle y gagna, c'était un torticolis dû à la tension dans ses muscles. Elle plia les bras pour les étirer et s'appuya sur le dossier de la chaise. Certains symboles se répétaient, mais cela n'avait toujours aucun sens pour elle. Cela ne la menait nulle part.

Et elle avait faim aussi. Elle se leva, marcha jusqu'à la porte jaune et essaya d'en tourner le bouton. Elle était verrouillée. Elle frappa au battant et se demanda comment elle était censée réclamer quelque chose au sergent Bartlett s'il n'était pas là. Il n'y eut pas de réponse.

Au moins, elle pouvait boire au lavabo. Dès qu'elle pénétra dans la petite salle de bains, elle décida de se laver. L'eau de la douche était chaude et délicieuse sur sa peau, étrangement réconfortante au regard de l'agitation qui régnait dans sa tête. Elle ouvrit la bouche sous le jet tiède pour boire. Elle fut bientôt habillée de vêtements propres et trouva des chaussettes en boule dans la poche de sa nouvelle robe. En les voyant, elle se souvint de la pelote à épingles en forme de citron de son père et se demanda à nouveau comment elle avait pu arriver entre les mains du garçon. Elle se rendit compte que la même chose pourrait se produire avec les informations qu'elle donnait à monfrère Iris. Une fois qu'elle les avait partagées, elle n'avait aucun contrôle sur où elles pourraient finir ni comment elles pourraient être utilisées.

Mais encore une fois, à ce stade, elle n'avait pas le choix. Tant qu'elle n'aurait pas déchiffré le code, elle n'avait rien à négocier.

Elle devait au moins donner l'impression de coopérer si elle voulait revoir sa mère un jour. Elle devait continuer d'essayer.

Quand elle revint dans la petite chambre jaune, frottant doucement ses cheveux mouillés avec une serviette humide, elle remarqua que le papier du dessus était tombé par terre, soufflé par le vent. Ses yeux, dans le vague un moment, simplifièrent le code en un motif de lignes floues et, l'espace d'un instant, elle crut distinguer quelque chose. Elle cligna vite des paupières et se pencha pour voir la feuille de plus près. Quand elle tendit la main pour saisir le papier, cela avait disparu, quoi que cela ait pu être, et la grande confusion dans laquelle la plongeaient les symboles était encore plus déroutante.

— Qu'est-ce que j'ai vu ? se demanda-t-elle.

Elle laissa tomber le papier par terre à nouveau et recula jusqu'à la salle de bains, déterminée à réitérer les étapes dans l'ordre.

— Je suis en train de devenir folle, murmura-t-elle.

Elle se tint dans l'embrasure de la porte, à regarder le code par terre, et plissa les yeux. De là où elle se tenait, il ressemblait à des lignes de couleur sur un fond brun. Étant donné l'angle et la distance auxquels elle se trouvait, le fond ressortait ostensiblement, formant d'étroites bandes marron régulières.

— Lis entre les lignes, murmura-t-elle, laissant ses yeux voir clairement à nouveau.

Cette fois, quand elle posa le papier sur la table, elle essaya de regarder non pas chaque symbole individuellement mais l'espace entre les lignes.

On frappa à la porte et elle recula vers la fenêtre, cherchant à lisser ses cheveux mouillés avec la serviette.

Léon apparut, un plateau à la main. Les lèvres de Gaia s'ouvrirent dans une surprise muette. Lui revinrent pêle-mêle les souvenirs de leur dernière conversation, du pain qu'il lui avait acheté et de l'horrible description par Myrna de ses crimes contre l'État.

— Prends ça, dit-il en lui tendant le plateau.

Elle coinça la serviette sous son bras et lui obéit pendant qu'il jetait un bref coup d'œil dans le couloir, puis fermait prudemment la porte.

— Qu'est-ce que tu fais ici ? demanda-t-elle.

— Je suis venu voir si je pouvais t'aider. As-tu avancé ?

Le doute serra le cœur de Gaia.

— C'est monfrère Iris qui t'envoie ? demanda-t-elle en posant le plateau sur le bureau. Tu as des nouvelles de ma mère ?

Il la regarda bizarrement, perplexe.

— Je suis venu de mon propre chef. Dès que Bartlett m'a dit que tu étais là. Je n'ai pas de nouvelles de ta mère.

Il se redressa doucement, l'air grave.

— Pardonne-moi, s'excusa-t-elle aussitôt, la serviette humide dans les mains. C'est juste que...

Elle craignait de se faire manipuler et, à dire vrai, Léon lui faisait un drôle d'effet. Elle ferait aussi bien de l'admettre. Même en ce moment précis, sa simple présence la fit se sentir mieux. Étrangement tendue également. Il l'observait toujours de son air pensif, réservé, et elle finit par jeter l'éponge. Qu'est-ce que cela changerait qu'il soit ou non un outil de l'Enclave ? Ce n'était pas vraiment comme si elle avait quelque chose à perdre.

— J'ai cru voir quelque chose, admit-elle, une sorte d'illusion d'optique. Mais je ne suis pas sûre.

— Qu'est-ce que c'était ? demanda Léon.

Elle tendit la main au-dessus du bol de soupe et attrapa le petit pain noir, jetant de nouveau un coup d'œil au code.

— Je ne sais pas. C'est apparu quand j'avais les yeux dans le vague, je crois.

Elle grignota un bout de pain et, comme si cela lui réveillait l'appétit, elle eut soudain une faim de loup. Elle en mordit une grosse bouchée.

— Fais attention de ne pas t'étouffer, lui dit Léon.

Il ôta son chapeau et le posa à côté du plateau ; il la regardait, sourcils froncés.

— Je suis ravi de voir que la situation ne te coupe pas l'appétit, commenta-t-il avec ironie.

Elle eut l'étrange envie de rire. Ou de pleurer. Ou les deux. Elle finit de mâcher et avala.

— Le pain est bon ? demanda-t-il.

Elle acquiesça. S'il lui disait quoi que ce soit de gentil, quoi que ce soit d'aimable, elle allait éclater en sanglots.

Il hocha la tête à son tour.

— Voyons voir ce mystérieux code.

Gaia déglutit avec difficulté. Tandis que le jeune homme se penchait au-dessus du bureau pour étudier les imprimés, elle s'approcha. Il s'appuya d'une main sur la table, prit la feuille du dessus et la tourna dans différents sens. Elle dévora son dernier bout de pain. Les épaules de Léon étaient larges et elle sentait l'odeur de propre qui émanait de son manteau noir, comme si la lumière du soleil s'y était accrochée.

Pour une raison qui lui échappait, cela la troublait également. Elle voulait sa part de soleil, elle aussi.

Ressaisis-toi, pensa-t-elle sévèrement. Elle retourna dans la salle de bains pour accrocher sa serviette et, ce faisant, elle se regarda furtivement dans le miroir. Un peu de buée sur la glace adoucissait son image et, pour une fois, elle se força à se regarder bien en face. *Voici le visage d'une fille qui pourrait mourir bientôt*, pensa-t-elle. La beauté n'avait aucune importance. Sa joue droite était légèrement rouge après la douche ; ses courts cheveux bruns ondulaient en bataille, humides, autour de ses yeux marron. Le côté gauche de son visage arborait une cicatrice marbrée rouge-marron, de son lobe d'oreille au bout de son menton, et traversait sa joue jusqu'au sourcil. On aurait dit que sa peau tendre était un morceau de tissu plissé que quelqu'un aurait fait tremper dans de la colle colorée pour le plaquer frénétiquement sur son visage. *Un masque*, pensa-t-elle, et ce n'était pas la première fois qu'elle se faisait la réflexion. On aurait dit qu'elle portait en permanence un masque hideux. Ceux qui lui disaient que ce n'était pas si affreux étaient clairement des menteurs.

La dure réalité calma son angoisse une fois de plus. Elle devait déchiffrer le message codé. C'était tout ce qui importait.

— Gaia.

Léon lui parlait à mi-voix depuis l'embrasure de la porte.

— Pourquoi te sers-tu d'un miroir ?

Elle sursauta, embarrassée, puis se rendit compte qu'il parlait du petit miroir de poche qu'elle avait laissé sur le bureau.

— C'était juste une idée en passant, répondit-elle. Ça n'a pas fonctionné. Mon père aimait inverser les choses, par exemple on avait une chanson rigolote pour réciter l'alphabet à l'envers.

— Tu as peut-être besoin d'un plus grand miroir, suggéra Léon.

Il lui tendit le code et désigna d'un geste le miroir au-dessus du lavabo.

Elle y réfléchit quelques instants puis lui prit le papier des mains. Elle tenait l'imprimé devant la glace et allait essuyer la vitre, quand il lui sembla apercevoir quelque chose qui ressemblait vaguement à des lettres. Perplexe, elle regarda plus attentivement, mais les formes bougèrent et redevinrent un fouillis de symboles énigmatiques.

— Qu'y a-t-il ? demanda Léon.

Il se tenait juste derrière son épaule.

— J'ai sans cesse l'impression de voir quelque chose, mais ça disparaît aussitôt.

Il se pencha plus près d'elle, de sorte que son bras frôla son épaule, et elle eut un mouvement de recul instinctif, gardant les yeux rivés sur les siens dans le miroir.

— Je peux ? demanda-t-il poliment, puis il se servit de la serviette pour essuyer les dernières traces de vapeur sur le miroir.

Gaia étouffait étrangement dans ce petit espace, même quand il eut retiré sa main, et respirer près de lui oppressait ses poumons.

Elle se concentra sur le miroir, parcourant des yeux les espaces entre les lignes et, soudain, elle vit quelque chose. Elle retint son souffle. À y regarder de plus près, elle fut soudain sûre d'elle. Elle avait étudié les symboles et cherché un motif. Mais les motifs se trouvaient *entre* les symboles, dans les espaces négatifs.

— Regarde ! s'exclama-t-elle en les montrant du doigt.

Léon avait toujours l'air aussi déconcerté.

— Là, appuya-t-elle en se retournant avec le papier et en lui montrant les espaces entre deux symboles. C'est à l'envers comme ça, mais les lettres sont entre les symboles. Oh, regarde !

— Je ne vois rien...

Gaia était rouge d'excitation et elle lui attrapa le bras spontanément.

— Viens, je vais te montrer.

Elle le ramena dans la chambre, posa le papier à plat sur la table et saisit deux crayons. Elle les installa le long des lignes horizontales qui séparaient les symboles ; elle délimitait ainsi une ligne de caractères.

— Regarde *entre* les symboles, dit-elle en pointant la ligne du doigt. Il y a des lettres majuscules à l'envers dans les espaces. Le sens de lecture est inversé.

Elle commença par la droite et se déplaça vers la gauche, petit à petit. H, G, L, M, V, Y, L, M, M, R, V, L, I, R.

Comme elle regardait son visage, elle vit le moment exact où il comprit. Un chaleureux sourire s'épanouit sur ses lèvres et ses yeux bleus brillèrent d'excitation.

— Qu'est-ce que ça dit ? demanda-t-il. Je peux ?

Il reprit le papier et retourna dans la salle de bains pour le tenir devant le miroir. Elle savait ce qu'il y verrait et elle pensait déjà à l'étape suivante. Elle prit du papier dans le tiroir et griffonna rapidement au crayon.

A B C D E F G H I J K L M N O P Q R S T U V W X Y Z
Z Y X W V U T S R Q P O N M L K J I H G F E D C B A

— Oh, papa, murmura-t-elle, partagée entre tristesse et satisfaction. Si c'est bien ça, tu es vraiment épatant.

Elle ne pouvait plus contenir son impatience et elle arracha pratiquement le papier des mains de Léon quand il le rapporta.

— Qu'est-ce que tu fais ? demanda-t-il.

Mais elle ne répondit pas. Elle retranscrivit les lettres de la première ligne du code sur une nouvelle feuille de papier et se servit de l'alphabet inversé pour les remplacer par leur opposé. Perplexe, découragée, elle fit de même pour la ligne suivante. Elle arrivait à la moitié de la deuxième ligne quand elle se rendit compte qu'elle écrivait des noms qu'elle connaissait. Les mots allaient de droite à gauche, comme les lettres à l'envers, et il y avait toujours un problème avec les dates, mais c'était bien ça :

```
– R E P S A J – R S X Y – X W
I R O – E I N N O B – E N O T S
O L – L L I W – R S X Y – W T – N O
Q Z – E L O O P – Y M A – O C R U T
```

Ses parents. Jasper Stone et Bonnie Orion. Cela la chatouilla étrangement derrière les oreilles, comme si des plumes invisibles y évoquaient un message d'outre-tombe. Gaia s'enfouit le visage dans les mains et laissa tomber sa tête sur la table.

— Gaia, appela doucement Léon, qu'y a-t-il ?

Il s'était accroupi à côté d'elle au pied du bureau, son visage au même niveau que le sien et, quand elle leva les yeux vers lui, ils étaient noyés de larmes.

— Mes parents, dit-elle. Ils ont commencé ce registre quand ils ont fait l'avance de leur premier enfant à l'Enclave. Mon frère aîné. Le premier nom sur la liste est celui de mon père, puis celui de ma mère.

Elle parcourut des yeux les symboles suivants.

— Chaque mot est séparé des autres par l'un de ces petits cercles ou carrés, expliqua-t-elle en les montrant du doigt. Cette partie, ce R S X Y qui se répète, doit représenter une date. Mon frère Iris l'avait deviné. Je ne sais pas encore comment fonctionnent les chiffres, mais je sais que ceci indique la date de naissance de mon frère.

— Son nom est-il inscrit ?

— Non. Les bébés ne conservent pas leurs noms quand ils sont avancés. Seulement leur date de naissance. Mon père avait dû y songer. Il ne s'agit pas tellement des bébés. C'est plutôt...

Elle avait du mal à trouver les mots justes.

— Quoi ? demanda-t-il.

Elle effleura doucement le code de la main, sachant qu'elle était désormais capable de déchiffrer chaque nom et qu'elle découvrirait celui de beaucoup de parents de Wharfton qu'elle connaissait.

— C'est un registre du souvenir. Un registre des absences subies par les parents, bébé après bébé.

Elle se sentait attirée par un abîme. Elle était abasourdie de découvrir que les noms de ses propres parents commençaient la liste mais, pourtant, c'était logique. Gaia avait toujours su que ses parents avaient renoncé à ses frères, mais le voir de ses yeux écrit par des points méticuleux en fil de soie lui faisait éprouver cette perte sur une tout autre échelle émotionnelle. On allumait les bougies tous les soirs. Les taches de rousseur étaient tatouées sur tous les bébés que sa mère mettait au monde, comme si chacun d'entre eux était un autre enfant que Bonnie ne pouvait garder. La jeune fille se rendit compte que la liste était longue : elle contenait des centaines de noms. Sa mère avait à elle seule livré deux bébés par mois ou plus, et seulement pour le Secteur Ouest Trois. Tous ces bébés. Toutes ces séparations.

— Qu'est-ce que j'ai fait ? murmura-t-elle, affligée.

Elle avait contribué à allonger cette liste. Elle, Gaia Stone, pour s'acquitter de son devoir de quota mensuel, avait personnellement remis six enfants à l'Enclave.

— Gaia, intervint Léon, calme-toi, ce n'est rien.

— Non, dit-elle en serrant les poings et en refermant les bras autour de sa poitrine.

Elle ne comprenait que maintenant. Elle avait séparé ces bébés innocents de parents simples, aimants, pour qu'ils deviennent des citoyens de l'Enclave comme ceux qui avaient rempli la place du Bastion le jour de l'exécution de la femme enceinte, des gens qui fermaient les yeux sur l'emprisonnement de leurs médecins, des gens qui toléraient la souffrance des enfants à l'extérieur du mur, l'emprisonnement prolongé de sa mère, la mort de son père.

— Qu'est-ce que j'ai fait ? répéta-t-elle, la voix brisée.

— Chut...

Elle crut que son cœur allait exploser dans sa poitrine, puis Léon la mit debout et la prit dans ses bras.

— Non, Gaia, lui dit-il à l'oreille, ce n'est pas ta faute. Tu pensais bien faire.

Elle était trop consternée pour pleurer.

— Ça ne veut pas dire que je ne suis pas responsable. J'ai pris ces bébés à leurs mères. Je les ai confiés à cette... cette société démente.

Sa voix devint stridente.

— Sans parler de ce que je suis en train de faire en ce moment même ! Je les aide à déchiffrer ce code !

Elle se libéra de son étreinte et saisit le code pour le déchirer en deux.

— Je suis aussi mauvaise que toi ! s'exclama-t-elle. Que vous tous !

Elle chiffonna les papiers en boule et les jeta au loin.

Léon, les bras ballants, haussait les sourcils d'un air choqué et blessé. Elle bouillait intérieurement de savoir qu'elle s'était en quelque sorte trahie elle-même. Si elle avait pu s'arracher la vérité de la poitrine, elle l'aurait fait. Son crime était plus grave que de respecter ou d'enfreindre des lois. Elle avait avancé ces bébés vers une vie qui sapait en eux tout ce qu'on pouvait y trouver de bon et d'humain. Avancé ! Le mot lui-même la narguait.

— Nous ne sommes pas tous mauvais, protesta Léon.

Dans sa voix résonnait une douce conviction, comme si, malgré tout ce qui s'était passé, il venait seulement de découvrir que c'était vrai.

— Non ? Alors pourquoi sommes-nous toujours en train de discuter dans cette chambre ? demanda-t-elle. Pourquoi ne m'as-tu pas ouvert cette porte pour m'aider à m'évader ?

Le temps de la coopération était révolu.

Tant qu'il ne se rendrait pas compte que coopérer, c'était être complice, Léon serait aussi coupable de soutenir l'Enclave que monfrère Iris lui-même.

Un bruit métallique leur parvint de la place, plus bas, par la fenêtre.

Léon se tourna pour regarder dehors.

— Que se passe-t-il ? demanda Gaia.

Elle s'avança à ses côtés et l'imita. On menait un groupe de jeunes filles vêtues de rouge à travers la place vers le Bastion. Par l'ouverture en bas de la fenêtre, Gaia entendit les filles crier, apeurées, désorientées, tandis que plusieurs gardes essayaient de les faire taire.

— Qu'est-ce qu'il se passe ? répéta-t-elle.

— Je ne sais pas, répondit Léon à voix basse.

Quand elle leva les yeux, les siens étaient d'une grande intensité, préoccupés.

— Je vais me renseigner.

Il prit son chapeau et se dirigea à grandes enjambées vers la porte.

— Tu ne peux pas me laisser ici, dit Gaia.

Léon introduisait une clé dans la serrure.

— Je n'ai pas le choix. Je ne peux pas te faire sortir maintenant. C'est compliqué. N'oublie pas que le bien-être de ta mère est lié au tien. Continue de travailler au déchiffrage du code. Vois si tu peux découvrir qui sont mes...

Il s'arrêta et ses yeux lancèrent de sombres éclairs avant qu'il ne détourne le regard. Il ramassa les bouts du code chiffonnés que la jeune fille avait jetés par terre et les lissa côte à côte sur le bureau.

Les battements du cœur de Gaia ralentirent jusqu'à devenir froids et durs. Elle comprenait à présent. Il voulait savoir qui étaient ses parents. Voilà pourquoi il était venu l'aider. Il était comme le sergent Bartlett. Ou monfrère Iris. On s'était servi d'elle, comme Myrna l'en avait mise en garde.

Sans bruit, elle tendit la main vers un crayon sur le bureau et le fit glisser vers elle.

— Très bien. Tu veux savoir qui sont tes parents ?

— Attends, Gaia, ce n'est pas ce que tu crois.

Son cœur formait comme une pierre d'amertume dans sa poitrine. Elle pourrait se servir des informations elle aussi. Elle ne savait pas encore comment, mais elle trouverait un moyen. Il existait toutes sortes d'armes.

— Quelle est ta date d'anniversaire, rappelle-moi ? demanda-t-elle froidement.

Elle vit ses lèvres et ses joues rougir légèrement, et la couleur rendit le bleu de ses yeux d'autant plus vif. Elle n'aurait su dire s'il était anxieux, honteux ou les deux. Elle s'en fichait. Elle s'arma de courage pour résister à l'attraction qu'il exerçait sur elle, saisit le crayon et attendit. Un bruit de porte qu'on claque monta de la place.

— C'est le 14 avril 2390.

Elle fit un bref signe de tête et le nota. Elle ne savait pas encore comment le code fonctionnait pour les dates, mais elle le découvrirait. Elle aplatit les deux bouts de papier et les aligna à la déchirure.

— Je vais voir ce que je peux faire, dit-elle d'un ton distant.

— Je reviendrai te chercher. Dès que je le pourrai.

Gaia en doutait. Elle lui tourna le dos et se rassit au bureau sans plus attendre. Maintenant que Léon savait que le code se trouvait dans les espaces négatifs, il n'avait plus qu'à le dire à monfrère Iris et, ensemble, ils pourraient déchiffrer le ruban entier. Ils n'avaient plus besoin d'elle, pas même pour les dates. Elle ne leur était plus d'aucune utilité. Elle l'entendit ouvrir la porte mais ne se retourna pas pour le regarder partir.

— S'il te plaît, Gaia. Tu es en sécurité ici pour l'instant. Aie un peu confiance en moi.

Sa voix était à peine plus audible qu'un murmure.

L'instant d'après, il s'était éclipsé.

XVIII

UNE CHANCE

Une fois que Gaia eut compris que les deux premiers noms étaient ceux de ses parents et que cette entrée devait correspondre à la date de naissance de son frère aîné, résoudre le problème des chiffres fut une affaire fastidieuse mais assez simple. Il était né le 12 février 2389, et les symboles précédant le nom de son père étaient :

Elle avait tout d'abord traduit à tort « I H C B – C D » par « R S X Y – X W » en se servant du système d'inversement des lettres, mais quand elle retravailla à partir de la date et qu'elle se servit de l'effet miroir, elle découvrit quelles lettres son père avait utilisées pour les nombres. *B C H I* devait correspondre à 2389. À partir de là, c'était un simple problème de substitution : *A = 1*, *B = 2, C = 3*, et ainsi de suite jusqu'à *J = 0*. De même, *D C* devenait 43. Elle buta là-dessus jusqu'à ce qu'elle se rende compte que le 12 février était le quarante-troisième jour de l'année. Au lieu de se servir des mois, son père avait assigné un chiffre à chacun des 365 jours de l'année, de sorte que la naissance de son frère aîné, Arthur, le 12 février 2389, était simplement répertoriée comme 43 – 2389.

Gaia aurait dû être satisfaite d'avoir déchiffré le code mais, au lieu de cela, elle se sentait vidée, vaincue. Elle ne pouvait fuir la culpabilité qui s'était insinuée en elle une fois qu'elle avait compris à quel point la nature même du quota de bébés était odieuse.

Elle s'interrogeait sur ses parents et aurait voulu retourner en arrière pour écouter plus attentivement les conversations qu'elle avait eues avec son père sur ses frères. Évidemment, il avait omis d'évoquer le ruban, mais il lui avait parlé des taches de rousseur. Ses parents avaient dû éprouver des sentiments bien plus contradictoires concernant l'avancement de leurs fils qu'ils ne l'avaient révélé à Gaia. Ou alors ils avaient réellement cru bien faire, en offrant ce qu'il y avait de mieux à leurs enfants, même s'ils leur manquaient terriblement et qu'ils continuaient de les aimer bien après leur départ. Ces théories opposées pouvaient-elles toutes deux être vraies ?

Gaia parcourut des yeux la suite du code, jusqu'à l'année 2390, et elle trouva les parents qui correspondaient à la date d'anniversaire de Léon : Derek Vlatir et Mary Walsh. Elle ferma les yeux et s'adossa à sa chaise, étira son cou pour en évacuer les nœuds tandis qu'elle essayait de s'imprégner du fait que Léon était le fils de Derek. Les Vlatir vivaient probablement dans le Secteur Ouest Trois quand leur enfant était né. S'il n'avait pas été avancé, il aurait grandi comme fils de boulanger à l'extérieur du mur. Il serait sans doute devenu quelqu'un de complètement différent : peut-être même aurait-il été digne de confiance.

Il faisait nuit quand Gaia finit de déchiffrer la partie du code que lui avait donnée monfrère Iris, et elle avait avalé sa soupe depuis longtemps, mais une ampoule en spirale au plafond s'était allumée automatiquement au coucher du soleil. La lumière s'éteignait si elle restait immobile un certain temps à se concentrer. Si elle remuait un bras, elle s'allumait à nouveau. Un boîtier blanc avec une petite lumière rouge se trouvait dans un coin du plafond de la chambre, et elle supposa qu'il servait de détecteur de mouvements.

Elle se tint devant la fenêtre pour observer plus bas la ville silencieuse ; son regard fatigué suivit les lampadaires allumés dans les rues qui partaient du Bastion et s'en éloignaient, descendant en serpentant doucement. Il n'y avait personne dehors. Les filles en rouge n'étaient pas réapparues. Le calme avait l'odeur des pierres de la place.

Léon n'était pas revenu.

Pas surprenant, pensa-t-elle.

Elle posa la main sur la vitre lisse et s'interrogea sur ce que le jeune homme donnerait pour savoir que son père était Derek Vlatir. Elle se demanda aussi si elle reverrait Derek pour lui dire que son fils était devenu... était devenu...

Gaia ferma les yeux et pencha la tête pour la poser sur la vitre froide. Elle ne savait que penser de Léon mais, chaque fois qu'elle songeait à lui, un sentiment étrange lui serrait la poitrine. Elle n'était pas seulement en colère contre lui. Elle était aussi déçue. Profondément déçue. Peu importait qu'il se contente de faire son travail comme tout bon soldat. Elle avait cru pouvoir lui faire confiance. Pire que ça : elle avait été stupide.

Elle se laissa tomber sur le lit, regardant ses notes en pagaille sur le bureau. *Je devrais tout déchirer et tout jeter dans les toilettes*, pensa-t-elle. Ce serait la preuve qu'elle ne coopérait plus. Et pourtant ce geste ne servirait à rien si personne n'était là pour le voir.

Elle enfouit son visage dans ses mains et se frotta les yeux.

Quand on frappa doucement à la porte, elle s'assit soudain et la lumière s'alluma. Elle avait dû s'endormir. Au moment où le battant s'ouvrit, son cœur bondit d'espoir. Quand elle vit qu'il s'agissait du sergent Bartlett qui lui apportait un autre plateau, elle fut dépitée. *Je ne suis vraiment qu'une idiote !* se dit-elle. Léon ne viendrait pas. Quand elle tendit les mains pour saisir le plateau, les yeux du sergent se posèrent d'abord sur le bureau, puis revinrent aussitôt sur le visage de Gaia.

— Vous avez trouvé la solution ? demanda-t-il.

— Peut-être. On ne peut jamais être sûr, éluda-t-elle en mordant dans le pain.

Il était rassis et il lui pesa dans la bouche, mais elle avait faim. Les horaires des repas étaient étranges ici.

— Quelle heure est-il ?

— Presque minuit. Pouvez-vous me dire qui sont mes parents ?

Elle cessa de mâcher : une idée lui venait à l'esprit. Elle avala.

— Avez-vous des nouvelles de ma mère ?

Le sergent eut l'air décontenancé.

— Non. Elle est ici ? Dans le Bastion ?

— Je crois, oui. J'essaie de la trouver. Jusqu'où êtes-vous prêt à aller pour savoir qui sont vos parents ? Me laisseriez-vous sortir ?

Le sergent appuya ses larges épaules sur la porte derrière lui et croisa les bras. Ses muscles se gonflèrent sous le tissu noir.

— Ce serait trop dangereux, dit-il.

Elle eut un rire sec.

— Pour vous ou pour moi ?

Il sembla y réfléchir puis il passa les doigts dans ses cheveux blonds d'un geste qui révélait, à l'évidence, son jeune âge.

— Les deux, répondit-il. Ce n'est pas possible. Croyez-moi. Si quelqu'un vous aidait, il lui faudrait être prêt à quitter l'Enclave pour toujours. Inutile d'insister.

Elle se rendit compte, amère, que Léon pensait la même chose, c'était évident.

— Alors inutile de me demander qui sont vos parents. Vous pouvez attendre comme les autres qu'il plaise à monfrère Iris de partager ces informations.

Il l'observa longuement puis il prit le verre vide sur le plateau et se rendit dans la salle de bains.

Pauvre type, se dit Gaia. Elle mordilla le fromage ; elle entendit l'eau couler et, quand le sergent Bartlett revint, il lui parut pâle sous son bronzage. Au moment où elle tendait la main pour qu'il lui donne le verre d'eau, il le garda hors de portée un peu plus longtemps qu'il n'aurait dû et elle remarqua qu'il la regardait avec insistance. D'un infime signe de tête, il désigna le verre.

Soudain sur le qui-vive, Gaia essaya à nouveau de le saisir et vit un message écrit sur la paume de sa main :

CAMÉRA ➜

Elle lança un regard au sergent. Ses lèvres étaient pincées en une ligne sévère et il l'étudiait attentivement.

— Vous devez avoir soif, dit-il avec naturel.

N'osant se retourner, ni regarder la caméra, Gaia porta le verre à ses lèvres de ses doigts tremblants. *Oh non*, pensa-t-elle. On l'avait observée tout ce temps. Ce qu'elle avait pris pour un détecteur de mouvements devait aussi être une caméra. On l'avait vue avec Léon et on l'avait vu partir. Elle réfléchissait à toute vitesse. On l'observait en ce moment même avec le sergent Bartlett. Entendait-on aussi ce qu'elle disait ?

Elle eut toutes les peines du monde à ne pas hurler de frustration. Elle mordit à nouveau dans son fromage, mâchant lentement, et le sergent Bartlett retourna s'appuyer sur la porte dans la même position qu'avant. Elle vit qu'il serrait le poing dans sa poche. À dire vrai, maintenant qu'elle y prêtait attention, un léger tremblement nerveux le parcourait entièrement. Elle espérait que celui qui les regardait ne le remarquerait pas.

— Qu'est-il arrivé à ces filles ? demanda-t-elle pour donner l'impression qu'elle entamait une conversation anodine.

— Quelles filles ?

— Celles que j'ai vues plus tôt sur la place. On aurait dit qu'on les encerclait et qu'on les menait au Bastion.

Il secoua la tête, perplexe.

— Je ne sais pas ce que vous avez vu.

Elle s'impatienta.

— Tout à l'heure. Quand Léon était là. Vous ne lui avez pas parlé ?

Le sergent Bartlett détourna le regard d'une façon qui la mit aussitôt en éveil. Il paraissait choisir soigneusement ses propos et elle se rendit compte que lui aussi devait faire semblant de ne pas lui avoir dit qu'on les observait. Pourquoi l'avait-il prévenue de la présence de la caméra ? Il parut prendre une décision et, quand il posa de nouveau ses yeux bruns sur elle, ils étaient on ne peut plus sérieux.

— On l'a emmené voir le Protecteur, déclara-t-il, peu après qu'il a quitté cette chambre, plus tôt dans la journée. Personne ne l'a revu depuis.

— Eh bien, railla la jeune fille, espérons qu'il converse agréablement avec son père.

Le sergent Bartlett se tourna vers la porte.

— Si vous voulez bien m'excuser. Je reviendrai chercher le plateau dans dix minutes. Servez-vous plus d'eau si vous le souhaitez.

Il fit un signe de tête en direction de la salle de bains.

De l'eau ? Elle eut envie de crier. Ce dont elle avait besoin, c'était de sortir d'ici. Elle serra les poings et se détourna de lui.

La porte se referma doucement et Gaia cessa de retenir sa respiration. Qu'était-elle censée faire à présent ? Une caméra était braquée sur elle et filmait ses moindres mouvements. Elle avait peur de lever les yeux vers le petit boîtier blanc au plafond, mais elle était désormais certaine que c'était là que se cachait l'objectif de l'appareil.

Une idée lui vint soudain à l'esprit : la salle de bains était hors du champ de la caméra. Et c'est là que le sergent Bartlett s'était rendu. Faisant de son mieux pour avoir l'air naturel, elle s'avança d'abord jusqu'à la fenêtre, puis jusqu'à son plateau pour manger le dernier bout de pain et enfin, le verre à la main, elle se dirigea vers la salle de bains. Elle passa la porte, la ferma et garda les yeux rivés sur ce qu'elle voyait sur le miroir.

1 CHANCE
24 OCTOBRE 2390

Le sergent Bartlett avait écrit le message avec le morceau de savon bleu posé près du robinet du lavabo. Le cœur battant, Gaia mouilla un coin de serviette et frotta frénétiquement le savon sur le miroir. *Le 24 octobre 2390*, se répéta-t-elle pour mémoriser la date.

Sa main s'immobilisa.

Elle connaissait déjà cette date. C'était celle de la naissance de son frère Odin. Instinctivement, elle porta le poing aux lèvres.

— Je n'arrive pas à y croire, murmura-t-elle. C'est mon frère.

Pouvait-elle en être certaine ? Et si d'autres bébés avancés étaient nés le même jour ? La réponse serait dans le message codé.

Jetant un dernier coup d'œil au miroir pour s'assurer qu'il n'y restait aucune trace, Gaia retourna dans la chambre jaune. Elle posa le verre sur le plateau dans un doux tintement puis se plaça devant le message codé. Il lui fallut plusieurs minutes pour trouver les bons chiffres, mais il était clair que seul le nom de ses parents était inscrit à cette date. Le sergent Bartlett était son frère Odin. Incontestablement. Son esprit s'emballait.

Il n'était pas logique que le jeune homme ait les cheveux blonds et le teint pâle, car ses parents et elle étaient tous bruns. *Mais c'est possible*, supposa-t-elle. Tous les enfants ne ressemblaient pas à leurs parents. Il allait être stupéfait par la nouvelle.

Quand il reviendrait, elle devrait être prête à toute éventualité. Elle plaça le petit miroir dans sa poche. Il ne faisait aucun doute que monfrère Iris, ou quiconque l'avait observée, savait déjà ce qu'elle avait découvert – elle en avait discuté ouvertement avec Léon pendant qu'elle cherchait à déchiffrer le message codé –, mais elle ferait tout son possible pour ne pas en révéler davantage. Elle mit ses notes en pile de façon qu'il soit plus facile pour elle de les attraper en cas de besoin.

On frappa doucement à la porte et le sergent Bartlett apparut. Pleine d'espoir, Gaia comprit en un regard qu'il avait un plan mais, plus extraordinaire encore, ses yeux marron lui rappelèrent ceux de son père. Maintenant qu'elle le savait, la ressemblance, quoique légère, était manifeste. Le plaisir l'envahit, puis la peur.

— Nous avons dix-sept secondes pour partir, lui annonça-t-il tout bas.

Gaia s'empara des papiers et le suivit précipitamment le long du couloir. Il lui fit descendre une étroite volée de marches, en monter une autre, traverser plusieurs portes et s'engager dans une demi-douzaine de couloirs différents. Il s'arrêta finalement devant une armoire et en sortit une cape rouge à capuche.

— Traverse la cour, dit-il. Marche calmement, passe par l'école et sors par la porte opposée. Tu te retrouveras dans la rue. À partir de là, tu devras trouver ta route toute seule.

— Et toi, où vas-tu ? demanda Gaia.

Elle ne s'attendait pas à ce qu'ils se séparent si vite.

— C'est mon affaire.

Il était déjà en train d'enfiler une chemise marron et de mettre un chapeau sombre.

— Vite, reprit-il, qui sont mes parents ?

Gaia lui prit les mains et les serra fort.

— Bonnie et Jasper Stone du Secteur Ouest Trois, fit-elle. Tu es mon frère.

Les joues du jeune homme pâlirent tandis que l'incrédulité et la stupéfaction lui faisaient froncer les sourcils. Il la fixa intensément comme pour mémoriser et analyser chacun de ses traits.

— Comment est-ce possible ? demanda-t-il.

— C'est la vérité.

Elle le sentait dans sa chair, dans toutes les fibres de son être.

— Tu es Odin Stone. Tu as un frère aîné, lui aussi avancé à l'Enclave. Je ne sais pas qui il est ici. Notre père est mort. Notre mère est emprisonnée mais je ne sais pas où.

Du bruit et des cris leur parvinrent de l'étage supérieur. Terrifiée, Gaia s'avança, les bras ouverts, et il la serra fort contre lui un instant.

— Ma sœur, dit-il d'une voix rauque. Ça en vaut la peine, alors.

Il la repoussa.

— Va-t'en ! Maintenant !

Un autre cri et de lourds bruits de pas leur parvinrent à nouveau des escaliers au-dessus d'eux, avant que Gaia ne saisisse la poignée de la porte pour l'ouvrir. Elle entendit encore des appels derrière elle mais n'osa pas se retourner. Elle ne pouvait qu'espérer que le sergent Bartlett se soit échappé. Elle serra sa cape soigneusement autour de son visage et traversa une cour remplie d'ombres et de bruits qui résonnaient dans la nuit. Il lui était douloureux de conserver une allure normale quand tous ses instincts lui criaient de courir. Levant les yeux, elle vit une femme qui fermait une fenêtre, mais celle-ci ne fit pas attention elle.

Quand Gaia atteignit la porte, le bouton tourna en douceur sous ses doigts. Elle dut pousser avec son épaule pour que le lourd battant en bois s'ouvre et ses craintes redoublèrent. Et si la prochaine porte était fermée à clé et que le sergent Bartlett l'ait envoyée dans une voie sans issue ? Une lumière s'alluma dans le couloir et illumina les murs couleur crème. À sa droite, le couloir donnait sur une petite pièce avec une cheminée où des charbons rougeoyaient.

Une femme âgée vêtue de blanc installée près du feu leva les yeux.

— Bonsoir, massœur, fit-elle d'une voix endormie.

Osant à peine respirer, Gaia répondit :

— Je suis au service de l'Enclave.

— Moi de même, murmura la femme en se retournant vers le feu.

Avec l'impression d'être un imposteur qui pourrait être démasqué à tout moment, Gaia parcourut le couloir d'un pas décidé, passant devant des portes closes et une grande horloge antique dont le doux tic-tac troublait le silence ambiant. Au bout du couloir s'ouvraient deux corridors qui partaient dans des directions opposées et, d'instinct, Gaia prit le plus sombre, à gauche. Elle n'avait fait qu'une dizaine de pas quand elle se rendit compte qu'elle avait fait une erreur. Elle se trouvait dans une espèce de dortoir comportant deux rangées de lits. Une lumière s'alluma automatiquement au-dessus d'elle à son arrivée et la silhouette emmitouflée d'une couverture sur le lit le plus proche se tourna vers elle.

— Où étais-tu ? murmura une voix, à la fois agacée et curieuse.

Gaia recula d'un pas. La dormeuse se redressa un peu plus et Gaia vit qu'il s'agissait d'une adolescente en chemise de nuit blanche à peu près du même âge qu'elle. Des boucles brunes entouraient son franc visage ovale au nez droit et à la bouche généreuse. Ses yeux s'écarquillèrent et elle tira instinctivement la couverture vers sa poitrine.

— Qui es-tu ? demanda-t-elle toujours tout bas.

— Je me suis perdue, répondit Gaia en reculant d'un autre pas.

Si la fille donnait l'alarme, ç'en était fini d'elle. Elle tira sa capuche au plus près de sa joue gauche, mais ce fut une erreur de plus. L'autre en eut le souffle coupé.

— Tu es la fille à la cicatrice ! glapit-elle.

— Chut ! S'il te plaît !

Gaia fit demi-tour et s'enfuit aussi vite que possible, revenant sur ses pas pour prendre l'autre corridor. Au détour d'un couloir, elle tomba sur une grande porte en bois semblable à la première qu'elle avait franchie et elle l'ouvrit fermement. Des soldats descendaient la rue en courant ; elle recula pour attendre qu'ils soient passés.

Elle se faufila par la porte et se retrouva dans la rue ; elle partit dans la direction opposée à celle des soldats. Son cœur se serrait à chaque pas et elle n'arrivait pas à s'orienter. Elle voulait descendre la colline mais, dès qu'elle essayait de le faire, elle apercevait des soldats, si bien qu'elle fut obligée de se diriger vers le sommet. Elle arriva enfin dans une rue qu'elle reconnaissait. Un café était bien éclairé et des hommes regroupés près du bar riaient fort. Si elle remontait la colline, elle arriverait au jardin où Léon et elle avaient discuté la veille. Si elle revenait sur ses pas, elle atteindrait peut-être la boulangerie au four noir, mais elle serait de nouveau proche de la place du Bastion, où se trouvaient certainement davantage de soldats. Elle ne savait que faire.

À cet instant, les hommes dans le café éclatèrent de rire et deux d'entre eux sortirent en prenant congé de leurs camarades. Ils se dirigèrent vers la gauche et, par réflexe, Gaia prit la direction de l'ouest, vers la place.

Elle se dépêchait à présent, perdant son sang-froid. Elle avait l'impression d'entendre des bruits de pas et des voix tout autour d'elle. Les murs la coinçaient à droite et des lampes s'allumaient chaque fois qu'elle passait un lampadaire équipé d'un détecteur de mouvements. Des caméras, elle le craignait, pouvaient être cachées n'importe où. Elle tourna au coin d'une rue et vit un groupe de soldats s'approcher. Le moral lui en tomba dans ses chaussettes grises, mais elle n'avait d'autre choix que d'avancer dans leur direction, la capuche relevée, les épaules hautes.

Elle allait pénétrer dans le halo de lumière d'un lampadaire quand elle entendit une voix basse et sèche sur sa droite.

— Stone !

Un homme trapu dissimulé dans la sombre embrasure d'une porte lui fit signe d'approcher et elle manqua pleurer de soulagement. Plus loin, les soldats accéléraient le pas, se dirigeant droit sur elle.

— Vite ! dit l'homme, mais Gaia se hâtait déjà de le rejoindre.

Il la tira à l'intérieur énergiquement et referma la porte derrière eux. Gaia se retrouva dans un couloir étroit au plafond bas. Cela sentait les poubelles et l'urine, mais alors qu'elle suivait l'homme d'un pas rapide, elle vit une lumière jaune accueillante devant elle. Il lui fit passer une autre porte et la ferma soigneusement, faisant coulisser un verrou.

Gaia n'avait jamais été aussi heureuse de sa vie. Devant elle se trouvait la forme massive du four noir de la boulangerie.

XIX

LA BOULANGERIE DES JACKSON

Le four de briques et sa cheminée massive divisaient la boulangerie en deux : devant, le magasin où Léon lui avait acheté une miche de pain noir la veille seulement et, à l'arrière, le fournil où Gaia reprenait à présent son souffle. L'odeur du pain chaud l'accueillait comme une étreinte. Il y avait une grande table en bois au milieu de la salle ; une lampe posée dessus formait un cercle de lumière sur son plateau. On avait attaché au bout de la ficelle blanche de la lampe une petite cuillère à mesurer dont le métal luisait d'usure. Un adolescent et une femme à l'air sérieux se tenaient en silence devant le four, les manches relevées et les mains mouchetées de farine et de pâte. À ce moment-là, la porte de derrière s'ouvrit à nouveau et une petite fille de neuf ou dix ans aux joues rose vif se précipita à l'intérieur. Elle rejeta en arrière la capuche verte de sa cape, un large sourire aux lèvres.

— Vous l'avez trouvée ! s'exclama-t-elle.

Le boulanger ébouriffa les cheveux châtain clair de la fillette d'un geste plein d'affection et de fierté, qui rappela à Gaia son propre père.

— Ne t'avais-je pas dit qu'elle viendrait ?

— Comment le saviez-vous ? demanda Gaia.

La femme se frotta les mains sur son grand tablier.

— Nous t'avons cherchée sans relâche depuis que nous avons appris que tu avais été transférée au Bastion. Si tu avais une chance d'échapper aux gardes, c'était le moment ou jamais. Mace espérait que tu essaierais de nous rejoindre.

— Moi aussi, je te cherchais ! dit la fillette avec excitation. J'étais censée t'appeler « Stone ! », et si tu me montrais la cicatrice sur ton visage, je devais te ramener ici.

Gaia repoussa doucement sa capuche et lut la curiosité sur le visage de la fillette, qui examinait sa joue.

— Exactement, approuva la petite fille, apparemment satisfaite.

Gaia sourit mais elle savait qu'elle ne serait pas longtemps en sécurité chez eux.

— On m'a vue rentrer avec vous, dit-elle en se tournant vers le boulanger. Vous ne pouvez pas me garder ici, vous allez vous attirer des ennuis.

— Je ne crois pas. Je t'ai trouvée derrière un salon de massage. On pensera seulement que tu travaillais de nuit.

Gaia était déconcertée.

— Un salon de massage ?

Elle vit le boulanger et sa femme hésiter.

La petite fille clarifia les propos de son père de sa voix franche d'enfant.

— Il veut dire que c'est une maison close.

Le boulanger se frappa le front d'une main.

— Quoi ? s'étonna la fillette. C'est une maison close très discrète et de grand standing. Dis-leur, Oliver.

— Bien joué, Yvonne, merci, répliqua l'adolescent en rougissant.

Sa mère lui lança un regard assassin.

— Eh, m'man, c'est pas comme si j'y allais, je lui ai juste dit...

— Ça suffit. Je te suggère de te rendre sur le toit et d'ouvrir l'œil. Dis-nous si des gardes remontent notre rue.

L'adolescent baissa la tête et disparut dans un étroit escalier.

Le boulanger s'éclaircit la gorge.

— Ah. Bien. Voilà une belle présentation de notre famille. Ma fille précoce que voici s'appelle Yvonne, ajouta-t-il en désignant la fillette du menton. Je suis Mace Jackson et voici ma femme, Pearl. Et ça, c'était Oliver.

Pearl s'avança pour serrer Gaia dans ses bras.

— Je n'arrive pas à imaginer ce que tu as dû traverser, dit-elle d'une voix bourrue.

Elle donna à Gaia un petit pain chaud au beurre, à la cannelle et au sucre, et elle la poussa doucement jusqu'à un tabouret. Sa gentillesse aurait dû l'aider à se détendre, mais Gaia sentait l'anxiété couler dans ses veines tandis qu'elle s'asseyait et, même si elle en avait l'eau à la bouche, elle n'arrivait pas à mordre dans le pain à la cannelle.

— Quel est notre plan ? demanda-t-elle à Mace.

— Cela dépend de ce que tu veux faire.

Elle inspira profondément, tenant le petit pain du bout des doigts.

— Quelles sont mes options ?

— Je pourrais te faire quitter la ville à l'aube. Oliver et mon apprenti, Jet, sortent souvent chercher du bois et ils pourraient t'emmener dans la charrette à vélo. Ce serait risqué mais faisable, à mon avis.

Gaia se souvint des charrettes tirées par des vélos qui sortaient parfois de l'Enclave. Elle s'imagina se cacher dans l'une d'elles, peut-être sous des sacs. Elle risquerait d'être découverte chaque fois que la charrette roulerait sur une bosse ou qu'un garde remue-rait les sacs.

— Y a-t-il une autre possibilité ? demanda-t-elle.

— Tu pourrais rester chez nous, dit la petite Yvonne. On a un lit de libre dans ma chambre.

Le regard de Gaia passa de la fillette à sa mère ; Pearl recula légèrement. Elle paraissait toujours soucieuse et bienveillante, mais Gaia ne manqua pas de remarquer la tristesse dans ses yeux gris.

— Merci, Yvonne, dit doucement Gaia.

La petite fille fit un pas vers elle, pencha la tête et sourit timi-dement.

— C'était le lit de ma sœur. Je sais qu'elle voudrait que tu y dormes.

Le silence fut troublé par Pearl, qui s'éclaircissait la voix.

— Mais pas longtemps, dit Gaia. Vous ne seriez pas en sécurité.

— Nous serons en sécurité tant que tu resteras à l'intérieur, intervint Pearl.

Elle hésita, puis posa son menton sur son poing, pensive.

— Mon autre fille, ma Lila… Elle est morte l'année dernière de complications de l'hémophilie. Nous avons alors décidé, tous ensemble, que si nous pouvions aider les gens de l'extérieur du mur, nous le ferions. Nous n'aurions pas imaginé trouver une fille sur le seuil de notre porte, et encore moins celle qui a sauvé le bébé de la condamnée, mais te voilà.

Gaia baissa les yeux un moment ; elle se demandait si elle méritait leur gentillesse.

— Vous pensez que les gens de l'extérieur du mur auraient pu aider à sauver votre fille ? C'est pour ça ? demanda-t-elle doucement.

Pearl secoua la tête, les yeux secs, perdus dans le vague.

— Non, ce n'est pas si simple. C'est juste que nous ne voulons pas que d'autres familles vivent ce que nous avons traversé.

Mace remontait ses manches.

— Nous pensons à la prochaine génération, si tu vois ce que je veux dire. Au bien de l'Enclave tout entière, comme nous sommes censés le faire. Ma famille est porteuse du gène récessif qui entraîne l'hémophilie et donc, eh bien…

Il s'arrêta.

— Enfin, ce n'est pas important.

— Non, s'il vous plaît, je veux savoir.

Elle vit Mace et Pearl échanger un regard. Puis la boulangère appuya son poing sur le bord de la table tout en s'asseyant sur un tabouret.

— Trop d'entre nous portent le gène de l'hémophilie. Il y a des enfants comme Lila partout dans l'Enclave et leurs familles sont toutes en deuil. Je ne sais pas si nous avons besoin d'avancer une tonne d'enfants supplémentaires ou tout simplement d'ouvrir définitivement les portes, mais il est temps de travailler avec les gens de l'extérieur du mur. C'est eux qui nous sauveront au final.

Gaia réfléchit à l'explication altruiste de Pearl : il y avait là de quoi lui faire changer d'avis sur les habitants de l'Enclave. La perte qu'avait subie cette famille se jouait partout dans la ville, partout des enfants mouraient. Elle se rendit compte que les problèmes de consanguinité étaient bien réels et affectaient déjà des familles.

Monfrère Iris cherchait à résoudre le problème à grande échelle. Et pourtant elle ne voyait pas en quoi identifier les parents des bébés avancés par le Secteur Ouest Trois pourrait l'y aider. Il devait y avoir autre chose, quelque chose qu'il ne lui avait pas dit.

— Tu sais qu'il est dangereux pour nous de tenir ces propos, dit Mace à sa femme.

Puis il s'adressa à Yvonne.

— Cela ne doit pas sortir de cette pièce.

— Je sais, papa. Je n'ai rien dit.

— Avez-vous entendu parler des filles qui ont été arrêtées aujourd'hui ? demanda Gaia.

— Elles n'ont pas été arrêtées. On les a emmenées dans une école spéciale, répondit Pearl. Des garçons y ont également été emmenés.

— Et pourquoi ont-ils été choisis ?

— Ils portaient tous sur la cheville des taches de rousseur composant un motif.

— Oh non, gémit Gaia.

Elle ferma les yeux et baissa la tête pour la couvrir d'une main.

— Ça a commencé, murmura-t-elle.

L'Enclave avait déjà pris des initiatives sur la base de ce qu'elle leur avait dit. C'était sa faute ! Elle leva la tête en clignant des yeux.

— La mainmise de l'Enclave sur nos vies ne va faire qu'augmenter : qui ils peuvent arrêter sans prévenir. Qui l'on doit épouser.

Qui peut garder son bébé. Ne le voyez-vous pas ? Nous devons les en empêcher.

Mace se mit à rire.

— Ta réaction est disproportionnée.

— Non, le contredit-elle en s'approchant de la table. Nous devons les arrêter avant qu'on ne contrôle plus rien.

Elle bondit à la conclusion suivante.

— Nous devons nous débarrasser du mur.

Mace leva une main en signe d'apaisement.

— Personne ne démolira le moindre mur, dit-il calmement.

— Je ne comprends pas, intervint Yvonne. Quel rapport y a-t-il entre des taches de rousseur et le mariage ?

Gaia se baissa pour s'approcher de la fillette et lui parler à sa hauteur. Elle s'efforça de garder une voix calme.

— Les taches de rousseur indiquent qu'une personne avancée est née dans mon quartier à l'extérieur du mur. C'est tout. Mais pour une raison ou pour une autre, le Protecteur s'intéresse particulièrement à ces gens, suffisamment pour les faire emmener ce soir.

— Et tu crois qu'il va faire des expériences sur eux ou quelque chose comme ça ? demanda Yvonne en écarquillant les yeux.

Gaia ne savait pas quoi lui dire. Elle leva les yeux vers Pearl.

— Non, dit la femme de Mace d'un ton rassurant en posant les mains sur les épaules de la fillette. Il ne ferait pas ça. Gaia s'est juste un peu laissée emporter mais ce ne sont que des suppositions, n'est-ce pas, Gaia ?

L'interpellée dévisagea la petite fille, qui levait vers elle de grands yeux graves. C'était vrai, elle ne connaissait pas le plan du Protecteur, mais elle était certaine qu'il en avait un et qu'il lui manquait une pièce maîtresse du puzzle pour comprendre. Elle prit une décision.

— Je crois que vous feriez bien de m'aider à sortir du mur. Dès que possible. Je ne veux pas vous causer d'ennuis.

— Non, refusa Pearl. Je ne crois pas en tes projets de démolition du mur, mais tu dois rester avec nous. Tu seras en sécurité ici et tu pourras réfléchir en détail et rationnellement à ton plan. Il n'y a pas d'urgence. Si tu as besoin d'aide, nous te la fournirons. Pas vrai, Mace ?

Les sourcils bruns du boulanger formaient une ligne ; il acquiesça.

Gaia inspira profondément et finit par mordre un petit bout du pain qu'elle tenait à la main. Il était si bon, si moelleux et riche en beurre, qu'elle laissa échapper un gémissement venu du fond de la gorge.

Yvonne rit.

— Tu vois, maman ? Je ne suis pas la seule à faire ce bruit. Tu ne trouves pas que nous vendons le petit pain à la cannelle le plus incroyable au monde ?

Gaia avala en souriant. Quelque chose chez Yvonne lui rappelait Emily quand elle était petite, et elle ne pouvait s'empêcher de l'apprécier.

— Oui, c'est délicieux.

— Vous avez vu l'heure ? les interrompit Mace. Nous avons du travail. Yvonne, va chercher Oliver et fais-le redescendre. Ensuite essaie de dormir un peu avant d'aller à l'école. Emmène Gaia avec toi. Elle ne part pas aujourd'hui de toute façon.

Pearl plaquait déjà une énorme boule de pâte sur la table enfarinée et la frappait du poing avec force avant de la diviser en quatre et de la pétrir.

Gaia se poussa pour ne pas gêner.

Yvonne lui prit la main et attrapa en douce un autre petit pain à la cannelle.

— Viens, dit-elle.

Elle monta bruyamment l'étroit escalier de bois en trottinant, d'un pas rapide et allègre. Il fallut un moment à Gaia pour comprendre pourquoi ce son la surprenait tant : il était joyeux et elle n'avait pas été témoin de rires ou de joies depuis fort longtemps. Elle inspira profondément, relâcha délibérément la tension dans ses épaules et gravit les marches derrière la fillette.

Gaia fut réveillée par une porte qui se fermait au rez-de-chaussée. La chambre qu'elle partageait avec Yvonne était au bout de l'appartement situé au-dessus de la boulangerie et, les trois nuits qu'elle y avait passées, elle avait senti l'odeur du pain au four jusque dans ses rêves : des rêves chauds et moelleux qui apaisaient son cœur et lui donnaient l'espoir que tout pouvait encore se terminer pour le mieux. Ses parents lui manquaient et – c'était exaspérant – Léon aussi. Elle l'avait méprisé, considéré comme le pire des traîtres quand il l'avait abandonnée dans le Bastion mais, à en croire le sergent Bartlett, il avait été retenu par son père. Le jeune homme était probablement en train d'apprécier une bonne tasse de thé avec le Protecteur et monfrère Iris en ce moment même, heureux d'être enfin revenu dans leurs bonnes grâces. Mais peut-être, oui peut-être, était-il prisonnier de la toile du Protecteur, tout comme elle.

Elle aurait voulu obtenir plus d'informations du sergent Bartlett... Odin. Elle pensa à son frère. Avait-il le moindre souvenir de sa vie avant son avancement ? Son ancien nom réveillait-il quelque chose au fond de lui ? Elle savait si peu de lui mais il avait fait preuve de courage en l'aidant. Il l'avait fait sans même savoir qu'elle était sa sœur, qui plus est. Elle espérait qu'il allait bien.

La lumière de fin de matinée passait par la fenêtre, effleurant à peine le rideau blanc qui couvrait la partie inférieure du carreau en se balançant doucement. Dehors, les feuilles d'un tremble frémirent. Une abeille vint se cogner contre la fenêtre dans un petit bruit sourd, ne trouva pas l'ouverture quelques centimètres plus bas, et repartit au loin.

Même si elle se sentait en sécurité dans la famille de Mace, Gaia savait qu'elle ne pouvait pas rester. C'était trop dangereux pour eux et elle devait reprendre le cours de sa vie d'une façon ou d'une autre. Il devait encore exister un moyen de trouver sa mère, maintenant qu'elle était sortie de prison. Même si c'était tentant, elle ne pourrait pas détruire l'Enclave seule : elle avait besoin d'un plan réaliste.

Elle envisagea toutes les possibilités, même les mauvaises. Si elle quittait l'Enclave et Wharfton, elle n'avait aucune idée d'où se trouvait la Forêt Morte. Si elle existait. Monfrère Iris lui avait assuré qu'il s'agissait d'un mythe. Pour autant qu'elle sache, sa grand-mère, Danni Orion, était morte depuis des années, mais elle se demandait à présent si ses parents n'avaient pas employé les termes de façon interchangeable : « morte » et « Forêt Morte ». Elle secoua la tête. Elle était très jeune quand sa grand-mère avait disparu. Tout ce dont elle se souvenait, c'était d'un monocle à la monture dorée qu'elle portait sur une chaîne autour du cou, car la façon qu'il avait de refléter la lumière du soleil l'intriguait. Puis, progressivement, Gaia avait compris clairement une chose : sa grand-mère était partie et elle ne reviendrait jamais. Elle aurait aussi bien pu être morte.

Gaia repensa à la conversation cryptique qu'elle avait eue avec la vieille Meg. La Forêt Morte devait exister. Tout ce que lui avait dit la vieille femme s'était révélé vrai. Comment Gaia pourrait-elle trouver sa mère, la sauver et l'emmener à un endroit dont elle ne connaissait pas la localisation ?

Un autre petit pain à la cannelle l'aiderait peut-être.

Gaia s'assit et enfila la douce robe marron clair que lui avait donnée Pearl. Une rangée de petits boutons blancs fermait le corsage devant et elle était pincée à la taille juste au-dessus d'une jupe bouffante – on ne s'était visiblement pas préoccupé d'économiser le tissu. La jeune fille ne put s'empêcher de retourner l'ourlet pour examiner la qualité des coutures. Elles n'étaient pas plus belles que celles de son père, mais la coupe de la robe était nettement différente du style de l'extérieur du mur. Plus féminine.

Des bruits de pas lui parvinrent des escaliers. Elle essayait d'attraper ses chaussures du bout des pieds quand la main de Mace se referma sur le chambranle de la porte : il se hissa en haut de la dernière marche et entra dans la chambre.

— Bonjour, lança-t-il, un large et doux sourire aux lèvres.

Il haletait après l'effort.

— Je vois que tu es levée...

Elle lui adressa un sourire discret et lissa ses cheveux bruns en arrière. Ils étaient un peu plus longs à présent, assez longs pour lui tomber dans les yeux, mais pas suffisamment pour tenir derrière ses oreilles. Il s'assit face à elle sur le lit défait d'Yvonne. La fillette était partie depuis longtemps à l'école avec son frère. Au moins, sur ce plan, ce que Gaia croyait de l'Enclave était vrai : les enfants allaient tous à l'école pendant la journée. Yvonne lui avait raconté qu'elle apprenait à ajouter aux cuves de mycoprotéines du glucose prélevé sur le miel et Oliver étudiait la technologie des panneaux solaires.

Depuis quelques jours, même s'ils étaient en danger à chaque instant qu'elle passait parmi eux, ils l'avaient intégrée à leur famille. La perte de Lila était comme une ombre vide dans leur appartement, sensation étrangement familière à Gaia. Et pourtant, contrairement à la perte d'Arthur et d'Odin pour sa famille, celle des Jackson était irrémédiable. Aucune croyance selon laquelle Lila était vivante et plus heureuse ailleurs ne venait atténuer leur douleur et, en cela, la perte des Jackson paraissait plus pénible que les leurs.

Gaia suivit du doigt le bord d'un petit oreiller sur le lit de Lila. Mace se pencha et le lui prit doucement des mains.

— Elle était plus jeune que toi. Elle n'avait pas treize ans.

— Je suis navrée, dit-elle tout bas.

Elle remarqua un bleu considérable sur le bras de Mace et se demanda s'il ne souffrait pas d'une forme bénigne d'hémophilie.

— N'aurait-on rien pu faire pour soigner la maladie de votre fille ?

Mace secoua la tête.

— Un médecin a essayé. Elle a injecté une protéine coagulante à des patients, mais beaucoup ont développé des anticorps et sont morts malgré tout. Le Protecteur a mis fin à ses recherches et l'a jetée en prison. Il l'accusait d'avoir fondé un hôpital.

— Myrna, dit Gaia.

Il pencha la tête, intéressé.

— Myrna Silk, oui. Je comprends la décision du Protecteur. L'idée n'est pas de guérir un seul enfant. Il faut résoudre le problème à grande échelle, peut-être grâce à une découverte capitale en génétique, pour nous tous.

Il retourna l'oreiller et elle l'observa qui suivait de son gros doigt deux initiales brodées de fil violet : L. J.

— Mais bon. Ma petite fille me manque.

Gaia se pencha entre les deux lits pour poser sa main sur la sienne. Elle ne savait pas quoi dire, alors elle se contenta de garder le silence. Au bout d'un long moment, il reposa l'oreiller sur le lit de Lila.

— Dis-moi une chose, demanda-t-il doucement. Es-tu certaine que ta mère soit encore en vie ?

Elle repoussa les cheveux sur son front.

— Je l'ai vue dormir dans une cellule ronde. Sur le bureau à écran de monfrère Iris. Il garde une caméra pointée sur elle et deux autres femmes. C'était il y a quatre jours. Elle était vivante à ce moment-là.

— Une cellule ronde ?

Il avait l'air étonné.

— Eh bien, les murs n'étaient pas droits. J'ai vu un rideau flotter au vent, il y a donc une fenêtre. Je ne sais pas si elle a des barreaux.

Enroulant les bras autour de sa taille, Gaia se leva pour faire les cent pas, mais elle ne pouvait en faire que deux ou trois dans la petite chambre avant de devoir faire demi-tour.

Mace tirait distraitement sur le lobe de son oreille.

— Je sais peut-être où se trouve ta mère, finit-il par dire.

Gaia retint son souffle.

— Où ça ? Que savez-vous ?

Il s'exprima pensivement.

— J'ai entendu dire que trois femmes étaient gardées dans la tour sud-est du Bastion. La chambre que tu décris y ressemble. C'est une cellule spéciale pour les gens importants. Une prisonnière politique enceinte y est retenue, avec une sage-femme et un gardien en permanence pour qu'elle ne puisse pas se faire de mal, ni au bébé.

— Et vous pensez que ma mère est la sage-femme ?

— C'est possible. La prisonnière y a été transférée à la même époque que ta mère est sortie de prison.

— Comment savez-vous tout ça ?

— Une des femmes de la nursery est une amie de mon épouse.

Elles se connaissent depuis bien longtemps et se retrouvent encore autour d'un café toutes les deux semaines environ. C'est elle qui nous a parlé de la prisonnière politique.

— Massœur Khol ? demanda Gaia.

Une lueur traversa les yeux du boulanger.

— Tu la connais ?

Le cœur de Gaia se gonfla d'espoir.

— Elle m'a transmis un message de ma mère un jour. Je pense qu'elle pourrait peut-être nous aider. Croyez-vous vraiment que ma mère se trouve là-bas ?

Mace croisa ses bras massifs devant son torse.

— J'en suis presque certain. Ta mère prendrait correctement soin d'une prisonnière enceinte, n'est-ce pas ? Même si elle était elle-même captive ?

Gaia rit et repoussa sa frange encore une fois.

— Ma mère se montrerait attentionnée envers le Protecteur lui-même s'il tombait enceinte. Elle est comme ça.

La jeune fille envisageait déjà la suite, calculant quand elle pourrait voir sa mère et comment elle la libérerait. S'évader d'une tour ne serait pas évident, mais cela offrait plus d'espoir que la cellule K. Elle se calma un peu.

— La caméra, dit-elle.

Elle glissa les mains dans les poches de sa robe.

— Une caméra est pointée sur les femmes dans la tour.

— Ah, commenta Mace, c'est un problème alors...

Elle se rendit compte qu'ils ne pourraient pas se contenter de couvrir la caméra d'un tissu. Elle ne savait même pas comment elle pourrait pénétrer à nouveau dans le Bastion... alors une cellule de prison en haut d'une tour ! Elle se rassit sur le lit. Si seulement Léon était là pour l'aider.

Tu as tort, pensa-t-elle. Léon ne pourrait pas l'aider. Même s'il n'était pas en train de manger des petits gâteaux avec le Protecteur, il continuerait sans doute de lui conseiller de coopérer. Et où cela l'avait-il menée ?

— Que savez-vous de la Forêt Morte ? demanda-t-elle. Monfrère Iris m'a dit qu'elle n'existait pas, qu'elle était tout droit sortie d'un conte de fées. Mais une amie à moi m'a dit qu'elle s'y rendait.

Mace haussa les sourcils et les rabaissa, puis il avança les lèvres, méditatif.

— Je n'en sais trop rien.

Il la regarda d'un air circonspect.

— Si elle existe, elle doit se trouver très loin dans le désert, ou même bien après. Tu n'envisages pas de t'y rendre ?

— Où d'autre pourrais-je aller ? demanda-t-elle. Nous ne pouvons pas rester ici. Si on nous attrape à nouveau, je sais qu'on nous tuera. Je suis étonnée que ça n'ait pas déjà été fait. Tant que je coopérais, j'avais une chance qu'on me laisse partir, mais je me suis enfuie.

— Tu ne sais pas si c'est vraiment ce qu'ils feraient.

— Pourquoi se gêneraient-ils ? On pend des gens tout le temps pour moins que ça. Pourquoi ne pas me tuer alors que, moi, je suis réellement un traître ?

Il se pencha en arrière, s'appuyant sur une main.

— Tout dépend du point de vue selon lequel tu envisages la question. Réfléchis de celui de l'Enclave. Il est vrai que tu as sauvé le bébé de la condamnée. Délit dont on a beaucoup parlé. Et tu t'es évadée du Bastion. D'un autre côté, tu as de précieuses compétences en tant que sage-femme. Tu as aussi un grand potentiel d'un point de vue génétique.

Gaia le regarda curieusement.

— Vous voulez dire qu'on me garderait en vie parce que je pourrais avoir des enfants ?

Mace leva une main.

— Pourquoi pas ?

Elle rougit d'indignation.

— Je ne suis pas une vache dont on se sert pour l'élevage. Et ce n'est pas parce que je viens de l'extérieur du mur que mes gènes sont extraordinaires.

Il haussa les épaules.

— Peut-être pas. Mais tu viens du Secteur Ouest Trois. Il existe bien des façons d'être un criminel ou un héros, ne l'oublie pas.

Gaia s'appuya contre le chambranle de la porte et frotta distraitement une petite entaille dans le bois bleu.

— Tu te souviens du soldat avec lequel tu as dit t'être échappée ? demanda Mace.

— Le sergent Bartlett, acquiesça-t-elle.

Elle ne leur avait pas confié qu'il était son frère.

— J'ai appris aujourd'hui qu'il avait disparu. Je ne dis pas qu'il a été arrêté. On l'a aperçu à l'extérieur du mur, à poser des questions sur tes parents, et maintenant il n'est plus là.

Gaia éprouva du soulagement pour son frère, puis un regain d'espoir. Il existait sans doute d'autres façons de sortir de l'Enclave, et le jeune homme s'était peut-être rendu dans la Forêt Morte.

Elle se tourna de nouveau vers Mace.

— J'ai besoin d'en apprendre le plus possible sur la Forêt Morte. Si elle est loin, qui s'y rend, comment la trouver. Est-ce là que vous allez chercher du bois ?

Mace secoua la tête, l'air perplexe.

— Il y a quelques années, une épidémie a décimé les arbres à l'est d'ici. C'est là que nous nous approvisionnons en bois.

Elle s'approcha et s'assit à côté de lui sur le lit.

— J'ai besoin de savoir ce qu'il y a dehors, dit-elle doucement mais avec une conviction grandissante. Je vais rejoindre ma mère, d'une façon ou d'une autre, et quand je l'aurai retrouvée, je l'emmènerai dans la Forêt Morte.

En le disant, elle se rendit compte que c'était son plan depuis le début, aussi fou puisse-t-il paraître.

Elle étudia le profil massif du boulanger, son large nez et ses joues roses. Puis Mace serra les mains de Gaia dans ses paumes chaudes.

— On ne peut pas dire que je sache quoi que ce soit de la Forêt Morte, mais ne t'inquiète pas. On va bien y réfléchir. Je vais en discuter avec Pearl et on trouvera une solution.

Le regard de Gaia se porta de nouveau sur le petit oreiller brodé de Lila, souvenir tangible de sa disparition. Et de courage. Sa mère était toujours quelque part, en vie, et elle avait besoin d'elle : Gaia n'allait pas abandonner.

— Elle n'a plus que moi, déclara la jeune fille. Si je ne peux pas la libérer, personne d'autre ne le fera.

QUARANTE-SIX PETITES CUILLÈRES EN CHROME

L'idée du masque vint d'Yvonne. Au départ, elle proposa simplement que l'on recouvre la cicatrice de farine et de cannelle, mais comme cela ne suffirait pas à faire disparaître la surface inégale de la joue gauche de Gaia, elle suggéra un vrai masque.

— Je ne vois pas l'intérêt, dit Oliver. L'Enclave tout entière la recherche à présent. Cela fait trois nuits qu'on parle d'elle à la télé. Elle n'arrivera même pas à s'approcher de la tour sud-est. Dès que quelqu'un l'arrêtera et qu'on y regardera de plus près, on remarquera qu'elle porte un masque et on saura que c'est la fille à la cicatrice.

— Pas si le masque est bien fait, argumenta Yvonne.

— Et pas si elle est un garçon, ajouta Pearl.

Il faisait nuit et on avait tiré les stores des fenêtres de la boulangerie. On voyait la lumière du feu par les fissures autour de la porte en fer du four en briques et, à l'intérieur, des pains cuisaient sur leurs plaques. L'odeur de levure réchauffait la cuisine et la lampe sur la table repoussait les ombres dans les coins. Une marmite contenant les restes de la soupe du dîner refroidissait près du foyer. Gaia jeta un regard circulaire aux spatules de bois, aux chariots où étaient entreposées les plaques de miches sombres cuites, et d'autres, pâles, qui attendaient de passer au four. Elle ne savait pas quand Mace et sa famille dormaient car, alors qu'il était presque minuit, ils étaient toujours debout à élaborer un plan pour l'aider à rejoindre sa mère. Mace était parti pour essayer de s'entretenir avec massœur Khol.

Gaia dévisagea Pearl, dubitative.

— Je suis peut-être laide, mais je ne suis pas un garçon.

La boulangère s'assit à table à côté d'elle et prit les doigts fins de la jeune fille dans ses mains chaudes.

— L'apprenti de Mace n'est guère plus grand que toi. Nous avons des vêtements ici pour lui et si on te « rembourre » un peu aux bons endroits, nous pouvons modifier ta silhouette.

Quand Gaia se rendit compte qu'elle parlait sérieusement, son estomac se noua. Elle libéra ses doigts de l'étreinte de Pearl.

— Mais est-ce qu'un masque fonctionnera vraiment ?

Pearl prit le menton de Gaia dans ses doigts et pencha sa tête vers la lumière. La jeune fille se soumit à cet examen et garda les yeux sur ceux de la boulangère. Elle savait ce qu'elle voyait.

— Comment est-ce arrivé, mon enfant ? demanda Pearl avec douceur.

C'était une si vieille histoire que cela n'aurait pas dû déranger Gaia de la raconter à nouveau mais, bizarrement, parce qu'ils étaient ses amis, cela l'ennuyait encore plus.

— Quand j'étais bébé, que j'apprenais à marcher, je suis rentrée dans une cuve de cire d'abeille chaude. Pas dans la cire liquide, vous comprenez, même si elle avait un peu coulé à l'extérieur. Je me suis cognée contre la cuve.

Pearl fronça les sourcils et suivit doucement du pouce la mâchoire sensible de Gaia. Son visage large et sérieux était difficile à déchiffrer. Elle prit de nouveau les mains de Gaia dans les siennes et inspecta ses paumes, une à une, en les tournant vers le ciel comme le ferait une diseuse de bonne aventure.

— Ça ne colle pas, réfléchit-elle à haute voix. Pourquoi tes mains n'ont-elles pas été brûlées, dans ce cas ?

Gaia replia les doigts pour fermer les poings, troublée.

— Quand un bébé tombe, il essaie de se rattraper avec les mains, lui expliqua Pearl. Tu aurais dû te brûler les mains en premier.

Gaia fit non de la tête.

— Ça dépend de la hauteur de la cuve et de l'angle de chute. Je ne m'en souviens pas, mais c'est ce qu'on m'a raconté.

Pearl pencha une fois de plus la figure de Gaia vers la lumière du plafond avant de la relâcher.

— Je m'y connais en brûlures, déclara-t-elle.

Elle remonta les manches de sa robe et lui montra ses bras musclés, sa peau pâle tachetée de petites traces marron – une myriade de cicatrices, nouvelles ou anciennes en train de s'effacer.

— Quand on travaille avec des plaques brûlantes et des fours toute la journée, naturellement on a sa part de petites brûlures, et pire de temps à autre. Une cicatrice comme la tienne... eh bien... Je me demande si on ne te l'a pas infligée délibérément.

Gaia eut un mouvement de recul. Les seuls qui auraient pu la blesser de la sorte étaient ses parents.

— C'était un accident, dit-elle tout bas.

— Quelle importance aujourd'hui ? demanda Oliver. Peux-tu la dissimuler ?

Sa robuste mère s'installa sur son tabouret et acquiesça doucement. Gaia baissa les yeux vers ses mains posées sur ses genoux ; elle aurait voulu effacer les propos de Pearl de sa mémoire.

Yvonne tapa des mains.

— Je le savais ! Un jour, maman m'a fait un masque épatant pour l'école. J'étais censée être un fantôme et personne ne m'a reconnue. Raconte-lui, maman. Tu les fabriques avec une crêpe, c'est ça ? Et de la farine mélangée à des épices pour trouver la bonne couleur de poudre. N'est-ce pas ?

Tandis que le silence s'éternisait, Gaia sentit le regard de Pearl posé sur elle bien qu'elle refusât de lever les yeux. Ses poignets avaient guéri des blessures que leur avaient infligées leurs entraves plusieurs jours auparavant, mais sa peau était toujours sensible quand elle appuyait timidement sur les marques. Elle ne supportait pas l'idée que ses parents aient pu lui infliger cette brûlure, mais elle n'arrivait pas à l'oublier non plus.

— Pardonne-moi, dit Pearl doucement.

Gaia renifla.

— Je sais que vous avez tort.

Pearl lui serra brièvement l'épaule.

— Alors j'ai tort, opina-t-elle. Viens. Voyons ce qu'on peut faire pour ce masque.

On frappa doucement à la porte. Tout le monde se figea. Gaia se tourna vers Pearl, et son visage blême lui indiqua que ce n'était pas Mace dehors. Sans bruit, elle désigna les escaliers à la jeune fille, qui fila s'y réfugier aussi discrètement que possible et s'arrêta presque en haut, à un endroit où elle pouvait s'accroupir pour regarder en bas. Son cœur cognait dans sa poitrine ; Pearl éteignit la lumière et Gaia entendit la grande porte s'ouvrir.

— S'il vous plaît, murmura-t-on. Laissez-moi entrer.

Gaia s'agrippa à la rampe d'escalier.

— On est fermés, répondit Pearl sévèrement. Revenez demain matin.

— Attendez ! dit la voix plus clairement. C'est Derek Vlatir qui m'envoie.

Quand elle reconnut le timbre du visiteur, le cœur de Gaia bondit, puis la peur l'envahit. Léon ! Pourquoi était-il venu ? Elle ne voyait rien en bas, hormis un léger trait de clair de lune par terre. Pearl ouvrit la porte pour laisser entrer le jeune homme. Le trait de lumière s'élargit puis disparut quand elle referma la porte à clé.

— Oliver. Allume une bougie, ordonna-t-elle.

Il y eut un grattement et une allumette s'enflamma. Léon se trouvait juste à côté de la porte, dos au mur.

Pearl pointait un couteau vers son cœur.

— Tu ferais bien de t'expliquer, mon garçon.

Oliver alluma une bougie et la posa sur une brique du four en saillie. Il tenait un couperet dans l'autre main. À la faible lumière, Gaia voyait le visage de Léon et ses vêtements en désordre. Il n'avait plus de veste ni de chapeau. Comme elle se trouvait en hauteur, elle ne voyait pas ses yeux sous ses cheveux en bataille, mais elle devinait de la méfiance dans son immobilité, ainsi que dans sa mâchoire contractée et mal rasée.

— Qu'attends-tu de nous ? demanda Pearl doucement.

— Mace Jackson connaît mon père.

Pearl se tenait bien droite.

— Nous n'avons pas l'honneur de connaître le Protecteur, rétorqua-t-elle.

Léon gardait les mains sur le mur derrière lui.

— Mon vrai père est Derek Vlatir. Il m'a envoyé vous voir.

Pearl baissa lentement le couteau. Gaia, saisissant la rampe de l'escalier, descendit une marche et lut la surprise sur la figure de Léon quand il leva les yeux. Elle le crut presque heureux de la voir, puis son visage s'assombrit.

— Tu es là, dit-il tout bas.

Pearl se tourna vivement vers Gaia. Cette dernière descendit le reste des escaliers et alla se placer aux côtés d'Yvonne, qui glissa les bras autour de sa taille. Des émotions troublantes lui firent garder le silence, mais sa respiration était haletante et elle étudiait avec soin l'apparence maigre et débraillée de Léon. La flamme de la bougie jetait une faible lumière sur sa peau et sur le noir de sa chemise tandis qu'il se tenait immobile.

Léon se tourna de nouveau vers Pearl.

— Derek Vlatir a été interrogé ce soir parce que le Protecteur pensait que j'irais lui demander de l'aide. Il avait raison, et les gardes ont bien failli m'attraper. Mais Derek m'a renvoyé dans l'enceinte du mur et maintenant...

Il s'arrêta. Jeta un autre coup d'œil à Gaia.

— Il pensait que Mace pourrait m'aider.

Gaia réfléchissait à toute vitesse. Si ce qu'il disait était vrai, alors ces quatre derniers jours, Léon avait déchiffré le reste du code, quitté l'Enclave, trouvé son père biologique, puis était revenu.

— Pourquoi n'es-tu pas retourné au Bastion ? demanda Gaia.

— Je ne peux pas.

— Pourquoi n'es-tu pas parti pour le désert ?

— Je ne pouvais pas, dit-il tout bas. Je ne savais pas où tu étais.

Une étrange sensation la saisit au ventre. Elle eut peine à déglutir. Elle ne savait pas quoi dire.

Pearl posa son couteau sur le chariot et tira sur la petite cuillère à mesurer pour rallumer la lumière.

— Je vois que vous vous connaissez tous les deux, dit-elle. Range ton couperet, Oliver.

— Mais c'est le fils du Protecteur. Nous abritons une fugitive. Il pourrait tous nous faire tuer.

— Tu l'as entendu. Il ne porte pas exactement les couleurs de l'Enclave ce soir, si ?

Oliver rangea son couperet et Yvonne s'éloigna doucement de Gaia pour s'approcher de la table.

— Toi aussi, tu es un fugitif ? demanda-t-elle.

Léon posa les yeux sur la fillette et sa voix s'adoucit.

— On dirait bien.

La petite fille hocha la tête et Gaia respira un peu mieux. Pearl se dirigea vers le four et en ouvrit la porte pour remuer les charbons. Elle déplaça la marmite de soupe qui avait refroidi près du foyer pour la remettre sur les braises.

— Assieds-toi, dit-elle. Écoutons les nouvelles que tu nous apportes.

Léon hésita, comme s'il attendait un geste de Gaia ; d'un mouvement de tête, elle lui fit signe d'avancer. Il accepta une chaise et l'approcha de la table. Mal à l'aise, la jeune fille prit place face à lui. Dans la lumière plus vive, elle constata que sa chemise noire était plus rêche que d'habitude, comme celles que portaient les hommes à l'extérieur du mur. Bien qu'il sourît discrètement à Yvonne quand elle installa un tabouret à côté de lui, Gaia le sentait nerveux.

— Je sais où se trouve ta mère, déclara-t-il. Elle est en vie et en assez bonne santé.

— Dans la tour sud-est, dit Gaia.

Il tapa doucement du doigt sur la table.

— Comment l'as-tu appris ?

— C'est Mace qui me l'a dit.

Il acquiesça, et son regard glissa vers le four.

— J'ai aussi découvert où était enterré ton père.

Gaia attendit, tendue, et Pearl vint poser une main sur son épaule.

— Il est au cimetière des pauvres, à l'extérieur du mur, dit Léon, là où l'on enterre les indigents.

Gaia ferma les yeux tandis que le chagrin réduisait tout en elle au silence. Cela lui faisait mal de penser à son père, et il y avait quelque chose de terriblement définitif dans le fait de savoir où il reposait. Cela aurait dû la réconforter un peu de le savoir à l'extérieur du mur, mais elle ne sentait rien d'autre que la pierre dure de sa douleur fondre en elle, ce qui était pire encore.

— Allons, allons, intervint Pearl. Il est en paix, mon cœur. Ne l'oublie pas.

Gaia ouvrit les yeux et se tourna vers Léon.

— Pourquoi a-t-on arrêté mes parents ?

Léon roula ses manches noires jusqu'aux coudes avant de poser ses avant-bras sur la table en bois, mais il ne répondit pas.

— Mes parents avaient-ils fait quelque chose de mal ?

— Je ne crois pas, non.

— Alors pourquoi...

— Ils tenaient un registre. C'est pour ça qu'on les a arrêtés.

— Mais tenir un registre n'a rien d'illégal, protesta Gaia. Comment l'Enclave l'a-t-elle appris ?

— La rumeur courait qu'une ou plusieurs sages-femmes tenaient des registres et puis, quand on a interrogé tes parents, il est vite apparu qu'ils cachaient quelque chose. À partir du moment où ils ont refusé de coopérer, techniquement ils sont devenus des traîtres.

La jeune fille se rendit compte que Léon évitait son regard, et ce depuis qu'il était entré. Quelque chose lui était arrivé ces quatre derniers jours. Il manquait de vivacité. Elle sentait aussi une barrière entre eux qui imposait le froid et le silence en elle.

Elle baissa la voix.

— Que se passe-t-il réellement concernant le message codé de ma mère ?

— Je cherche comment te l'expliquer. C'est complexe.

Oliver se retrancha dans un coin sombre, muet mais attentif, tandis que Pearl apportait un bol de soupe à Léon.

— Merci, massœur, dit-il.

— Autant manger pendant que tu réponds aux questions de Gaia. Commence par le début et nous essaierons de te suivre.

La jeune fille sentit qu'il regardait par-dessus son épaule, qu'il triait des souvenirs et des informations invisibles à ses yeux à elle, puis il leva la cuillère de son bol de soupe. La petite Yvonne tendit le doigt.

— Ne fais pas de gouttes.

— Imagine, commença Léon en s'adressant à la fillette, que ta mère te donne vingt-trois petites cuillères pour ton anniversaire.

Il glissa la cuillère entre ses lèvres.

Les yeux d'Yvonne s'illuminèrent.

— C'est un cadeau absurde.

Léon reposa la cuillère sur le bord du bol. Gaia resserra son pull autour d'elle et se pencha en arrière pour l'observer qui répondait à la fillette.

— Oui, dit-il à Yvonne, d'une voix plus chaleureuse. Mais ce sont des petites cuillères très intéressantes, toutes en chrome, et chacune légèrement différente des autres, de sorte que tu peux les différencier. Puis, à ton grand étonnement, tu ouvres le cadeau d'anniversaire de ton père, et ce sont vingt-trois petites cuillères en chrome de plus. En les examinant de plus près, tu vois que tu peux associer les cuillères de ton père et celles de ta mère deux par deux.

Yvonne descendit de son tabouret tant bien que mal et revint avec deux petites cuillères.

— Comme ça ? demanda-t-elle en les posant sur la table sous la lumière.

Léon acquiesça.

— Oui. Mais n'oublie pas, tu en as quarante-six en tout, la moitié venant de chacun de tes parents.

— Des chromosomes, commenta Oliver en sortant de son coin à contrecœur. On l'a appris à l'école. Les petites cuillères de chrome sont des chromosomes et ils sont présents dans chaque cellule de notre organisme.

— Continue, dit Pearl.

Léon fit briller les bords de sa petite cuillère à la lumière.

— Chaque petite cuillère a des entailles sur toute sa longueur, si nombreuses qu'on les voit à peine, chacune juste à côté de l'autre, certaines plus longues, d'autres plus petites. Les entailles sont des gènes. La façon dont l'entaille d'une petite cuillère interagit avec l'entaille correspondante sur la petite cuillère qui lui est associée détermine tes caractéristiques, comme les yeux marron, ou des lobes d'oreille attachés.

— Ou si ton sang coagule correctement, ajouta Pearl doucement.

Gaia la regarda qui observait Léon avec attention.

— Oui, confirma-t-il.

La jeune fille s'attendait à ce que Pearl mentionne Lila mais elle se tut. Yvonne gigotait nerveusement à côté d'elle, et Gaia lui tapota le genou pour la rassurer.

— En arrive-t-on à mes parents ? demanda-t-elle.

— Je t'ai dit que c'était compliqué.

Son pouls s'accéléra quand elle sentit la tension dans la voix de Léon. Voilà qui lui ressemblait plus.

— On va y arriver, Gaia, dit Yvonne. C'est quoi l'ADN ? C'est ça que je veux savoir.

— C'est le chrome de la petite cuillère, répondit Léon en passant le bout du doigt tout le long de la sienne. C'est ce qui constitue chaque entaille, la substance de base de chaque gène. Je ne dis pas que tout chez nous est déterminé par les gènes, mais ils sont très importants.

Les yeux rivés sur sa petite cuillère, Gaia se rendit compte que cela correspondait à ce qu'elle savait. Elle n'avait jamais vraiment compris ce qu'était l'ADN, mais avec la métaphore du chrome et toutes les variétés de petites cuillères et d'entailles, il lui était facile de voir que l'ADN de chacun était unique.

— D'accord, continue, dit Yvonne.

Léon eut un bref froncement de sourcils.

— Il y a une histoire parallèle à celle-ci. On a découvert un petit garçon de l'Enclave, un tout-petit prénommé Nolan. Ses gènes sont porteurs de l'hémophilie mais il n'en souffre pas. Son sang coagule bien.

Pearl en eut le souffle coupé.

— Comment est-ce possible ? L'a-t-on guéri ?

— Non, répondit Léon. Ses parents l'ont emmené au laboratoire de monfrère Iris quand l'hémophilie de son frère aîné s'est déclarée. C'était une forme bénigne, mais ils craignaient que celle de Nolan ne soit grave. Au lieu de cela, le laboratoire a établi que Nolan était né avec un gène suppresseur salutaire qui neutralise l'hémophilie.

Il s'interrompit.

— C'est comme s'il y avait une entaille sur une autre petite cuillère, loin de l'entaille de l'hémophilie, qui annule celle-ci.

Gaia fronça les sourcils.

— Est-ce possible ?

— Oui. Et c'est pour ça que monfrère Iris est si excité.

Sa voix s'assombrit.

— La mère de Nolan vient de l'extérieur. Et elle a des taches de rousseur tatouées sur la cheville.

Gaia souffla un grand coup et s'appuya sur le dossier de sa chaise.

— Oh, non, murmura-t-elle.

Qu'on se concentre sur ce tatouage attirerait l'attention sur le Secteur Ouest Trois et ne ferait qu'aggraver la situation pour les gens qui y vivaient.

— Je ne comprends toujours pas, intervint Yvonne. Quelle importance cela peut-il avoir ?

Léon repoussa ses cheveux derrière son oreille et se tourna vers la fillette.

— Trois étapes sont à venir. D'abord, l'Enclave doit identifier d'autres enfants comme Nolan qui ne souffrent pas d'hémophilie alors que leurs gènes indiquent qu'il devrait en être autrement. Ensuite, on voudra identifier le gène suppresseur. On peut le faire de deux façons : élever Nolan avec d'autres enfants comme lui ou retracer leurs arbres généalogiques pour réduire les possibilités par élimination. De ces deux options, la seconde est bien plus morale et plus rapide aussi. Une fois le gène suppresseur identifié, on sera prêt pour la troisième étape : tester tout le monde pour voir qui est porteur du gène suppresseur, et on fera épouser à ces gens les porteurs du gène de l'hémophilie afin que leurs enfants n'en souffrent pas.

Gaia l'observa qui remuait sa soupe avec sa petite cuillère comme s'il perdait l'appétit.

— J'ai la tête qui tourne, confessa Pearl. Qu'est-ce que cela implique concrètement pour nous ? Pour tous nos amis à l'intérieur du mur aujourd'hui ?

Léon mit le bol de côté.

— On emmène les filles et les garçons tatoués de taches de rousseur pour leur faire subir des tests et voir si, comme Nolan, ils sont porteurs du gène suppresseur. Ce ne sera guère contraignant. Un simple prélèvement de sang et un de salive à l'intérieur de la joue. Quand on aura identifié d'autres individus comme Nolan, alors on localisera leurs parents.

— À l'extérieur du mur ? demanda Pearl.

— Oui. À l'extérieur du mur. Et à partir de là, on étudiera leurs arbres généalogiques.

— Mais les taches de rousseur ne garantissent rien, protesta Gaia. Il n'y a aucun lien entre les tatouages et les gènes.

— Je sais, dit Léon, et monfrère Iris et le Protecteur le savent. Mais les gens tatoués de taches de rousseur sont les seuls avec lesquels on peut travailler, les seuls dont on connaisse les parents biologiques.

— À cause du registre codé de ma mère, compléta Gaia.

Léon acquiesça.

— C'était la clé. On nous observait grâce à une caméra. J'aurais dû m'en douter. Bartlett aurait dû me le dire. Ils ont tout déchiffré maintenant.

— Ils se sont aussi servis de toi ? demanda Gaia.

Il acquiesça encore une fois.

— Quand ils m'ont vu te rendre visite dans ta chambre de mon propre chef, ils ont profité de l'aubaine.

— C'est le sergent Bartlett qui t'a tendu un piège ?

— Je ne sais pas. Ça ne lui ressemble pas. Il ne l'aurait pas fait intentionnellement. Il savait juste que je m'intéressais à toi.

Le cœur de Gaia fit à nouveau un petit bond. *Qu'est-ce que Léon a bien pu raconter sur moi au sergent Bartlett ?* se demanda-t-elle.

— Que se passera-t-il quand on aura identifié le gène suppresseur et trouvé les individus qui en sont porteurs ? demanda Gaia.

Léon joignit ses doigts en un V inversé qui jeta une ombre pointue sur la table.

— Ils pensent au long terme. Une fois le gène suppresseur identifié, on fera subir des tests à tous les bébés de l'extérieur du mur pour prendre ceux qui en seront porteurs. Ils sont patients.

L'horreur qui naissait en Gaia la priva de voix temporairement.

— Tous ?

— Ce seront les bébés les plus désirés, les enfants avancés les plus précieux, répondit-il, impassible. Les mères de ces enfants seront encouragées à en avoir autant que possible pour tous les avancer. Et quand ces bébés grandiront, ils pourront choisir leurs futurs époux et épouses parmi les meilleures familles de l'Enclave.

Pearl débarrassa le bol de soupe de Léon.

— Tout cela paraît extrêmement tiré par les cheveux, commenta-t-elle.

— Acceptez-le, c'est un fait.

Gaia se pencha en avant et joignit les mains sur la table.

— Que t'est-il arrivé, après que tu m'as quittée ?

Un muscle se contracta dans la mâchoire de Léon.

— Je suis allé voir mon pè... le Protecteur et monfrère Iris. Ce dernier m'a félicité de nos avancées dans le décodage du ruban et m'a expliqué l'aspect prometteur du gène suppresseur.

Il baissa la voix et continua d'un ton moqueur.

— Il m'a annoncé qui étaient mes parents. Monfrère Iris récompense toujours le bon travail. Puis il a voulu savoir si je serais en mesure de retrouver le bébé que tu as sauvé, celui du couple exécuté.

— Tu plaisantes ! s'exclama Gaia.

Léon passa une main sur ses yeux et, quand il la baissa, il évitait toujours son regard.

— Ce bébé pourrait être comme Nolan. Ils veulent que tu reviennes, Gaia. Ils veulent t'élever au rang de héros pour l'avoir sauvé.

— Non, murmura Pearl.

Gaia retint son souffle.

Léon fit non de la tête.

— Je leur ai dit que le bébé était mort.

Pearl s'appuya sur l'évier.

— C'est vrai ? demanda-t-elle.

Léon se tourna vers elle et parla doucement.

— Je ne sais pas vraiment. On ne peut pas retrouver la trace des bébés vendus au marché noir, sauf si massœur Khol tient un registre. Et ce serait de la folie de sa part.

Il se retourna vers Gaia.

— C'est pourquoi tu dois partir. Tu n'es en sécurité nulle part ici, ni à l'intérieur de l'Enclave, ni dans Wharfton. S'ils te trouvent, ils se serviront de toi. Tu n'auras pas le choix.

Gaia garda le silence, ébranlée par cette nouvelle. L'Enclave voulait l'utiliser à des fins politiques. C'était pire que de la vouloir morte, mais elle s'inquiétait davantage de ce qui allait arriver aux familles du Secteur Ouest Trois. Elles risquaient de perdre plus de bébés encore.

— Nous devons les arrêter, déclara-t-elle.

— Comment ? demanda Oliver.

— Je ne sais pas. Mais il doit y avoir un moyen.

Léon secoua la tête.

— Tu ne peux rien y faire, Gaia. Ils sont trop puissants. Et ils persuaderont les gens qu'ils font ça pour leur bien. Ils y parviennent toujours.

Il cligna des yeux et se frotta le front, comme profondément las.

— Et peut-être que c'est pour le mieux, à long terme.

— Tu ne peux pas croire à ces bêtises.

Il baissa d'un ton.

— Je ne sais pas ce que je crois. Je ne leur fais pas confiance mais, en fait, je vois en quoi isoler le gène suppresseur pourrait aider.

— Es-tu en train de dire que l'esclavage à des fins de procréation est acceptable ? demanda-t-elle. Es-tu en train de suggérer qu'enlever plus de bébés à leurs mères est normal ?

Il finit par lever les yeux et croiser ceux de Gaia à contrecœur. Si elle avait cru un jour que quelque chose était mort en Léon, ce n'était rien comparé au vide austère et insensible qu'elle lisait maintenant dans son regard.

— Mais qu'est-ce qui a bien pu t'arriver ? interrogea-t-elle.

Il baissa les yeux et ses mains s'immobilisèrent sur la table.

Pearl posa une main sur l'épaule de la jeune fille.

— Vas-y doucement, Gaia. Cela fait beaucoup à digérer. Je dois dire que, si j'entendais parler d'un petit garçon vivant à l'extérieur du mur aujourd'hui qui pourrait épouser Yvonne un jour et avoir des enfants en bonne santé avec elle, cela ouvrirait des portes au lieu d'en fermer. Beaucoup ont confiance en l'Enclave pour faire ce qu'il faut à long terme. Elle l'a toujours fait.

— Si c'est le cas, pourquoi m'aidez-vous aujourd'hui ? demanda Gaia. Ne voyez-vous pas que vous devez choisir votre camp ?

Pearl croisa ses bras musclés sur sa poitrine : on ne lui ferait visiblement pas changer d'avis.

— Ma vie est ici, dit-elle doucement. Elle n'est pas parfaite, mais c'est le mieux que nous ayons. Je t'aide parce que mon cœur me dit que c'est ce que je dois faire et parce que je le peux. Cela me suffit comme raison.

Gaia luttait contre la confusion et s'efforça de réfléchir à son plan.

— Nous devons toujours sortir ma mère de là. C'est notre priorité. D'accord ?

Un soupir de soulagement parcourut Yvonne et Oliver, et Pearl saisit un autre tabouret, qu'elle déplaça bruyamment.

— Tenez, dit-elle en leur présentant un grand rouleau de papier.

— Qu'est-ce que c'est ? demanda Léon.

— Une carte, répondit Oliver. On l'étudiait tout à l'heure.

Pour la première fois, l'ancien Léon sembla se réveiller.

— Quel est votre plan, précisément ? demanda-t-il en tournant la carte vers lui.

Gaia pencha la tête pour essayer de la voir sous le même angle que lui. Le parchemin était abîmé aux bords et certains traits avaient été estompés et retravaillés pour différentes mises à jour, mais c'était une carte complète de l'Enclave et de Wharfton, où les rues et les secteurs étaient répertoriés avec soin. Gaia trouvait étrange de voir son monde en deux dimensions, sans le relief qui faisait tant partie de leurs déplacements habituels : grimper du délac à la porte Sud ou entrer dans l'Enclave et monter progressivement vers le Bastion. Malgré tout, la carte donnait une indication claire de la distance entre deux points. Gaia suivit doucement du doigt la petite ligne de Sally Row où se trouvait sa maison dans le Secteur Ouest Trois. Son père aurait adoré cette carte, elle le savait.

— Mace est parti demander à massœur Khol de m'emmener auprès de ma mère, dit Gaia. Je serai déguisée en garçon et porterai son sac pour elle. Nous prendrons un outil tranchant au cas où nous nous retrouverions face à une serrure ou des chaînes, puis nous jetterons une corde par la fenêtre pour que ma mère et moi descendions en rappel.

Léon avait l'air sceptique.

— Quoi ? demanda Gaia en croisant les bras sur sa poitrine. Tu as une meilleure idée ?

Il s'éclaircit la voix et Gaia fut contrariée de voir qu'il n'arrivait pas tout à fait à réprimer un sourire.

— La partie avec massœur Khol est très astucieuse, commença-t-il. Mais tu ne descendras jamais à l'aide d'une corde. Sauf si tu as une expérience en alpinisme que j'ignore.

Oliver rit. Gaia se raidit sur sa chaise et Pearl lui donna un petit coup de coude.

— On avait des doutes quant à leur capacité à descendre en rappel, admit la boulangère.

Léon tourna une main vers le ciel comme pour dire « Tu vois ? »

— Tu n'es pas le seul à avoir de la force dans les bras, rétorqua Gaia.

— Je suis sûr que les tiens sont solides. Mais qu'en est-il de ceux de ta mère ?

Gaia tira la carte à elle.

— Tu vas nous aider ou non ? Le Bastion et la prison sont là, et la tour sud-est ici.

Elle les montra du doigt.

— Après avoir récupéré ma mère, nous pourrons sortir soit par l'entrée principale au sud si quelqu'un fait diversion, soit ici, par le passage secret près de la fosse à ordures.

Elle leva la tête et constata que Léon était venu de son côté de la table pour étudier la carte par-dessus la tête d'Yvonne.

— Pourquoi pas par la porte Nord ? demanda-t-il.

— Nous avons des amis dans Wharfton. Je me suis dit qu'ils pourraient nous aider à nous cacher et nous fournir des provisions avant que nous n'allions plus loin. Comment es-tu revenu à l'intérieur du mur après avoir rendu visite à Derek ? demanda Gaia.

Léon effleura un point sur la ligne de l'enceinte.

— Ici, près de l'usine à énergie solaire.

Il hésita avant de désigner d'abord une rue puis la ferme au miel sur la carte.

— Il existe aussi un tunnel ici, et ici, qui mène dans la cave à vin du Bastion, là.

Gaia secoua la tête.

— C'est trop loin de la tour pour nous être utile.

Elle étudia la carte et la façon menaçante qu'avaient les routes de l'Enclave de s'interrompre au niveau du mur.

— Mace a proposé de me faire sortir dans une charrette à vélo quand les garçons iront chercher du bois.

Léon fit doucement non de la tête.

— Il ne pourra pas nous y cacher tous les trois. Il faudrait que nous sortions par ici.

Il désigna un point à côté de l'usine à énergie solaire, à la frontière sud-est de l'Enclave.

Tous les trois ? pensa-t-elle. Léon avait-il l'intention de sortir de l'enceinte du mur avec elles ?

— Je suppose que tu as raison.

— Que feras-tu alors ? demanda-t-il. As-tu réfléchi à comment survivre dans le désert ?

Elle fit glisser son doigt vers le haut, là où la carte se terminait.

— La Forêt Morte est plus au nord. C'est là que nous allons. Rejoindre la communauté qui y vit.

Le jeune homme s'inclina légèrement en arrière. Yvonne approcha son tabouret et se pencha bien en avant sur la carte pour l'étudier. Oliver et Pearl échangèrent un regard.

Léon finit par prendre la parole.

— Il n'y a rien au nord d'ici, hormis le désert, Gaia, dit-il doucement. La Forêt Morte est un mythe.

Gaia jeta un coup d'œil à Pearl et aux autres, attendant qu'ils le contredisent, mais ils gardèrent le silence.

— Moi aussi, je le croyais, dit-elle finalement. Mais elle existe vraiment.

Face à leurs doutes, elle chercha à se souvenir comment elle en était venue à cette conclusion.

— Cela se sait à l'extérieur du mur, dit-elle. Des gens y vont.

— Parce qu'ils meurent, fit Oliver.

— Non. Une amie à moi, la vieille Meg, m'a dit qu'elle s'y rendait.

Gaia s'interrompit, regarda Léon et se souvint qu'il lui avait posé des questions sur la vieille Meg le soir où cette dernière avait quitté Wharfton.

— Et les gens reviennent-ils un jour de la Forêt Morte ? demanda Léon d'un ton plein de sous-entendus.

Elle connaissait la vérité, même si elle n'en avait pas la preuve.

— Non, répondit-elle.

BONHEUR

La petite Yvonne se pencha vers Gaia et passa son bras svelte autour des épaules de son amie.

— Je crois en la Forêt Morte, dit-elle gentiment.

Pearl eut un rire grave.

— Allons, choupinette, tu dors sur ton tabouret. Je crois franchement que nous devrions tous essayer de nous reposer un peu. Yvonne et Oliver, allez vous coucher maintenant.

Yvonne se plaignit un peu mais Pearl resta ferme et, bientôt, le frère et la sœur souhaitèrent une bonne nuit et allèrent se coucher. Gaia ne voyait pas comment elle pourrait bien réussir à dormir alors que son plan était toujours inachevé et elle tira la carte vers elle. Quand la boulangère posa une main sur l'encadrement de la porte et se retourna une fois de plus vers la cuisine, Gaia leva les yeux. Léon était debout et regardait Pearl respectueusement.

— Nous n'avons pas d'autre lit, dit-elle, mais tu peux dormir par terre dans la chambre d'Oliver. Je lui dirai de te laisser une couverture. Je suis désolée, c'est le mieux que je puisse faire.

— Ne vous inquiétez pas pour moi, s'il vous plaît, dit Léon.

Gaia s'aperçut que le jeune homme s'était levé délibérément, accordant à Pearl la déférence qu'un gentleman octroyait habituellement à une dame. La boulangère se redressa et jeta un dernier regard à sa protégée.

— Dors un peu, Gaia. Demain, la journée sera longue.

— Je vais y aller.

— Cela ne vous embête pas d'éteindre la lumière ? Vous pouvez ouvrir la porte du four pour en avoir un peu. Mettez le charbon en tas et fermez la porte avant d'aller vous coucher. Mace devrait rentrer dans une heure environ, mais gardez la porte fermée à clé.

— Bien sûr, acquiesça la jeune fille.

L'instant d'après, le bruit sourd d'une porte qui se fermait au bout du couloir leur parvint, et Gaia sut que Léon et elle étaient seuls. Il éteignit le plafonnier et elle attendit qu'il ouvre la porte du four avant de souffler la dernière bougie. La chaude lumière dorée du four se déversait sur le sol et se reflétait discrètement sur les casseroles et les ustensiles de cuisine suspendus aux murs. Elle constata que de la pâte levait sur un chariot rempli de plaques derrière elle, comme si elle était dotée d'une vie imperceptible sous son odeur de levure.

Léon se rassit lentement et enfonça son visage dans ses mains, de sorte que ses cheveux bruns pointaient entre ses doigts. Gaia relâcha sa poigne sur son pull et se mit à jouer avec un des petits boutons de sa robe. Il l'avait à peine regardée pendant qu'ils discutaient avec la famille de Pearl et elle se demandait si cela allait changer maintenant qu'ils étaient seuls.

Au bout d'un moment il s'affala sur le côté, posant sa joue mal rasée dans la paume de sa main, les yeux sur la carte. Il parcourut les lignes de Sally Row du doigt, comme elle l'avait fait plus tôt.

— As-tu eu une enfance heureuse à l'extérieur du mur ? demanda-t-il.

La question était si inattendue qu'elle se surprit à baisser un peu sa garde.

— Pourquoi veux-tu savoir cela ?

— Je n'arrête pas de me demander si j'aurais été plus heureux dehors, à grandir dans la famille de Derek.

Elle sourit.

— C'est ridicule. Tu as eu tellement d'avantages.

— Ah oui ?

— Comment peux-tu en douter ? Tu as été bien nourri depuis la minute où tu as été avancé. Tu as eu droit à des vêtements chauds et à une bonne éducation. Sans parler de parents riches et puissants. Je t'ai vu vivre dans le luxe à l'Autélé chaque fois qu'on y passait une émission spéciale consacrée à la famille du Protecteur, alors ne me dis pas que ta vie n'était pas parfaite.

Elle tendit le bras pour suivre du doigt une brûlure noire sur la table. Ses yeux s'adaptaient doucement à l'obscurité et, tant qu'elle évitait de regarder directement vers le four, sa vue restait perçante. Elle le voyait assez bien pour se rendre compte qu'il évitait à nouveau son regard.

— Alors à quoi a ressemblé ton enfance ? demanda-t-il. Dis-moi la vérité.

— La vérité, répéta-t-elle lentement, cherchant comment résumer une enfance tout entière. C'était plutôt bien quand j'étais toute petite. On était pauvre, comme tout le monde, mais je ne le savais pas. Notre maison était... eh bien, tu sais qu'elle se trouve à l'extrémité du Secteur Ouest Trois et j'aimais bien ce coin, avec plein d'espace à explorer en grandissant.

Elle désigna cette partie de la carte du menton.

— Mes parents travaillaient la journée et me gardaient près d'eux mais, le soir, je pouvais toujours convaincre l'un d'eux de partir en expédition avec moi aux alentours. J'aimais ça, surtout descendre dans le délac.

— Et tu avais des amis ?

— J'avais deux amies. Enfin, j'en avais une vraie. Emily habitait en face de chez moi. On adorait se déguiser avec les bouts de tissu de mon père.

— Et vous êtes encore proches ? demanda-t-il.

Elle le regarda, perplexe.

— Pourquoi veux-tu savoir tout ça ?

Sa voix était un murmure dans le silence ambiant.

— J'essaie juste de m'imaginer ta vie. Je cherche à découvrir ce qui te rend si différente de toutes les autres personnes que je connais.

Cela la surprit.

— Tu me trouves différente ?

Il remua sur sa chaise pour tourner son profil vers le four et tendre une jambe bottée vers l'âtre. La porte était maintenue ouverte et les charbons rouges à l'intérieur frémissaient toujours sous l'effet de la chaleur. Le col de sa chemise noire s'ouvrit légèrement et glissa, découvrant sa nuque.

— Qu'est-ce qui a changé quand tu as grandi ? demanda-t-il.

Gaia réfléchit à ce qu'elle pourrait lui dire et, en même temps, elle ressentait l'étrange besoin de lui résister, comme s'il tirait sur quelque chose de fragile en elle. Elle s'avança jusqu'à l'évier et se fit couler une tasse au robinet.

— Tu veux de l'eau ? demanda-t-elle.

— S'il te plaît.

Elle versa une seconde tasse pour elle et les apporta à la table.

— Sais-tu à quel point c'est incroyable pour moi de pouvoir me verser un verre d'eau au robinet de cette cuisine ?

Il leva la tasse à ses lèvres mais la garda là, sans la boire.

— Explique-toi.

Elle ravança sa chaise et avala une gorgée.

— Pour obtenir de l'eau à l'extérieur du mur, je devais emmener mon bâton et deux énormes bouteilles au robinet de notre secteur, qui était encastré dans le mur. En général, le vieux Perry, le préposé à l'eau, était là avec ses gros seaux et ses entonnoirs et il m'aidait à remplir mes bouteilles et à les charger. Je lui donnais du basilic ou des œufs en échange. Mais s'il n'était pas là, je devais m'asseoir à côté du robinet pour attendre que chaque bouteille se remplisse. Les robinets dehors sont extrêmement lents, tu sais. Il y avait parfois la queue. Cela pouvait prendre dix minutes ou plus pour remplir mes bouteilles et, après, je devais les ramener à la maison en les suspendant à mon bâton.

— Je croyais que l'eau était livrée à ta famille. Que c'était un des paiements du travail de sage-femme de ta mère.

Elle rit.

— À ton avis, de combien de litres d'eau a besoin une famille ?

Notre indemnité ne durait jamais la semaine entière et, quand mon père teignait des tissus, nous en avions besoin en très grande quantité.

Elle posa les coudes sur la table et but une autre gorgée de sa tasse.

— Tu devais donc porter l'eau, dit-il. Quoi d'autre ?

Elle haussa les épaules.

— J'aidais ma mère dans son potager et je m'occupais des poules. Je faisais des courses pour mon père. Et euh... quoi d'autre ? Je faisais le ménage. J'étendais le linge. J'aidais en cuisine. Tous les enfants que je connaissais travaillaient tout le temps.

— Mais tu étais heureuse ? demanda-t-il.

Elle ne savait pas quoi lui répondre. Voulait-il apprendre qu'elle avait fait des cauchemars pendant des mois quand un garçon du voisinage était mort d'une fièvre ? Ou que les enfants la tourmentaient sans cesse à cause de sa cicatrice ? Ces allers-retours avec le chargement d'eau étaient les pires, car elle ne pouvait pas courir, ne pouvait pas se servir de ses mains pour se défendre et que n'importe quel garnement qui voulait lui jeter quelque chose au visage pouvait le faire. Elle avait été privée d'école et d'informations, n'avait jamais pu rassasier sa curiosité. Elle avait aussi lentement nourri une violente rancune contre l'injustice quand elle s'était rendu compte en grandissant que les gens de l'autre côté du mur n'avaient pas la vie dure comme les habitants de Wharfton.

Mais d'un autre côté, elle aimait profondément ses parents et cela la rendait heureuse.

Gaia mit de côté sa tasse, reconnaissante qu'il n'insiste pas pour qu'elle réponde. Bonne ou mauvaise, heureuse ou pas, cette vie était terminée pour elle à présent. Elle ne pouvait pas retourner à Wharfton et reprendre son activité de sage-femme pour le Secteur Ouest Trois.

Elle avait les cheveux détachés ; sa frange qui lui tombait dans les yeux l'énervait. Elle leva les bras pour tresser l'extrémité de certaines mèches en une petite natte, la prolongeant juste assez pour pouvoir la glisser derrière son oreille.

— Je suis sûre que tu étais plus heureux à l'intérieur du mur que tu ne l'aurais été à l'extérieur, conclut-elle. Tu sais, tu pourrais sans doute encore arranger la situation avec ta famille. Tu n'as rien fait d'impardonnable, n'est-ce pas ?

— J'avais besoin de réfléchir et de trouver mon vrai père, alors je suis parti. Cela te semble-t-il impardonnable ? On a envoyé des soldats me chercher.

Il remua à nouveau pour poser son bras et pianoter des doigts sur la table.

— Nous devrions établir notre plan pour demain.

Elle acquiesça.

— Je monterai avec massœur Khol pour aller chercher ma mère et j'essaierai de redescendre les escaliers aussitôt avec elle. Ensuite, nous la ramènerons ici et, la nuit, nous réfléchirons à un moyen de quitter l'Enclave.

— Si besoin est, tu peux pénétrer dans le Bastion. Des portes à l'intérieur donnent sur la tour.

Il montra du doigt leur position sur la carte.

— C'est bon à savoir.

— Si tu ne ressors pas, j'irai te chercher à l'intérieur. Si tu es à court de possibilités, monte plus haut, vers le toit de la tour. Ils ne s'y attendront pas. Je commencerai à te chercher en haut et redescendrai jusqu'en bas.

C'était là, entre eux... Cette question inexprimée. Pourquoi l'aiderait-il cette fois-ci ? Le sergent Bartlett avait trouvé un moyen de la faire sortir du Bastion. Pourquoi Léon n'avait-il pas agi de même ?

— J'emmène quand même la corde, dit-elle.

— D'accord. Mais ne te brise pas le cou. Je suppose que tu ne me laisserais pas y aller à ta place.

Elle fit non de la tête. Elle ne lui faisait pas confiance pour faire ce qu'il fallait.

— C'est bien ce que je pensais. Même si tu penses que j'ai de la force dans les bras.

Étonnée, elle leva les yeux et vit qu'il l'observait.

— Je ne l'ai pas vraiment dit comme un compliment.

— Non ?

La braise s'affaissa dans le four, produisant un bref flamboiement mais, hormis cela, tout était immobile. Gaia ne savait que penser de lui, ni que ressentir, mais elle était plus troublée encore lorsqu'il l'examinait d'un air curieux, attentif.

— Tu me taquines ? demanda-t-elle.

Un sourire se dessina lentement sur ses lèvres.

— Je devrais ?

Elle resta momentanément sans voix. Puis elle fronça les sourcils.

— Que sais-tu du sergent Bartlett ? demanda-t-elle.

— En dehors du fait qu'il t'a aidée à t'échapper ? Ça a tout fichu en l'air, tu sais.

— Tout dépend du point de vue.

— Vous êtes amis ? demanda Léon.

— En quelque sorte. Quel genre d'homme est-il ?

Léon se leva et prit une babiole sur le manteau de cheminée : un tout petit batteur à œufs qui ressemblait plus à un jouet qu'à un ustensile. Il fit tourner la petite roue.

— Jack est un garçon comme beaucoup d'autres. Il travaille dur. C'est un bon tireur. Je crois qu'il aime chanter. Pourquoi ?

Gaia aurait aimé avoir le temps de le connaître.

Léon fit tourner la roue si fort que l'un des fouets se cassa. Il jura et ramassa la pièce.

— Oublie-le, Gaia. Ce n'est pas ton genre d'homme.

— Et comment pourrais-tu savoir quel est mon genre d'homme ?

— Ce n'est pas Jack, c'est tout.

— Pourquoi, parce qu'il est gentil avec moi ?

Il poussa les petites pièces du batteur à œufs cassé vers elle.

— Tu peux le réparer ?

— C'est mon frère, d'accord ? Jack Bartlett est mon frère, Odin Stone.

Léon se rassit, médusé.

— Jack est ton frère ? Mais il ne te ressemble pas le moins du monde.

— Merci. Brillante remarque. Très utile.

— D'accord, pas la peine de t'énerver.

— Jack Bartlett m'a fait sortir du Bastion. Jack Bartlett ne m'a pas laissée là sans la moindre chance de m'évader et sans explications.

Elle saisit les petites pièces et les disposa en rang sur la table. Léon prit sa tasse vide et la retourna dans ses mains. Comme le silence s'éternisait, Gaia sut qu'elle devait poser la question qui lui brûlait les lèvres, même si cela révélait sa vulnérabilité.

— Pourquoi m'as-tu laissée ? demanda-t-elle d'une voix tendue.

Elle l'observa qui retournait la tasse une fois de plus et passait son pouce dans l'anse. Quand il la regarda, cette fois, ses yeux étaient empreints de regret.

— Je suis désolé, dit-il doucement, c'était une erreur.

— Mais pourquoi as-tu agi ainsi ?

Elle vit ses doigts s'immobiliser.

— J'ai cru pouvoir négocier pour ta mère et toi. Quand j'ai vu les filles dans la cour, je me suis rendu compte que monfrère Iris devait déjà agir d'une façon ou d'une autre d'après les informations que tu lui avais fournies et je me suis dit qu'il t'en serait reconnaissant. J'ai cru pouvoir les convaincre, lui et mon père, de te laisser partir.

— Mais ils n'ont pas voulu ?

Il secoua la tête.

— Ils ont refusé. Ils voulaient que je te persuade de leur revenir, comme je te l'ai dit, comme leur nouveau héros.

— Et tu as dit non.

Il détourna vivement le regard.

— Gaia, commença-t-il, c'était sans espoir. J'avais l'impression de t'avoir totalement trahie, d'avoir été complètement manipulé. Puis ils m'ont expliqué pour le gène suppresseur et l'importance du registre de ta mère à leurs yeux.

Il la regarda de nouveau, la bouche entrouverte. Ses joues avaient pris de la couleur grâce à la chaleur du four et ses yeux bleus étaient sombres et vifs.

— Mon père est un homme extrêmement persuasif, je l'avais oublié.

— Et c'est là qu'il t'a convaincu que son plan était acceptable ?

Elle sentait la colère monter en elle à nouveau.

— Je ne sais pas, répondit-il. Je ne sais pas quoi penser. Si ton père te parlait de quelque chose dont il était tout à fait convaincu, ne l'écouterais-tu pas ?

— Mon père est mort.

Elle repoussa sa chaise brusquement. Elle cherchait à comprendre Léon mais c'était difficile. Tout paraissait en revenir à sa relation à son père. Il avait beau le nier, le Protecteur était son vrai père. Il l'avait élevé et avait toujours de l'influence sur lui, même s'ils étaient brouillés depuis des années. C'était clair à ses yeux. Il lui paraissait terriblement injuste qu'il ait toujours son père, malgré leur relation difficile, alors qu'elle avait perdu le sien.

— J'aimerais que tu me parles de ta famille à présent, dit-elle. Ce serait normal après tout.

— C'est une histoire ennuyeuse.

— Rien qu'un tout petit détail. Moi je t'ai parlé de mon enfance.

— D'accord, dit-il doucement. Tu voudrais peut-être connaître un secret sur les émissions spéciales consacrées à la famille du Protecteur.

Elle devina à son ton qu'il ne fallait pas se fier aux apparences de ces émissions. Elle voyait encore les scènes ensoleillées représentant la famille dans les jardins du Bastion, les garçons vêtus de shorts blancs impeccables, les genoux propres, les jumelles portant des robes jaunes assorties. Une scène, en particulier, lui revint à l'esprit : la cueillette des pommes. C'était sa préférée, avec les enfants qui se balançaient aux branches basses couvertes de fruits.

— On les répétait pendant de semaines, déclara Léon. Elles ne comprenaient pas le moindre moment authentique, tout était mis en scène.

— Tu plaisantes.

— Tu peux me croire. Nous, les enfants, on détestait ça et, finalement, quand Rafael a eu sept ans, il a tout bonnement refusé d'y participer. C'est la seule fois où je lui ai été reconnaissant de piquer une crise.

— Et tes sœurs ? Tu jouais avec elles étant enfant ? Cache-cache dans le Bastion ?

— Cache-cache, répéta-t-il doucement.

Elle entendit dans ces simples mots le poids d'émotions complexes. Elle aurait aimé voir ses yeux, mais il s'était à nouveau tourné vers le four.

— Oui, on jouait à cache-cache. Et aux échecs. Et à toutes sortes de jeux. Les autres adoraient me voir perdre.

Il toucha la porte du four de sa botte.

— C'est l'anniversaire de Fiona et d'Evelyne demain, dit-il.

Gaia fut surprise.

— Tu veux dire aujourd'hui ?

— Oui, je suppose que c'est aujourd'hui. C'est la première année qu'on le célèbre depuis la mort de Fiona, continua-t-il. Evelyne aura quatorze ans. Le Protecteur a invité la moitié des familles les plus fortunées au Bastion pour une réception. Il devrait y avoir des feux d'artifice.

— Tu es censé y aller, toi aussi ? demanda-t-elle.

Il haussa les épaules et émit un petit rire.

— Evelyne m'a invité, mais on m'a très clairement fait comprendre qu'il ne fallait pas que je vienne.

Gaia attendit, espérant qu'il poursuivrait.

— Raconte-moi, demanda-t-elle doucement. Je veux en savoir plus. Comment étais-tu, quand tu étais petit ?

Il esquissa un sourire.

— J'étais l'enfant le moins coordonné au monde. Quand j'ai commencé à jouer au foot, je tombais chaque fois que je frappais la balle. Mais j'ai persévéré. Ensuite, il m'a fallu un temps fou pour apprendre à lire. Les lettres bougeaient sur la page. On m'a cru stupide. Même Rafael a su lire avant moi.

— Je ne le savais pas.

Léon haussa les épaules.

— On n'en parlait pas dans les émissions spéciales. Je me suis rattrapé plus tard, en revanche, quand j'ai enfin compris le truc. J'aimais l'école.

Elle lui enviait ça. Une à une, elle rassembla en quelques clics les pièces du petit jouet en forme de batteur à œufs.

— Rafael est ton cadet de combien d'années ?

— Geneviève a eu Rafael quand j'avais quatre ans, et les jumelles sont arrivées l'année d'après.

La lumière dorée provenant du four se reflétait sur son nez et sa mâchoire. Il avait le regard pensif.

— Geneviève est en fait la seule mère que j'aie jamais connue, et elle était très gentille avec moi quand j'étais petit. Je lui accorde ça. Mais mon père était fou de sa nouvelle famille et moi j'étais, eh bien...

Il s'arrêta.

— C'était naturel, je suppose, qu'ils soient tous proches les uns des autres.

Il lui était curieux de voir Léon devenir de plus en plus sérieux à mesure qu'il parlait de sa famille. Gaia essaya de se rappeler le petit garçon qu'il était dans les émissions spéciales de l'Autélé, l'enfant aux cheveux bruns plus âgé, généralement placé derrière les autres. Elle avait toujours été fascinée par les petites sœurs aux boucles vives et aux visages rieurs, il était naturel qu'elle ne lui ait pas prêté attention. Il n'était pas difficile de croire que Léon avait été peu à peu exclu de sa propre famille.

— Et Fiona ? demanda-t-elle. Elle te manque ?

Léon secoua brièvement la tête.

— Je ne parle jamais d'elle.

Elle se souvint des propos tenus par les femmes de la cellule K et se demanda si elle saurait découvrir la vérité derrière les rumeurs.

— Et ta tante ? demanda-t-elle.

Il se tourna, l'air perplexe.

— Tante Maura ? Que veux-tu savoir sur elle ?

Elle déglutit avec difficulté et regretta de ne pouvoir retirer ce qu'elle avait dit.

— Qu'as-tu entendu dire sur ma tante ? demanda-t-il d'une voix plus froide.

— Rien.

— Mensonge. Tu as eu vent d'une rumeur, n'est-ce pas ? Qu'as-tu entendu dire ?

Elle baissa les yeux d'un air contrit et fit tourner le jouet entre ses mains. Il fonctionnait à merveille. Elle sentit la chaleur lui monter aux joues.

Léon eut un rire cinglant.

— J'aurais dû m'en douter. Je te parle de ma famille, de choses que je n'ai jamais dites à personne, et tout ce qui t'intéresse, c'est de savoir si les rumeurs d'inceste sont vraies.

— Je n'ai pas dit ça.

— Elles ne le sont pas, d'accord ? Je n'ai couché avec personne, de ma famille ou non. Je me fiche que tu ne me croies pas, mais c'est la vérité.

Elle aurait voulu se dissoudre dans une flaque de boue et s'évaporer.

— Pardonne-moi.

Léon se leva, prit le batteur à œufs miniature pour le reposer sur le manteau de cheminée et se dirigea vers l'évier. Elle l'entendit laver sa tasse discrètement tandis que le robinet grinçait doucement. Quelque chose dans ses mouvements silencieux et contrôlés la mettait encore plus mal à l'aise. Quand il tendit la main pour récupérer sa tasse, elle la lui donna sans un mot. Il la lava aussi et la posa à l'envers sur l'égouttoir.

— Tu n'es pas obligé de m'aider demain, dit Gaia.

Il se retourna, croisa les bras et s'appuya sur le rebord de l'évier.

— Tu sais quoi ? Tu es plutôt douée pour repousser les gens.

Tu le savais ? C'est peut-être pour ça que tu n'avais qu'une amie étant enfant.

Elle secoua la tête.

— C'est méchant de dire ça.

Il passa la main dans ses cheveux et les saisit au-dessus du front. Il avait l'air fatigué, exaspéré et blessé. Gaia ne savait absolument pas quoi dire ni comment en revenir à la sensation de bien-être qu'ils éprouvaient auparavant. Elle savait seulement qu'elle ne souhaitait pas qu'il lui en veuille : cela la faisait se sentir faible et vulnérable, ce qu'elle n'aimait pas du tout.

Elle se leva et recula vers les escaliers qui menaient à la chambre qu'elle partageait avec Yvonne.

— Il est tard, dit-elle sans conviction.

— Bien. Alors va te coucher.

— Vas-tu dormir dans la chambre d'Oliver ?

— Non.

Elle posa les yeux sur la table, les chaises, les tabourets et l'espace totalement fonctionnel de la cuisine ; elle savait qu'il ne pourrait dormir nulle part confortablement. Elle allait protester quand elle entendit un clic discret dans le couloir, puis des pas pressés. Pearl entra dans la cuisine.

— Mace est-il rentré ? demanda-t-elle d'une voix inquiète. J'ai cru l'entendre arriver.

— Non, répondit Gaia.

Mais l'instant d'après, du bruit leur parvint de la porte, un code frappé discrètement mais distinctement.

— Fermez le four, murmura Pearl.

Dès que Léon eut obéi et que la cuisine eut sombré dans le noir, Pearl tourna la clé et ouvrit la porte. Mace Jackson se glissa à l'intérieur, suivi de près par une femme vêtue d'une longue cape blanche. Une volute d'air frais balaya la cuisine tandis que la porte se refermait ; le silence et l'obscurité reprirent leurs droits. Le rougeoiement dansant autour de la porte du four était la seule source de lumière.

— Pearl ? demanda Mace dans l'obscurité.

— Enfin, soupira sa femme.

Quand Gaia frotta une allumette pour allumer la petite bougie sur la brique du four, Mace et Pearl étaient dans les bras l'un de l'autre. Avec les larges épaules de la boulangère et la forte corpulence de son mari, on aurait dit deux ours qui s'étreignaient. Gaia ne put s'empêcher de sourire.

— Qui est-ce ? demanda Mace de sa voix grave et basse, ses yeux noirs posés sur Léon par-dessus l'épaule de Pearl.

— C'est un ami de Gaia, répondit sa femme aussitôt.

— C'est Léon Quarry, rétorqua Mace sévèrement en relâchant Pearl. As-tu la moindre idée de ce qui nous arriverait si on le trouvait ici ?

Gaia fit un pas pour se placer légèrement devant Léon.

— Ce n'est pas ce que vous croyez. Pardonnez-moi, Mace, je n'ai pas voulu...

— Derek Vlatir m'envoie, interrompit Léon. C'est mon père. Il m'a dit de venir vous voir.

Mace observa Léon avec attention puis saisit un couteau.

— Je me moque de ce que Derek a dit.

— Mace, dit Pearl fermement en posant une main sur son bras pour le raisonner.

— S'il vous plaît, intervint Gaia. Il est des nôtres à présent. Il est avec moi. Nous voulons juste sauver ma mère, puis nous partirons.

Les yeux de Mace se tournèrent brusquement vers Gaia ; il avait l'air peiné.

— Pas lui, Gaia. Il est de la pire espèce.

Il baissa la voix pour la mettre en garde.

— Tu ne sais pas de quoi il est capable.

— Si, je le sais. Et je vous demande de me faire confiance.

Elle se tourna vers Léon et vit qu'il plissait les yeux de colère contenue. Il ne dit rien pour se défendre. Mace émit un bruit de dégoût et enfonça le couteau dans son billot. Puis la femme en blanc restée près de la porte s'avança pour entrer dans la lumière de la bougie. Gaia reconnut massœur Khol. Le coin de ses lèvres tombait en une moue de dédain.

— Qui l'aurait deviné ? Vous deux ici, dit-elle en regardant d'abord Gaia puis Léon. La ville entière vous recherche.

La voix de Léon demeura soigneusement neutre.

— Êtes-vous venue nous aider ou nous menacer ?

Massœur Khol se raidit pour se faire plus imposante.

— Je ne savais pas que vous étiez mêlé aux affaires de la fille, dit-elle à Léon.

— Attendez, s'il vous plaît, intervint Gaia en faisant un pas de plus. Nous avons seulement besoin de votre aide pour que je voie ma mère, c'est tout. Si vous acceptiez juste de nous rendre ce service, nous vous en serions reconnaissants.

— Ce n'est jamais juste un service, rétorqua massœur Khol. Je t'ai fait passer un mot de ta mère un jour, mais est-ce que ça s'est arrêté là ?

Gaia ne savait pas quoi dire. Elle se tourna vers Pearl, qui s'approcha de massœur Khol, parlant trop bas pour que Gaia comprenne ses propos.

La jeune fille jeta un coup d'œil à Léon, mais son visage était impassible. Mace alluma le plafonnier. Bousculant presque le jeune homme, il passa tout près de lui et ignora les autres pour aller se laver les mains. Puis il tira une large planche d'une étagère, la posa sur la table et la saupoudra de farine.

Gaia était là, impuissante, à regarder Pearl et massœur Khol, quand elles se retournèrent enfin.

Massœur Khol s'adressa à Mace comme s'il était seul dans la cuisine.

— Dans la matinée, je traverserai la place du Bastion avec un lourd panier. Si je vois un garçon à qui je peux demander de le porter pour moi, je l'emmènerai avec moi dans la tour sud-est. Rien de plus. Il pourra rester cinq minutes. J'ai un travail important à mener à bien pour l'Enclave et je n'ai pas le temps pour ces bêtises. Je refuse d'être impliquée si un crime est commis.

Mace lui adressa un bref mouvement de tête. Gaia avait un million de questions à poser, mais le boulanger lui lança un regard sévère et elle garda le silence.

— Merci, Joyce, dit Pearl. J'apprécie ton aide. Vraiment.

Massœur Khol se dirigea vers la porte. Une main sur le loquet, elle s'arrêta et se tourna vers son amie.

— Si je pouvais atténuer ta douleur pour ce que tu as vraiment perdu, dit-elle, tu sais que je le ferais. Je préférerais que tu ne sois pas dupe : ce genre d'exploit ne changera rien.

L'instant d'après, elle était partie.

Pearl se frotta les yeux et frappa des mains.

— Vous avez entendu Joyce.

Elle saisit son tablier.

— Nous avons très peu de temps. Elle t'emmènera, Gaia, mais le reste dépend de toi. Elle devrait pouvoir s'en sortir en disant que tu l'as piégée, comme les autres. Allons chercher Oliver et Yvonne.

Tout le monde se mit au travail aussitôt, se déplaçant aussi vite et silencieusement que possible. On envoya Oliver chercher les vêtements d'apprenti de Jet pour Gaia, et d'autres pour Léon. Yvonne tressa du linge pour en faire une longue et solide corde. Mace travaillait la pâte devant lui, de ses mouvements silencieux et tranquilles, et, quand les plaques suivantes de pâte levée furent au four, il commença à charger la charrette pour le marché. Pearl enroula une longue bande de tissu en coton marron autour du torse de Gaia et rembourra ses épaules et sa taille pour l'épaissir. Quand la jeune fille enfila la chemise et le pantalon bleus de l'apprenti, puis un tablier blanc de boulanger et un manteau marron, Yvonne se détourna du linge qu'elle tressait et gloussa.

— Tu ressembles à Jet dans ses mauvais jours. Jusque dans les cheveux.

— Merci, dit Gaia.

Elle fit quelques pas en pantalon pour s'habituer à la sensation. Les femmes de Wharfton portaient des pantalons à l'occasion, si leur travail l'exigeait ou si l'hiver était rude, mais c'était rare. Gaia n'avait pas mis de jambières depuis son enfance.

— Tu dois marcher avec les jambes écartées, comme ça, expliqua Yvonne.

Elle lui fit la démonstration en pouffant.

Pearl avait concocté rapidement une fine pâte à crêpe qu'elle versa sur un poêlon plat dans un chuintement.

— Chapeau, ordonna-t-elle sèchement.

Yvonne courut à l'étage et revint aussitôt avec un chapeau marron de garçon à large bord.

Gaia remua dans ses vêtements, cherchant à se mettre à l'aise, et regarda Pearl déposer deux fines crêpes sur une serviette propre pour qu'elles refroidissent. Elles étaient rondes et légères, d'une flexibilité et d'une texture qui ressemblaient étrangement à la peau.

— Elles sont trop pâles pour elle, dit Léon, en s'arrêtant alors qu'il traversait la cuisine, des baguettes plein les bras.

— Qu'est-ce que tu en sais ? Ôte-toi de mon chemin, rétorqua Pearl. Et va te raser, tu veux ?

Léon adressa un bref coup d'œil à Gaia, presque un sourire, puis il s'occupa de préparer la charrette avec Oliver et Mace. Ils n'arrêtaient pas d'ouvrir et de fermer la porte du magasin comme ils le faisaient normalement pour charger la charrette un jour de marché ; l'air frais donna la chair de poule à Gaia.

— Assieds-toi, ordonna Pearl en désignant un tabouret placé juste sous la lumière.

Elle toucha le menton de la jeune fille ; celle-ci leva la tête docilement et ferma les yeux. Elle sentit qu'on étalait une substance froide pâteuse sur la cicatrice de sa joue gauche et elle fut frappée par la douceur et la fermeté du toucher de Pearl. Puis un tissu humide et froid couvrit tout son visage ; elle suffoqua et dut combattre une crainte instinctive. L'instant d'après, on soulevait le côté droit et Gaia comprit que Pearl avait appliqué une des crêpes sur son visage pour la couper en deux le long de son nez. Les paupières toujours fermées, la jeune fille avait conscience que la boulangère travaillait près de son visage. Elle sentait son souffle sur son cou et parfois sur son oreille, et elle entendait des claquements de langue que Pearl émettait du fond de la gorge quand elle se concentrait.

Puis elle sentit distinctement un pinceau lui appliquer de la poudre sur la joue droite et le front, mais seulement une très légère pression du côté gauche. Pearl eut un petit grognement d'insatisfaction et Gaia l'entendit se retourner vers la farine et les épices. Un peu plus tard, la jeune fille sentit d'autres coups de pinceau et la femme de Mace souffla fort sur son visage, ce qui la fit tressaillir.

— C'est affreux, s'exclama Yvonne

Gaia ouvrit les yeux aussitôt, alarmée.

La fillette lui adressait un large sourire et Pearl, à quelques centimètres d'elle, fronçait les sourcils en touchant la nouvelle peau sur sa joue gauche.

— Bon, il est évident que c'est un travail effectué dans l'urgence, dit-elle. Mais ça fera l'affaire si tu gardes le chapeau et qu'on n'y regarde pas de trop près.

Elle s'assit de nouveau sur le tabouret face à Gaia et cette dernière se redressa avec précaution. Elle s'attendait sans cesse à ce que la crêpe tombe, tant l'application avait été légère. Yvonne lui donna un miroir et, les yeux brillants, étudia son amie par-dessus.

Gaia y découvrit le reflet d'un jeune homme bronzé au visage rond, aux longs cils, aux lèvres pâles et au large front. Son nez était un peu bizarre, comme s'il l'avait cassé un jour, et il avait de légers cernes sous les yeux, comme s'il n'avait pas bien dormi. En y regardant de plus près, Gaia distingua le bord de la crêpe qui commençait sur son menton, contournait ses lèvres du côté gauche, remontait son nez, passait sous son œil gauche et traversait du haut du sourcil jusqu'à sa tempe droite. Ses yeux bruns s'ouvraient entre des cils noirs. Elle leva la main doucement pour toucher le masque mais Pearl l'arrêta.

— C'est fragile. N'y touche pas. Et n'essaie pas de sourire ou ça fera des plis autour de ta bouche.

— C'est incroyable, commenta Gaia.

Elle vit dans le miroir que sa joue gauche paraissait bizarre quand elle s'exprimait. Elle devrait aussi éviter de parler, autant que possible.

— Eh bien, dit Pearl, modeste, en toussotant, je crois que j'ai bien fait de te faire un peu plus hâlée. Tiens. Mets-en aussi sur tes mains. Et place bien ton chapeau. Yvonne, la corde est prête ?

La boulangère fit enlever son manteau à Gaia et fourra la corde et une de ses capes – pour la mère de Gaia – dans le dos de sa chemise. Quand la jeune fille remit son manteau brun, elle ressemblait plus encore à un jeune homme rondouillard dont la croissance commençait à peine. Pearl secoua la tête.

— Tes mains ne vont pas avec le reste, elles sont trop fines.

À cet instant, Mace cria depuis l'embrasure de la porte du magasin.

— Pearl ! Nous partons nous installer sur le marché. Où est mon apprenti ?

Le cœur de Gaia s'arrêta un instant, tétanisé par la peur, puis Pearl serra fort et brièvement ses doigts. Elle la mena jusqu'à la porte de devant.

— Nous t'attendrons ici, murmura-t-elle.

Yvonne s'avança pour prendre Gaia dans ses bras mais sa mère la retint.

— Non, n'abîme pas son déguisement, la prévint-elle. Prends ça, ajouta-t-elle à l'intention de Gaia.

Elle posa trois petits carrés blancs dans sa main.

— Du sucre ? s'étonna la jeune fille en sortant de la boulangerie et en tendant la paume vers le clair de lune.

Les cubes étaient plus denses et plus petits que des morceaux de sucre et Gaia tourna vers Pearl un regard curieux.

— Ce n'est pas du sucre. Ce sont des médicaments qui font dormir et soulagent la douleur. Ils agissent vite et sont puissants, alors sois prudente.

Gaia les glissa dans la poche droite de son pantalon, essayant d'imaginer à quoi ils pourraient bien lui servir.

— C'est pour quoi faire ? Sont-ils pour la prisonnière de la tour ? Pour massœur Khol ?

— Oui, répondit Pearl. Ou pour toi si... Enfin, tu en jugeras par toi-même.

Le jeune visage d'Yvonne était bleu pâle dans l'embrasure de la porte plongée dans l'obscurité.

— Ce sont les derniers qui nous restent du traitement de Lila, expliqua la fillette.

— Oh, dit Gaia doucement.

Elle sonda le visage de Pearl, ne sachant pas si elle devait les prendre.

— Va-t'en, la pressa la boulangère. On n'en a pas besoin.

Elle jeta un coup d'œil à Mace et Léon, désormais vêtu des habits d'Oliver, qui attendaient avec la charrette dans la ruelle. L'adolescent avait disparu.

Gaia lança un dernier regard à Pearl et à Yvonne, qui lui fit un petit signe de la main et un grand sourire, puis elle se dépêcha de rejoindre la charrette, comme l'aurait fait un apprenti en retard et contrit.

XXII

LES FEMMES DE LA TOUR SUD-EST

Le monument s'élevait au-dessus de la place du Bastion, imposante présence noire sur le ciel violet des heures précédant l'aube. Les oreilles de Gaia bourdonnaient du bruit de ferraille de la charrette dont les larges roues avalaient les pavés humides ; à côté d'elle, Léon respirait avec régularité tandis que Mace et lui tiraient la charrette en direction de la tour sud-est. Tel était leur objectif : être les plus proches de la tour quand massœur Khol passerait par hasard et aurait besoin d'un garçon, n'importe quel garçon digne de confiance qui se trouverait là, pour porter son bagage en haut des marches de la tour. Gaia appuya de sa paume sur son chapeau pour l'enfoncer plus sûrement sur sa tête et regarda devant elle sous le rebord. Dans sa poche, ses doigts s'enroulaient autour des petits cubes de poudre blanche que Pearl lui avait donnés.

Dans un coin de la place, deux gardes se tenaient près de la grande porte en bois de la tour sud-est du Bastion. Gaia évita de les regarder. De l'autre côté de l'esplanade, on apercevait l'arche familière qui menait à la prison et elle détourna également les yeux, espérant ne plus jamais avoir à y entrer.

Il y avait déjà quelques charrettes sur la place et d'autres arrivaient pour le marché : un vendeur de légumes, un éleveur de volailles avec ses œufs et ses poules qui gloussaient, l'horloger qui sortait parfois de l'enceinte pour vendre ses marchandises dans Wharfton et installait maintenant un petit stand au pied du monument. Plus tard, les couleurs et les odeurs seraient vives mais, pour l'instant, dans la lumière grise, même le fond en cuivre des casseroles était de la douce couleur indistincte des cendres. Gaia gardait la tête baissée et aidait Mace.

— Quand pensez-vous que massœur Khol viendra ? demanda-t-elle.

— Je ne sais pas. Mais nous sommes bien placés pour quand elle arrivera. N'oublie pas, ramène ta mère jusqu'à nous discrètement, lui rappela Mace, passant en revue le plan sur lequel ils avaient fini par s'entendre. Si tu arrives à sortir en marchant naturellement, elle pourra s'asseoir ici, sous la cape de Pearl, à l'ombre du soleil, comme si elle était des nôtres. Puis nous partirons tous ensemble dans le calme.

— Et si les gardes remarquaient quelque chose ? murmura Gaia. Dans quelle direction partons-nous en courant ?

— Par là, répondit Mace avec un signe de tête par-dessus l'épaule. Traversez le marché, coupez jusqu'à l'arcade et entrez dans le magasin de bougies. Il a une sortie à l'arrière. Ta mère court vite ?

Gaia se souvint des manières douces de sa mère, de ses mouvements gracieux et tranquilles, sous ses jupes et ses robes marron. C'était une femme bien bâtie de bientôt quarante ans, forte et en forme ou, du moins, elle l'était avant son arrestation.

— Si elle n'a pas le choix. Sur une courte distance, fit Gaia d'une voix tendue.

Mace sourit et lui passa deux pains à ranger.

— Alors espérons que les gardes ne remarqueront rien d'inhabituel. N'oublie pas, d'autres portes à l'intérieur du Bastion donnent sur la tour ; les gens s'en servent régulièrement pour entrer ou sortir, donc voir une femme de plus en sortir ne devrait pas poser de problème. Tiens-toi prête.

La place se remplit progressivement de marchands. Le soleil s'éleva au-dessus des bâtiments à l'est et, comme la matinée avançait, il réduisit doucement la ligne d'ombre jusqu'à ce que la place entière soit en pleine lumière et sous la chaleur caniculaire de juillet. Mace demanda de l'aide à la jeune fille pour installer deux auvents, un pour les clients devant la charrette, l'autre pour eux derrière. Les cigales entamèrent leur lente complainte. Plusieurs fois, des gens sortirent par la porte à la base de la tour, passant devant les gardes, mais personne n'entra.

Gaia craignait qu'à tout moment quelqu'un ne les remarque, elle ou Léon, mais ils restaient à l'arrière du stand et Mace s'occupait du flot régulier des clients trempés de sueur qui marchaient lentement. Gaia en fut presque malade d'alterner attente et déception chaque fois qu'elle voyait quelqu'un qui ressemblait à massœur Khol.

— Elle n'a pas menti, n'est-ce pas ? demanda-t-elle à Léon. Il doit être midi maintenant et elle a dit qu'elle viendrait ce matin.

Le jeune homme s'était rasé et sa chemise bleue rendait ses yeux plus clairs que d'habitude, même à l'ombre du chapeau emprunté à Oliver.

— C'est une femme très occupée, mais elle viendra. Elle a son propre sens de l'honneur.

Mace essuya la sueur sur son front.

— De toute façon, je n'ai presque plus de pain. Si elle ne vient pas bientôt, nous devrons rentrer à la boulangerie. Je suis déjà resté plus longtemps que d'habitude.

Enfin, on aperçut la silhouette blanche de massœur Khol de l'autre côté de la place, marchant maladroitement, un panier rond à couvercle à la main. Le soulagement de Gaia fut tel qu'elle aurait presque couru jusqu'à elle en versant des larmes de reconnaissance. Massœur Khol s'arrêta à quelques pas de la porte de la tour sud-est et posa son panier. Une main soutenant son dos, elle fronça les sourcils en direction de la place. Gaia sentit sa nuque lui démanger, tandis qu'elle attendait à côté de la charrette de Mace. Les gardes se redressèrent pour se rendre imposants.

— Je suis venue vérifier que la prisonnière de la tour va bien, annonça massœur Khol.

Un des gardes s'avança.

— Qu'avez-vous dans votre panier ?

Massœur le poussa vers lui.

— Une arme à feu et quelques couteaux, répondit-elle d'un ton sarcastique.

Le garde rit et souleva le couvercle.

— Des graines de tournesol et des patates ? Tu parles d'un régime...

— Ce n'est pas un régime, rétorqua massœur Khol avec dédain. C'est un supplément. Elle manque de vitamines B6.

Il secoua la tête.

— C'est toujours ça de pris. Le bébé est prévu pour quand ?

— Pas avant un mois. Écoutez, vous voulez bien porter ça pour moi en haut des escaliers ?

Il fit non de la tête et l'autre garde l'imita.

— Ce sont les ordres, se justifia le premier.

Massœur Khol posa une main sur la hanche et se tourna vers la place, l'air irrité. Gaia avait écouté avidement l'échange et elle manqua de faire un bond quand massœur Khol s'adressa à elle.

— Toi, là !

Gaia leva la tête puis, essayant de paraître naturelle, elle regarda Mace. Autour d'eux, le tohu-bohu habituel du marché continuait.

— Oui, toi, mon garçon, reprit massœur Khol. Viens porter ce panier pour moi.

Gaia posa la miche de pain qu'elle tenait. Le bout des doigts lui picotait de nervosité.

— Enlève ton tablier et dépêche-toi, lui ordonna Mace. Ne fais pas attendre massœur.

Gaia détacha son tablier de boulanger, le jeta à Léon et allongea le pas pour aller prendre le panier. Elle dut se pencher en arrière pour contrebalancer son poids.

Les gardes se mirent à rire.

— Ça va te faire les muscles, mon gars, s'exclama l'un des deux. Allez-y, ajouta-t-il en ouvrant la porte pour massœur Khol.

Il donna une tape au bord du chapeau de Gaia pour le baisser sur son front quand elle passa et rit à nouveau. La jeune fille fut momentanément envahie par la terreur en sentant le masque se presser étrangement contre son front, mais elle chercha ensuite à réagir comme un garçon. Elle remonta le chapeau brusquement et jeta un regard agacé au garde.

— Voilà qui est mieux, dit le soldat d'une voix taquine mais pas inamicale.

Son déguisement avait fonctionné. Secrètement ravie, Gaia se dépêcha de suivre massœur Khol, le lourd panier à la main. L'escalier montait en spirale dans le sens des aiguilles d'une montre ; des murs de pierre l'encadraient de chaque côté et des fenêtres oblongues perçaient la paroi toutes les dix marches environ. Les deux femmes passèrent aussi par plusieurs paliers aux portes fermées. Le panier s'alourdissait à chaque foulée, mais Gaia le mit à son bras et continua jusqu'à ce que son cœur cogne. Sa respiration était haletante. L'idée que chaque pas la rapprochait de sa mère lui donnait la force de monter, même quand les muscles des jambes lui brûlèrent. Elle gardait les yeux rivés sur la jupe blanche de sa guide et les talons de ses chaussures éraflées aux semelles noires tandis qu'elle montait les marches devant elle. Au moment même où Gaia se disait qu'elle ne pourrait pas aller plus loin, elles atteignirent un palier triangulaire et massœur Khol s'arrêta.

La femme reprit son souffle sans rien dire puis fit glisser le petit panneau du judas sur la porte et parla à travers l'ouverture.

— C'est massœur Khol, annonça-t-elle. J'entre.

Gaia l'observa qui tirait sur un lourd verrou en fer, et la porte s'ouvrit.

Elles se trouvaient enfin dans la tour. Le cœur de Gaia se souleva de joie à l'avance. *Ma mère ! Laquelle d'entre elles est ma mère ?* Elle dévisagea d'abord une femme assise dans un rocking-chair. Perséphone Frank, avec son visage caractéristique en forme de lune et ses cheveux bruns, baissa son tricot et regarda Gaia avec désinvolture. Celle-ci fut surprise de la trouver là. Des semaines plus tôt, Léon lui avait dit que Séphie était rentrée chez elle, libre, et qu'elle pratiquait la médecine. Et pourtant, elle était là. Soit Léon avait menti, soit l'ancienne détenue avait choisi de servir l'Enclave en tant que gardienne. Séphie tira sur son fil pour le détendre et se remit à tricoter.

Les yeux de Gaia se précipitèrent vers une deuxième femme, allongée sur le lit de camp le plus éloigné, une fine couverture sur le dos. La silhouette, qui ne lui était pas familière, s'assit doucement, une main sur un magazine, et sa longue tresse brune en bataille glissa par-dessus son épaule. C'était une jeune femme rondelette aux paupières lourdes ; elle ne ressemblait pas à l'idée que Gaia se faisait d'un prisonnier politique.

— Qui est-ce ? murmura la femme.

— C'est massœur Khol, fainéante, lui répondit Séphie. Vois si tu peux te rendre présentable.

Comme la troisième femme, allongée sur le lit de camp le plus proche, n'avait pas pris la peine de se retourner pour voir qui était entré, la peur fit s'emballer le cœur de Gaia. Elle posa le panier et se tint près de la porte, craignant de faire ou dire quelque chose qui pourrait la trahir. D'un rapide coup d'œil au plafond, elle localisa la petite boîte blanche semblable à celle qu'elle avait vue dans sa chambre au Bastion, et sut qu'il s'agissait de la caméra de surveillance. Il était plus que probable que monfrère Iris ou un de ses assistants fût en train de surveiller cette pièce de près. Elle grogna intérieurement.

— Allons, Bonnie, commença massœur Khol d'une voix cajoleuse, presque tendre. Regarde, je t'ai trouvé des graines de tournesol. Quand en as-tu mangé pour la dernière fois ?

La forme sur le lit resta immobile.

— Je n'ai pas faim.

Le cœur de Gaia bondit quand elle entendit cette voix familière, et elle eut toutes les peines du monde à ne pas courir jusqu'à sa mère.

Puis, comme massœur Khol insistait gentiment pour que la prisonnière s'assoie, Gaia n'en crut pas ses yeux : sous la robe bleue, le ventre de sa mère avait enflé pour arborer la rondeur des femmes enceintes. La jeune fille prit une brusque inspiration. C'était impossible. Ou l'était-ce vraiment ? La vérité la frappa : sa mère n'était pas la sage-femme de service. Sa mère était la prisonnière politique. Aussi stupéfiant que cela puisse paraître, elle devait être enceinte de presque cinq mois quand Gaia l'avait vue pour la dernière fois à l'extérieur du mur, et la jeune fille n'en avait rien su. Dans un coin de sa tête, une petite voix de laissée-pour-compte se demanda pourquoi sa mère ne lui avait rien dit, puis la compassion l'envahit et effaça tout le reste. Involontairement, elle fit un pas en avant.

Bonnie leva des yeux fatigués, apathiques, en direction de sa fille, et celle-ci fut choquée par les autres changements qui s'étaient opérés en elle. Sa mère, autrefois vive et épanouie, paraissait épuisée et totalement abattue. Ses bras, forts et agiles, étaient maintenant fins, décharnés. Ses joues et ses lèvres étaient incolores et de profonds cernes soulignaient ses yeux ternes. Sa longue tresse avait disparu et, à la place, ses cheveux formaient des touffes hirsutes qui lui arrivaient au cou. On aurait dit qu'on l'avait vidée de sa vie pour la concentrer dans son ventre et permettre à l'enfant de survivre, ne laissant que la coquille de la mère.

— Qui est-ce ? demanda-t-elle d'une voix éteinte.

— Un garçon du marché, répondit massœur Khol.

Bonnie détourna le regard d'un air absent et sa fille eut mal pour elle.

— Allons, viens, reprit massœur Khol, on a besoin d'un échantillon d'urine.

— Vous n'avez besoin de rien.

La mère de Gaia se retourna pour se rallonger.

— Non, gronda massœur Khol en l'attrapant aussitôt.

Séphie se leva pour l'aider et, à elles deux, elles mirent sur pied une Bonnie chancelante. Le médecin l'aida à enfiler ses pantoufles marron.

— Ça ne prendra qu'une minute, dit-elle tout bas. Allez, Bonnie, il le faut. Pour le bébé.

La mère de Gaia pinça les lèvres et laissa Séphie la guider jusqu'à une petite pièce à côté pendant que massœur Khol restait derrière.

La terrible vérité frappa à nouveau Gaia : sa mère était enceinte.

Et atrocement affaiblie. Comment allait-elle bien pouvoir l'aider à s'évader ?

— Tout va bien, Bonnie ? demanda massœur Khol.

Gaia se demanda pourquoi celle-ci n'avait pas mentionné la grossesse de sa mère, puis elle comprit qu'elle avait sans doute supposé que la jeune fille était déjà au courant.

— Laissons-lui un peu d'intimité, répondit Séphie.

Elle ferma la porte en sortant puis reprit son tricot et sa place dans le rocking-chair près du feu. Les aiguilles cliquetaient agréablement dans le petit espace et, tandis que Gaia parcourait la salle du regard à la recherche d'idées, le caractère inhabituel de cette cellule la frappa. Elle était presque confortable. Les murs courbes étaient faits de pierre sombre, mais un petit feu pour cuisiner rougeoyait au fond de la cheminée et un doux tapis représentant des roses couvrait le sol. Des rideaux blancs pendaient à trois fenêtres, encadrant le beau ciel d'après-midi, et un placard contenait des ustensiles de cuisine et quelques livres. Au-dessus, du sommet des chevrons de bois coniques pendait un ventilateur de plafond qui tournait doucement et faisait patiemment circuler l'air dans la pièce.

Séphie tendit la main pour saisir une bouilloire suspendue près du feu.

— Tu veux une tasse de thé avant de partir, Joyce ? demanda-t-elle.

Massœur Khol fouilla dans le panier que Gaia avait porté puis brandit triomphalement une petite boîte noire et la secoua.

— J'ai eu le pressentiment que tu allais me le proposer, dit-elle. C'est un délicieux mélange avec une pointe de vanille.

L'autre femme sourit et repoussa ses cheveux en arrière.

— Tu es une perle.

Quand Séphie fit glisser le couvercle de la bouilloire et prit la boîte de massœur Khol pour saupoudrer l'eau de thé, cette dernière se tourna vers la troisième femme.

— Comment vas-tu, Julia ? demanda-t-elle.

— J'ai eu des boulots plus sympas. Celui-ci est franchement ennuyeux.

Elle refaisait sa tresse de ses doigts habiles.

— Je la croyais un danger pour elle-même et pour les autres...

Séphie haussa les sourcils dans ce que Gaia devina être du dédain pour Julia. Elle disposait trois tasses et soucoupes devant le feu, quand elle posa à nouveau les yeux sur Gaia ; elle les plissa soudain.

— Toi, là, l'interpella-t-elle.

Le cœur de Gaia s'arrêta.

— Oui, massœur ?

Elle gardait la voix basse.

Séphie lui jeta un regard réprobateur et Gaia attendit, anxieuse. Elle s'arma de courage pour regarder le médecin sans ciller et, quand Séphie tourna silencieusement le visage vers la gauche, Gaia résista à l'envie de l'imiter.

La femme haussa les sourcils, eut une grimace puis émit un claquement de langue.

— J'ai eu une assistante efficace par le passé, déclara-t-elle d'un ton dégagé.

Puis sa voix changea.

— Rends-toi utile, mon garçon, reprit-elle en versant le thé. Fais le service. Ensuite, il faudra que tu t'en ailles.

Le cœur de Gaia se mit à battre deux fois plus vite. Séphie devait l'avoir reconnue, mais elle ne donnait pas l'alerte. Pourquoi ? Gaia se souvint soudain de ce que Cotty avait un jour dit d'elle : elle choisissait toujours la solution de facilité. Mais, à ce moment-là, était-il plus facile pour elle de sonner l'alarme ou d'attendre et voir ce qui se passerait ? Gaia l'ignorait. Elle joua du bout des doigts avec les cubes blancs dans sa poche, se demandant à quelle vitesse ils se dissoudraient dans l'eau et, plus important encore, combien de temps ils mettraient à agir.

— Tu l'as entendue, dit sèchement massœur Khol. Ne reste pas là comme un imbécile. Tu es sourd ?

— Il veut probablement des graines de tournesol, intervint Julia en gloussant. En tout cas, moi j'en veux bien.

La porte de la salle de bains s'ouvrit doucement.

— Attends, Bonnie, dit Séphie en se levant et en quittant le coin du feu, je vais t'aider.

Quand le médecin rentra de nouveau dans la salle de bains, Gaia sut qu'elle ne pouvait pas attendre. S'approchant du feu, elle prit la première tasse et y laissa tomber subrepticement un carré de poudre blanche. Elle la donna à Julia et répéta la manœuvre pour massœur Khol. Quand sa mère réapparut, soutenue par Séphie, Gaia tourna le dos à la caméra et laissa tomber le troisième carré dans la dernière tasse de thé.

Sa mère paraissait plus épuisée que jamais et elle s'assit au bord du lit le plus proche, les mains agrippées au matelas comme pour garder l'équilibre. La jeune fille s'avança, hésitante, la tasse de Séphie à la main. Quand Bonnie tendit le bras pour la prendre, Gaia se figea et refusa de la lui donner ; sa mère leva sur elle un regard interrogateur.

— Non, Bonnie, intervint Séphie en prenant la tasse des doigts crispés et tremblants de Gaia. La dernière chose dont tu aies besoin en ce moment, c'est d'un diurétique.

Gaia en aurait ri de soulagement. Sa mère la dévisageait, perplexe.

— Je te connais ? demanda-t-elle à sa fille.

Celle-ci serra les dents et fit non de la tête. Séphie ricana.

— Tu es persuadée que tu connais tous les enfants de l'Enclave juste parce que tu en as vu quelques-uns pendant une heure à leur naissance.

Puis elle se tourna vers Gaia.

— Tu as eu ta visite à notre célébrité enceinte. Maintenant, je t'ai demandé de partir.

Gaia comprit alors : Séphie lui permettait une visite innocente à sa mère, rien de plus. Elle jeta un regard paniqué à massœur Khol, mais celle-ci buvait calmement son thé à petites gorgées, comme si Gaia ne l'intéressait pas le moins du monde. Le découragement s'abattit sur la jeune fille et elle jeta un regard désespéré à sa mère. Celle-ci avait baissé la tête d'un air las.

Gaia réfléchissait à toute vitesse.

— Si elle ne peut pas prendre de thé, devrais-je aller lui chercher de l'eau ? demanda-t-elle tout bas.

Séphie leva la tête et plissa les yeux prudemment. Puis, comme si elle avait pris sa décision, elle acquiesça.

— Quelle galanterie ! dit-elle en désignant une tasse sur l'étagère. Va lui en chercher.

Pendant que Gaia se rendait dans la salle de bains, la tasse à la main, pour prendre de l'eau au robinet, elle chercha une autre excuse pour retarder son départ. Les femmes échangeaient des nouvelles de l'extérieur de la tour. La voix de Julia était légère, elle riait de temps à autre ; celle de massœur Khol était plus basse et ferme. L'eau coula abondamment dans la petite tasse métallique. Si elle trouvait un moyen de faire sortir sa mère pendant que les autres femmes continuaient d'agir normalement, elle pourrait peut-être gagner du temps avant que quelqu'un derrière la caméra de sécurité ne se rende compte que quelque chose n'allait pas.

— Passe-moi cette couverture, tu veux, Joyce ? demanda Séphie à massœur Khol. Elle est encore fatiguée. Je crois que ce dont elle a vraiment besoin, c'est plus de fer, en fait. Sans parler d'un peu de soleil. Qu'elle doive se reposer ne veut pas dire qu'elle doive rester allongée à l'intérieur tout le temps.

— Tu en parleras au Protecteur ou veux-tu que je le fasse ? demanda massœur Khol.

Gaia sortit de la salle de bains avec la tasse d'eau.

— S'il venait ici, je le lui dirais moi-même, répondit Séphie. Mais comme ce n'est pas le cas, tu vas devoir t'en charger.

Elle posa la couverture sur les épaules de Bonnie et, d'une main pâle, celle-ci la serra plus fort autour de sa poitrine.

— J'ai un peu sommeil aussi, fit Julia en bâillant et en s'étirant. Qu'est-ce que je ne donnerais pas pour aller me promener au marché un moment !

— Pourquoi ne fais-tu pas un autre somme ? demanda massœur Khol, sarcastique.

Julia ne parut pas relever le sarcasme.

— Non, non, répondit-elle en posant la tête sur son oreiller blanc. Je veux aider Séphie.

Elle leva les pieds pour les poser sur le lit et sa tête se relâcha : elle dormait.

— Eh bien, elle ne manque pas d'air, cette fainéante ! s'exclama massœur Khol.

L'instant d'après, sa tête retombait en arrière sur le dossier de sa chaise. Gaia regarda ses yeux se fermer avec une sombre stupéfaction. Sa tasse de thé pencha, renversant son contenu sur ses genoux, mais massœur Khol était si profondément endormie qu'elle ne le remarqua pas.

— Vipère, siffla doucement Séphie à Gaia. Je n'ai pas dévoilé ton identité. Je t'ai laissé lui rendre une petite visite.

Gaia regarda le médecin trébucher jusqu'au rocking-chair et s'agripper à l'accoudoir en s'asseyant de tout son poids. Elle leva vers Gaia des yeux aux paupières lourdes.

— Emmène-la donc. Au moins, on ne pourra pas m'accuser.

Elle s'était endormie.

XXIII

MAYA

— Qu'est-ce qui se passe ? demanda la mère de Gaia, une nouvelle vivacité dans le regard.

Rapide comme l'éclair, la jeune fille regroupa la couverture supplémentaire et un oreiller en tas sur le lit puis jeta une autre couverture dessus pour simuler une silhouette endormie.

— Vite, maman, dit-elle en agrippant son bras fermement et en l'obligeant à se lever. Nous avons très peu de temps.

— Gaia ? demanda sa mère en élevant la voix sous l'effet de la surprise.

— S'il te plaît, murmura sa fille d'un ton pressant, passant un bras autour de sa taille et soutenant pratiquement tout son poids jusqu'à la porte. Il faut qu'on sorte. Tout de suite. Avant que quelqu'un ne nous voie.

— Oh ! Gaia, répéta sa mère en haletant. Je n'arrive pas à croire que c'est toi !

La jeune fille poussa violemment la porte, fit sortir sa mère sur le palier et ferma derrière elles. Se rendre du lit au palier n'avait pas pris plus de six secondes et, si celui qui surveillait la cellule avait les yeux ailleurs à ce moment-là, il pourrait bien ne rien remarquer d'étrange... jusqu'à ce qu'il y regarde de plus près et s'aperçoive que les femmes ne parlaient pas, mais dormaient.

— Oh, maman, soupira Gaia en la serrant dans ses bras aussi fort qu'elle osa.

Elle respira l'odeur d'épuisement et d'abattement qui émanait de la peau de sa mère tandis que son corps décharné et enflé frissonnait sous le tissu fin de sa robe bleue.

— Je n'arrive pas à croire que c'est toi, répéta sa mère.

Elle serrait ses bras tremblants autour de sa fille. Puis elle observa son visage, émerveillée. Elle lui toucha la joue.

— Qu'est-il arrivé à à ta figure ?

— Fais attention. C'est un masque. Vite, nous devons y aller.

Gaia attira sa mère à elle et la tint fermement par la taille pour descendre les marches.

— Je suis si faible, murmura Bonnie. Je suis navrée.

— Ce n'est rien, l'apaisa sa fille, qui réfléchissait à toute allure.

Elles ne pouvaient pas sortir par la porte par laquelle la jeune fille était entrée avec massœur Khol car les gardes se douteraient aussitôt de quelque chose. Mais elle devait rejoindre Léon ou Mace Jackson d'une façon ou d'une autre. Sa mère trébucha et, quand Gaia la rattrapa, elle gémit.

— Est-ce que ça va ?

— J'ai perdu un peu de sang. J'ai été alitée. Ça fait je ne sais combien de temps que je n'ai pas fait autant d'exercice.

— Comment est-ce arrivé ? demanda Gaia en l'aidant à descendre une marche.

Sa mère eut un petit rire.

— De la façon habituelle. Il y a une éternité.

— Mais... c'est l'enfant de papa, n'est-ce pas ?

Il fallait qu'elle lui pose la question.

— Pourquoi ne m'avais-tu pas dit que tu étais enceinte ?

Comme elles approchaient d'une fenêtre oblongue, sa mère en saisit le rebord et la lumière du soleil tomba sur sa main pâle, lui donnant une couleur bleue translucide tandis qu'elle reprenait des forces contre la pierre. Gaia n'arrivait pas à croire que sa mère puisse paraître si petite et si fragile.

— J'avais fait tant de fausses couches, dit Bonnie dans un filet de voix. J'osais à peine espérer. Mais nous étions sur le point de te le dire. Ton père était tellement excité. J'ai l'impression que c'était il y a une éternité. Et puis, on nous a arrêtés ; le bébé m'a sauvé la vie. Ton père...

Un cliquetis leur parvint de plus bas. Gaia serra sa mère pour la protéger ; celle-ci tremblait. Elle jeta ses bras autour du cou de sa fille et colla son visage en silence contre sa joue droite.

Un éclat de rire résonna dans les escaliers de la tour.

— Je n'y crois pas ! leur parvint une voix joyeuse de jeune fille. Ce n'est pas un cadeau, ça !

S'ensuivirent des bruits de pas traînants, puis le rire discret d'un homme et un net tintement.

— Je suis sérieuse ! reprit la jeune fille d'un ton taquin.

Il y eut un grommellement incompréhensible, puis une voix tout bas.

— Tu me tues, Rita. Je te jure.

— Chut ! lui intima la fille.

Puis :

— OK. Maintenant.

On entendit une démarche traînante puis le bruit sourd d'une porte qui se ferme et, enfin, le silence. Gaia était certaine d'avoir reconnu la voix de la jolie Rita qui avait essayé de la dissuader d'intervenir lors de l'exécution du couple. Sa mère se pencha brusquement, le souffle coupé.

— Oh, non, gémit-elle.

— Qu'y a-t-il ? murmura Gaia.

Sa mère tourna des yeux implorants vers elle.

— Laisse-moi, Gaia. Laisse-moi ici. Dépêche-toi de descendre pour t'échapper.

Elle glissa sa main pâle aux veines bleues sous la courbe de son ventre.

— Non, protesta Gaia en s'empêchant de céder à la panique.

Sa mère ne pouvait pas commencer à avoir des contractions alors qu'elle n'était pas à terme, pas ici, pas maintenant. Elle la tint plus proche d'elle que jamais.

— Je ne te laisserai pas. On trouvera une solution.

Bonnie descendit quelques marches avec elle, puis une demi-douzaine de plus avant que Gaia ne la sente s'affaisser. La sueur se mit à perler sur le front de la jeune fille et le masque se décolla un peu. *Qu'est-ce que je vais faire ?* se demanda-t-elle, au désespoir. Sa mère s'assit doucement sur une des marches, enfouit la tête dans ses mains et demeura immobile, comme si elle se concentrait sur sa douleur.

Gaia ne pouvait pas simplement mettre au monde le bébé de sa mère là, sur les marches. Cela pourrait prendre des heures, et des soldats arriveraient dès qu'une des femmes de la tour au-dessus d'elles recouvrerait suffisamment ses esprits pour donner l'alerte.

— Veux-tu que je te ramène auprès de Séphie ? demanda Gaia. Maman ?

Bonnie secoua la tête. C'était loin d'être une réponse claire et Gaia était partagée, réfléchissant à ce qui serait le mieux pour sa mère.

— Tu en es sûre ?

— Je n'y retournerai pas.

Plus bas, la jeune fille vit la porte par laquelle Rita et son petit ami devaient être entrés. Elle ne pouvait donner que dans le Bastion, dans un des étages supérieurs, supposa-t-elle, puisque c'était la première porte qu'elles croisaient. La franchir les éloignerait de la liberté, mais elle ne voyait pas d'autre solution.

Elle se dépêcha de descendre les marches pour saisir le loquet, qui se souleva facilement. Elle jeta un coup d'œil de l'autre côté de la porte et vit qu'elle donnait sur un couloir semblable à ceux qu'elle avait traversés pour se rendre à la chambre jaune. Les murs ocre apaisants et le tapis du couloir paraissaient trompeusement accueillants.

— Viens avec moi, maman, murmura Gaia en lui faisant signe.

— Où allons-nous ?

— Il faut qu'on trouve un endroit où te cacher, expliqua-t-elle, espérant paraître plus confiante qu'elle ne l'était. Est-ce que ça va ?

Bonnie acquiesça.

— Pour l'instant.

Elle tenait son ventre d'une main et Gaia saisit l'autre.

La jeune fille vérifia une fois de plus que le couloir était vide et chercha des objectifs de caméras sur le plafond mais n'en vit aucun. Elle n'avait aucune idée de comment sortir de là, mais elle savait à peu près où devaient se trouver la cour et l'école par lesquelles elle s'était échappée auparavant, et elle se dirigeait dans cette direction, traversant le bâtiment vers le nord. Sa mère ne pourrait pas aller bien loin. Arrivée à un croisement, Gaia chercha encore des caméras mais n'en vit pas. Soit monfrère Iris ne voyait pas l'intérêt de surveiller ces couloirs sécurisés en haut du Bastion, soit ses habitants faisaient valoir leur droit à la vie privée.

Elles passèrent plusieurs portes, vérifiant auparavant qu'elles n'entendaient rien de l'autre côté, puis le couloir s'ouvrit sur un long balcon abrité.

— Laisse-moi me reposer, demanda sa mère en se penchant au-dessus de la balustrade.

Gaia vit une cour trois étages plus bas. À leur niveau, des arches et des piliers formaient un seul balcon continu. Des voix leur parvenaient de plus bas et elle se baissa derrière la balustrade, entraînant sa mère avec elle pour qu'on ne les voie pas.

— Où sommes-nous ? demanda Bonnie.

— Près de l'école. Si on peut atteindre l'autre côté du balcon, on sera au-dessus du bâtiment et on trouvera peut-être un moyen de descendre.

Un coup de sifflet strident et des voix fortes montèrent jusqu'à elles.

— Attention ! Un prisonnier s'est échappé. Ne laissez personne entrer ni sortir du Bastion. Que tous les gardes prennent leur poste ! Immédiatement !

Un nouveau coup de sifflet retentit.

La jeune fille entendit une multitude de bruits de pas dans le couloir derrière elles et, quand Gaia se retourna, elle vit Rita et un jeune homme déraper pour s'arrêter à leur hauteur. La robe rouge sans manches de Rita était de travers et les boutons de la chemise marron du garçon étaient à moitié défaits.

— Oh, non, murmura Gaia en s'accroupissant pour protéger sa mère.

Les cheveux couleur miel de Rita étaient ébouriffés autour de son visage à l'air sévère. Le jeune homme se dépêcha de faire un pas devant elle pour faire rempart de son corps.

— Les voilà ! cria-t-il.

À côté de Gaia, sa mère gémit doucement et la jeune fille leva des yeux suppliants vers Rita. L'homme se penchait vers le balcon, dans l'intention manifeste de donner l'alerte, mais sa compagne l'attrapa par le bras.

— Pas un mot, Sid, ordonna-t-elle tout bas d'une voix cassante. Si tu les appelles, on nous trouvera ensemble, tous les deux. C'est ce que tu veux ?

Sid s'éloigna de la balustrade, l'air visiblement perplexe et cour-roucé.

— Mais, Rita..., commença-t-il.

— Silence, fit-elle d'un ton brusque.

Elle s'avança et s'accroupit auprès de Gaia. Celle-ci sentit son regard perçant sous ses sourcils froncés.

— C'est toi, constata Rita d'une voix monocorde. Pourquoi cela ne me surprend-il pas ? Tu as perdu l'esprit ou quoi ?

Elle lança un regard mauvais à Bonnie, puis se tourna de nouveau vers Gaia.

— Qu'est-ce que tu fais avec elle ?

— C'est ma mère.

Les yeux en amande de Rita s'écarquillèrent sous le choc, puis elle se tourna vivement vers son petit ami.

— Donne-moi un coup de main, vite.

Sid hésita encore un instant, ses bras puissants croisés devant lui, puis, furieux, il se plaça derrière la mère de Gaia.

— Tu vas nous faire tuer, tous les deux, murmura-t-il à Rita.

Elle se pencha en avant.

— Non, ce sera ta faute, crétin. Hé, elle est mal en point, non ?

Gaia releva sa mère avec l'aide du jeune homme, puis passa son bras autour de son cou et la cala contre sa hanche.

— Allons-y, dit Rita.

Mais la mère de Gaia gémit une fois de plus et ses genoux cédèrent. Sid jura et la prit dans ses bras.

— Où on va, madame Je-Sais-Tout ? demanda-t-il.

Rita revint sur ses pas et leur fit parcourir un couloir en hâte, puis gravir d'autres escaliers. Ils s'éloignaient du seul chemin que Gaia connaissait pour sortir du Bastion. Et pourtant elle n'avait d'autre choix que de faire confiance à Rita. Quelques instants plus tard, celle-ci poussa une porte donnant dans une petite pièce. Gaia, Sid et son fardeau la suivirent à l'intérieur.

Quand Gaia ferma la porte, Sid s'agenouilla et posa doucement Bonnie sur le parquet, où elle s'affaissa, le visage tordu de douleur. Gaia était vaguement consciente d'avoir pénétré dans une longue pièce étroite avec des étagères aux murs. Elle s'accroupit aux côtés de sa mère, lui prenant les mains.

— Tout va bien, maman.

Elle leva les yeux vers Rita, qui lui passait une pile de serviettes et de draps blancs.

— Tiens, dit-elle. Nous devons y aller. Je suis navrée, mais c'est le mieux que je puisse faire. Je dois trouver un moyen de faire sortir ce charmant jeune homme. Sid, ajouta-t-elle en s'adressant à lui, on va passer devant la bibliothèque pour rejoindre l'école. Tout ira bien.

Ils entendirent d'autres cris et des bruits de pas lourds dans le couloir. Gaia vit Sid devenir livide de peur et elle était sûre qu'elle n'avait pas meilleure mine que lui. Rita, la main sur la poignée de la porte, attendait. Elle coinça une mèche de cheveux blonds derrière son oreille, l'air tout à fait imperturbable.

— Si tu t'en sors jusqu'à la nuit, dit-elle en fronçant les sourcils, je pourrai peut-être revenir. Mais ne compte pas dessus.

— Merci, répondit Gaia.

Il lui était encore difficile de respirer normalement.

— Tu nous as sauvé la vie.

Elle glissa plusieurs serviettes sous la tête de sa mère en guise d'oreiller et leva de nouveau les yeux vers la jeune fille en rouge.

— On m'a raconté ce que tu avais fait pour le bébé de la condamnée, dit Rita. C'était très courageux.

— Quoi ? intervint Sid, visiblement perdu.

Mais Gaia comprit, et la gratitude l'envahit.

— Il le fallait, dit-elle.

Rita lui adressa un signe de tête résolu et, une fois de plus, jeta un coup d'œil à Bonnie.

— Prends soin d'elle.

— Quel bébé ? insista Sid. Comment connais-tu ce type ?

Gaia se rendit compte qu'il ne l'avait pas encore reconnue.

Rita prit le bras de son compagnon.

— Es-tu prêt, mon cher homme des cavernes ?

— C'est toi qui nous ralentis, répliqua-t-il.

Gaia les observa qui hésitaient un instant encore près de la porte, puis Rita l'ouvrit et ils disparurent.

Quand la jeune fille se concentra de nouveau sur sa mère, cette dernière avait fermé les yeux. Son visage reflétait le soulagement et l'épuisement qui s'installent entre deux contractions. La vitesse avec laquelle celles-ci avaient commencé et leur intensité étaient effrayantes. Gaia savait que, comme sa mère avait déjà eu trois enfants, ce quatrième bébé pourrait arriver plus vite et dans moins de douleur que les précédents, mais elle était inquiète. Elle n'aurait pas d'assistance ni d'instruments à son service pour l'accouchement.

— Tout va bien, maman, dit-elle doucement quand sa mère se remit à gémir.

— Que le ciel nous vienne en aide, souffla sa mère. Comment en sommes-nous arrivées là ?

Gaia regarda avec plus d'attention autour d'elle pour voir s'il n'y avait pas là quelque chose qui pourrait leur être utile, et remercia encore Rita mentalement d'avoir réagi si vite. Elles se trouvaient dans une sorte de blanchisserie ou dans un gigantesque placard à linge garni d'étagères où des serviettes, des draps et des couvertures étaient entreposés, bien pliés. Au fond de la salle, deux larges bacs de toile blanche étaient montés sur roulettes et, à la forme rebondie de leurs côtés, Gaia devina qu'ils étaient pleins de linge sale. Au bout de la pièce étroite, une grande et fine fenêtre laissait passer suffisamment de lumière pour qu'elle puisse y voir clair. Un coup d'œil à la porte lui apprit qu'elle n'avait pas de verrou. N'importe qui pourrait entrer d'une minute à l'autre et les découvrir.

Elle jeta un regard aux yeux fermés de sa mère et se rendit au plus vite à l'autre extrémité de la pièce, près de la fenêtre. Elle écarta les deux bacs et se dépêcha d'entasser couvertures et draps propres à côté du mur. Là, en disposant les bacs pour qu'ils bloquent la vue, elles seraient à l'abri des regards indiscrets.

— Maman, appela Gaia, et sa mère ouvrit les yeux. Peux-tu te déplacer avec moi jusque là-bas ?

Elle lui indiqua le fond de la pièce.

Sa mère acquiesça et leva la main. Gaia l'attrapa fermement et l'aida à se lever, le dos courbé. Prudemment, en marchant doucement, elles passèrent devant les étagères et sa mère se laissa tomber sur le matelas de fortune. La jeune fille ajouta des serviettes fraîches sous sa tête et récupéra celles qu'elle avait utilisées en entrant. Avec les bacs à linge sale dans le dos et la fenêtre au-dessus de sa mère, Gaia avait l'impression d'être dans un nid de linge. Elle ôta son manteau, libérant la cape supplémentaire et la corde. Quand elle enleva son chapeau, elle sentit un bout du masque s'accrocher au bord du couvre-chef et se déchirer.

— Te voilà, dit sa mère doucement avec un sourire grimaçant.

— Pardonne-moi, maman.

La gorge de Gaia se serra.

— Je ne savais pas que tu étais enceinte en venant te chercher. Tu aurais été plus en sécurité si je t'avais laissée avec Séphie. Veux-tu que j'aille la chercher ?

Elle se souvint que le médecin, droguée, dormait.

— Ou veux-tu que je te trouve un autre docteur ?

Sa mère secoua la tête et toucha du doigt la joue de Gaia.

— Je veux être avec toi, répondit-elle. Je ne pourrais pas être entre de meilleures mains.

Gaia émit un rire étranglé.

— Quand devais-tu accoucher ?

— J'en suis à environ trente-cinq semaines. Ce sera un petit bébé. Mais il est fort.

Sa mère retint son souffle et Gaia posa ses mains sur la proéminence sous sa robe, sentant les contractions durcir son ventre. Quand elles se dissipèrent, la jeune fille souleva doucement la robe de sa mère. Elle perdait du sang, qui suintait sur les serviettes blanches. Le cœur de Gaia cessa de battre avant de reprendre de plus belle, stimulé par l'angoisse.

— Ne t'inquiète pas, maman, murmura-t-elle. Je vais regarder où en est la dilatation, d'accord ?

Bonnie acquiesça et sa fille l'examina, sentant la bosse dure de la tête du bébé. Elle s'efforça de sourire à sa mère et s'essuya les mains sur une serviette propre. Bonnie eut une autre contraction, serrant visiblement les dents sous l'effort. Elle se relâcha, haletante.

— J'y suis presque, n'est-ce pas ?

Gaia saisit sa main et la serra fort.

— Oui.

Le visage de Bonnie était d'une extrême pâleur. Les contractions étaient régulières, une vague après l'autre. Gaia aidait de son mieux et attendait le moment où sa mère se mettrait à hurler : elle savait que le bruit ferait venir les gardes. D'une main mal assurée, Bonnie s'empara d'une serviette et, avant la contraction suivante, la plaça entre ses dents. Quand la douleur revint, elle mordit la serviette et, à ce moment-là, la tête du bébé sortit. Gaia l'encouragea tout bas et, à la contraction suivante, le reste du corps glissa dans ses mains.

Bonnie s'effondra de soulagement, tournant son pâle visage vers la lumière de la fenêtre. Gaia s'inquiétait de la couleur bleue marbrée du bébé mais admirait sa forme surprenante, si petite et parfaite.

Elle passa un doigt dans sa bouche et lui donna une petite tape vive dans le dos. Rien. L'allongeant sur une serviette propre, elle lui comprima la poitrine à plusieurs reprises, puis couvrit sa petite bouche et son nez de la sienne en soufflant légèrement. Le nouveau-né remua. Gaia souffla encore une fois et donna de nouveau une petite tape au bébé, qui cria : une petite plainte grognon semblable à un miaulement. Le soulagement envahit la jeune fille tandis que sa mère tournait le visage pour voir son enfant.

Le bébé changeait de couleur à chaque cri, toujours plus assuré.

— Oh, Gaia, dit Bonnie en tendant les bras. Donne-le-moi.

— C'est une fille, annonça-t-elle en la lui confiant.

Les mains de Gaia tremblaient. Elle observa sa mère qui approchait le nourrisson de son visage avec amour et tendresse et elle sourit quand le silence se fit brusquement, que l'enfant cessa de crier et que, à la place des pleurs, il émit un doux bruit de succion de ses petites lèvres. C'était l'un des plus petits bébés que Gaia ait mis au monde et, comme les autres prématurés, il était couvert d'une substance couleur crème. Dessous, sa peau se colorait progressivement d'un rouge synonyme de bonne santé.

Gaia reporta son attention sur sa mère et vit que quelque chose n'allait pas du tout, car elle continuait de saigner doucement. La jeune fille vérifia le placenta et massa l'abdomen de sa mère pour que l'utérus se contracte. Elle fit tout ce qu'elle pouvait pour arrêter les saignements mais ils continuaient, plus abondants qu'ils n'auraient dû.

— Maman. Tu saignes toujours. Qu'est-ce que je dois faire ?

— As-tu de la bourse-à-pasteur ?

Gaia secoua la tête.

— Je n'ai rien ici. Rien du tout.

Sa mère fit la grimace et parut retenir son souffle. Elle s'humecta les lèvres et tourna le visage vers sa fille, qui eut du mal à supporter de la voir s'efforcer de sourire.

— Allons, maman. Qu'est-ce que je peux faire d'autre ?

— Ce n'est rien, Gaia.

Mais ce n'était pas rien. La jeune fille le voyait bien. Elle se remit à masser l'abdomen de sa mère, plus fort, et regarda la figure de sa patiente se contracter de douleur. La culpabilité de Gaia devint une lame lancinante quand elle se rendit compte que tout ceci était sa faute : si elle n'avait pas essayé de secourir sa mère, si elle l'avait laissée dans la tour, elle serait sans doute en train de se reposer en toute sécurité à l'heure qu'il était, au lieu de faire une hémorragie sur des serviettes immaculées.

— Laisse-moi aller chercher de l'aide, dit Gaia.

— Non, ne m'abandonne pas.

— Mais tout ça est ma faute. Au moins, dans la tour, tu étais en sécurité.

— C'est totalement faux. Maintenant, occupe-toi de ce bébé.

Gaia essuya une larme du revers de la main et déchira une étroite bande de linge pour faire un nœud autour du cordon ombilical et le couper. Ses mains tremblaient, maladroites, mais sa mère se contentait de lui sourire.

— Je suis navrée, maman.

— Tu t'en sors très bien, murmura Bonnie. Remets une serviette fraîche contre moi et laisse-moi me reposer.

Gaia roula une douce serviette propre entre les jambes de sa mère et chercha à l'installer confortablement. Elle avait presque oublié où elles se trouvaient et qu'on les recherchait, jusqu'à ce qu'elle entende un cliquetis dans le couloir.

Et voilà, pensa-t-elle. Et elle en était contente. Quelqu'un allait les aider à présent. On sauverait sa mère. Elle appuya son visage sur les serviettes à côté de celui de sa mère, protégeant son corps las de son bras et courbant sa main sur la sienne, qui tenait le nouveau-né. Dans cette position, elle entendit la porte s'ouvrir et sut que quelqu'un regardait dans la salle. À quelques centimètres, sa mère la fixa brusquement des yeux et soutint son regard, la réduisant au silence.

Il y eut un grognement de mécontentement.

— Bon sang, dit une voix. Quelqu'un ferait bien de s'occuper du linge sale.

— C'est vide ? demanda une autre voix.

La première s'éloignait.

— Ça pue. Ferme la porte.

Quand le battant fut de nouveau clos, Gaia, stupéfaite, cligna des yeux en regardant sa mère.

— Quels idiots, murmura Bonnie en souriant.

— Laisse-moi aller les chercher, dit Gaia doucement en serrant la main de sa mère. Ils pourront t'amener un médecin.

— Non, Gaia. Je ne veux personne d'autre que toi.

La jeune fille enroula ses doigts dans la manche de la robe de Bonnie.

— S'il te plaît, maman, murmura-t-elle.

Sa mère expira fortement et ferma les yeux, toujours un sourire aux lèvres.

— Je veux que tu l'appelles Maya.

Gaia ravala un sanglot et posa le front sur l'épaule de sa mère.

— C'est un joli nom, dit-elle en cherchant à paraître calme. Pourquoi Maya ?

— Cela veut dire *rêve*. Elle est mon rêve, tout ce que je pensais ne jamais voir.

— Oh, maman, dit Gaia, le cœur brisé de chagrin.

— Qui plus est, reprit Bonnie dans un petit rire, ça rime avec Gaia. Ça plairait à ton père.

La jeune fille sentit les doigts de sa mère lui tapoter doucement les cheveux pour la réconforter.

— Allons, Gaia, tu dois être forte.

Sa fille renifla et se redressa. Le teint de Bonnie était extrêmement blafard, mais ses yeux étaient plus vifs que jamais, radieux, même, dans la lumière diffuse d'après-midi qui régnait dans le petit espace. Gaia enroula mieux la serviette autour de la petite forme endormie de Maya. La peau du bras de sa mère était anormalement moite et froide.

— Prends soin d'elle pour moi, dit Bonnie. Ne laisse rien ni personne lui faire du mal.

L'inquiétude se propagea vite en Gaia.

— Que veux-tu dire ?

Sa mère leva une main et Gaia sentit le bout de ses doigts froids contre la peau de sa joue gauche. Au cours de l'accouchement, le reste du masque était tombé, et, à présent, sa cicatrice avait une sensibilité nouvelle.

— Pardonne-moi pour ton visage, dit sa mère.

Gaia sentit une boule se former dans sa gorge et ne put parler, mais elle pinça les lèvres et secoua la tête, détournant le regard.

— Non, reprit sa mère. Regarde-moi, Gaia. Nous pensions que ça te sauverait. Nous n'avions pas imaginé que tu en souffrirais autant, de tant de façons différentes. C'était égoïste, je sais, mais ton père et moi, après avoir perdu Arthur et Odin, nous voulions tellement te garder. Plus le jour où l'on risquait de te perdre approchait, moins nous voulions courir ce risque, et c'était la seule solution. Nous pardonneras-tu un jour ?

Gaia eut du mal à déglutir : le chagrin le disputait à la souffrance en son cœur.

— Vous avez fait exprès de me blesser ? demanda-t-elle.

— Oh, ma chérie, pardonne-moi. Je suis tellement navrée.

Gaia s'efforça d'imaginer en un instant tout ce qui aurait pu être différent si elle n'avait jamais eu cette cicatrice, si elle avait eu la chance d'être avancée, si elle avait grandi sans ses parents. Une vie sans leur amour quotidien était inconcevable.

— Ce n'est rien. Vous avez fait ce qu'il fallait. Exactement ce que j'aurais voulu. Ne m'abandonne pas, maman.

Le visage de sa mère se tordit de douleur puis ses traits se détendirent à nouveau. Elle paraissait presque paisible.

— Je veux retrouver ton père, dit-elle doucement. Et maintenant, tu es venue prendre soin de Maya. Protège-la pour moi. Promets-le-moi.

— Maman, s'il te plaît, la supplia Gaia. Tu ne peux pas partir.

J'ai trouvé Odin, ici, dans le Bastion. Il est grand et blond, c'est un soldat. Le sergent Bartlett. Est-ce que tu as eu l'occasion de le voir ? J'ai découvert qui il était il y a quelques jours à peine et il s'est échappé. Il a quitté l'Enclave et personne ne l'a revu depuis. On a besoin de toi. Nous tous.

Mais sa mère tapota sa main.

— Tu en es sûre ?

— Il a les mains nerveuses de papa et il aime chanter.

Sa mère émit un rire discret.

— Si seulement j'avais pu le voir. C'est tout ce que je voulais, le voir, rien qu'une fois, et savoir qu'il allait bien. On ne cessait de me promettre que, si je me comportais bien, je pourrais voir mes garçons, mais on ne m'y a jamais autorisée.

Elle s'arrêta pour cligner des yeux d'un air endormi.

— Nous avons fait tant d'erreurs.

Gaia baissa la tête sur la frêle poitrine de sa mère, la serrant fort.

— Non, maman. S'il te plaît.

Elle sentait la douce main de Bonnie caresser délicatement ses cheveux.

— Une si gentille fille, murmura sa mère. Si belle.

Gaia sanglota et ferma les yeux, serrant fort les paupières. Cela ne pouvait pas lui arriver. La poitrine de sa mère s'immobilisa et la jeune fille leva les yeux pour observer son visage livide et calme. Le sang cogna dans son cou et elle prit une dernière et profonde inspiration. Gaia la regarda, dans l'attente d'une autre respiration qui ne vint jamais. Elle jeta un coup d'œil aux jambes de Bonnie et détourna les yeux aussitôt. Le sang saturait la serviette et le bas de sa robe. Gaia sonda de nouveau le visage de sa mère, l'adjurant intérieurement de respirer, mais ses yeux aveugles étaient rivés sur la fenêtre au-dessus d'elle et, quand le bébé remua une main contre la joue de sa mère, elle ne pouvait plus lui répondre. La peau pâle de son cou était lisse. Aucun pouls ne l'agitait.

— Non, murmura Gaia en fermant de nouveau les paupières.

Qu'étais-je censée faire ? demanda-t-elle d'une voix qui se brisait sous la douleur.

Il devait exister un moyen de sauver sa mère, quelque chose d'autre qu'elle aurait pu faire.

— J'ai besoin de toi, maman, reprit-elle d'une voix rauque, caressant son visage et ses cheveux. S'il te plaît.

Ses doigts tremblaient et son cœur débordait de chagrin. Elle s'appuya sur le mur derrière elle et referma les bras sur elle-même tandis que la chaleur commençait à quitter le corps immobile de sa mère.

XXIV

UN BASSIN PARFAITEMENT ROND

Plus que tout au monde, Gaia avait envie de poser la tête à côté de celle de sa mère et de se contenter de rester là, d'abandonner le combat. Mais quand son regard voilé se posa sur sa sœur, elle sut que les ténèbres devraient attendre. Elle ne supportait pas de voir le visage de sa mère ni la tendre peau usée de ses articulations. Elle ne pouvait pas rester là bien longtemps, à ses côtés. Les gardes risquaient de revenir ou bien les gens qui s'occupaient régulièrement du linge. Mais ce qui pressait le plus, c'était de trouver de quoi nourrir le nouveau-né, ou lui aussi mourrait.

Gaia s'éloigna prudemment de sa mère et se pencha pour soulever doucement le bébé de ses bras sans vie.

— Salut, petite sœur, murmura-t-elle.

Sa mère lui avait demandé de prendre soin du nourrisson, et elle le ferait. Quoi qu'il lui en coûte.

Maya était minuscule dans ses mains, un paquet qui gigotait, lourd mais sans coordination. Gaia l'essuya pour la débarbouiller au mieux et l'emmaillota solidement dans une serviette propre. Elle la posa sur une pile de draps puis baissa les yeux sur son pantalon et sa veste tachés de sang. Personne ne la prendrait plus pour l'apprenti d'un boulanger dans cette tenue, mais elle avait la cape de Pearl. Elle laissa tomber la veste dans un bac à linge, puis les derniers bouts du masque et la corde, pour laquelle elle n'avait pas trouvé d'usage. Elle conserva sa chemise bleue, roulant les manches pour cacher les taches de sang.

Elle remonta vite les jambes de son pantalon jusqu'aux genoux, puis elle prit un des draps blancs et le plia en deux. Déchirant une bande du tissu pour s'en servir de ceinture, elle enroula le reste autour de sa taille pour confectionner une jupe et la serra fort. Le résultat était affreux, mais elle ne pouvait pas faire mieux et, au moins, cela ressemblerait vaguement à une jupe sous la cape bleu foncé de Pearl. Elle prit sa sœur et la berça contre elle.

S'approchant de la fenêtre, elle regarda par-delà la silhouette spectrale de son reflet pour essayer de se repérer. Des nuages étaient venus obscurcir le soleil de l'après-midi. Elle baissa les yeux vers les panneaux solaires sur les toits, déduisant de leur orientation vers le sud qu'elle devait se trouver du côté ouest du Bastion, loin de la tour sud-est et de l'école. Elle ne savait pas vraiment comment s'échapper, ni quoi faire une fois qu'elle aurait réussi, mais du fond de l'urgence hébétée où elle était plongée, elle savait qu'elle devait essayer.

Gaia avait une conscience aiguë de la présence de sa mère allongée dans un coin de la blanchisserie, anormalement immobile. Quand elle fut prête, le bébé dans les bras, elle lui jeta un dernier regard, puis se pencha pour couvrir son visage d'une serviette propre. Elle ne pouvait pas lui dire adieu : les mots restaient coincés dans sa gorge, mais elle savait que c'était la dernière fois qu'elle se trouvait en présence de sa mère et elle s'affala contre le mur quelques instants, succombant au chagrin. Un poids invisible lui pesait de toutes parts et elle ferma les yeux pour refouler ses larmes, sans succès.

Je vais essayer d'être courageuse. Elle serra sa sœur contre elle et inspira profondément en frissonnant.

Puis elle se détourna et poussa les bacs à linge pour atteindre la porte. Elle cligna fort des yeux, se concentra et écouta s'il y avait du bruit de l'autre côté. Comme le silence régnait, elle la tira de quelques centimètres pour regarder dans le couloir. *Comment vais-je faire ?* se demanda-t-elle, au désespoir. *Tu dois y arriver*, se morigéna-t-elle. Elle se rendit au bout du couloir sur la pointe des pieds, craignant à chaque seconde qu'un autre groupe de gardes n'apparaisse au détour d'une galerie. Puis elle se rendit compte qu'elle commettait une erreur : se tapir était la dernière chose à faire si elle ne voulait pas attirer l'attention. Elle devait se comporter comme massœur Khol, qui avançait d'un pas décidé, l'air autoritaire.

Inspirant profondément, Gaia tira d'un coup sec sur la capuche de sa cape et s'avança dans le couloir d'une démarche régulière. Aux escaliers suivants, elle descendit, passa plusieurs paliers pour arriver soudain à un solarium lumineux éclairé par un haut plafond de verre en coupole. Il ne lui fallut qu'un instant pour reconnaître les portes-fenêtres et se rendre compte que, de l'autre côté, se trouvait l'entrée du Bastion où l'escalier à double hélice descendait vers la porte principale.

Des arches blanches en bois encadraient le solarium ; le luxuriant feuillage des fougères et le glouglou de l'eau qui coulait créaient une oasis de paix d'une riche beauté. Son charme, qui contrastait avec l'horreur d'avoir perdu sa mère, lui était presque insupportable. Gaia s'arrêta sous une voûte, respirant un air parfumé et humide et s'émerveillant tristement qu'un tel cadre puisse exister. Des feuilles vertes de toutes formes, des corolles colorées et des fruits appétissants étaient répandus autour d'elle. *Est-ce à cela que la terre ressemblait avant ?* se demanda-t-elle. Elle fut irrésistiblement attirée par le bruit de l'eau et trouva, au cœur du solarium, un bassin parfaitement rond. Sa surface sereine reflétait le dessous des fougères qui l'entouraient et un pan de ciel. Elle n'avait jamais vu de l'eau utilisée pour son seul aspect esthétique, et cela réveillait en elle un mélange de ressentiment et d'admiration. Elle toucha du doigt une fleur jaune pâle, charmée par ses pétales fragiles ; puis elle leva la tête et son regard se posa sur un palmier qui s'élançait vers la coupole de verre. L'eau et l'énergie nécessaires à l'entretien de cet endroit défiaient son imagination.

Un oiseau pépia et des voix s'approchèrent à sa gauche. Gaia revint rapidement sur ses pas. Elle longea le plus proche couloir à sa droite et se retrouva dans le hall d'entrée du Bastion.

Les carreaux noirs et blancs familiers s'étendaient à ses pieds comme un champ de mines où chaque pas pourrait la faire repérer. Elle chancela dans un dernier moment d'indécision et de peur, puis elle décida de le traverser tout droit en direction de l'école. Elle n'avait pas fait deux mètres qu'elle entendit des voix descendre les escaliers. Elle leva les yeux sur sa gauche et vit la famille du Protecteur vêtue d'un blanc impeccable : l'adolescente blonde que Gaia avait déjà vue, son frère aîné, Geneviève, qui laissait glisser un doigt léger sur la rampe et, à côté d'elle, le Protecteur en personne. Gaia était à mi-chemin d'une porte ouverte de l'autre côté de l'entrée, et elle espérait de toutes ses forces que personne ne la reconnaîtrait, quand la porte principale s'ouvrit violemment sur sa droite et que deux gardes se précipitèrent à l'intérieur dans un grand cri. Ils jetèrent un homme par terre devant eux de sorte qu'il atterrit brutalement sur les genoux et une épaule. Gaia, le souffle coupé, recula pour se plaquer contre un pilier.

La jeune fille dans les escaliers hurla de peur et le Protecteur se dépêcha de devancer sa famille.

— Bon sang, qu'est-ce que vous faites ? rugit-il.

— Monfrère, déclara le garde d'une voix ferme et forte, nous avons trouvé cet homme en train d'essayer de pénétrer dans le Bastion.

Il ôta brusquement le chapeau noir du prisonnier.

Les yeux de Gaia se tournèrent aussitôt vers la silhouette à terre, un jeune homme à la tignasse brun foncé, habillé de vêtements bleus grossiers et qui se redressait, ses yeux azur jetant des éclairs. Malgré ses mains attachées dans le dos, Léon Grey retrouva son équilibre et parvint à se lever.

Geneviève en resta bouche bée et Gaia fit instinctivement un pas vers lui. Les yeux de Léon se posèrent aussitôt sur elle, et il remarqua ses vêtements ainsi que le bébé, puis il fit face à son père dans une sombre fureur.

— Gaia, annonça-t-il, laisse-moi te présenter ma mère, Geneviève Quarry. Voici ma sœur, Evelyne, et mon frère, Rafael.

Sa voix ralentit pour se faire ironique.

— Tu connais déjà le Protecteur.

Il ne l'avait pas présenté comme son père. Le Protecteur était un homme de haute taille, distingué, dont les traits réguliers étaient accentués par une moustache noire. Ses cheveux poivre et sel étaient coupés court et son costume blanc sur mesure soulignait un physique athlétique. Gaia l'avait vu à l'Autélé, projeté sur un écran vingt fois plus grand qu'en réalité, mais il dégageait bien plus d'autorité en vrai. Une puissance froide et calculatrice émanait de lui, comme s'il était capable de charger d'électricité les particules d'air autour de lui-même en restant immobile. Tous les instincts de Gaia lui enjoignaient de s'en éloigner, de partir se cacher en courant, mais elle fit un pas et s'efforça de se tenir droite.

— Enchantée.

Sa voix était à peine un murmure.

L'homme l'ignora.

— Léon, dit Geneviève, perplexe, en descendant les dernières marches. Que t'est-il arrivé ?

Sa voix basse était empreinte de compassion.

— Bonjour, maman, répondit Léon d'un ton égal.

Il ne quittait pas son père des yeux.

— Ne t'approche pas de lui, Geneviève, ordonna le Protecteur.

Sa femme s'arrêta à côté du pilier de l'escalier et Evelyne la rejoignit. À gauche de Gaia, le portier apparut en silence, accompagné de monfrère Iris, fermant la porte derrière lui.

— Emmenez le nouveau-né à la nursery, Winston, dit le Protecteur doucement. Ensuite emmenez les deux autres en bas et exécutez-les.

Le visage de Léon se vida de toute couleur et Gaia traversa le carrelage au plus vite pour le rejoindre.

— Non, Miles, tu ne peux pas faire ça, intervint aussitôt Geneviève, saisissant le bras du Protecteur.

Winston s'approchait et Gaia se serra contre Léon, protégeant le bébé dans ses bras.

— Elle a raison, père, appuya Rafael. C'est la seule personne que vous ne puissiez éliminer. Ce serait un suicide politique.

Gaia dévisagea le frère de Léon. Il n'était pas surprenant qu'il n'ait aucun trait en commun avec lui. Son physique régulier et ses cheveux châtain clair bien coiffés lui étaient familiers grâce aux émissions spéciales de l'Autélé, mais quelque chose dans son visage intense attira son attention. Peut-être était-ce son maintien, ou son sens inné des droits qui lui revenaient, mais d'une certaine façon, le jeune frère ressemblait à Léon.

— J'apprécie l'intérêt que vous manifestez tous les deux pour ma carrière, dit le Protecteur, flegmatique, mais je prends le risque.

— Miles, réfléchis un peu, insista Geneviève. Il est plus important que jamais à présent : ton propre fils, avancé de l'extérieur du mur. Il a même les taches de rousseur. Il est l'avenir. Et Gaia Stone est pratiquement un héros. Regarde-la !

— Papa, s'il te plaît ! Tu ne peux pas les tuer ! s'exclama Evelyne.

La bouche du Protecteur se pinça en une ligne sévère ; ses yeux éteints ne révélaient rien. Winston attendait juste derrière Gaia et, quand il posa une main sur son bras, elle s'en libéra.

— Vous êtes méprisable, lança-t-elle au père de Léon, la voix entrecoupée. Vous tueriez votre propre fils ? Comment osez-vous vous faire appeler le Protecteur ?

Ce dernier accorda à peine un regard à la jeune fille avant de se tourner vers sa femme.

— Il n'est pas mon fils. Il ne l'a jamais été. J'ai essayé de le raisonner il y a quatre jours de cela, et qu'a-t-il fait ? Il s'est enfui. C'est une bombe à retardement. Sans parler du fait qu'il s'est lié à une moins que rien, une souillon venue de l'extérieur du mur.

Léon se tourna vers Geneviève et lui parla doucement.

— Comment supportez-vous de rester avec lui, mère ?

Le Protecteur fit deux pas et frappa du revers du poing la mâchoire de Léon. Sous l'impact, celui-ci trébucha en arrière.

— Garde le silence, ordonna le Protecteur.

Gaia vit Geneviève pâlir et Evelyne étouffer un cri, la main devant la bouche. Un filet de sang coulait du coin des lèvres de Léon, mais il se redressa lentement, posément.

— J'en ai assez de ces absurdités. À qui est ce bébé ? demanda le Protecteur.

Monfrère Iris s'avança et ajusta nerveusement ses lunettes.

— C'est l'enfant de Bonnie Stone, déclara-t-il. Je venais justement vous dire que nous avons localisé le cadavre de la prisonnière dans la buanderie du troisième étage. Le nouveau-né a, comme vous le savez, de grandes chances, comme tous ceux du Secteur Ouest Trois, d'être porteur du gène suppresseur. Tout comme la fille ici présente.

Monfrère Iris s'adressa à Gaia.

— C'est un garçon ou une fille ?

— Il est à moi, espèce d'ordure. Vous ne me le prendrez pas.

Le Protecteur se tourna de nouveau vers Winston.

— La fille a été élevée à l'extérieur. Vous voyez comment elle est. Maintenant, débarrassez-vous d'elle.

— Mais, père, songez à son patrimoine génétique, intervint Rafael en venant se placer près du Protecteur. Vous devez penser à ses gènes.

Au grand désarroi de Gaia, le Protecteur la saisit soudain par le menton, la tira en avant et la fit trébucher, le visage bien exposé à leurs yeux scrutateurs.

— Tu voudrais de ça ? siffla-t-il à son fils.

Les yeux de Rafael s'étrécirent comme il l'examinait lentement et qu'elle le dévisageait en retour d'un air de défi. Son regard vacilla, se posa brièvement sur Léon, puis par terre. Sa réponse était évidente : non.

Et, malgré tout, en dépit de tous les autres dangers plus grands qui la menaçaient, Gaia était toujours piquée au vif que quelqu'un, en particulier un garçon, la trouve laide. Elle brûla soudain de haine envers eux tous.

Le Protecteur le remarqua. Il esquissa un sourire.

— C'est bien ce que je pensais, dit-il en la relâchant avec mépris.

Il se retourna vers sa famille.

— Je ne peux la proposer à personne que je connaisse, quels que soient ses gènes. C'est un phénomène, pas un héros. Je préférerais élever Myrna Silk au rang de héros.

Léon avait suivi cet échange, tendu.

— Moi, je voudrais de Gaia, intervint-il, et sa voix basse résonna dans le hall.

Gaia retint son souffle, se tourna vers lui et le vit qui l'observait de son regard calme et intrépide. Elle se rendit compte qu'il avait à peine dit un mot en présence du Protecteur, comme s'il le méprisait tant et lui faisait si peu confiance qu'il ne voulait pas accorder à son père adoptif la satisfaction de le voir essayer de sauver sa propre vie. Mais il avait pris la défense de Gaia.

Son père eut un petit rire moqueur.

— Voilà qui est parfait.

— Il a raison, Miles, ne le vois-tu pas ? demanda Geneviève. Réfléchis à l'image que cela renverrait si nous les accueillions chez nous. Il serait réhabilité, totalement docile, et elle serait l'espoir de l'Enclave. Ils pourraient même avoir un enfant, un de ces enfants dont vous avez besoin, le tout sous notre direction, et nous deviendrions à notre tour des héros.

Le visage du Protecteur se durcit.

— Tu oublies ce qu'il a fait, dit-il amèrement.

Il y eut un silence, uniquement brisé par un petit bruit de succion du bébé qui s'agita dans les bras de Gaia. Elle le rapprocha d'elle instinctivement et lui dit « chut ».

— Je n'ai pas oublié, dit doucement la mère de Léon.

Le regard de Gaia passa d'un visage tendu à l'autre. Les mains de Geneviève étaient serrées sur sa poitrine et, un peu à l'écart, Evelyne semblait perdue dans ses pensées. Rafael, distant, avait enfoncé ses mains dans ses poches. Le Protecteur était de pierre. Elle se tourna enfin vers Léon, la mâchoire rigide, les yeux brillant de défi. L'espace d'un instant, Gaia sentit la présence de la sœur disparue, une absence aussi palpable que si une jumelle vivante avait descendu les escaliers, s'était placée aux côtés d'Evelyne pour ensuite s'éclipser.

Une pointe de couleur était montée aux pommettes de Léon.

— Pour la dernière fois, dit-il tout bas, je ne l'ai jamais touchée.

Le Protecteur s'exprima distinctement.

— Tu es un pervers et un menteur. En ce qui me concerne, tu pourrais aussi bien être un meurtrier.

Il se détourna brusquement.

— Faites ça discrètement, Winston. Tout de suite.

Gaia sentit le portier et les gardes se rapprocher d'eux et Evelyne poussa un cri de protestation. Mais Geneviève et Rafael étaient à court d'objections et la jeune fille prit conscience avec horreur que Léon était figé, ne faisait rien pour résister, comme si quelque chose dans les propos du Protecteur avait prouvé qu'il méritait d'être exécuté. Quel était donc ce pouvoir ridicule que son père avait sur lui ?

— Non ! s'exclama Gaia.

Sur un coup de tête, elle tira le bras de Léon vers la seule direction à laquelle personne ne pouvait s'attendre, bondissant vers les escaliers. Le Protecteur chercha à les attraper mais Geneviève perdit l'équilibre et tomba dans ses bras. Gaia percuta Rafael de plein fouet et, quand il lui attrapa le bras, elle se libéra d'un coup sec. Puis Léon et elle s'élancèrent dans le grand escalier, gagnant de précieuses secondes sur les gardes, qui devaient se faufiler au milieu des membres de la famille pour les poursuivre.

Gaia gravit les marches deux par deux. Alors qu'elle était presque en haut des escaliers, Léon la dépassa. Il avait toujours les mains attachées dans le dos ; il se dirigea rapidement vers la droite.

— Vite ! cria-t-il à Gaia.

Elle le suivit à toute vitesse, tourna dans un autre couloir et se réceptionna contre le mur d'une main. Le jeune homme s'arrêta en une glissade devant une porte deux fois plus petite que les autres.

— Ouvre-la ! ordonna-t-il à Gaia, qui fourra son pouce dans le loquet et l'ouvrit d'un coup sec.

À quatre pattes, elle sortit à sa suite, à l'aveuglette, fermant la porte derrière elle, et la crainte qu'ils ne soient coincés sur un balcon l'envahit brièvement. Un deuxième coup d'œil lui apprit qu'ils se trouvaient sur le toit du solarium et qu'une fine passerelle en fer surplombait la coupole et menait de l'autre côté.

Léon passa devant elle.

— Suis-moi de près. Prends ma main.

Elle tendit le bras pour atteindre ses mains attachées derrière lui et sentit ses doigts se resserrer sur les siens. S'il glissait ou perdait l'équilibre, il n'aurait aucun moyen de se rattraper et il passerait à travers une vitre avant de s'écraser sur le sol du solarium, une quinzaine de mètres plus bas.

— Je te tiens, dit-elle, et elle serra le bébé plus fort dans son bras.

Elle se força à avancer sur la passerelle étroite. Les voix des gardes courant dans le couloir leur parvenaient. Elle ne pouvait qu'espérer qu'ils ne verraient pas la petite porte. Léon et elle atteignirent le sommet du toit et commencèrent à descendre de l'autre côté. La terreur la poussait à avancer plus vite qu'elle n'aurait normalement osé et elle inspira entre ses dents quand elle chancela. Léon la stabilisa avant de vaciller lui-même sous le poids de la jeune fille qui s'accrochait à lui.

— En avant, ordonna-t-il d'un ton féroce. Maintenant, Gaia. Ne me tire pas en arrière.

Ils venaient d'atteindre l'autre extrémité du toit, avec sa petite porte identique à la première, quand une voix cria derrière elle ; puis une balle s'encastra dans le mur à côté de son visage, répandant un nuage de stuc.

— Dépêche-toi ! la pressa Léon comme elle saisissait la poignée de la porte.

Et il la poussa du coude devant lui.

Gaia le tira de l'autre côté de la porte puis ils se mirent à courir le long d'un couloir, jusqu'à un escalier qui descendait en spirale vers une obscurité toujours plus dense. Des murs de pierre sans fenêtres renvoyaient l'écho de leurs pas précipités. La jeune fille trébucha et étouffa un cri, s'entaillant la main sur le mur.

— Gaia ! appela Léon en se retournant. Ça va ?

— Oui, répondit-elle, malgré sa paume qui picotait et le sombre filet de sang qu'elle distinguait sur sa main.

Elle repositionna le bébé dans le creux de son bras blessé pour libérer sa main valide. Il faisait froid et cela sentait le renfermé, la vieille sciure de bois et les oignons.

— Où sommes-nous ? demanda-t-elle.

— C'est la cave à vin. Il devrait y avoir de la lumière. Ah !

Quand ils empruntèrent le dernier couloir, un détecteur de mouvements alluma une ampoule, révélant une longue pièce au plafond bas et des voûtes maçonnées. Comme elle hâtait le pas derrière Léon, se faufilant entre une dizaine de tables et des étagères chargées de vieux pots, de patates et de navets, Gaia aperçut des cavités qui lui firent penser à des catacombes remplies de bouteilles et de tonneaux. Léon donna un coup de pied brutal à une grande table de travail en bois dotée d'une rangée de tiroirs.

— Là-dedans, lança-t-il à Gaia par-dessus le fracas. Regarde s'il y a un couteau.

Gaia, entendant des bruits de pas, jeta un coup d'œil à la porte par-dessus son épaule.

— Dépêche-toi ! lui ordonna Léon.

Elle ouvrit violemment tiroir après tiroir, répandant leur contenu par terre, jusqu'à ce que Léon tape du pied sur un couteau à dents affûté. Gaia posa le bébé sur la table et saisit l'outil. Elle le glissa dans la corde qui liait les poignets du jeune homme et, en trois coups irréguliers, elle le libéra.

— Oui ! siffla Léon.

Et il effectua des rotations de ses poignets libérés.

Gaia saisissait juste le bébé quand le premier garde apparut.

— Arrêtez-vous ! cria-t-il.

— Par ici ! souffla Léon en lui attrapant la main et en plongeant dans une des niches.

Un coup de feu retentit et une autre balle percuta le mur à côté de Gaia. Elle se jeta à terre. Léon déplaçait vivement des fûts pour dégager le mur du fond et, l'espace d'un instant qui la terrifia, elle le soupçonna de les avoir conduits à une impasse mais, ensuite, une obscurité plus profonde s'ouvrit dans le mur et un air froid et humide balaya son visage. Léon l'attrapa par les épaules et la poussa en avant ; elle trébucha vers le vide, s'arc-boutant pour protéger le nourrisson quand elle s'effondra contre un mur de pierre.

Elle sentit Léon tomber à côté elle, puis la porte claqua derrière eux et ils se retrouvèrent dans le noir absolu.

XXV

LES TUNNELS

Gaia écarquilla les yeux dans les ténèbres, à la recherche de la moindre lueur, mais l'obscurité était totale. Elle entendit Léon pousser quelque chose contre la porte, puis de nets bruits de coups et des voix étouffées leur parvinrent de l'autre côté.

— Aide-moi à pousser, demanda le jeune homme.

N'y voyant absolument rien, elle tendit la main et le sentit caler quelque chose de solide et de dur contre la porte. Elle posa son épaule à côté de la sienne et poussa de son mieux tout en tenant Maya dans l'autre bras. La porte trembla mais ne s'ouvrit pas.

— Ça ne les retiendra pas longtemps, dit Léon.

Le bébé paraissait encore plus petit dans le noir, et Gaia enroula ses deux bras autour de lui.

— Où sommes-nous ? demanda-t-elle.

— C'est le tunnel de la cave à vin. Tu te souviens de la carte ?

La jeune fille entendit un grattement, puis une lumière vive jaillit du bout d'une allumette. Sa lueur éclaira le visage renfrogné de Léon avant qu'il n'allume la mèche d'une bougie. De violents coups à la porte firent sursauter Gaia. Elle vit qu'ils avaient calé un banc contre les boiseries, mais il commençait déjà à céder.

— Ils sont à nos trousses ! s'exclama-t-elle.

Léon prit quelques bougies de plus dans une boîte sur une étagère puis se mit en route. Il leva la première en direction d'un tunnel étroit taillé dans les fondations de l'édifice et protégea la flamme de son autre main.

— Accroche-toi à moi.

— Vas-y. Je te tiens.

Elle s'agrippa à sa chemise et s'élança derrière lui. La flamme suffisait à révéler les murs de pierre sombre et le plafond du tunnel où, par intervalles, on avait ajouté des poutres de bois pour les soutenir. À un moment, Gaia osa se retourner et vit les immenses ombres effrayantes qu'ils projetaient dans l'obscurité. Ils arrivèrent à une fourche et Léon prit à droite. À la fourche suivante, il prit à gauche.

Derrière eux s'élevèrent le fracas du bois qui volait en éclats et des voix fortes.

— Tiens bon ! Dépêche-toi ! dit Léon en accélérant le pas, ce qui fit vaciller dangereusement la flamme.

À chaque tournant, les voix des hommes s'éloignaient un peu.

— Ne fais pas de bruit ! ordonna Léon, ralentissant à peine le pas.

Gaia trébucha et s'accrocha plus fermement à sa chemise bleue pour ne pas tomber.

Il s'arrêta.

— Ça va ?

— Oui, répondit-elle en retrouvant son équilibre

Le jeune homme reprit sa route. À mesure que la distance entre eux et les gardes augmentait, leurs voix s'atténuaient puis elles disparurent complètement. Gaia n'entendait plus que sa respiration laborieuse et ses pas dans ceux de Léon sur le sol accidenté. Par endroits, le tunnel s'était effondré et ils devaient contourner ou escalader à quatre pattes des décombres poussiéreux et des pierres. Maya émit un léger gémissement dans les bras de Gaia, qui vit Léon la regarder par-dessus son épaule.

— Tout va bien ? demanda-t-il à nouveau.

— Ça y est, on est perdus ?

Il rit.

— Fiona, Evelyne et moi, on jouait souvent ici.

Les murs resserrés donnaient à sa voix une nuance sinistre et étouffée.

— Tu te souviens quand tu m'as demandé si on jouait à cache-cache ? Tiens. Prends mon bras maintenant, à côté de moi. C'est un peu plus large ici.

— Ça donne la chair de poule quand même.

Elle sentit comme une plume sur son visage et leva les yeux vers le plafond, couvert de fines toiles d'araignées couleur de cendre dans le noir. Elle jeta un coup d'œil derrière eux.

— Je n'entends personne, commenta-t-elle.

Léon acquiesça et leva la bougie dans le silence.

— Ils vont finir par arriver. Ils seront juste ralentis parce qu'ils doivent trouver par où nous sommes passés à chaque fourche.

Il reprit sa route en protégeant la flamme.

— Tiens-toi bien.

— Où allons-nous ?

— Il y a un endroit plus loin où nous pourrons en décider. S'il ne s'est pas effondré.

Elle se hâta à ses côtés en silence pendant plusieurs minutes, jusqu'à ce qu'ils arrivent à un endroit où le tunnel s'élargissait et où les chemins divergeaient à nouveau. Quand Léon s'arrêta enfin, Gaia relâcha sa prise sur son bras et regarda autour d'elle. Plusieurs caisses à vin en bois étaient disposées en un carré grossier, entourant un petit espace à côté du mur le plus proche. À ses pieds, un vieux coussin gris servait de nid à une souris, parsemé d'excréments noirs et d'enveloppes de graines. Léon alluma deux nouvelles bougies à la mèche de l'ancienne et donna la première à Gaia.

— Tiens, dit-il.

Elle leva la sienne pour éclairer l'intérieur des caisses. Des lambeaux de papier mordillé les tapissaient, des restes de BD et de revues mélangés à ce qu'elle reconnut comme les formes caractéristiques d'un yo-yo et d'une poignée d'osselets éparpillés. Des piles de papiers s'entassaient sur une étagère, plus haut. Une carte de l'Enclave et de Wharfton, annotée de marques de couleur et tachée d'humidité, était accrochée au mur. L'odeur de terre et le froid lui paraissaient peu attrayants, et il lui était difficile de s'imaginer des enfants jouant ici. Des enfants normaux, en tout cas.

— Quel est cet endroit ?

— Notre QG. Notre fort. Fiona, Evelyne et moi, on se terrait souvent ici il y a longtemps.

Du bout de sa botte, il poussa une boîte de conserve et des billes roulèrent à l'intérieur.

— Fiona était obsédée par l'idée de découvrir mes parents biologiques et où ils vivaient. Surtout quand j'ai eu treize ans. C'est l'âge auquel on peut décider de vivre à l'extérieur du mur ou non mais, bien sûr, personne ne choisit jamais la première option. C'était un jeu aux possibilités infinies et sans solution.

Son regard passa du visage de Gaia à la carte sur le mur.

— Quelle ironie de me retrouver ici aujourd'hui, quand je connais enfin la réponse. Nous n'avons que quelques minutes, mais d'ici nous pouvons choisir où aller. Ça va ? demanda-t-il.

Elle acquiesça.

— Assez bien, tout compte fait.

— Je suppose que tu as trouvé ta mère.

Gaia essaya d'articuler les mots pour lui annoncer qu'elle était morte au cours de l'accouchement, mais ils ne sortirent pas. Au lieu de cela, elle baissa les yeux sur le bébé et vit ses yeux sombres posés sur la bougie d'un air absent.

— Ça s'est mal passé, c'est ça ? supposa Léon.

De sa manche, il frotta le coin de sa bouche, effaçant la trace de sang qu'avait laissée le coup porté par le Protecteur.

— Je n'ai pas pu la sauver, déclara la jeune fille, puis elle s'arrêta avant que le chagrin ne la submerge.

— Je suis navré, Gaia. J'aurais voulu pouvoir faire quelque chose.

Elle se rendit compte qu'en fait il avait essayé. Il s'était fait prendre en essayant de la rejoindre. Plus tard, peut-être, elle se permettrait de penser à sa mère mais, pour l'instant, elle devait sauver sa sœur.

— Maya aura bientôt besoin de manger, dit-elle. Où mènent ces tunnels ?

Léon leva sa bougie vers la gauche.

— Ce côté-ci se dirige vers le nord-est, là où le mur rejoint la falaise. Ça donne sur la cave d'un bar. Si on arrive à sortir du bar, on ne sera pas loin du mur et on pourra se sauver.

Il fit un signe de tête vers la droite.

— Ce côté-là va plutôt vers le sud-est, vers le cimetière près du café d'Ernie, là où je t'ai vue l'autre jour.

— Près du jardin avec les rochers ? demanda-t-elle en s'approchant de la vieille carte sur le mur. Le café se situe ici, sur cette petite place ?

Il acquiesça.

— Oui. Le tunnel s'est effondré par endroits, mais nous pourrions peut-être nous y rendre. La dernière fois que je suis descendu, on pouvait encore passer, mais c'était il y a quelques années.

— Qui d'autre sait où mènent les tunnels ?

— Probablement cinq ou six personnes. Ma sœur, Evelyne, c'est certain. Le Protecteur doit connaître la sortie donnant sur le bar. C'était une mine de fer bien avant qu'on y construise l'Enclave, mais la plupart des tunnels se sont effondrés et ils ne sont pas sûrs.

Gaia savait que les fondateurs de l'Enclave avaient foré en profondeur, bien au-delà de l'ancienne mine de fer, pour atteindre une source de vapeur et d'énergie géothermique, mais elle y songeait rarement. Elle considéra chaque tunnel, à la recherche d'un indice qui puisse lui montrer lequel emprunter. Elle avait l'impression qu'ils étaient pris au piège.

— Y a-t-il d'autres possibilités ? demanda-t-elle en examinant la carte.

— Il n'y a qu'un seul autre tunnel, un embranchement de celui-ci, mais il s'éloigne du mur et ramène vers le Bastion, près de la nursery et de la ferme au miel.

— La nursery ?

— C'est Fiona qui avait trouvé ce chemin. Elle aimait aller voir les bébés.

Il tapota un point sur la carte juste au nord du Bastion.

Le regard de Gaia survola les marques de couleur sur la carte, principalement des petits X éparpillés sur Wharfton, puis elle s'immobilisa tandis que son esprit tourbillonnait. Une idée géniale et terrifiante s'imposa à elle. Un bruit faible, distant, leur parvint de derrière, et la peur la fit sursauter.

— Léon, reprit-elle, tu voulais trouver tes parents biologiques quand tu étais petit, mais de quelles informations disposais-tu ?

— Aucune vraiment, hormis ma date de naissance. Fiona cherchait des familles à l'extérieur du mur qui avaient des enfants d'un ou deux ans de plus ou de moins que moi, mais pas d'enfants de mon âge. C'était comme essayer de trouver où il manquait des pièces dans un puzzle, là où aucune n'avait été assemblée.

Gaia hocha la tête.

— C'est parce que tu n'avais aucune information concernant tes vrais parents à l'extérieur du mur. Tu n'avais pas le message codé de ma mère.

— Je sais. Personne n'avait le message codé de ta mère. Nous avons cherché dans les archives de la famille, mais ils ne contenaient aucune information sur mes parents. J'avais parfois l'impression de me souvenir d'un détail de l'époque où j'étais bébé, mais ça n'avait pas de sens.

— Mais il y avait bien des registres où était noté qui t'avait adopté ?

Ils baignaient dans la lueur de la bougie qui dansait sur les traits du jeune homme tandis qu'il l'examinait avec curiosité.

— Bien sûr. Où veux-tu en venir ?

Elle lui attrapa le bras.

— Tout ce que voulait ma mère, tout ce qu'elle voulait vraiment, c'était savoir que mes frères allaient bien, mais elle ne pouvait pas découvrir qui ils étaient à l'intérieur du mur. Oh, Léon !

Un frisson la parcourut.

— Nous devons nous rendre à la nursery. Je dois essayer de trouver les registres répertoriant les parents adoptifs des bébés avancés dans l'Enclave.

— Leur identité à l'intérieur ? demanda-t-il, concentré et perplexe.

Un autre bruit leur parvint de derrière, plus proche cette fois.

— C'est le pendant du code de ma mère, dit Gaia d'un ton pressant. C'est l'information dont les gens à l'extérieur du mur ont besoin, des gens comme ma mère. Et il y aura du lait en poudre pour Maya là-bas. Nous devons y aller !

Léon lui prit le bras et l'entraîna dans le tunnel le plus étroit. Elle étouffa un cri quand la cire brûlante lui coula sur les doigts et que sa bougie s'éteignit.

— Désolé, dit-il.

— Ce n'est rien. Vas-y. Je vais m'accrocher à toi comme tout à l'heure. Dépêche-toi.

Elle se saisit à nouveau de sa chemise tandis qu'il ouvrait le chemin avec sa bougie. Il vira à gauche à la fourche suivante puis, progressivement, elle eut l'impression que le chemin montait. Ils passèrent la carcasse décharnée d'un petit animal et, à ce moment-là, juste quand il s'élargissait à nouveau, l'état du tunnel empira. D'énormes rochers étaient amassés par endroits, là où le plafond s'était effondré, ne laissant qu'un passage étroit et déchiqueté. Léon traversa le premier tant bien que mal, laissant Gaia dans le noir, puis elle lui passa le bébé par le trou, qu'elle franchit ensuite. Ils s'arrêtè-rent à deux reprises pour vérifier s'ils entendaient leurs poursuivants mais la jeune fille ne percevait que sa respiration haletante dans un silence tendu.

— Et s'ils nous coupaient la route à la sortie ? demanda-t-elle.

— On verra, répondit Léon.

Dans le noir, on perdait la notion du temps et elle avait l'impres-sion qu'ils avançaient depuis une éternité, escaladant ici, contour-nant là, dans les anciens tunnels sinueux de la mine. Maya émettait de brefs sons plaintifs mais bougeait peu et, comme elle ne lui jetait que de rares coups d'œil, Gaia espérait qu'elle allait bien. Elle crut enfin percevoir une lueur devant elle et, quand ils tournèrent une fois de plus, elle vit, loin devant et un peu plus haut, une lumière grise se réfléchir sur la roche.

Léon souffla sa bougie et ils montèrent à quatre pattes. Le tunnel rétrécissait à nouveau, tournait ; le reflet gris grandit et devint plus intense. Le sol du tunnel s'élevait comme une grande dalle accidentée ; des filets d'eau coulaient dans ses fissures. Gaia dut s'accroupir, s'appuyer de sa main libre sur le mur de pierre rugueux tandis que Léon rampait devant elle. Ils se trouvaient dans une grotte naturelle et, quand elle se retourna, elle ne vit aucune trace du tunnel. Tandis qu'ils approchaient de la lumière, le bruit de l'eau devint de plus en plus fort, jusqu'à devenir un écho assourdissant. L'ouverture sur l'extérieur était à peine assez large pour qu'on puisse la traverser à quatre pattes et un enchevêtrement de racines et de plantes rampantes la dissimulait encore davantage. À travers le feuillage, Gaia vit un rideau de pluie couler à flots, bruyamment, sur le sol dur et, derrière, à peine visible, la forme arrondie des ruches.

— Il pleut, s'émerveilla-t-elle.

Cela faisait des mois qu'il n'avait pas plu. Des mois ! L'eau de pluie transformait la vie à l'extérieur du mur, comme une richesse à l'état pur tombée du ciel. Et cette odeur ! Gaia goûtait la douce humidité, comme si la terre mouillée devenait une épice.

— Léon, regarde, dit-elle.

— Je sais, murmura-t-il, d'une voix à peine audible par-dessus le grondement de l'eau bien qu'il fût proche de son oreille.

Il posa une main sur son épaule et se pencha vers l'ouverture.

— Je vais aller voir s'il y a quelqu'un dehors. Attends-moi une minute. Je reviens tout de suite.

Avant que la jeune fille ait le temps de s'y opposer, il était parti. À un éclair succéda aussitôt un coup de tonnerre retentissant et elle frissonna. Le bébé poussa un petit cri de mécontentement. Gaia le berça contre son cou, l'enveloppant dans le bout de sa cape tout en soutenant la petite tête chaude. Une minute s'écoula pendant

— Mais c'était il y a des heures, rétorqua-t-il.

Gaia n'avait aucune idée du temps qui s'était écoulé, mais elle savait qu'elle ne pouvait pas rester un instant de plus sous la pluie avec sa petite sœur. Elle saisit la poignée en métal et la tourna, surprise que ce ne soit pas fermé à clé. Sans attendre d'autre invitation, elle entra et se retrouva dans une cuisine sombre et bien rangée.

Léon lui emboîta le pas et ferma la porte, étouffant le bruit assourdissant de la pluie. Dans le silence, un robinet qui gouttait était étonnamment audible. Il n'y avait rien sur les plans de travail et la table, sauf une passoire remplie de haricots à côté de l'évier. De l'ail pendait à un crochet près de la fenêtre. Le mur le plus éloigné était fait de pierre ; un four et une cheminée au large foyer y étaient encastrés. Il faisait une chaleur agréable et Gaia constata qu'un petit feu avait été allumé dans l'âtre. Une rangée de berceaux peu profonds avait été intégrée à l'un des plans de travail et de petites couvertures y reposaient, certaines froissées. Le regard de Gaia se posa sur une dizaine de biberons de verre qui séchaient à l'envers sur un égouttoir.

— Y'a quelqu'un ? lança une voix de femme.

Son ton était las mais pas inquiet, son timbre aigu, flûté.

— Franny, c'est toi ?

Léon s'avançait en direction de la voix quand une jeune femme vêtue d'une robe rouge passa la porte ; elle tenait un bébé contre son épaule et lui tapotait le dos de ses doigts sûrs. Elle s'arrêta, visiblement surprise.

— Je peux vous aider ? demanda-t-elle à Léon.

Elle n'était guère qu'une jeune fille, seulement de quelques années l'aînée de Gaia, avec des joues roses charnues et des mains potelées. Son regard passa rapidement de l'un à l'autre et son expression s'adoucit quand ses yeux se posèrent sur le bébé.

— Je m'appelle Rosa, dit-elle. On se connaît ?

— Est-ce que ma sœur Khol est là ? demanda Gaia.

Rosa observa ses vêtements mouillés avec curiosité.

— Non. Que vous est-il arrivé ? Et qu'est-ce qui vous prend de laisser ce bébé trempé ?

Elle posa dans l'un des berceaux l'enfant qu'elle tenait dans les bras et replaça une mèche de ses cheveux noirs derrière son oreille. Puis elle tendit les bras pour prendre Maya.

— Viens là, ma chérie, fit-elle d'une voix chantante.

Comme Gaia reculait instinctivement, Rosa leva les yeux, déconcertée. Elle se tourna un instant vers Léon puis son expression se fit sérieuse.

— Vous êtes Léon Quarry. Ou Grey. N'est-ce pas ?

Le jeune homme ne répondit pas. Le regard de Rosa fit de nouveau de brefs allers-retours entre lui et Gaia, puis elle baissa les yeux sur Maya. Gaia allait prendre la parole mais Léon la mit en garde d'un mouvement de tête.

La jeune femme s'éclaircit la voix et s'adressa à Léon.

— Eh bien, dit-elle d'un air entendu, et sa voix était un peu plus basse, il y a une première fois pour tout.

Avant que Gaia n'ait pu se rendre compte de ce qu'il faisait, Léon saisit une cruche en argile sur le plan de travail, la souleva vivement et lui fit décrire un arc de cercle pour l'abattre lourdement sur le crâne de Rosa. L'impact s'accompagna d'un impitoyable bruit sourd, et Léon rattrapa la jeune fille dans sa chute. Elle n'émit aucun son, pas même un grognement de douleur.

Les yeux de Gaia s'arrondirent sous le choc.

— C'est ce que tu appelles t'en sortir avec un peu de baratin ?

Le jeune homme posa la forme inanimée par terre et prit un tablier sur le dossier d'une chaise. Stupéfaite, Gaia l'observa qui attachait rapidement les poignets de Rosa dans son dos.

— Reste là, dit-il en ramassant la cruche.

— Mais qu'est-ce que tu fais ?

Il passait déjà la porte par laquelle Rosa était entrée et, un instant plus tard, Gaia entendit qu'il montait rapidement les escaliers. Un bref cri retentit, puis le son d'un autre corps que l'on traînait par terre. Gaia ne quittait pas des yeux la captive à ses pieds, cherchant à voir si elle respirait encore. Ses yeux étaient fermés et son visage pâle à la lumière du feu, mais ses lèvres étaient entrouvertes et sa poitrine se soulevait.

Léon redescendit les escaliers et pénétra dans la cuisine.

— C'est bon, il n'y a personne d'autre. Nous n'avons que quelques minutes avant que l'une d'elles reprenne connaissance. Va chercher des provisions pour Maya à l'étage, je vais fouiller le bureau. J'ai une idée. Gaia ?

Elle détacha ses yeux de Rosa et serra sa sœur plus fort dans ses bras.

— Était-ce vraiment nécessaire ? murmura-t-elle.

Il pencha la tête, la regardant avec intensité, assumant pleinement ses actes. Elle se rendit compte qu'elle n'aurait pas dû être surprise par la rapidité de sa réaction. Il faisait partie de la garde et était entraîné. Il avait toujours été capable d'une violence résolue.

— Pardonne-moi, dit Gaia.

Léon regarda par-dessus son épaule, tendant l'oreille, puis il fit un pas vers elle et lui parla plus doucement.

— Veux-tu prendre soin de ta sœur, oui ou non ?

Cela réveilla en elle un sentiment d'urgence. Elle laissa tomber la cape de Pearl trempée sur le dossier d'une chaise. Elle vérifia brièvement que le bébé dans le berceau sur le plan de travail ne s'agitait pas puis, contournant Rosa, elle se faufila hors de la cuisine et se dépêcha de monter à l'étage. Léon se dirigea vers le bureau.

Peu de lumière naturelle éclairait les escaliers étroits et raides. En haut, deux portes étaient ouvertes, une de chaque côté. La pièce sur sa gauche était plus sombre et contenait une rangée de berceaux. Gaia fut attirée par un léger bruit indéfinissable dans la pièce de droite et s'avança dans une petite nursery propre au plafond bas. Une discrète odeur de savon à la lavande et de coton flottait dans l'air. Des rangées de petits berceaux était alignées le long des murs, côte à côte, plus d'une dizaine en tout, mais Gaia remarqua que seule une poignée d'entre eux étaient occupés par des bébés, tous endormis. *Quelles sont les chances de pouvoir réussir à les faire dormir tous en même temps ?* pensa-t-elle. Savait-on comment faire respecter des horaires aux nourrissons ici ? La pluie ruisselait sur deux grandes fenêtres aux multiples carreaux qui laissaient entrer une froide lumière grise. Un éclair zébra le ciel, suivi de près par un coup de tonnerre assourdi, mais le mauvais temps ne faisait que souligner la chaleur et le sentiment de sécurité qu'on éprouvait à l'intérieur.

Puis Gaia se tourna vers l'autre bout de la pièce. Une femme âgée vêtue de blanc était affalée dans un rocking-chair, le menton sur la poitrine, les poignets attachés à un accoudoir. À la fois fascinée et effrayée par ce que Léon avait fait, Gaia examina la femme pour voir si sa poitrine se soulevait et s'abaissait. À côté d'elle, des couches et des serviettes étaient empilées sur une table, ainsi qu'un panier à moitié plein de petits vêtements. L'un des nouveau-nés émit un petit bruit de succion et Gaia tapota instinctivement le dos de Maya. À n'importe quel moment, un des bébés pourrait sortir de son sommeil et ses cris réveilleraient les autres et, alors, qui s'occuperait d'eux ? Gaia n'osa pas prendre le temps de déshabiller et de laver Maya, mais elle l'enveloppa fermement de deux serviettes propres, puis s'empara à la hâte de quelques couches et couvertures. Elle les jeta dans le panier de vêtements, en saisit les poignées et sortit au plus vite de la salle, aussi discrètement que possible.

Elle descendit rapidement les escaliers sur la pointe des pieds.

— Léon ? murmura-t-elle.

Elle jeta un coup d'œil par une autre porte. Une table en désordre se trouvait au milieu du bureau, entourée de meubles de rangement et d'étagères. Deux berceaux vides étaient fixés au mur comme si, même ici, quelqu'un pourrait avoir besoin d'allonger un bébé en toute sécurité. La pluie produisait un ronronnement étouffé et une petite lampe à l'abat-jour vert, posée sur la table, repoussait la pénombre de l'après-midi. Léon était assis au bureau, les doigts pianotant sur un clavier, tandis que l'écran de l'ordinateur jetait une lumière bleu pâle sur ses joues et le dos de ses mains.

— Tu as trouvé quelque chose ? demanda-t-elle.

— Pas encore.

Gaia savait qu'il lui fallait aller chercher du lait en poudre, mais Maya s'était de nouveau laissée gagner par le sommeil et elle ne put s'empêcher de parcourir rapidement la salle des yeux. Des notifications étaient placardées sur un panneau en liège au-dessus d'un placard et, dans le coin à droite, figurait une brochure familière, qui ressemblait à une invitation mais en plus épais. Elle y regarda de plus près.

Solstice d'été 2409
Les Membres Encore Vivants de
la Cohorte Avancée en 2396
Sont par le Présent Document Invités à Demander
leur Désavancement

Gaia passa la première page d'une chiquenaude et découvrit des colonnes de noms. *J'ai déjà vu un document comme celui-ci*, pensa-t-elle, cherchant à se souvenir quand. Le texte était imprimé en petits caractères et faisait plusieurs pages. Elle calcula rapidement et en vint à la conclusion qu'il contenait plus de cent noms.

— Léon, dit-elle, en le détachant du panneau. Qu'est-ce que c'est que ça ?

Le jeune homme tapa quelques lettres de plus puis s'arrêta, les doigts en suspens au-dessus des touches. Il leva la tête, plissa les yeux pour la regarder elle puis le papier dans sa main.

— C'est un avis de désavancement. L'Enclave en publie un tous les étés pour les enfants âgés de treize ans. C'est une formalité. Pour sauver les apparences.

— Mais n'est-ce pas une liste ? De tous les bébés d'une année donnée ?

Elle se souvint soudain.

— N'as-tu pas trouvé un document semblable dans le matériel de couture de mon père ? Le jour où tu as arrêté mes parents ?

Il tendit la main et elle le lui donna.

— Si, répondit-il en l'examinant. C'est une liste. Mais elle ne contient aucune date de naissance.

— De quelle année datait-il, celui de mon père ?

— C'était un avis concernant l'année de naissance d'un de tes frères. Le cadet, si je me souviens bien.

— Ce n'était donc pas un simple papier pour enfoncer ses épingles, conclut-elle. Mon père avait une liste avec le nom de mon frère dessus ?

— C'est bien ça. Il espérait peut-être finir par découvrir lequel était le bon, suggéra Léon avant de tourner la tête, sur le qui-vive.

Gaia s'immobilisa également, tendant l'oreille. Un cri endormi mais net de bébé leur parvint de l'étage puis cessa. Léon riva les yeux sur Gaia.

— Oh, non, souffla-t-elle.

Ce n'était qu'une question de secondes avant que le nouveau-né n'émette un appel plus fort, plus péremptoire, puis les autres bébés se réveilleraient.

— Il faut que je trouve du lait en poudre, dit-elle.

— J'arrive tout de suite.

Gaia courait déjà en direction de la cuisine quand un autre vagissement plus fort lui parvint de l'étage. Dès qu'elle entra dans la pièce, elle remarqua que Rosa s'était rapprochée de la cheminée de pierres grises. Elle avait plié les jambes pour s'en servir comme levier et essayait de rouler pour pouvoir se lever. Le tissu rouge de sa robe était retroussé bizarrement autour de ses genoux.

— Ne bougez pas, ordonna Gaia.

Rosa tourna la tête vers elle. Ses cheveux noirs lui tombaient sur le visage et une mèche s'était coincée à la commissure de ses lèvres.

— Vous devez me libérer, dit-elle d'une voix de soprano toujours claire. Je dois m'occuper des bébés.

Le nourrisson dans le berceau du comptoir faisait des gestes de la main et s'amusait à gazouiller. Un nouveau cri leur parvint du premier étage et une autre voix de bébé se joignit à lui.

— Où y a-t-il du lait en poudre ? demanda Gaia en cherchant des yeux des récipients potentiels dans la cuisine.

Un mur était bordé de placards. Elle posa le panier et Maya sur la table centrale et ouvrit les portes aussi vite que possible. Le premier placard contenait des aliments pour adultes, le second de la vaisselle et le troisième était rempli de boîtes en argile hermétiques. Gaia en sortit une et souleva le couvercle dans un bruit de succion : de la poudre couleur crème.

— Ne prenez pas ça, intervint Rosa, nous en avons besoin.

Gaia plongea son petit doigt dans la poudre et la goûta, puis elle saisit une des boîtes et la mit dans le panier. Prenant trois des biberons près de l'évier, elle les remplit d'eau et vissa les tétines dessus tandis que des cris de plus en plus nombreux s'élevaient à l'étage.

— Léon ! hurla-t-elle en rangeant les biberons dans le panier avec les couvertures.

Elle reprit sa sœur dans les bras et attrapa les poignées du panier.

— Existe-t-il une liste avec les dates de naissance des bébés ? demanda-t-elle. Un registre quelque part ?

Rosa émit un rire.

— Vous croyez que je vais vous le donner ? Vous savez qu'ils vont vous attraper, ajouta-t-elle en se déplaçant à nouveau, se rapprochant petit à petit de la cheminée. Et vous serez pendue sur la place du Bastion sous mes yeux.

— Léon ! appela de nouveau Gaia.

Elle n'aurait su dire ce qui l'affligeait le plus, les vagissements de plus en plus pressants des bébés à l'étage ou les sinistres prédictions de cette fille à la voix haut perchée.

Le jeune homme apparut dans l'embrasure de la porte.

— Je ne trouve rien, déclara-t-il. L'accès aux dossiers doit être protégé.

Il fouilla un des placards et en sortit deux capes rouges.

— Prends ça.

— Elle sait où se trouve la liste. Elle refuse de me le dire.

Léon sonda les yeux de Gaia un moment, comme s'il soupesait

quelque chose d'important. *Vas-y*, pensa la jeune fille. *Fais-la parler par tous les moyens.*

— Vous ne sortirez jamais de l'enceinte du mur, dit Rosa, à terre, d'une voix flûtée. Les gens seront à l'affût, cachés derrière chaque fenêtre, et il y aura des gardes partout.

Léon glissa une cape autour des épaules de Gaia et elle s'emmitoufla dans le doux tissu chaud. Puis il posa l'autre cape sur la table et saisit le manche d'un couteau qui dépassait d'un billot de bois. Sa petite lame dentelée bien aiguisée avait des reflets bleus dans la lumière qui traversait les fenêtres dégoulinantes de pluie. Tandis que les cris à l'étage devenaient désespérés, il fit un pas vers Rosa, toujours à terre, les mains attachées dans le dos. Il pointa le couteau dans sa direction.

— Vous n'oseriez pas, dit-elle.

Ses yeux s'écarquillèrent de peur.

Léon fit sauter le couteau dans sa main, le rattrapant adroitement.

— Où est la liste ? demanda-t-il.

Gaia aspira à travers ses dents et se mordit la lèvre. Rosa poussait sur ses jambes pour s'éloigner de lui autant que possible. La panique rendit sa voix plus aiguë encore.

— Je ne sais pas ! dit-elle. Je vous le jure !

Le bébé sur le plan de travail se mit à pleurer, ajoutant un contrepoint grinçant et dissonant aux supplications de Rosa.

Léon fit un pas de plus vers elle et se pencha pour poser l'extrémité de la lame au milieu de son cou.

Gaia se cramponna à sa sœur. Une question la terrifiait : jusqu'où Léon irait-il ?

— Dis-le-moi, ordonna-t-il tout bas d'une voix déterminée. Et je ne parle pas de l'ordinateur. Un registre écrit. Massœur Khol doit avoir un registre de secours.

La lame descendit en lui caressant la peau.

Rosa étouffa un cri de peur.

— Ne me faites pas de mal ! Allez voir le tiroir du bas du grand meuble de rangement. Près du mur face à la porte. Je vous jure qu'il contient des registres. Le tiroir en bas à droite. Allez voir, je vous en prie !

Léon leva les yeux vers Gaia et hocha la tête.

Gaia posa de nouveau sa sœur et le panier sur la table et courut jusqu'au bureau. Elle tira violemment sur le tiroir bas du meuble de rangement le plus imposant et y trouva une pile de grands livres fins. Elle les feuilleta rapidement, constatant que chaque ouvrage était un registre sur cinq ans, et un rapide coup d'œil lui apprit que s'y trouvaient répertoriés des noms et des dates de naissance dans une écriture petite et minutieuse. Elle emporta la pile entière dans ses bras.

Quand elle arriva dans la cuisine, Rosa avait les larmes aux yeux. Léon n'avait pas bougé d'un millimètre.

— Ils étaient bien là, annonça Gaia. Léon, je les ai, laisse-la tranquille.

XXVI

BOTTES BLANCHES

Les yeux d'acier de Léon ne laissaient rien paraître, mais il détourna la lame acérée de la gorge de Rosa. Elle éclata en sanglots quand le jeune homme se redressa de toute sa hauteur. Du berceau sur le plan de travail, les cris du bébé ne devinrent plus qu'un hoquet solitaire tandis que les autres bébés à l'étage continuaient de hurler.

— Vous êtes un monstre, dit Rosa en s'étouffant à moitié. Un phénomène. C'est ce qu'on a toujours dit.

Léon jeta le couteau par terre. Il atterrit juste derrière les poignets attachés de Rosa, là où elle pourrait l'atteindre pour se libérer.

— Allons-y, lança-t-il à Gaia, attrapant les poignées du panier et jetant l'autre cape rouge sur ses épaules.

Il ouvrit la porte de derrière et la jeune fille chancela avec lui un moment sur le pas de la porte battu par la pluie froide. Un terrible frisson la parcourut tout entière et elle leva les yeux vers le visage méconnaissable de Léon. Il avait complètement changé, il était devenu si impitoyable quand il avait menacé Rosa d'un couteau. Dans quelle mesure était-ce là sa vraie nature, et dans quelle mesure cela n'était-il que le visage qu'il s'était donné pour satisfaire la demande muette de Gaia ? La jeune fille devait accepter qu'elle était en partie responsable de ce changement et cela ne lui plaisait pas.

— Tu es prête ? demanda-t-il, et elle fut soulagée d'entendre que sa voix avait perdu son ton implacable.

Elle acquiesça. Il lui prit les registres des mains et les enfonça dans le panier. D'un coup sec, il avança la capuche de sa cape autour de son visage ; par contraste, le rouge rendait ses joues encore plus pâles.

— Tu ne ressembleras jamais à une fille, lui dit Gaia.

Il esquissa un sourire discret.

— Par ici, dit-il, et il lui fit contourner le bâtiment.

La pluie était plus fine et, avec la cape sèche autour d'elle, Gaia ne sentait plus chaque goutte d'eau marteler sa tête et ses épaules. Elle plaça Maya sous la cape et la serra contre elle.

— Où allons-nous ? demanda-t-elle.

— Chez Mace Jackson. Tu as une meilleure idée ?

Elle n'en avait pas. Mais quand ils atteignirent le coin de la rue de la boulangerie, un groupe de soldats s'y tenait et Gaia s'arrêta, alarmée.

— Eh ! appela un soldat.

— Vite, par ici, réagit Léon en la tirant en arrière.

Ils descendirent une allée en courant puis il la poussa pour franchir une porte étroite donnant dans un jardin. Ils dépassèrent un potager gorgé d'eau pour pénétrer dans une petite cour et en sortir par un portail. Des escaliers montaient en colimaçon le long d'un bâtiment et Léon lui prit la main pour la mener en haut. Au sommet, un toit plat était couvert de cordes à linge vides, et ils coururent jusqu'à l'autre extrémité du bâtiment. Une citerne pleine débordait et, derrière, un pont de planches en bois longeait une conduite d'eau qui menait à un autre toit.

— Tu peux y arriver ? demanda-t-il.

Comparé à la course au-dessus du toit du solarium, c'était un jeu d'enfant : Gaia lui tendit la main. Ils se retrouvèrent sur l'autre toit en un rien de temps.

La jeune fille aperçut les tours de l'obélisque et du Bastion mais, ensuite, ils descendirent un autre escalier et ils se trouvèrent de nouveau au niveau du sol, dans une autre allée. Ils firent une pause, cherchant des soldats des yeux, puis ils se précipitèrent de l'autre côté de la rue pour emprunter un sentier. Léon s'arrêta près d'un portail métallique d'aspect familier.

Il passa le bras à l'intérieur et, à ce moment-là, Gaia reconnut le jardin clos où ils avaient discuté quelques jours auparavant.

— Nous ne pouvons pas y aller, objecta-t-elle. C'est une impasse. On va y rester.

— Nous n'avons pas le choix. Nous devons nous cacher quelque part le temps d'élaborer un plan.

Il poussa la porte et elle le suivit aussitôt. Le portail humide se referma avec un clic et le regard de Gaia se dirigea craintivement vers la maison. Les fenêtres gris-blanc se confondaient avec le stuc trempé de pluie et la jeune fille dévisagea Léon, surprise.

— Ils sont partis ?

— Ils doivent être à la fête d'anniversaire de ma sœur.

Il se dirigea vers la terrasse, mais Gaia eut un mouvement de recul.

— Non, Léon, on ne peut pas rentrer.

— Nous avons besoin d'un abri, Gaia. Nous devons trouver une solution.

Elle recula en secouant la tête.

— Cachons-nous ici, dans le jardin, jusqu'à ce que l'on trouve un moyen de sortir de l'Enclave.

Elle renifla tout en essuyant une grosse goutte d'eau qui venait de tomber sur ses cils.

— Si tu insistes, céda Léon. Au moins, nous serons sans doute un peu plus au sec sous l'arbre. Viens.

Elle reconnaissait à peine le jardin tandis qu'il la menait vers le fond, vers le grand pin. La lumière d'un réverbère passait par-dessus le mur, illuminant de folles cascades de pluie et leur martèlement sur les buissons et les fleurs, mais, hormis cela, le jardin était un labyrinthe d'ombres trempées. Une rafale de vent sur son visage lui coupa le souffle, et elle se pencha en avant pour l'affronter.

— Ici ! appela Léon.

Gaia plissa les yeux dans l'obscurité.

Ils avaient atteint le pin géant et l'obscurité profonde qui régnait dessous, au sec. Elle dut courber le dos pour passer sous les branches inclinées les plus basses.

Maya poussa un cri et, la bouche ouverte, frotta sa joue contre la serviette, cherchant instinctivement à têter. Gaia essuya son petit doigt sur le tissu mouillé de sa cape et le plaça à l'envers dans la bouche du bébé. C'était une astuce qu'elle avait apprise de sa mère, mais la force avec laquelle le bébé suçait était étonnante.

— Elle a besoin d'un biberon, dit-elle.

— Nous n'avons pas le temps.

— Je ne peux pas vraiment me promener discrètement dans la rue avec un bébé qui hurle dans les bras.

Léon fronça les sourcils en direction de Maya et du doigt de Gaia dans sa bouche.

— Qu'est-ce que je dois faire ?

Gaia lui dit de prendre un des biberons remplis d'eau dans le panier et lui expliqua comment ajouter le lait en poudre et secouer la bouteille pour le mélanger.

À sa gauche, des trombes d'eau grise marquaient le bord de la colline et elle discernait tout juste la masse indistincte des bâtiments en dessous. Maya dans les bras, elle se blottit par terre. Quelques filets d'eau de pluie coulaient parmi les aiguilles de pin odorantes. Quand Léon lui tendit la bouteille, elle glissa la tétine entre les lèvres de Maya, qui s'y accrocha vigoureusement.

— Petit monstre affamé, murmura Gaia.

Elle lécha l'eau de pluie sur ses lèvres.

Léon s'était accroupi à côté d'elle.

— As-tu remarqué que les gardes ne nous ont pas tiré dessus tout à l'heure ? fit-il. Nous étions à leur portée. Je me demande s'ils ont ordre de nous capturer vivants. Le Protecteur voulait nous faire exécuter tant que cela restait discret, mais il ne veut peut-être pas que nous soyons abattus en public.

Elle leva les yeux et trouva le visage de Léon assez près d'elle pour qu'elle puisse discerner chaque goutte d'eau sur ses pommettes.

— C'est une bonne nouvelle, non ?

Il plissa les yeux et acquiesça.

— Oui, mais des gardes doivent ratisser les moindres recoins de l'Enclave et tout autour du mur également.

Elle y réfléchit et frissonna.

Il s'approcha et passa un bras autour de ses épaules.

— Tu as froid ?

— Pas trop.

Il serra son épaule et l'attira un peu plus près de lui ; elle sentit la chaleur de son torse le long de son bras à travers la cape humide.

— Nous aurons peut-être de meilleures chances si nous nous séparons, suggéra-t-il.

— Quoi ?

— Ils nous recherchent tous les deux. Si tu te rends toute seule jusqu'à la porte Sud, comme si tu avais quelque chose à faire à l'extérieur du mur, tu pourrais peut-être t'en approcher suffisamment pour ensuite te mettre à courir et t'échapper.

Elle le regarda en clignant des yeux.

— Tu as perdu la tête.

— Que devrions-nous faire d'après toi, alors ?

Elle ne le savait pas. Elle aurait voulu une foule. S'ils s'y étaient mêlés, ils auraient peut-être eu une chance de s'en sortir. Maya avait presque fini son biberon et avait fermé les yeux, comme si elle allait se rendormir aussitôt.

— Je ne sais pas, convint Gaia. N'y a-t-il pas un autre moyen de sortir du mur ?

Elle se souvint de l'endroit par lequel elle avait pénétré dans l'enceinte et de la tour de garde juste au-dessus. Ça ne fonctionnerait pas.

— N'as-tu pas dit être rentré près de l'usine à énergie solaire ?

— C'est de l'autre côté de l'Enclave. Nous ne pourrons jamais l'atteindre.

— Alors il n'y a pas d'issue.

— Sauf si on fait exploser nous-mêmes un trou dans le mur, non.

— Et là où le mur rejoint la falaise ? Pourrions-nous descendre par là ?

— Pas sans... Attends. Où est ta corde ?

Elle rit.

— Je l'ai laissée au Bastion. Avec ma mère.

— Ça n'aurait pas marché de toute façon. Il y a aussi des tours de garde le long de la falaise.

Gaia leva la tête alors que la pluie faiblissait encore, et elle regarda au loin vers la falaise, vers là où elle aurait aperçu le délac si la pluie et l'obscurité ne le masquaient pas. La nuit tombait et la lumière des réverbères brillait plus bas.

— Donc nous sommes coincés, conclut-elle. Tu as toujours les registres ?

— Ils sont juste là.

Elle posa le regard sur le panier de provisions assemblé à la hâte et prit conscience qu'elle n'aurait peut-être jamais l'occasion de se servir de tout ce qui s'y trouvait, même s'il ne contenait pas grand-chose. Il était presque amusant, d'une certaine manière, de se sentir en sécurité un instant alors que les gardes devaient se rapprocher d'eux de toutes parts. Quelque chose ralentit en elle et le calme l'envahit, comme si elle venait d'accepter de porter ce poids.

— J'aurais aimé faire parvenir cette liste aux gens de l'extérieur, dit-elle. Aux habitants de Wharfton. Ils ont le droit de savoir ce qui est arrivé à leurs bébés.

— Gaia, à t'entendre, on dirait que tu es en train d'abandonner.

Ce n'était pas ainsi qu'elle l'envisageait. Elle avait l'impression de faire face à son avenir de façon réaliste. Elle espérait juste qu'on les tuerait rapidement et qu'ils n'auraient pas à subir une exécution officielle sur la place du Bastion. Elle n'aimerait pas ça.

— C'est la réalité, Léon. Nous n'avons aucun moyen de sortir. La seule personne qui pourrait nous faire quitter l'Enclave ce soir serait le Protecteur en personne, ou peut-être Geneviève. Et je ne crois pas qu'ils quitteraient la fête d'anniversaire d'Evelyne pour nous offrir une escorte, ajouta-t-elle avec ironie.

Léon relâcha son bras autour de ses épaules et se leva.

— Mais oui, c'est ça, murmura-t-il.

— Quoi ?

— Nous avons réfléchi comme des fugitifs. Nous devons penser comme des princes.

— Je te demande pardon ?

— Reste ici.

— Ne me laisse pas toute seule !

Il s'accroupit à nouveau à côté d'elle et la saisit par les épaules.

— Écoute-moi, dit-il. Ce soir, c'est la fête d'anniversaire de ma sœur, pas vrai ? Les habitants les plus riches de l'Enclave sont de sortie et se dirigent vers le Bastion. Les gardes nous cherchent vêtus de rouge, désespérés et trempés. Tout ce qu'il nous faut, c'est nous habiller en blanc, Gaia. Nous devons nous comporter comme si nous faisions partie des invités. Les gardes n'arrêteraient jamais un couple vêtu de blanc.

Le poids se fit plus léger sur le cœur de Gaia, laissant à nouveau percer l'espoir, et avec lui la peur.

— Mais comment ferons-nous pour le bébé ? Et pour mon visage ?

Léon se leva et l'aida à faire de même.

— Ça va fonctionner, allez viens.

Elle serra plus fort sa petite sœur qui dormait dans ses bras tandis qu'il soulevait le panier de provisions, puis ils se dépêchèrent de traverser le jardin en direction de la maison. La pluie n'était plus qu'un crachin et le grondement de tonnerre s'éloignait. Même si elle savait qu'il n'y avait pas de lumière dans la maison et qu'elle était vide, Gaia avait quand même peur de monter sur la terrasse. Une pierre à la main, Léon frappa violemment une des portes-fenêtres pour en briser la vitre. Un instant plus tard, il avait ouvert la porte et ils se trouvaient à l'intérieur. Il était difficile de distinguer plus que les formes des meubles et l'embrasure des portes ouvertes, mais Léon paraissait connaître la maison, et elle le suivit en haut des escaliers jusque dans une chambre.

— Comment connais-tu cet endroit ? demanda-t-elle.

— Un de mes amis d'école habite ici. Tim Quirk. Sa famille est amie avec la mienne. Je suis venu des centaines de fois ici, mais pas récemment.

Il ferma les rideaux, bloquant le peu de lumière qui passait, et, l'instant d'après, elle entendit un clic quand il actionna l'interrupteur dans le placard. Gaia avait peur de toucher à quoi que ce soit, surtout lorsqu'elle vit que tout dans la garde-robe était blanc, parfois rehaussé de quelques nuances pastel discrètes. Des étagères étaient réservées aux chapeaux et une dizaine de compartiments aux chaussures.

— Vas-y, dit Léon, choisis quelque chose à te mettre. Je vais chercher de quoi m'habiller dans la chambre de Tim.

— Je n'ai aucune idée de quoi porter.

Le jeune homme se tourna vers elle, sourcils froncés, et elle imaginait le tableau qu'elle lui offrait, complètement trempée, avec sa cape rouge et le bébé enroulé dans des couvertures dans ses bras. Ses cheveux étaient mouillés et probablement ébouriffés et, sous une couche de boue, elle portait toujours le pantalon taché de sang de Jet et sa jupe improvisée avec un drap.

— J'aimerais qu'on ait le temps de prendre une douche, murmura Léon.

Elle rit.

— Eh bien ce n'est pas le cas. Ne nous prenons pas à ce point pour des princes.

Le jeune homme se retourna vers le placard et en extirpa vivement un long pull fin couleur crème aux douces manches étroites. Puis il sortit une robe blanche qui lui arriverait sous les genoux.

— Ce style n'est probablement pas adapté à une jeune fille comme toi, mais c'est tout ce que nous avons. Voici une cape. Je ne pense pas qu'elle soit imperméable mais il ne pleut plus, je crois, et elle a une bonne capuche. Tu sauras choisir des chaussures ?

— Pourquoi pas des bottes ? demanda-t-elle en montrant du

doigt une rangée de bottes, certaines montantes, d'autres arrivant à la cheville, toutes d'un blanc immaculé.

— Espérons qu'elles t'iront, commenta Léon.

Il sortit une paire de bottines. Elles rappelaient à Gaia les bottes de cow-boy de l'Autélé mais moins hautes, plus délicates.

— D'accord, murmura-t-elle, et elle laissa tomber par terre sa cape rouge.

Elle avait hâte de quitter ses habits trempés qui lui collaient au corps. Elle installa le bébé endormi sur une couverture. Quand elle tendit la main vers la robe, elle regarda par-dessus son épaule pour voir si Léon était parti. Il se tenait dans l'embrasure de la porte, parcourant sa silhouette des yeux avec un intérêt non dissimulé et elle se demanda s'il était en train de juger si les vêtements lui siéraient ou non.

— Qu'y a-t-il ? demanda-t-elle.

Les yeux de Léon trouvèrent aussitôt les siens et il se détourna brusquement.

— Je reviens tout de suite, dit-il.

Voilà qui est... étrange, pensa-t-elle. *C'est le moins que l'on puisse dire.* Gaia ôta ses vêtements mouillés et mit la robe. Elle avait des boutons dans le dos et ses doigts gelés tremblaient tandis qu'elle s'efforçait de les atteindre. Dans le noir, avec seulement la lumière du placard pour la guider, elle opéra rapidement, puis, après avoir enfilé les petites bottes, elle se rendit à pas de loup jusqu'à un miroir en pied à côté du lit. Elle regarda par-dessus son épaule pour s'assurer qu'elle n'avait oublié aucun bouton et fut surprise par la grâce avec laquelle le tissu blanc adhérait à ses formes. On aurait dit quelqu'un d'autre. Quelqu'un de privilégié. Surtout avec seulement le côté droit de son visage face au miroir.

— Tu es parfaite, commenta Léon.

Elle se retourna, le vit dans l'embrasure de la porte et sourit. Hormis ses bottes noires, il était vêtu d'un blanc impeccable, d'un pantalon et d'une veste sur mesure. Il avait ouvert son blazer pour poser un poing sur la hanche et elle vit une courte dague pendre d'une gaine à sa ceinture : une touche militaire adéquate. Il tira d'un petit coup sec sur sa manche.

— Le manteau est un peu court.

Elle rit.

— Tu es très élégant. Suffisamment pour tromper les gardes, j'en suis sûre. Et maintenant, pour le bébé ?

Il lui présenta un sac en papier doré.

— J'ai trouvé ça. Elle tiendra peut-être dedans et on croira qu'il s'agit d'un cadeau.

Gaia était dubitative.

— Vois ce que tu peux faire de tes cheveux, dit Léon. Les relever peut-être ? Je ne sais pas. Je vais chercher quelque chose pour Maya.

— Attends. Laisse-moi au moins l'installer convenablement.

Les couvertures de Maya s'étaient défaites et Gaia les resserra bien autour de sa sœur de sorte que, du petit cocon compact, seule la tête du bébé dépassait.

— Merci, dit Léon.

Gaia s'approcha d'une commode sur laquelle elle trouva une brosse et des barrettes. À la hâte, elle démêla le gros des nœuds de ses cheveux mouillés et repoussa en arrière les mèches les plus courtes, les attachant de son mieux sur le sommet de son crâne. Il lui était étrange de découvrir son visage mais, quand elle enfila le pull puis la cape blanche, elle trouva le résultat acceptable. Seul quelqu'un qui regarderait son visage directement sous sa capuche pourrait remarquer sa cicatrice.

— On est prêt, dit Léon.

Il se tenait debout nonchalamment, un sac-cadeau coincé sous le bras.

— Elle peut respirer là-dedans ? demanda Gaia.

Il pencha le sac pour lui montrer le visage endormi du bébé et les grands livres également calés à l'intérieur. Elle paraissait être confortablement installée, au chaud et satisfaite. Gaia n'arrivait pas à croire qu'elle soit si petite.

— C'est un peu encombrant et on n'a pas la place pour le lait, admit-il. Mais si elle continue de dormir et ne bouge pas, nous nous en sortirons.

Il suffit juste que nous parvenions de l'autre côté du mur, pensa Gaia. C'était tout ce qui importait.

Lorsque le jeune homme éteignit la lumière du placard, elle chercha naturellement sa main dans le noir. Ils redescendirent ensemble les escaliers à pas de loup et rejoignirent la porte de devant. Léon la déverrouilla et, quand il l'eut ouverte, ils contemplèrent la bruine. La lumière d'une applique montée sur l'un des piliers de l'auvent éclairait le sentier qui menait à la route.

— Il ne pleut presque plus, dit Gaia.

— On devrait attendre encore une minute.

Elle acquiesça, retardant la prochaine plongée dans le risque en se tenant pour quelques minutes encore à l'abri de la maison silencieuse et sombre. Il lâcha sa main pour prendre un chapeau blanc sur une patère derrière la porte mais la reprit ensuite et obligea Gaia à se rapprocher de son côté droit en plaçant ses doigts dans le creux de son coude. Le sac avec le bébé avait l'air en sécurité sous son autre bras.

— Nous marcherons comme ça, dit-il.

— Donc tu as un plan ?

Elle leva les yeux pour trouver les siens sous le bord du chapeau blanc. Il la considérait avec sa concentration habituelle, mais sa bouche s'entrouvrit en un sourire discret.

— Je dois le dire, je suis tenté de te ramener au Bastion et de me rendre directement à la fête d'anniversaire de ma sœur. Tu y as ta place.

Elle émit un rire.

— Maintenant je sais que tu as perdu la raison.

Il pencha légèrement la tête.

— J'aurais dû te rencontrer il y a longtemps.

— À l'extérieur du mur ?

— Il ne devrait même pas exister.

— Mais il y en a un, objecta-t-elle en regardant de nouveau la bruine à la lumière de la lampe.

— Écoute-moi, dit-il. Si quelque chose tourne mal, si nous sommes séparés, je veux que tu suives ton plan et que tu te rendes dans le désert. Va vers le nord.

— On ne se sépare pas.

— Je sais, mais si ça arrivait…

— Léon, dit-elle en s'accrochant à son bras, ça n'arrivera pas. On reste ensemble.

Elle s'attendait à ce qu'il acquiesce mais, au lieu de cela, son regard se dirigea de nouveau vers la porte ouverte. Elle se demanda si cela ferait vraiment une différence d'attendre quelques minutes de plus. Il était presque certain qu'on les attraperait une fois qu'ils auraient atteint le mur, si cela ne se produisait pas avant. Et pourtant, elle préférait être arrêtée ainsi que trempée et désespérée.

— Il y a quelque chose que tu devrais savoir sur moi, dit doucement le jeune homme.

Elle leva les yeux vers lui et attendit.

— Je ne suis pas sûr de faire ce qu'il a de mieux pour toi, ajouta-t-il.

Elle repoussa une mèche de ses cheveux bruns, ne sachant que répondre.

— Que veux-tu dire ?

— Je veux juste m'assurer que tu fasses tes propres choix. Je ne suis pas le meilleur juge quand il s'agit du bien-être de quelqu'un d'autre.

Elle relâcha son emprise sur son bras.

— De quoi parles-tu ? demanda-t-elle.

Juste derrière les piliers, la pluie tombait doucement sur le trottoir et l'herbe, lavant tout de gris. Le regard de Léon paraissait transpercer l'obscurité pour se poser sur un autre temps et, même si d'une certaine façon elle avait l'impression qu'il la quittait, elle sentait aussi qu'elle était à deux doigts de devenir plus proche de lui qu'elle ne l'avait jamais été. Il se tourna lentement vers la table étroite qui se trouvait dans l'entrée, posa doucement dessus le sac contenant Maya et croisa les bras.

— Il y a deux ans, commença-t-il, quand ma sœur Fiona n'avait que douze ans, on jouait elle et moi aux échecs dans le solarium une nuit. Il y avait un terrible orage comme celui-ci.

Une brume fraîche franchit la porte ouverte, mais Gaia sentit un froid encore plus vif l'envahir quand elle eut l'impression qu'il lui confiait quelque chose dont il n'avait jamais parlé à personne. Elle essaya de s'imaginer sous le toit de verre avec toute cette pluie battante.

— Pourquoi n'avoir pas choisi un autre endroit pour jouer ?

— Elle aimait les orages. On aurait dit qu'il y avait de l'électricité dans l'air et ça lui plaisait. Mais il y a eu une coupure de courant. Tout était noir, noir comme le tunnel sans bougie. Des éclairs assourdissants traversaient la salle. On aurait dit que le toit de verre allait nous tomber dessus.

— Ça devait être terrifiant.

Il acquiesça.

— Fiona a complètement paniqué. Elle était transie de peur, bien plus que je ne l'avais jamais vue. Elle n'arrivait même plus à respirer. Elle est montée sur mes genoux et m'a supplié de la prendre dans mes bras. Elle était hystérique et moi... eh bien, je me moquais un peu d'elle. Ce n'était pas très gentil, mais je ne savais pas comment réagir. Elle était devenue complètement folle. Elle s'est agrippée à moi et...

Il s'arrêta.

Gaia se mordit les lèvres et attendit. Il s'était raidi et avait de nouveau tourné son visage vers la pluie, de sorte qu'elle ne pouvait pas lire dans ses yeux.

— C'était ma sœur, dit-il à voix basse. Elle m'a embrassé. Pas comme une enfant.

Gaia étudia le détachement étrange et froid qui s'installait sur ses traits comme un masque mortuaire. Elle voyait bien qu'il s'était rejoué cette scène des milliers de fois.

— Qu'as-tu fait ? demanda-t-elle.

— J'étais sous le choc. Je ne voulais pas la blesser. Je ne pouvais pas me contenter de la repousser. Elle me tenait par le col et je... j'essayais de reculer quand Rafael nous a trouvés.

— Oh, non, souffla Gaia.

Son instinct lui disait de lui tendre la main, mais il gardait ses distances.

— Ce n'est pas tout, reprit-il, accablé. Elle tenait un journal intime. Elle avait fait la liste détaillée de tout ce que j'avais pu faire de gentil pour elle, aussi insignifiant que cela fût. Elle avait développé une logique selon laquelle nous n'étions pas apparentés biologiquement et que, par conséquent, les lois contre les mariages entre membres d'une même fratrie ne s'appliquaient pas à nous. Elle nous avait imaginé une vie à deux dans une petite maison à l'extérieur du mur.

Il ferma les yeux.

— Quand Fiona s'est rendu compte du pétrin dans lequel j'étais, elle a essayé de nier, mais il était trop tard.

Dehors, une rafale de vent fit tomber une pluie de grosses gouttes provenant des arbres voisins, éclaboussant les flaques sur le trottoir.

— Je crois qu'ils auraient fini par nous croire, dit Léon. Mais Fiona est morte.

Gaia frissonna, resserrant sa cape autour d'elle. Il se tourna enfin vers elle, les yeux troublés, la voix rauque.

— Gaia, dit-il, quand Fiona est venue me voir pour s'excuser, quand elle a voulu arranger les choses avec moi, j'étais furieux contre elle. Je lui ai dit qu'elle était malade. Une petite fille malade. Et c'est là que c'est arrivé.

Sa voix n'était plus qu'un murmure angoissé.

— Ma sœur s'est tuée à cause de moi.

Gaia secoua la tête, incrédule. C'était trop terrible à envisager. Fiona n'avait que douze ans ! Et comment Léon pouvait-il s'estimer responsable de sa mort ? Pareille tragédie ne pouvait dépendre d'un seul commentaire cruel.

— Mais c'était un accident, objecta-t-elle.

— Non. Evelyne a tout vu. Elle n'a pas pu l'en empêcher. Ce n'était pas un accident.

— Je suis vraiment navrée, murmura Gaia.

Elle comprenait maintenant comment de folles rumeurs s'étaient propagées. La famille de Léon, ébranlée par le suicide d'une des jumelles, avait dû être totalement dévastée. Dans un mélange d'incrédulité et de confusion, comme il avait été facile de concentrer rage et douleur sur Léon, de rejeter la faute sur lui ! Il avait tout encaissé, tout. Combien de personnes savaient la vérité ?

— Le pire dans cette histoire, c'est que je crois qu'elle était réellement malade, reprit Léon. J'y ai bien réfléchi et je pense qu'elle avait besoin d'aide. Elle était terrifiée, et pas seulement la nuit de l'orage. Ses sautes d'humeur étaient de plus en plus folles. Certains jours, elle n'arrivait même pas à sortir du lit et, d'autres, elle avait toute cette énergie débordante et elle ne savait pas pourquoi. Elle a essayé de me demander de l'aide, mais je ne l'ai pas compris. Je n'ai fait qu'aggraver la situation.

Il détourna de nouveau le visage, regardant au loin quelque chose que Gaia ne voyait pas.

— Ce qui est arrivé n'est pas ta faute, dit-elle. Je ne sais pas ce qui n'allait pas chez Fiona, mais elle aurait dû être aidée par quelqu'un qui s'y connaissait bien mieux que toi. Est-ce que Geneviève était au courant de ce qui se passait ? Et le Protecteur ?

— Là n'est pas le problème. Ma sœur est morte. Si je ne l'avais pas rejetée quand elle avait le plus besoin de moi, elle serait toujours en vie aujourd'hui.

Léon parlait tout bas avec un vide dans la voix qui émanait du plus profond de son être.

— Tu t'es un jour demandé pourquoi j'avais intégré la garde. Honnêtement ? Faire autre chose ne rimait à rien. Plus rien n'avait de sens, point final. J'ai pris un boulot. Je ne remettais pas en question les règles ni les ordres. Je n'en avais rien à faire.

Gaia se tordit les mains et leva les yeux vers lui sans ciller.

— Ç'a été ta seule erreur, dit-elle. Renoncer à toi comme ça. Tu n'aurais pas dû faire ça.

Il émit un bref rire amer et s'éloigna d'elle d'un pas.

— Tu me juges ?

Gaia ne trouvait pas les mots, mais elle savait en son cœur que le suicide de sa sœur était une perte suffisamment terrible, sans qu'il ait besoin d'y ajouter sa propre culpabilité. D'un autre côté, elle n'était sûre de rien. Comment pourrait-elle jamais vraiment comprendre ce qu'il avait ressenti ? Sa famille entière avait été déchirée par la mort de Fiona et l'avait renié quand il avait le plus besoin d'eux. Il avait dû la pleurer seul. Elle ne savait pas comment elle aurait pu faire face à tant de solitude, tant de tristesse.

— Je suis navrée, dit-elle doucement. Tu as tant perdu, Léon, pas seulement Fiona.

Elle pensa à ses parents avec tristesse ; elle ne les reverrait plus jamais. Pas une seule fois, pas un instant. C'était plus qu'elle n'en pouvait supporter.

— Je suis navrée, murmura-t-elle encore.

C'était aussi simple que ça.

Du sac-cadeau sur la table à côté d'elle s'éleva un hoquet. Gaia jeta un coup d'œil au nourrisson à l'intérieur et l'entendit à nouveau. Elle sortit le bébé avec précaution et le posa contre son épaule pour lui faire faire son rot. Les petits hoquets vibraient entre ses mains et elle ne put retenir un rire, même si elle se sentait brisée à l'intérieur. Elle leva la tête et vit que Léon la regardait, un mélange de perplexité et de tendresse dans les yeux.

— Tu sais t'y prendre avec elle, commenta-t-il.

Elle sourit.

— C'est ma sœur, expliqua-t-elle.

Il secoua la tête comme si elle avait dit quelque chose de remarquable.

— C'est exactement de ça que je voulais parler. Tu sais, ajouta-t-il, j'allais bien, vraiment. Je m'en sortais bien jusqu'à cette nuit où l'on m'a envoyé à l'extérieur du mur pour interroger une jeune sage-femme difficile.

Elle retint son souffle tandis que son cœur se mettait à cogner dans sa poitrine.

— Je n'ai pas été si terrible.

Il rit.

— Tu n'avais peur de rien. Tu étais impossible. Regarde tout ce que tu as accompli. Tu as pénétré dans la tour du Bastion pour sauver ta mère. Qui d'autre en aurait été capable ? Pas moi. Regarde la vérité en face, Gaia. Quand tu as décidé que quelque chose était juste, rien ne peut t'empêcher de le faire.

— Et ce faisant, j'ai tué ma mère, dit-elle tout bas. Ne l'oublie pas.

— Ça, je n'y crois pas. Et je doute que tu y croies vraiment toi-même. Ta mère te considérerait-elle comme responsable de ce qui s'est passé ?

Gaia baissa les yeux vers sa main, la retournant lentement comme si elle aurait encore dû être couverte de taches de sang, mais elle était propre.

— Non, dit-elle doucement.

— Tu vois ? Voilà ce qui nous différencie. Tu n'as rien à te reprocher. Et tu n'auras jamais rien à te reprocher.

Elle secoua la tête.

— Ne fais pas de moi un modèle de vertu, Léon. Ce n'est pas ce que je suis.

— Non, tu es plus vraie que ça.

Il leva une main à son front pour faire basculer son chapeau en arrière. Puis il le réajusta lentement et fronça les sourcils.

— Je ne supportais pas que tu ne me respectes pas. Même quand j'aurais pu te sauver la vie, le jour où tu as été arrêtée, tu n'en avais rien à faire.

Gaia examina son visage empli de doute et l'étrange solitude au fond de ses yeux.

— Ce n'est pas pour ça que je te respecte à présent, dit-elle.

— Tu me respectes ? C'est tout ?

À la faible lumière, ses joues avaient pris une couleur bleu crayeux, mais son visage n'avait rien de froid. Une légère tension émanait de lui, comme un bourdonnement silencieux, et il fit un pas de plus vers elle. Gaia tenait sa petite sœur maladroitement devant elle, étrangement nerveuse, comme si elle risquait de la laisser tomber.

— Léon, je ne sais pas ce que tu attends de moi.

En réponse à cela, il fit un pas de plus, jusqu'à ce que le bord de son chapeau se trouve juste au-dessus du front de Gaia. Elle savait que, si elle levait la tête, ses yeux seraient tout proches.

— Qui a dit que je voulais quelque chose ? demanda-t-il en ôtant son chapeau.

Gaia sentit la chaleur lui monter aux joues et elle garda les yeux baissés. Léon réduisit la distance qui les séparait et glissa son bras autour d'elle et du bébé. Quand ses lèvres chaudes se posèrent sur la peau sensible de la cicatrice sur sa tempe, elle sentit quelque chose fondre en elle. Elle tourna un peu la tête, rapprochant sa bouche de la sienne, puis les lèvres de Léon touchèrent les siennes dans un baiser léger, tendre. Elle inspira brièvement et il l'embrassa à nouveau. Une douleur monta dans sa gorge et elle leva le menton pour trouver ses lèvres plus directement. Dehors, de grosses gouttes tombèrent bruyamment sur les buissons et le trottoir. Un jour, elle s'était demandé si quelqu'un l'embrasserait jamais et si elle saurait quoi faire. À présent, elle arrivait à peine à réfléchir. La main de Léon se déplaça à l'arrière de sa tête et son baiser devint plus profond. Elle sentit le monde basculer puis sa sœur eut de nouveau un hoquet.

Gaia recula. Léon l'observait sous de lourdes paupières.

— Tu es si douce, si douce, dit-il tendrement.

— Tu n'es pas censé m'embrasser.

Elle fut surprise d'entendre à quel point sa propre voix était devenue basse.

— Permets-moi de ne pas partager ton avis.

Ses lèvres touchèrent à nouveau les siennes.

Elle eut du mal à retrouver ses esprits.

— Nous devons sortir de l'Enclave.

Il haussa les sourcils.

— Tout de suite ?

Elle recula avec plus de fermeté et il détendit ses bras pour la laisser partir.

— Il a cessé de pleuvoir, dit-elle. C'est notre chance.

Il lança un regard plein de regrets vers la porte ouverte.

— Tu ne m'apprécies pas en fait.

— Léon !

Elle le frappa au bras. Il grimaça un sourire.

— D'accord. Je vérifiais juste.

Puis il l'aida à installer Maya dans son sac-cadeau. Le papier était épais, solide, mais il se froissait à force de manipulations. Gaia l'observa attentivement qui replaçait le sac sous son bras gauche. Elle aurait voulu pouvoir le porter elle-même, mais, aux yeux de ceux qu'ils croiseraient, il semblerait normal de la part d'un gentleman d'offrir de le porter pour elle.

Elle ramassa son chapeau tombé par terre.

— Tiens, dit-elle. Il y a un problème fondamental avec notre plan, tu sais. Quand nous nous dirigerons vers la porte, nous n'irons pas dans le bon sens, nous nous éloignerons de la fête.

— Tu fais ta difficile.

Il mit son chapeau.

Gaia glissa les doigts au creux de son coude droit et, avant qu'elle ait le temps de s'en rendre compte, il se pencha pour lui donner un autre doux baiser sur la joue.

— J'aurais aimé que l'on ait plus de temps, Gaia.

Elle hocha la tête et passa le seuil de la porte avec lui.

CONFIANCE

La main de Gaia au creux du coude de Léon, les deux jeunes gens marchèrent le long des rues mouillées, se rapprochant toujours plus du mur. Quand ils croisèrent un groupe de soldats, Gaia se raidit instinctivement mais Léon la tira en douceur en avant, leur accordant à peine un regard et, même si elle s'attendait à chaque instant à ce qu'on l'arrête, les gardes ne leur jetèrent qu'un coup d'œil rapide.

Gaia souffla de soulagement quand ils disparurent au coin d'une rue.

— Tu vois ? dit Léon.

Le ciel s'était assombri avec la tombée de la nuit, mais une sinistre luminosité brillait au loin, comme si un excès de lumière blanche rebondissait par terre pour être réfléchi par les nuages bas.

— Ils ont dû éclairer le mur, dit Léon, pour que les caméras de surveillance ne manquent rien.

— Des caméras nous suivent-elles ici ?

— Il y en a sur la plupart des lampadaires. On nous a sans doute déjà filmés une demi-douzaine de fois.

— Est-ce qu'on a réussi à les tromper ?

— Je n'en sais rien. Ils attendent peut-être simplement qu'on arrive au mur pour nous appréhender.

Ils descendirent une autre rue ruisselante et la traversèrent pour emprunter une voie étroite où les stores des magasins s'étendaient au-dessus des trottoirs. Des gouttes en tombaient et Gaia baissait la tête chaque fois qu'ils passaient sous l'un d'eux.

— Comment va le cadeau ? demanda-t-elle.

— Bien.

Ils croisèrent un second groupe de soldats qui ne parut pas davantage s'inquiéter d'eux et Gaia se mit à espérer. Mais au carrefour suivant, elle entendit des bruits de pas derrière eux.

— Est-ce qu'ils nous suivent ?

— Ne te retourne pas, lui intima Léon.

Gaia continua d'avancer, bifurquant avec le jeune homme dans une rue plus large qui descendait en arc de cercle vers la porte Sud. Des devantures blanches rayées de gris par la pluie bordaient la rue et des lampadaires jetaient des bandes de lumière qui se reflétaient sur les pavés mouillés. D'un appartement plus haut se dégageait l'odeur épicée d'un ragoût au curry ; elle se mélangeait à celle de la pluie et lui rappelait avec ironie que le reste du monde poursuivait sa routine en préparant son dîner tandis qu'elle faisait peut-être ses derniers pas. Elle allongea la foulée pour éviter une flaque d'eau. Des gardes se tenaient sur le parapet du mur et devant l'entrée, mais les portes étaient grandes ouvertes. Gaia aperçut même Wharfton par le porche ouvert, rangée de maisons mornes, grises, mouillées et recroquevillées face à la nuit. Il y avait du mouvement là-bas, des passants.

— C'est un piège, murmura Gaia. Ils nous attendent.

— Continue d'avancer, dit Léon.

À ce moment-là, deux hommes en blanc sortirent d'un bâtiment sur la gauche. Ils regardèrent curieusement Léon et Gaia, puis l'un d'eux s'arrêta. Il leva la main pour leur faire un petit signe.

— Hé ! Grey ! appela-t-il. Je ne savais pas que tu allais à la fête. Tu t'es fait beaucoup trop discret ces temps-ci.

— Nous devons y aller ! murmura Gaia.

Mais Léon la lâcha et tendit la main pour serrer celles des deux hommes.

— Comment ça va ? On s'est dit qu'on allait admirer le feu d'artifice du mur, dit-il.

— Il y aura un feu d'artifice malgré la pluie ?

— C'est ce qui est prévu.

Les hommes regardaient Gaia avec curiosité. Elle gardait la tête tournée vers Léon pour qu'ils ne voient pas sa cicatrice.

— Vous vous souvenez de mon amie Lucy Blair ? mentit habilement Léon. Du cours de tir à l'arc. Voici Mort Phillips et Zack Bittman.

Les hommes parurent surpris mais tendirent la main à Gaia.

— Bien sûr ! s'exclama le premier.

— Ça fait plaisir de vous voir, dit la jeune fille timidement.

— On va vraiment vous laisser monter en haut du mur ? demanda Mort. On dirait que les gardes sont sur le qui-vive. Tu as entendu parler de fugitifs ?

— Pas récemment, répondit Léon comme si de rien n'était. Ça m'a fait plaisir de vous voir. On discutera à la fête.

— Bonne idée, approuva Mort.

Il pointa un doigt vers Léon.

— J'ai toujours ce bouquin que tu m'avais prêté.

— Oublie ça, je savais que tu ne me le rendrais jamais, rétorqua Léon avec humour.

Les hommes rirent et reprirent leur route. Léon offrit de nouveau son bras à Gaia et elle glissa les doigts au creux de son coude.

— Tu connais tout le monde ? murmura-t-elle.

Il lui adressa un sourire mais ses yeux restaient attentifs.

— Oui.

Il est un bien meilleur acteur que je le serai jamais, pensa-t-elle. Les gardes qui se trouvaient derrière eux s'étaient arrêtés pendant la conversation de Léon avec ses amis, et se concertaient à présent. Les soldats plus bas s'étaient tournés, incertains, vers leur chef, un homme de haute taille aux cheveux blancs et à la pomme d'Adam proéminente.

— Même Lanchester ? demanda Gaia.

— Quoi ?

— Je connais le chef des gardes, le sergent Lanchester.

Ils étaient presque arrivés à la porte maintenant, presque assez

proches pour la franchir en courant. Gaia avait l'impression que son
cœur allait déchirer sa poitrine. Les gardes, plus résolus à présent,
levaient leurs fusils. Ceux qui se trouvaient en haut du mur avaient
déjà armé les leurs et les pointaient sur Gaia et Léon.

— Tu as confiance en moi ? demanda-t-il.

— Oui.

Elle avait une foi aveugle en lui. Elle croisa ses yeux intenses et
interrogateurs et lui renvoya un regard empreint d'une certitude
absolue.

— Alors prends ça, dit-il en lui passant le sac-cadeau doré dans
lequel dormait sa sœur.

L'instant d'après, il lui attrapa le bras gauche et le releva brutalement derrière elle, le tordant si fort qu'elle se retrouva contre lui et,
de l'autre main, il dégaina un couteau pour le placer sous son
menton. Elle poussa un cri et se débattit instinctivement, se cram-
ponnant désespérément à sa sœur.

— Laissez-moi passer ou je la tue, cria Léon.

— Lâche-la, hurla le sergent Lanchester.

Les hommes s'avançaient sous le porche pour bloquer la sortie,
leurs armes pointées sur Léon et Gaia. Ils fermèrent une des portes
massives.

— Dégagez le chemin ! ordonna Léon.

Il tira le bras de Gaia vers le haut et, sous la douleur, un autre cri
lui échappa.

— Arrête ! cria-t-elle. S'il te plaît, arrête !

Puis elle se tut car le couteau lui entaillait la gorge.

— Bougez de là ! répéta Léon en s'approchant du porche.

— Reculez, ordonna le sergent Lanchester à ses hommes.
Ne tirez pas ! Ne prenez pas le risque de tuer la fille ! Gaia, c'est
bien toi ?

Elle avait trop peur pour répondre. Léon la portait presque et la
traînait vers la grande porte ouverte ; elle était terrifiée à l'idée de
laisser tomber sa sœur. Elle était déjà convaincue que le sac était en
train de se déchirer. Léon tira sur son bras une fois de plus et elle

eut le souffle coupé quand son épaule gauche l'élança. Le sergent Lanchester se rapprochait, l'arme pointée sur la tête de Léon. Le jeune homme tenait Gaia devant lui comme un bouclier et s'approchait toujours petit à petit de la porte.

— Laisse-la partir, dit le sergent Lanchester, d'une voix délibérément calme. Elle ne t'a rien fait. Laisse-la partir et on pourra discuter.

— Ne vous approchez pas plus, répliqua Léon. Baissez votre arme !

Mais le sergent Lanchester continua d'avancer, le pistolet à leur hauteur. Gaia voyait l'intérieur noir du canon.

— Ne tirez pas ! supplia-t-elle.

Elle avait les yeux noyés de larmes. Elle ne pensait pas pouvoir supporter la douleur dans son épaule plus longtemps. Elle sentait sa prise sur le sac se relâcher et Léon continuait de la tirer vers la porte.

— S'il te plaît, Léon, murmura-t-elle, tu me fais m...

Elle eut à nouveau le souffle coupé quand une autre vague de violents élancements la traversa, puis elle ferma les yeux car la tête commençait à lui tourner.

— Lâche-la ! répéta Lanchester.

Quand elle sentit que Léon desserrait très légèrement son étreinte, elle ouvrit les yeux et fut stupéfaite de constater qu'ils avaient atteint le porche. Ils avaient pratiquement franchi la porte. Ils étaient presque libres ! Il la tenait toujours contre lui, la joue contre l'oreille, le couteau sur la gorge. Pendant un moment terriblement long, son espoir fut aussi intense que sa douleur.

— Cours, dit Léon doucement.

Elle ne comprit pas.

Il la relâcha complètement et la poussa, trébuchante, hors de l'Enclave. Elle courut une demi-douzaine de foulées avant de se rendre compte qu'il ne la suivait pas. Elle se retourna et le vit fermer la porte. Il était resté à l'intérieur.

— Non ! cria Gaia. Léon !

Elle fit demi-tour en trébuchant pour retourner vers la porte mais, à travers l'étroite ouverture, elle vit la crosse d'un fusil s'abattre violemment à l'arrière de la tête de Léon, et il tomba. L'espace d'un instant, tout se figea et Gaia fut incapable de réfléchir, puis elle se détourna des lumières et du mur. Elle serra le sac qui se déchirait contre sa poitrine et courut aveuglément.

XXVIII

RESTITUTION

Tandis que des voix furieuses s'élevaient du haut du mur et la suivaient, Gaia s'engouffra en courant et en trébuchant dans la foule. On l'appelait et on essayait de l'attraper, mais elle se dégagea et prit ses jambes à son cou. Il y avait des groupes de gens partout dans les rues, assis en ligne sur le bord du trottoir et sur des tabourets qu'on avait sortis. Elle manqua chuter sur un groupe d'enfants, et leurs parents lui crièrent dessus. C'était étrange, surréaliste, et elle ne pouvait s'arrêter pour y trouver un sens. Elle ne pouvait que rester dans l'ombre, éviter les lumières qui pourraient l'exposer au système de surveillance et fuir aussi vite que possible. Son bras gauche était toujours ballant, douloureux et pratiquement inutilisable. Un cri strident en elle l'empêchait de réfléchir et la faisait se focaliser sur la dernière image qu'elle avait entraperçue de Léon qui tombait, inconscient ou mort.

— Il ne peut pas être mort, murmura-t-elle.

Elle s'arrêta pour reprendre son souffle et s'appuya contre un bâtiment. Une lumière explosa dans le ciel puis un grand « pan » lui parvint de derrière. La foule autour d'elle émit un « ooh ! » de satisfaction. Elle se retourna, stupéfaite, pour regarder en direction de l'Enclave et vit une fusée de feu d'artifice se désintégrer dans le ciel brumeux au-dessus de la tour. Quand une deuxième fusée explosa, elle comprit enfin ce qui se passait : la célébration de l'anniversaire d'Evelyne s'était poursuivie sans interruption alors même que Léon et elle luttaient pour rester en vie.

Elle regarda autour d'elle pour se repérer et se rendit compte que ses pieds l'avaient menée dans le Secteur Est Deux, près de la maison de son amie, Emily. L'air humide avait le goût de la fumée de bois. Tandis que d'autres fusées éclataient dans le ciel derrière elle, elle dévia à gauche et descendit en courant deux rues de plus jusqu'à une petite maison au bout d'une rangée. Elle frappa bruyamment à la porte de chez Emily et Kyle, haletante.

Quand le battant s'ouvrit, elle tomba pratiquement à l'intérieur et des mains fortes la rattrapèrent.

— Gaia Stone ! s'exclama Kyle, étonné. Emily ! Viens vite !

Gaia ressentit l'envie étrange de hurler et une nouvelle vague de douleur traversa l'articulation de son épaule gauche. Kyle la guida jusqu'à une chaise près du feu. Emily arriva de l'arrière-salle, les yeux écarquillés. Quand son mari ferma la porte, les bruits retentissants s'assourdirent.

— Gaia ! s'exclama la jeune femme. Que t'est-il arrivé ?

Son amie retourna le sac dans ses bras, s'efforçant de bien voir sa sœur. Les yeux du bébé étaient ouverts mais, en dehors de cela, il était immobile. Laissant tomber par terre le sac déchiré et les grands livres, Gaia souleva le nouveau-né devant elle, tenant sa tête doucement dans sa paume.

— Ça va, Maya ? demanda-t-elle.

Le nourrisson cligna des yeux et pinça les lèvres. Gaia soupira de soulagement et blottit sa sœur dans ses bras.

Kyle et Emily échangèrent un regard et cette dernière se glissa à côté de Gaia, passant un bras autour de ses épaules. La jeune fille grimaça de douleur.

— Kyle, dit Emily, va voir si quelqu'un l'a suivie.

Le jeune homme attrapa un manteau sur une patère.

— Je vais prévenir les autres et chercher ton père. Ne t'inquiète pas, Gaia. On va les surveiller. Si les gardes viennent, on te fera sortir d'ici.

Gaia regarda vraiment Emily pour la première fois et constata que son visage était plus joufflu, ses cheveux auburn plus longs que la dernière fois qu'elle l'avait vue. Ses yeux étaient du même bleu riche et aussi bienveillants que d'habitude.

— Est-ce que ça va ? demanda Emily. Que t'est-il arrivé ?

Elle tira doucement sur le beau tissu blanc de la cape de son amie.

— Il faut que je me change, dit Gaia lentement.

Elle avait besoin de réfléchir à ce qui l'attendait. Léon n'était pas avec elle. Il ne viendrait pas. Il ne pouvait pas. Elle avait toujours peine à y croire.

— Il faut que je parte dès que possible. Tu as du lait en poudre ? Des réserves que je pourrais emmener dans la Forêt Morte ?

Emily paraissait stupéfaite.

— Bien sûr. Mais es-tu sûre de vouloir y aller ?

Gaia ne savait pas par où commencer, et quand elle voulut résumer tout ce qui lui était arrivé depuis qu'elle avait pénétré dans l'enceinte du mur, elle n'y parvint pas. C'était trop : son père, sa mère, Léon.

— Je ne peux pas tout t'expliquer, dit-elle. Mais je sais que je dois y aller.

— On savait que tu étais recherchée, dit Emily. Ta photo était affichée à l'Autélé, mais sans explications. Quel genre d'ennuis as-tu ?

— Je ne suis pas en sécurité ici. C'est aussi dangereux pour ceux qui m'aident. Je viens de m'en rendre compte... Ils savent que tu es mon amie. Pardonne-moi, Emily, je n'aurais pas dû venir ici.

Elle se tourna vers la porte et se leva. Emily la calma et la fit se rasseoir.

— Ne dis pas ça. Tu ne peux pas partir comme ça. Nous sommes contents de t'aider et je suis sûre que Kyle a demandé à quelqu'un de monter la garde pour nous.

Gaia frotta son épaule gauche et la serra dans l'espoir d'en calmer un peu la douleur.

— Tu es blessée ? demanda Emily. Attends, laisse-moi t'aider à enfiler d'autres vêtements. Ton bébé a-t-il besoin d'un biberon ?

Le cœur de Gaia battait toujours la chamade, mais elle était en mesure de respirer plus régulièrement à présent.

— Pas encore. C'est ma sœur. Maya.

— Ta sœur ? Où est ta mère ?

Gaia baissa les yeux vers le petit visage du nourrisson, infiniment triste.

— Elle est morte.

— Oh, Gaia.

La jeune fille chercha la petite main de sa sœur et leva ses doigts à la lumière du feu. D'autres explosions étouffées leur parvinrent de l'Enclave. Si elle commençait à penser à sa mère, des larmes allaient lui monter et elle ne savait pas si elles s'arrêteraient jamais.

— Je suis vraiment navrée, dit Emily doucement. C'était une femme merveilleuse.

Gaia ferma les yeux et serra les paupières, sentant les larmes s'accumuler malgré sa détermination à les refouler.

— S'il te plaît, dit-elle, je ne peux pas penser à elle maintenant. Je ne peux pas.

— Bien sûr, non, fit Emily gentiment. Attends ici. Je vais mettre à Maya des vêtements propres et secs et je vais chercher quelque chose pour toi. Je peux la prendre ?

Son amie acquiesça sans un mot. Elle tendit l'enfant avec précaution, et ses mains lui parurent plus vides que jamais. Emily sortit discrètement de la pièce. Gaia s'affaissa sur sa chaise près du feu et laissa son visage tomber dans ses paumes. Chaque os, chaque muscle de son corps était épuisé d'efforts et de douleur, mais c'est au fond de son cœur que la tristesse l'éreintait le plus.

Il y eut une succession de fortes explosions saccadées dehors et une lueur à la fenêtre indiqua qu'il s'agissait du bouquet final. Bientôt les rues seraient envahies par une foule de gens rentrant chez eux. Gaia tendit lentement la main vers les registres tombés par terre à ses pieds et les empila sur ses genoux. Ils n'avaient pas grand-chose d'une victoire quand elle avait tant perdu. Elle ouvrit celui du dessus et parcourut des yeux la première page. C'était la liste des bébés adoptés, une entrée par enfant :

4 janv. 2385	Garçon en bonne santé	Lauren et Tom McManus	« Tom Junior »
16 janv. 2385	Garçon en bonne santé	Zoe et Nabu Nissau	« Labib »
17 janv. 2385	Fille en bonne santé	Lucy-Alice Mairson et Stephen Pignato	« Joy »

Et cela continuait ainsi, année après année. Voilà ce qu'elle laisserait de l'héritage de sa mère et de son père : un guide, ou une façon de rouvrir les blessures de chaque parent de l'extérieur du mur ayant perdu un bébé et s'étant un jour demandé ce qu'il était advenu de lui. Maintenant, s'ils le voulaient, ils pourraient découvrir qui avait adopté leurs enfants et, s'ils faisaient davantage de recherches, s'ils voulaient se risquer à se renseigner à l'intérieur de l'Enclave, ils pourraient découvrir si leurs enfants avaient grandi ou s'ils étaient morts. Combien de parents, se demanda-t-elle, voudraient vraiment le savoir ? Sa mère, bien sûr, aurait donné sa vie pour ces registres. En un sens, elle l'avait fait.

Gaia tourna les pages et parcourut doucement du doigt les colonnes de dates jusqu'à ce qu'elle arrive à l'entrée qui lui importait le plus :

12 fév. 2389	Garçon en bonne santé	Jodi et Sol Chiaro	« Martin »

C'était son frère Arthur. Il était devenu Martin Chiaro. Ça lui faisait une belle jambe : elle n'était pas plus avancée.

Gaia referma le registre et, ce faisant, elle remarqua quelque chose qui brillait par terre, au milieu du papier doré et d'une couverture que Léon avait calée dans le sac-cadeau. Elle se pencha, tira sur un bout de chaîne et le souleva à la lumière du feu. En bas de la boucle, un disque familier de métal rose tournait doucement dans la lumière dorée : sa montre de gousset.

— Oh, Léon, murmura-t-elle.

Elle entendait presque sa voix insistant sur le fait qu'elle lui appartenait, surtout maintenant qu'elle était libre. Elle ouvrit le petit fermoir pour voir les mots gravés à l'intérieur du couvercle : *La vie avant tout.* Elle enroula doucement la chaîne autour de ses doigts et saisit la montre froide, pressant son poing contre son front. Elle l'entendait faire tic-tac. Elle ne pleurerait pas. Non, elle ne pleurerait pas.

— Ça va ? demanda Emily, qui revenait avec Maya et des vêtements plein les bras.

Gaia secoua la tête. Non, ça n'allait pas. Elle ne savait pas si ça irait de nouveau bien un jour. Elle frotta son œil du poignet.

Quand elle leva la tête vers Emily qui tenait le bébé, elle remarqua la cambrure de son dos et une légère rondeur au ventre. Elle fronça les sourcils.

— Tu attends un deuxième enfant ?

Emily rit.

— Ça ne m'étonne pas de ta part que tu le remarques.

Gaia observa la pièce avec plus d'attention, observant les meubles simples et la chaise haute dans un coin. Des gens qui passaient dans la rue dehors rirent.

— Où est ton bébé ?

— Paul ? Il est couché pour la nuit.

Emily sourit.

— Du moins j'espère. Tiens. Et si tu te changeais ? C'est vrai que tu ressembles à une princesse comme ça, mais ce n'est pas très discret par ici.

Gaia se glissa hors de ses vêtements blancs et se vêtit doucement d'une robe marron et d'un pull bleu moucheté de blanc. Elle devait faire attention à son bras gauche, mais rien ne semblait cassé.

— Tiens, prends-la, dit Emily en lui passant Maya. Je vais te chercher un peu de ragoût.

— Je n'ai pas faim. Je n'ai pas le temps. Vraiment.

— Tu mangeras quand même.

Emily s'affaira, emportant les vêtements blancs dont Gaia n'avait plus besoin et lui apportant un bol fumant et une cuillère. Comme ses doigts se fermaient dessus, Gaia constata qu'elle tremblait de choc et d'épuisement.

— Qu'est-ce que c'est ? demanda Emily en désignant les grands livres.

— Je veux que tu les gardes précieusement, répondit Gaia. Ce sont les registres répertoriant les bébés avancés et qui les a adoptés à l'intérieur de l'Enclave.

Le front d'Emily se plissa d'incrédulité.

— Tu es sérieuse ?

Gaia leva une cuillerée de soupe devant ses lèvres et souffla doucement dessus. Ça sentait bon, une odeur riche et salée de patates et de viande.

— Oui, dit-elle. Tu pourrais en faire des copies ? Connais-tu des gens de confiance ? Tes parents ?

Emily s'assit à côté de Gaia et tourna quelques pages.

— C'est incroyable, commenta-t-elle en hochant la tête. Avec quelques autres habitants de Wharfton, peu de gens, mais quelques-uns, on a commencé à se réunir.

Son visage s'assombrit.

— Il y a quelques semaines, quelque chose m'a terriblement effrayée.

— Quand on a tiré sur le corbeau ? Au bord du délac ?

Emily se tourna doucement vers elle, manifestement stupéfaite.

— Comment en as-tu entendu parler ?

— Ils me l'ont montré. Ils voulaient me faire passer un message.

Emily baissa la voix.

— Eh bien, ils l'ont fait passer, leur message. Ils sont allés trop loin, Gaia. Enlever tes parents, puis monter le quota à cinq. Un boulanger du Secteur Est Un a été roué de coups par deux gardes l'autre jour. Les gens commencent à parler. Un feu d'artifice ne suffira pas à apaiser les esprits.

— Tu crois qu'une révolte pourrait s'organiser ou quelque chose dans ce genre ? demanda Gaia en avalant son ragoût.

— C'est trop tôt pour le dire. Mais ça – Emily tapota les livres –, ça pourrait changer la donne. Et si les gens pouvaient reprendre leurs enfants ?

— Et les quotas de bébé ? demanda Gaia. Qu'en est-il ?

Emily posa une main sur son ventre.

— Je ne pourrais pas. Je ne pourrais pas abandonner mon bébé. Et je connais deux autres mères qui sont d'accord avec moi. Je ne sais pas ce que nous ferons si...

Elle baissa les yeux.

— Enfin... je sais que c'est ton travail..., continua-t-elle.

Gaia mit son ragoût de côté.

— Non. Plus jamais.

Emily parut surprise.

— C'est hors de question, assura Gaia.

Elle baissa les yeux sur sa sœur, qui s'était rendormie paisiblement. Son nez était encore aplati et ses sourcils pas complètement formés. Gaia, qui berçait le bébé dans ses bras, se sentit soudain férocement possessive.

— Je dois m'occuper de Maya.

Emily replia les doigts en un poing sur les registres.

— C'est une terrible idée, dit-elle, mais veux-tu vraiment l'emmener dans le désert ? Je pourrais la garder pour toi. Elle serait en sécurité ici.

Elle n'avait pas besoin de s'expliquer davantage pour que Gaia comprenne : Emily pensait qu'elles allaient mourir. Mais la jeune fille était incapable de raisonner ainsi, ni ne pouvait abandonner sa sœur. Elle en avait assez des séparations.

— Merci, mais on reste ensemble.

On frappa vivement à la porte et Emily se leva pour ouvrir à son mari. Derrière lui entra Théo Rupp.

— Gaia ! s'exclama-t-il. Amy et moi, on était fous d'inquiétude ! Tu vas bien ? Où sont tes parents ?

Gaia se leva et sentit ses bras robustes les étreindre, elle et le bébé, dans une grande embrassade.

— Est-ce que les gardes arrivent ? demanda Emily à son mari.

— Ils fouillent maison après maison pour te trouver, dit Kyle à Gaia. Ils t'ont perdue dans la foule, mais ils arrivent. Rufus monte la garde dehors.

— Alors il n'y a pas de temps à perdre, déclara la jeune fille en se tournant vers Emily. Aide-moi à me préparer.

— Je ne comprends pas, intervint Théo, que s'est-il passé ?

Emily posa une main sur le bras de Gaia.

— Gaia s'en va, papa. Jasper et Bonnie sont morts. Elle veut se rendre dans la Forêt Morte avec sa sœur.

Les autres échangèrent des regards puis Théo ôta son chapeau. Il le fit tourner dans ses grandes mains.

— Je vais venir avec toi, déclara-t-il.

Gaia secoua la tête.

— Tu ne peux pas, Théo. Tu as une famille ici.

— Mais, ma chérie, tu connais la route au moins ?

— Et toi ? rétorqua Gaia.

L'impuissance qui se lisait sur la figure de Théo se refléta sur les visages autour de lui.

— C'est bien ce que je pensais, conclut Gaia.

Les hommes rassemblèrent des provisions à mettre dans un sac. Emily apporta une écharpe en tissu gris dont elle s'était servie pour son fils et montra à Gaia comment la positionner sur son épaule droite indemne jusqu'à sa hanche gauche pour pouvoir porter le bébé douillettement dans une poche de tissu en travers de son buste. Kyle mit dans un sac à dos une boîte d'allumettes et un couteau, une petite casserole et un sac de farine de maïs, un bloc de mycopro-téines et un sachet de noix de pécan. Puis il remplit deux bouteilles d'eau et les y ajouta. Théo roula une bâche et deux couvertures en les serrant bien et les attacha à l'extérieur avec des sangles. Emily ajouta des couches, trois boîtes de lait en poudre et deux biberons, jusqu'à ce que le sac soit plein à craquer.

— Prends ça au cas où il se mettrait de nouveau à pleuvoir ou à faire froid, dit Emily en tendant à Gaia une cape grise qui lui arrivait aux genoux.

Le tissu avait été enduit de cire d'abeille pour devenir imperméable.

— Il vaut mieux que tu voyages léger et que tu essaies de parcourir autant de distance que possible, ajouta Théo. Si tu réussis à te rendre suffisamment au nord, tu verras que le désert se transforme en forêt. Il y a de l'eau là-bas. C'est ce dont tu auras le plus besoin.

— La Forêt Morte, acquiesça Gaia.

— Oui, c'est ce qu'on dit.

La jeune fille jeta un coup d'œil circulaire à la maison douillette et à la famille solide et aimante qui l'entourait, et elle eut un pincement au cœur, tant pour ce qu'elle avait perdu que pour l'envie qu'elle ressentait. Elle quittait cet endroit pour toujours et abandonnait ainsi tous les moments heureux qu'elle aurait pu y partager.

— Merci, dit Gaia, à vous tous. Plus que je ne saurais l'exprimer.

— Nous allons t'accompagner jusqu'à la limite de Wharfton, déclara Kyle en mettant le sac sur son épaule.

La jeune fille leva les yeux vers lui et, voyant sa détermination, ne put refuser.

— Garde bien ces registres, dit-elle à Emily.

— Oui, je te le promets. Et toi, prends soin de toi, tu veux ?

Emily la serra fort dans ses bras.

— Tu vas me manquer.

Gaia lui rendit son embrassade sans un mot puis se faufila par la porte avec Kyle et Théo.

Il avait complètement arrêté de pleuvoir et les rues de Wharfton étaient silencieuses. Seuls quelques groupes de gens s'attardaient encore après le feu d'artifice. Une brume était suspendue dans l'air ainsi que l'odeur âcre de la fumée des explosifs. Gaia entendit une voix forte et des coups sur une porte, mais comme ils se dépêchaient

de s'éloigner du mur et approchaient du délac, les bruits s'atté-
nuèrent. Ils marchaient vite, évitant les quelques lumières qui pourraient les rendre visibles à un objectif de caméra. Gaia ne doutait pas
que monfrère Iris était devant son bureau à écran, à la recherche du
moindre indice, prêt à commander aux soldats de fondre sur eux.

Quand ils atteignirent le délac, ils bifurquèrent vers l'ouest.
L'étendue de la baie n'était qu'un grand vide noir sur sa gauche qui
aspirait les filets d'eau sous ses pieds. Ils dépassèrent bientôt Sally
Row et l'ancien quartier de Gaia. L'espace d'un instant, elle se
souvint de sa maison, de la terrasse ombragée, de l'odeur du tissu
séchant au soleil, du tintement du carillon sous le vent. Elle entendait son père actionner la pédale de sa machine à coudre. Elle voyait
sa mère rincer sa théière bleue. Elle essaya d'imaginer à quoi la vie
aurait ressemblé si les gardes n'avaient jamais arrêté sa mère, si elle
avait pu rester chez elle, enceinte et en bonne santé, profitant avec
son mari de cette petite fille née sur le tard. Puis elle tourna le regard
en direction du cimetière des pauvres, invisible dans la nuit, et se
demanda si on y enterrerait également sa mère, aux côtés de son père.

Gaia scruta l'obscurité, regardant droit devant, jusqu'à ce qu'ils
atteignent la dernière rue, la dernière maison, le dernier jardin de
Wharfton.

— Nous y voilà, dit-elle.

Kyle transféra le sac sur son dos. La jeune fille se pencha en avant
pour répartir le poids et minimiser la gêne à son épaule gauche
douloureuse ; elle vérifia que l'écharpe contenant sa petite sœur
était toujours en place le long de son buste. Elle souleva un peu sa
jupe et rit quand elle se rendit compte qu'elle portait toujours les
bottes blanches. Au moins, elles étaient confortables.

— Bonne chance, Gaia, dit Kyle doucement.

Il la serra brièvement dans ses bras et Théo l'étreignit à son tour.

— Tu as tout ce qu'il faut ? demanda-t-il.

Elle chercha sa montre autour de son cou, cachée à l'intérieur de
sa robe.

— Oui, répondit-elle. Embrasse Amy de ma part.

— Et tu connais bien tes étoiles ?

Elle leva les yeux vers le ciel sombre, rempli de nuages. Une pâle lueur montrait qu'ils cachaient la lune et se déplaçaient vite.

— Je les reconnaîtrai. Quand elles se montreront.

Théo la prit dans ses bras une dernière fois.

— Tu es courageuse.

Elle n'était pas de cet avis. Elle se contentait de faire ce qu'elle avait à faire. Avec un dernier signe de la main, elle s'avança seule dans la nuit ; elle constata que ses yeux s'étaient habitués au noir et qu'il y avait juste assez de lumière pour lui éviter de trébucher sur des pierres et des herbes. La route devint plus inégale et étroite, puis finit par disparaître totalement. On entendait des grillons dans l'obscurité humide. Quand elle eut parcouru une certaine distance, Gaia se retourna pour voir si les autres l'observaient toujours, mais elle ne distinguait que les lumières de l'Enclave qui parsemaient la colline.

Elle balaya une mèche de cheveux de ses yeux et effleura du bout des doigts la cicatrice sur sa joue gauche. Elle ajusta la position du bébé dans l'écharpe puis se détourna à nouveau, soulevant ses bottes avec soin à chaque pas tandis que le sol commençait à s'élever.

Les eaux de pluie ruisselaient entre les pierres et une brume à l'odeur de roche montait du sol. Gaia sentait dans la nuit la vaste étendue dégagée devant elle : pas un arbre, mort ou non, de ce côté de l'horizon.

En haut de la première éminence, elle s'arrêta une dernière fois pour regarder en arrière. La courbe blanche du mur était clairement visible sous les projecteurs distants, divisant le flanc de coteau massif en deux parties. Sous le mur, de rares lueurs isolées se reflétaient faiblement par endroits. Au-dessus, les taches de lumière piquetaient l'Enclave jusqu'aux tours du Bastion, qui s'élançaient vers le ciel sombre. À cette distance, les lumières paraissaient joyeuses, accueillantes, aussi inoffensives que des lucioles, mais Gaia sentit un frisson de peur persistant la parcourir.

Où se trouve Léon à l'heure qu'il est ? se demanda-t-elle. L'avait-

on enfermé dans la tour dont sa mère avait si récemment été prisonnière ? L'avait-on tué ?

Il l'avait sauvée. Ça, elle le savait. Il avait offert aux gardes une
nouvelle cible juste assez longtemps pour qu'elle puisse s'échapper.
Elle ne pouvait s'empêcher de se demander depuis combien de
temps il l'avait planifié ou s'il savait, quand il l'avait embrassée, qu'il
la laisserait partir sans lui. Elle espérait, s'il était toujours vivant,
qu'il considérait que son sacrifice en valait la peine et, plus encore,
elle espérait qu'elle en serait digne.

Léon lui avait dit de se diriger vers le nord, vers la Forêt Morte,
un endroit qui, dans son esprit, n'existait même pas. Peut-être avait-
il finalement décidé d'y croire. S'il pouvait un jour la rejoindre, c'est
là qu'il la chercherait.

Gaia regarda attentivement en direction du sud, vers le délac, et
entendit un oiseau gazouiller quelque part sur sa gauche. Elle pivota
sur la droite et ressentit sans le voir le vaste espace du désert qui
s'étendait devant elle sous un ciel opaque, une obscurité aussi fine et
absolue que la doublure de velours d'un linceul. Une pointe de vent
effleura ses joues et agita sa jupe. Sa sœur était comme un petit
paquet solide et chaud contre sa poitrine.

— Dirigeons-nous vers le nord, Maya.

Tandis qu'elle avançait dans le noir, marchant en silence au
milieu des rochers mouillés, elle regarda scintiller devant elle la
première étoile, dont la lueur prudente lui parvenait à travers les
nuages.

REMERCIEMENTS

Je voudrais remercier mes élèves du lycée Tolland High School, qui me donnent envie d'écrire. Je suis reconnaissante à Kirby Kim, mon agent, et à Nancy Mercado, mon éditrice, qui m'ont fait plonger au cœur de l'histoire de Gaia. Remerciements particuliers à Amy Sundberg O'Brien, Nancy O'Brien Wagner et à ma mère, Alvina O'Brien, pour leurs contributions à mon premier jet. Merci à Kate Saumweber de m'avoir éclairée sur le métier de sage-femme. Je remercie mon fils William pour ses encouragements infinis, mon fils Michael pour ses conseils avisés concernant l'ironie et la carte, et ma fille Emily d'avoir insisté pour que je ne tue aucun bébé.

Enfin et toujours, je remercie mon mari, Joseph LoTurco, pour tout.

Caragh M. O'Brien
Mars 2010

TABLE DES MATIÈRES

Suivez le périple de Gaia et de sa sœur à travers
le désert dans le prochain tome de **BIRTH MARKED**.
Parviendront-elles jusqu'à la Forêt Morte ?
Y retrouveront-elles la vieille Meg ?
Leur grand-mère est-elle encore en vie ?
Et qu'adviendra-t-il de Léon au sein de l'Enclave ?
Toutes les réponses dans le deuxième tome de la trilogie :

Bannie

Parution : automne 2011

Découvrez
les mondes imaginaires
MANGO

La Dernière Flèche, de Jérôme Noirez

L'Apprentie de Merlin, de Fabien Clavel

La saga des Wildenstern, de Oisín McGann

Liberté surveillée, de Oisín McGann

La guerre des mondes n'aura pas lieu ! de Johan Heliot

La trilogie *Jumper*, de Steven Gould

Alcatraz, de Brandon Sanderson

Wariwulf, de Bryan Perro

Tessa et Lomfor, d'Emmanuel Viau

Kenya, de Rodolphe

Valérian et Laureline - Lininil a disparu, de Pierre Christin

Achevé d'imprimer en janvier 2011 en Italie par Legoprint.
Numéro d'édition : M11033-01